NUNCA DIGAS SIEMPRE

Jennifer L. Armentrout

NUNCA DIGAS SIEMPRE

Traducción de Victoria Horrillo Ledezma

PUCK

Argentina – Chile – Colombia – España
Estados Unidos – México – Perú – Uruguay – Venezuela

Título original: *The Problem with Forever*
Editor original: Harlequin® Teen, Harlequin Enterprises Limited,
Ontario, Canadá
Traducción: Victoria Horrillo Ledezma

1ª edición Marzo 2017

Copyright © 2016 by Jennifer L. Armentrout
All Rights Reserved
This edition published *by* arrangement with Harlequin Books S.A.
© de la traducción 2017 *by* Victoria Horrillo Ledezma
© 2017 *by* Ediciones Urano, S.A.U.
Aribau, 142, pral. – 08036 Barcelona
www.mundopuck.com

ISBN: 978-84-96886-62-9
E-ISBN: 978-84-16715-96-1
Depósito legal: B-1.434-2017

Fotocomposición: Ediciones Urano, S.A.U.

Impreso por: Rodesa, S.A. – Polígono Industrial San Miguel
Parcelas E7-E8 – 31132 Villatuerta (Navarra)

Impreso en España – *Printed in Spain*

Para todos aquellos
que siguen buscando su voz
y para quienes
ya la han encontrado.

Prólogo

Las cajas de zapatos vacías y polvorientas, apiladas en montones más anchos y altos que su cuerpo delgado, se tambalearon cuando apoyó la espalda contra ellas acercando al pecho las rodillas huesudas.

Respira. Tú sólo respira. Respira.

Encajada al fondo del sórdido armario, se mordió el labio inferior sin atreverse a hacer ningún ruido. Mientras se concentraba en introducir en sus pulmones cada polvorienta aspiración de aire, notó que se le llenaban los ojos de lágrimas.

Ay, Dios, qué error había cometido, y la señorita Becky tenía razón. Era una niña mala.

Había intentado coger el tarro de las galletas sucio y manchado, el que tenía forma de oso de peluche, el que escondía aquellas galletas que sabían tan raras. Se suponía que no podía coger galletas ni ninguna otra comida por su cuenta, pero tenía tanta hambre que le dolía la tripa y la señorita Becky volvía a estar enferma y dormitaba en el sofá. No había volcado a propósito el cenicero de la encimera rompiéndolo en trocitos. Algunos tenían una forma parecida a la de los carámbanos que colgaban del tejado en invierno. Otros eran pequeños como astillas.

Lo único que quería era una galleta.

Sus hombros delicados se sacudieron al oír el ruido de la pared al resquebrajarse al otro lado del armario. Se mordió el labio con más fuerza. Un sabor metálico inundó su boca. Al día siguiente habría en el yeso un agujero del tamaño de la manaza del señor Henry, y la señorita Becky lloraría y volvería a ponerse enferma.

El suave chirrido de la puerta del armario retumbó en sus oídos como un trueno.

Ay, no, no, no...

Allí no tenía que encontrarla. Aquél era su refugio cada vez que el señor Henry se enfadaba o cuando...

Se puso tensa y abrió los ojos como platos cuando un cuerpo más ancho y alto que el suyo se deslizó dentro del armario y se arrodilló delante de ella. A oscuras no pudo distinguir sus rasgos, pero supo instintivamente —lo notó en la tripa y en el pecho— quién era.

—Lo siento —susurró.

—Ya lo sé. —Una mano se posó en su hombro. Su peso la reconfortó. Él era la única persona que no le importaba que la tocara—. Necesito que te quedes aquí, ¿de acuerdo?

La señorita Becky le había dicho una vez que él era sólo seis meses mayor que ella, pero siempre le parecía mucho más grande y mayor porque a sus ojos ocupaba el mundo entero.

Asintió con la cabeza.

—No salgas —dijo él, y le puso en las manos la muñeca pelirroja que se le había caído en la cocina cuando rompió el cenicero y corrió a esconderse en el armario.

Estaba tan asustada que había dejado a Terciopelo donde había caído, y estaba muy angustiada porque la muñeca se la había regalado él hacía muchos, muchos meses. Ignoraba de dónde la había sacado pero un día había aparecido con ella, y ahora era suya y sólo suya.

—Tú quédate aquí pase lo que pase.

Apretando con fuerza a la muñeca entre las rodillas y el pecho, asintió de nuevo.

Él cambió de postura, tensándose al oír un grito furioso que hizo temblar las paredes a su alrededor. Al oír su nombre gritado con tanta furia, ella sintió que un agua gélida le corría por la espalda.

Un leve gemido escapó de sus labios.

—Sólo quería una galleta —musitó.

—No pasa nada. ¿Recuerdas? Te prometí que te protegería siempre. Tú no hagas ruido. —Le apretó el hombro—. Quédate quieta y cuando yo... cuando vuelva, te leeré un poco, ¿de acuerdo? Te contaré el cuento de ese conejo tan bobo.

No pudo hacer otra cosa que asentir de nuevo, porque a veces no se había quedado quieta y callada y jamás olvidaría las consecuencias. Pero si se quedaba quieta, sabía lo que pasaría. Él no podría leerle esa noche. Y al día siguiente faltaría al colegio y no estaría bien aunque él dijera lo contrario.

Se quedó quieto un momento. Luego salió del armario. La puerta del dormitorio se cerró con un ruido sordo y ella levantó la muñeca y la apretó contra su cara llorosa. Un botón del pecho de Terciopelo se le clavó en la mejilla.

No hagas ruido.

El señor Henry empezó a gritar.

No hagas ruido.

Sonaron pasos en el pasillo.

No hagas ruido.

Se oyó un golpe parecido a una bofetada. Algo cayó al suelo. La señorita Becky debía de sentirse mejor porque de pronto se puso a gritar. En el armario, sin embargo, el único sonido que importaba eran aquellos golpes, repetidos una y otra vez. Abrió la boca y gritó en silencio, con la cara pegada a la muñeca.

No hagas ruido.

I

Podían cambiar muchas cosas en cuatro años.

Costaba creer que hubiera pasado tanto tiempo. Cuatro años sin pisar un colegio público. Cuatro años sin hablar con nadie, excepto con un grupo muy reducido e íntimo de personas. Cuatro años preparándome para este momento, y aun así era muy probable que acabara vomitando sobre la encimera los pocos cereales que, con mucho esfuerzo, había conseguido tragar.

Podían cambiar muchas cosas en cuatro años. La cuestión era ¿había cambiado yo?

El ruido de una cucharilla al entrechocar con una taza me sacó de mis cavilaciones.

Era la *tercera* cucharadita de azúcar que Carl Rivas intentaba ponerse a hurtadillas en el café. Cuando creyera que nadie miraba, trataría de añadirse dos más. Era un hombre delgado y estaba en forma pese a tener cincuenta y pocos años, pero sufría una fuerte adicción al azúcar. En el despacho de casa, lleno de revistas médicas, tenía un escritorio con un cajón que parecía una tienda de golosinas.

Remoloneando cerca del azucarero, cogió otra vez la cucharilla y miró por encima del hombro. Se paró en seco.

Sonreí un poco desde la enorme isla del centro de la cocina, donde estaba sentada con un cuenco lleno de cereales delante de mí.

Suspiró al verme, se apoyó contra la encimera de granito y me observó por encima del borde de la taza mientras bebía un sorbo de café. Su cabello negro, peinado hacia atrás desde la frente, había empezado a encanecerse por las sienes hacía poco tiempo, y a mí me parecía que, combinado con su piel tan morena, le daba un aire bastante distinguido. Era guapo, igual que su mujer, Rosa. Bueno, en el caso de Rosa no podía decirse que fuera simplemente guapa. Con su tez oscura y su cabello espeso y ondulado sin una sola hebra de gris, era muy bella. Impresionante, de hecho, sobre todo por su porte orgulloso.

A Rosa nunca le había dado miedo dar la cara ni por sí misma ni por los demás.

Metí la cuchara en el cuenco con cuidado para que no hiciera ruido al chocar con la cerámica. No me gustaba hacer ruidos innecesarios. Una vieja costumbre de la que no había conseguido desprenderme y que posiblemente seguiría acompañándome toda la vida.

Al levantar la mirada, sorprendí a Carl mirándome.

—¿Seguro que estás preparada, Mallory?

Mi corazón contestó con un respingo a aquella pregunta aparentemente inofensiva que, sin embargo, equivalía a un fusil de asalto cargado de munición. Estaba todo lo preparada que podía estar. Como una pardilla, había impreso mi horario y el plano del instituto Lands, y Carl había llamado por anticipado para preguntar mi número de taquilla, para que supiera exactamente dónde estaba todo. Me había *empollado* el plano. En serio. Como si mi vida dependiera de ello. Así no tendría que preguntar a nadie dónde eran las clases, ni deambular desorientada por los pasillos. Rosa me había acompañado el día anterior al instituto para que me familiarizara con el camino y supiera cuánto tardaría en llegar en coche.

Yo esperaba que Rosa estuviera allí esa mañana porque para mí era un día decisivo, un día para el que llevábamos todo el año preparándonos. Los desayunos siempre eran nuestro momento. Pero Carl y Rosa eran médicos. Ella era cirujana cardiovascular, y la habían llamado para una operación de urgencias antes de que me levantara. Así que no me quedó más remedio que excusar su falta.

—¿Mallory?

Asentí con la cabeza enérgicamente al tiempo que apretaba los labios y ponía las manos sobre el regazo.

Carl bajó la taza y la dejó sobre la encimera, a su espalda.

—¿Estás preparada? —preguntó de nuevo.

En mi estómago se formaron varios manojos de nervios y me dieron ganas de vomitar en serio. En parte no estaba preparada. El día iba a ser complicado, pero tenía que seguir adelante. Mirándole a los ojos, le indiqué que sí con la cabeza.

Se le hinchó el pecho cuando respiró hondo.

—¿Sabes cómo ir al instituto?

Asentí otra vez, me bajé de un salto del taburete y agarré mi cuenco. Si me iba ya, llegaría quince minutos antes. Seguramente era lo mejor, pensé mientras tiraba los cereales a la basura y metía el cuenco y la cuchara en el lavavajillas de acero inoxidable.

Carl no era un hombre alto, medía en torno a un metro setenta y dos, pero yo sólo le llegaba a los hombros cuando se puso delante de mí.

—Usa la palabra, Mallory. Sé que estás nerviosa y que tienes mil cosas en la cabeza, pero tienes que usar la palabra, no decir que sí o que no con la cabeza.

Usa la palabra.

Cerré los ojos con fuerza. El doctor Taft, el psicólogo al que veía antes, me había dicho aquello mismo un millón de veces, igual que el logopeda que me había atendido tres veces por semana durante dos años.

Usa la palabra.

Aquel mantra contradecía todo lo que me habían enseñado durante casi trece años, porque la palabra equivalía a ruido, y el ruido se castigaba con miedo y con violencia. Se castigaba *antes* con esas cosas. Ya no. No había invertido casi cuatro años de mi vida en hacer terapia intensiva para dejar ahora de emplear la palabra, y Rosa y Carl no habían dedicado cada segundo de su tiempo libre a borrar un pasado lleno de pesadillas sólo para ver cómo fracasaban sus esfuerzos en el momento decisivo.

El problema no eran las palabras, que volaban por mi cabeza como una bandada de pájaros migrando hacia el sur para pasar el invierno. Las palabras nunca habían sido el problema. Las tenía dentro de mí, siempre las había tenido. Lo que me costaba era hacerlas salir, darles voz.

Respiré hondo e intenté tragar saliva, pero tenía la garganta seca.

—Sí. Sí. Estoy… preparada.

Una leve sonrisa curvó los labios de Carl cuando me apartó un largo mechón de pelo de la cara. Mi pelo era más castaño que rojo hasta que salía al exterior. Entonces, para mi inmensa vergüenza, se me ponía de un rojo encendido, como el de un camión de bomberos.

—Puedes hacerlo. Estoy totalmente convencido. Y Rosa también. Sólo tienes que *convencerte* de ello, Mallory.

Se me atascó la respiración en la garganta.

—Gracias.

Una sola palabra.

Una palabra sin fuerza suficiente, porque ¿cómo podía agradecerles que me hubieran salvado la vida? En sentido literal y figurado. En lo que respectaba a ellos, me había encontrado en el lugar y el momento oportunos, por motivos completamente equivocados. Nuestra historia parecía sacada de un especial del programa de Oprah Winfrey o de un telefilme para la familia. Parecía irreal. Decir gracias no bastaría nunca, después de todo lo que habían hecho por mí.

Y precisamente por todo lo que habían hecho por mí, por todas las oportunidades que me habían dado, quería ser tan perfecta para ellos como fuera posible. Se lo *debía*. Y de eso se trataba hoy.

Me acerqué rápidamente a la isleta de la cocina y cogí mi cartera y mis llaves para no echarme a llorar como una niña que acabara de descubrir que Papá Noel no existe.

Como si me hubiera leído el pensamiento, Carl me detuvo en la puerta.

—No me des las gracias —dijo—. Demuéstranoslo.

Hice amago de asentir con la cabeza, pero me detuve.

—De acuerdo —susurré.

Sonrió y entornó los ojos.

—Buena suerte.

Abrí la puerta de casa y salí a la estrecha escalera y al aire cálido y el sol brillante de la mañana de finales de agosto. Dejé vagar la mirada por el jardín bien cuidado, idéntico al de la casa de enfrente y al de todas las casas del barrio de Pointe.

Todas las casas.

A veces todavía me sorprendía vivir en un lugar así: en una casa grande con jardín y flores plantadas con esmero, con mi propio coche aparcado en el camino de entrada recién asfaltado. Algunos días me parecía irreal, como si fuera a despertarme y a hallarme de nuevo en...

Sacudí la cabeza para alejar de mí ese pensamiento mientras me acercaba al Honda Civic de diez años de antigüedad. El coche había sido de Marquette, la verdadera hija de Rosa y Carl: se lo habían regalado cuando acabó el instituto, antes de que se marchara a la universidad para convertirse en médico, como ellos.

Su *verdadera* hija.

El doctor Taft siempre me corregía cuando me refería así a Marquette, porque creía que en cierto modo me situaba en una posición de inferioridad respecto a Carl y Rosa. Yo confiaba en que tuviera razón, porque algunos días me sentía igual que una de aquellas casonas de jardín impecable.

Algunos días no me sentía real.

Marquette nunca llegó a ir a la universidad. Un aneurisma. Murió así, de repente, sin que nadie pudiera hacer nada por evitarlo. Yo imaginaba que para Rosa y Carl aquello era lo más difícil de asumir: que hubieran salvado tantas vidas y que no hubieran podido salvar la que más les importaba.

Resultaba un poco violento que el coche fuera ahora mío, como si fuera en cierto modo la sustituta de su hija. Ellos nunca me hacían sentir así y yo nunca lo decía en voz alta, pero cuando me sentaba detrás del volante no podía evitar pensar en Marquette.

Dejé la bolsa en el asiento del copiloto. Eché un vistazo al interior del coche y me tropecé con el reflejo de mis ojos en el retrovisor. Los tenía demasiado grandes. Parecía un ciervo —un ciervo con ojos azules— a punto de ser atropellado por un camión. Tenía pálida la piel alrededor de los ojos y las cejas fruncidas. Parecía asustada.

Suspiré.

No era ésa la cara que quería tener mi primer día de clase.

Empecé a apartar la mirada, pero me fijé en la medalla de plata que colgaba del retrovisor. No era mucho más grande que una moneda de veinticinco centavos. Grabado dentro del óvalo en relieve había un hombre con barba. Estaba escribiendo en un libro, con una pluma antigua. Encima de él se leía SAN LUCAS y debajo REZA POR NOSOTROS.

San Lucas era el santo patrón de los médicos.

La cadena había pertenecido a Rosa. Su madre se la regaló cuando entró en la facultad de medicina, y Rosa me la regaló a mí cuando le dije que estaba preparada para ir al instituto público el último curso de bachillerato. Supuse que se la había regalado a Marquette en algún momento, pero no se lo pregunté.

Creo que Rosa y Carl esperaban en parte que siguiera sus pasos como pensaba hacer Marquette. Pero para ser cirujana hacía falta aplomo, seguridad en ti misma y una personalidad casi temeraria, tres cosas que a mí nadie podría atribuirme jamás.

Carl y Rosa lo sabían y procuraban orientarme hacia la investigación porque, según decían ellos, durante los años que me había educado en casa había demostrado las mismas aptitudes para la ciencia que mostraba Marquette. Aunque no había querido contradecirles, la verdad era que dedicarme a observar microbios o células me parecía tan interesante como pasarme la vida repintando de blanco las paredes de mi habitación. En realidad no tenía ni idea de a qué quería dedicarme, sólo sabía que quería seguir estudiando, porque hasta que Rosa y Carl llegaron a mi vida ni siquiera se me había pasado por la cabeza que pudiera ir a la universidad.

El trayecto hasta el instituto Lands duró exactamente dieciocho minutos, como esperaba. En cuanto el edificio de tres plantas y ladrillo visto apareció ante mi vista más allá de los campos de béisbol y fútbol, me puse tan tensa como si una pelota de béisbol viniera derecha hacia mi cara a toda velocidad y hubiera olvidado ponerme el guante para atraparla.

Se me hizo un nudo en el estómago y apreté con fuerza el volante. El instituto era enorme y relativamente nuevo. Según informaba la página web su construcción databa de los años noventa, y comparado con otros centros todavía estaba reluciente.

Reluciente y gigantesco.

Adelanté a los autobuses que estaban dando la vuelta a la rotonda para descargar a sus pasajeros y, siguiendo a otro coche, doblé la esquina del enorme edificio y llegué al aparcamiento, que era del tamaño del de un centro comercial. No me costó aparcar y, como había llegado temprano, aproveché aquellos quince minutos para hacer una especie de autoafirmación diaria, o algo igual de hortera y embarazoso.

Puedo hacerlo. Puedo hacerlo.

Me repetí esas palabras una y otra vez mientras me bajaba del coche y me colgaba la bolsa nueva del hombro. El corazón me latía a mil por hora, tan deprisa que pensé que iba a marearme cuando miré a mi alrededor y vi la riada humana que avanzaba por la acera que conducía a la entrada trasera del instituto Lands. Me encontré ante una oleada de rasgos diversos, de distintos tonos de piel, formas y tamaños y por un instante fue como si mi cerebro estuviera a punto de sufrir un cortocircuito. Contuve la respiración. Innumerables ojos me miraban, algunos deteniéndose en mí y otros pasando de largo como si ni siquiera se dieran cuenta de que estaba allí parada, lo cual era una suerte en cierto modo, porque estaba acostumbrada a ser poco más que un fantasma.

Acerqué una mano temblorosa al bolso y, con la boca seca, obligué a mis piernas a moverse. Me sumé a la riada de gente echando a andar a su lado. Fijé la mirada en la coleta rubia de la chica que iba delante de mí. Bajé los ojos. La chica llevaba falda vaquera y sandalias. De color naranja brillante, de tiras, estilo gladiador. Eran bonitas. Podía decírselo, trabar conversación con ella. Su coleta también era alucinante. Le arrancaba justo desde la coronilla. Yo jamás podría hacerme una igual, ni aunque viera una docena de tutoriales en YouTube. Cada vez que lo intentaba, parecía que llevaba un matojo desigual encima de la cabeza.

Pero no le dije nada.

Al levantar la vista, mis ojos se tropezaron con los del chico que iba a mi lado. Tenía cara de sueño. No sonrió ni frunció el ceño, ni hizo nada aparte de volver a mirar el móvil que tenía en la mano. Ni siquiera estoy segura de que me viera.

Hacía una mañana cálida, pero en cuanto entré en el edificio casi helado me alegré de llevar una chaqueta fina que había conjuntado con todo cuidado con unos vaqueros y una camiseta de tirantes.

Desde la entrada todo el mundo se dispersaba en distintas direcciones. Los alumnos más pequeños, que eran más o menos de mi estatura pero mucho más jóvenes, pasaron a toda prisa por encima del vikingo rojo y azul pintado en el suelo, con las mochilas colgándoles de la espalda, sorteando cuerpos más altos y anchos. Otros caminaban como zombis, con paso lento y aparentemente sin rumbo. Yo estaba más o menos en un término medio: parecía avanzar a ritmo normal, pero en realidad había practicado mucho aquel paso.

Había algunos que se acercaban corriendo a otros y les abrazaban riendo. Supuse que eran amigos que no se habían visto en todo el verano, o que quizá eran simplemente muy efusivos. En todo caso, los miré con atención mientras avanzaba. Al verlos me acordé de mi amiga Ainsley. Ella seguía estudiando en casa pero, de no ser así, supuse que nos comportaríamos como aquellos chicos y chicas: que correríamos la una hacia la otra dando saltos y sonriendo, muy animadas. Lo normal.

Seguramente Ainsley todavía estaba en la cama, no porque pudiera pasarse el día holgazaneando, sino porque las vacaciones que nos daba nuestra tutora común eran algo distintas a las escolares. Ainsley seguía estando de vacaciones pero, en cuanto empezara el curso, sus horas de estudio en casa serían tan estrictas y agotadoras como habían sido las mías.

Procurando salir de mi ensimismamiento, tomé la escalera que había al final del amplio pasillo, cerca de la entrada de la cafetería. Con sólo acercarme al comedor se me aceleró el pulso y noté que se me revolvía el estómago.

La hora de la comida…

Ay, Dios, ¿qué iba a hacer cuando llegara la hora de comer? No conocía a nadie, absolutamente a nadie, y no podría…

Me corté en seco: no podía pararme a pensar en eso. Si lo hacía, era muy posible que diera media vuelta y volviera corriendo a mi coche.

Mi taquilla, la número 234, estaba en la primera planta, en medio del pasillo. No tuve problema en encontrarla, y además se abrió al primer intento. Girándome por la cintura, saqué de la bolsa el cuaderno que iba a usar para las clases de la tarde y lo dejé en el estante de arriba, consciente de que ese día tendría que recoger un montón de enormes libros de texto.

La taquilla de al lado se cerró de golpe, y di un respingo, tensa. Levanté la barbilla. Una chica alta, de piel oscura y minúsculas trencitas que le cubrían toda la cabeza, me lanzó una sonrisa rápida.

—Hola.

Se me trabó la lengua y no pude pronunciar aquella ridícula palabreja antes de que la chica de las trencitas diera media vuelta y se alejara.

Qué fallo.

Sintiéndome completamente idiota, puse los ojos en blanco y cerré la puerta de la taquilla. Al darme la vuelta, vi la espalda de un chico que avanzaba en dirección contraria. Se me tensaron de nuevo los músculos al mirarlo.

Ni siquiera sé por qué ni cómo me fijé en él. Quizá fuera porque les sacaba una cabeza a todos los demás que había a su alrededor. Como una auténtica pardilla, no pude apartar los ojos de él. Tenía el pelo ondulado, entre marrón y negro, muy corto por la parte de la nuca morena y más largo por arriba. Me pregunté si le caería sobre la frente, y se me encogió un poco el corazón al acordarme de un chico al que había conocido años antes, un chico al que el pelo le caía siempre sobre la frente por más que se lo apartara. Me dolía el pecho cada vez que pensaba en él.

Sus hombros parecían muy anchos bajo la camiseta negra, y tenía los bíceps tan definidos que pensé que o bien hacía deporte o bien trabajaba mucho con las manos. Llevaba unos vaqueros descoloridos, pero no de los caros: yo conocía la diferencia entre unos vaqueros de marca diseñados para parecer desgastados y unos vaqueros que estaban simplemente viejos y en las últimas. Llevaba en la mano un único cuaderno que, incluso desde aquella distancia, parecía tan viejo como sus pantalones.

Sentí que algo extraño se agitaba dentro de mí, una sensación de familiaridad, y mientras estaba allí parada, delante de mi taquilla, me descubrí pensando en la única cosa radiante en medio de un pasado lleno de sombras y oscuridad.

Pensé en aquel chico que hacía que se me encogiera el corazón, en aquel chico que prometió protegerme siempre.

Hacía cuatro años que no lo veía, que no le oía hablar. Cuatro años intentando borrar de mi memoria todo lo que tuviera que ver con esa parte de mi infancia, y sin embargo *de él* aún me acordaba. Me preguntaba qué habría sido de él.

¿Y cómo iba a ser de otro modo? Siempre me preguntaría por él.

Si había salido con vida de la casa en la que crecimos, había sido únicamente gracias a él.

2

Una cosa que aprendí enseguida después de mi primera clase fue que los asientos de la fila del fondo del aula eran los más codiciados. Estaban lo bastante cerca como para ver la pizarra, y lo bastante lejos para que el profesor no te tuviera en el punto de mira.

Llegué la primera a todas mis clases de preparación para el ingreso en la universidad y conseguí sentarme al fondo, camuflándome antes de que me vieran. No hablé con nadie hasta que, justo antes de la hora de comer, al empezar la clase de lengua y literatura, una chica de piel marrón oscura y ojos negros se sentó en el sitio vacío que había a mi lado.

—Hola —dijo al dejar su grueso cuaderno sobre la pala de la silla—. Me han dicho que el señor Newberry es un auténtico capullo. Fíjate en las fotos.

Miré hacia la parte delantera del aula. El profesor no había llegado aún, pero la pizarra estaba rodeada de retratos de escritores famosos. Reconocí a Shakespeare, Voltaire, Hemingway, Emerson y Thoreau, entre otros, aunque posiblemente no los habría reconocido si hasta entonces no hubiera tenido tanto tiempo libre para leer.

—¿Lo ves? Son todos tíos —añadió, y cuando volví a mirarla vi que sacudía la cabeza haciendo rebotar sus prietos rizos negros—. Mi hermana lo tuvo dos años y dice que, según él, para crear una obra literaria que valga la pena, es imprescindible tener polla.

Abrí los ojos como platos.

—Así que creo que esta clase va a ser la monda. —Sonrió enseñando sus dientes rectos y blancos—. Por cierto, soy Keira Hart. No te recuerdo del curso pasado. No es que conozca a todo el mundo, pero creo que al menos te habría visto por ahí.

Se me llenaron de sudor las palmas de las manos mientras seguía mirándome. La pregunta que me había lanzado era muy sencilla. La respuesta, también. Se me secó la garganta y noté que una oleada de calor me subía por el cuello mientras pasaban los segundos.

Usa la palabra.

Encogí los dedos de los pies apretándolos contra las suaves suelas de piel de mis sandalias y sentí que la voz me raspaba la garganta cuando dije:

—Soy... soy nueva.

¡Ya estaba! Ya lo había dicho. Había hablado.

¡Toma ya! ¡Tenía el habla dominada!

Bueno, sí, quizás estuviera exagerando mi hazaña considerando que técnicamente sólo había dicho dos palabras y repetido una. Pero no iba a quitarle importancia a aquel logro, porque hablar con gente nueva me costaba muchísimo. Casi tanto como a otra persona le habría costado entrar desnuda en clase.

Keira no pareció notar que por dentro estaba hecha un flan.

—Eso me parecía. —Y luego esperó, y durante un momento no entendí por qué me miraba con tanta expectación. Luego caí en la cuenta.

Mi nombre. Estaba esperando que le dijera mi nombre. El aire se me escapó con un siseo entre los dientes.

—Soy Mallory... Mallory Dodge.

—Genial. —Asintió mientras mecía sus hombros esbeltos contra el respaldo de la silla—. Ah, aquí viene.

No volvimos a hablar, pero yo estaba muy satisfecha con las siete palabras que había dicho. Contando las repetidas, claro, porque Rosa y Carl las habrían contado.

El señor Newberry hablaba con unas ínfulas de las que hasta una novata como yo se habría dado cuenta, pero aun así no me molestó. Estaba flipando en colores con mi gran hazaña.

Entonces llegó la hora de la comida.

Entrar en el gran comedor lleno de ruido fue como una experiencia extracorpórea. Aunque mi cerebro me pedía a gritos que buscase un lugar más tranquilo, apacible y seguro al que ir, me obligué a avanzar poniendo un pie delante del otro.

Cuando llegué a la cola, estaba tan nerviosa que tenía un nudo en el estómago. Sólo cogí un plátano y una botella de agua. A mi alrededor había mucha gente y mucho ruido: risas, gritos y un zumbido constante de conversaciones. Estaba absolutamente fuera de mi elemento. Toda la gente se sentaba en grupitos en las largas mesas rectangulares. No había nadie sentado a solas, que yo viera, y no conocía a nadie. Sería la única alumna del instituto que comiera sola.

Horrorizada al percatarme de ello, noté que crispaba los dedos alrededor del plátano que tenía en la mano. Me agobió el olor a desinfectante y a comida quemada y sentí en el pecho una presión que me cerraba la garganta. Respiré, pero el aire no pareció hinchar mis pulmones. Una serie de espasmos recorrió la base de mi cráneo.

No podía quedarme allí.

Había demasiado ruido y demasiada gente, y de pronto la sala me parecía muy pequeña y cerrada. En casa nunca había tanto ruido. Nunca. Recorrí el comedor con la mirada sin ver ningún detalle. Me temblaba tanto la mano que temí que se me cayera el plátano. Entonces intervino el instinto y empecé a mover los pies.

Salí a toda prisa al pasillo, más tranquilo, y seguí caminando. Pasé junto a unos cuantos chicos y chicas que remoloneaban junto a las taquillas envueltos en un tenue olor a tabaco. Respiré hondo para calmarme, pero no lo conseguí. Lo que me calmó fue alejarme de la cafetería, no respirar hondo. Doblé la esquina y me paré en seco, evitando por los pelos chocar de frente con un chico mucho más alto que yo.

Se apartó y sus ojos enrojecidos se agrandaron, llenos de sorpresa. Olía a algo. Al principio pensé que era tabaco, pero al inhalar me di cuenta de que era un olor más intenso, más denso y terroso.

—Perdona, *chula**[1] —murmuró, y me miró lentamente de arriba abajo, desde las puntas de los pies hasta los ojos. Comenzó a sonreír.

Al final del pasillo, un chico más alto apretó el paso.

—Jayden, ¿dónde coño vas tan deprisa, tronco? Tenemos que hablar.

El chico que supuse que era Jayden se volvió y, pasándose la mano por el pelo oscuro cortado casi al cero, masculló:

—*Mierda, hombre**.

---

1. El asterisco indica que las palabras en cursiva y en español aparecen así en el original. *(N. de la T.)*

Se abrió una puerta y salió un profesor que los miró con el ceño fruncido.

—¿Ya estamos, señor Luna? ¿Así vamos a empezar el curso?

Pensé que valía más salir del pasillo porque el chico más alto no parecía muy contento ni muy amistoso y, cuando el tal Jayden siguió andando, el profesor puso cara de tener ganas de cargarse a alguien. Pasé a toda prisa junto a Jayden y mantuve la cabeza agachada para no mirar a nadie.

Acabé en la biblioteca y estuve jugando a Candy Crush en el móvil hasta que sonó el timbre. Pasé la hora siguiente —la de historia— furiosa conmigo misma por no haberlo intentado. Porque ésa era la verdad: que ni siquiera lo había intentado, me había escondido en la biblioteca como una inútil y me había puesto a jugar a un juego idiota que, con lo mal que se me daba, sólo podía ser un invento del diablo.

La inseguridad me cubrió como un manto áspero y pesado. Había progresado tanto esos últimos cuatro años… No me parecía en nada a la de antes. Sí, todavía tenía problemas que resolver, pero era mucho más fuerte que antes, cuando todavía era una especie de cascarón vacío. ¿Verdad que sí?

Rosa se llevaría una desilusión.

Había empezado a picarme la piel cuando me dirigí a la última clase. Me latía tan deprisa el corazón que seguramente estaba al borde del infarto, y es que mi última clase de ese día era la peor de todas.

Clase de expresión oral, también llamada «Comunicación». La primavera anterior, al matricularme en el instituto, Carl y Rosa me habían mirado como si estuviera loca, pero yo me había hecho la valiente. Me dijeron que podían ahorrarme esa asignatura aunque en el Lands era ria, pero yo tenía algo que demostrar.

No quería que Carl y Rosa intervinieran. Quería, no, *necesitaba* matricularme también en expresión oral.

Uf.

De pronto me arrepentía de no haber sido más sensata y haber dejado que hicieran lo que tuvieran que hacer para librarme de aquella clase que ahora me parecía una auténtica pesadilla. Cuando vi la puerta abierta del aula del segundo piso, tuve la impresión de que iba a tragarme. Al otro lado, el aula estaba llena de luz.

Vacilé. Una chica pasó a mi lado esquivándome y torció la boca al echarme un vistazo. Me dieron ganas de dar media vuelta y huir. Meterme en el Honda y volver a casa, ponerme a salvo.

Seguir como hasta entonces.

No.

Agarrando con fuerza la tira del bolso, me obligué a seguir avanzando, y fue como si caminara entre un barro muy espeso que me llegara hasta las rodillas. Cada paso me costaba un gran esfuerzo. Cada vez que respiraba me silbaban los pulmones. Los fluorescentes del techo zumbaban y mis oídos estaban hipersensibilizados a las conversaciones que oía a mi alrededor, pero aun así lo logré.

Llegué a la fila del fondo, y tenía los dedos entumecidos y los nudillos blancos cuando dejé el bolso en el suelo, junto a la mesa, y me deslicé en el asiento. Fingiendo que estaba atareada sacando el cuaderno, me agarré al borde del pupitre.

Estaba en clase de expresión oral. Estaba allí.

Lo había conseguido.

Cuando llegara a casa, me daría una fiesta. Sacaría el helado de chocolate del congelador y me lo comería directamente del bote, así, a lo bestia.

Como empezaban a dolerme los nudillos, aflojé las manos y miré hacia la puerta mientras pasaba las palmas húmedas por la superficie de la mesa. Lo primero que vi fue el pecho ancho, envuelto en negro. Luego, los bíceps bien definidos. Y allí estaba también aquel cuaderno viejo que parecía a punto de caerse a pedazos, apoyado contra un muslo enfundado en tela vaquera descolorida.

Era el chico de esa mañana, el del pasillo.

Curiosa por ver cómo era de frente, levanté las pestañas, pero ya se había vuelto hacia la puerta. La chica del pasillo, la que me había esquivado, acababa de entrar. Ahora que me había sentado y que podía respirar, me tocó a mí el turno de observarla. Era guapa. Muy guapa, como Ainsley. Tenía el pelo muy liso y de color caramelo, tan largo como yo, hasta debajo de los pechos. Era alta y llevaba una camiseta de tirantes que le marcaba la tripa plana. Sus ojos marrones oscuros no se fijaron en mí esta vez. Se clavaron en el chico que tenía delante.

La cara que puso dejó bien claro que de frente era tan atractivo como de espaldas y, cuando se rió, abrió los labios rosas en una amplia sonrisa. La sonrisa la transformó de guapa en preciosa, pero para entonces yo ya había dejado de prestarle atención. Se me puso la piel de gallina. Aquella risa… Era una risa profunda, sonora y extrañamente familiar. Un escalofrío recorrió mis hombros. *Aquella risa…*

El chico caminaba hacia atrás, y me asombró (me dio envidia, de hecho) que no tropezara con nada. Entonces me di cuenta de que se dirigía hacia el fondo de la clase. Hacia mí. Miré a mi alrededor. Quedaban muy pocos sitios libres, dos a mi izquierda. La chica le seguía. Y no sólo le seguía: le estaba tocando.

Le tocaba como si estuviera acostumbrada a hacerlo.

Tenía el brazo extendido y la mano apoyada en el centro de su tripa, justo debajo del pecho. Se mordió el labio al tiempo que deslizaba la mano hacia abajo. Las pulseras doradas que llevaba en la muñeca casi rozaron su cinturón de cuero gastado. Me ardieron las mejillas cuando el chico se alejó de su alcance. Sus movimientos tenían algo de juguetón, como si aquella danza fuera para ellos una rutina diaria.

Él se volvió al llegar al final de las mesas y pasó por detrás de la silla ocupada. Deslicé la mirada por sus caderas estrechas, por aquella tripa que la chica había tocado y seguí subiendo hasta que vi su cara.

Dejé de respirar.

Mi cerebro no consiguió asimilar lo que estaba viendo. Se bloqueó. Me quedé mirándolo, mirándolo de verdad, y vi una cara que conocía muy bien y que, sin embargo, era completamente nueva para mí, una cara más madura de lo que la recordaba pero igual de hermosa. Le *conocía*. Dios mío, le habría reconocido en cualquier parte, a pesar de que habían pasado cuatro años y de que la última vez que le había visto, aquella última noche tan espantosa, había cambiado mi vida para siempre.

Aquello era demasiado surrealista.

De pronto me pareció lógico haber pensado en él esa mañana: le había visto de verdad, aunque no me hubiera dado cuenta de que era él.

No pude moverme, no conseguía respirar ni podía creer que aquello estuviera sucediendo de verdad. Solté la mesa y mis manos cayeron flácidas sobre mi regazo cuando se sentó a mi lado. Tenía la mirada fija en la chica que se había sentado a su lado y ladeó la cara —aquella mandíbula fuerte que sólo empezaba a despuntar la última vez que le había visto— cuando recorrió con la mirada la parte delantera de la clase y la pizarra que ocupaba toda la pared. Estaba igual que entonces, sólo que más corpulento y más… más definido: desde las cejas, más oscuras que el pelo entre castaño y negro y que las espesas pestañas, hasta los pómulos anchos y la ligera barba que cubría la curva de su mandíbula.

Dios mío, había crecido como yo pensaba que crecería cuando, a los doce años, empecé a fijarme en él de verdad, a verlo como a un chico.

No podía creer que estuviera allí. El corazón trataba de salírseme del pecho cuando sus labios —unos labios más carnosos de lo que recordaba— se curvaron en una sonrisa, y se me hizo un nudo en el estómago cuando apareció el hoyuelo de su mejilla derecha. El único hoyuelo que tenía, sin otro a juego. Sólo uno. Pensé de golpe en aquellos años, y en las escasas veces en que lo había visto relajado. Recostado en una silla que parecía venirle pequeña, giró lentamente la cabeza hacia mí. Sus ojos, marrones con minúsculas motas doradas, se encontraron con los míos.

Unos ojos que yo no había olvidado.

La sonrisa fácil, casi indolente, que había visto un momento antes en su cara pareció congelarse. Sus labios se abrieron y una especie de palidez se extendió bajo su piel morena. Las motas doradas de sus ojos parecieron ensancharse cuando los abrió como platos. Me había reconocido. Yo había cambiado mucho desde entonces, pero a pesar de todo vi por su expresión que me reconocía. Se había puesto en movimiento otra vez, se inclinó en el asiento, hacia mí. Tres palabras surgieron tronando del pasado y retumbaron en mi cabeza.

No hagas ruido.

—¿Ratón? —susurró.

3

Ratón.

Nadie me llamaba así, sólo él, y hacía tanto tiempo que no oía aquel mote que pensaba que jamás volvería a escucharlo.

Ni en un millón de años me habría atrevido a soñar con volver a verle. Y sin embargo allí estaba, y yo no podía dejar de mirarle. En el chico que tenía delante no quedaba nada del niño de trece años que yo había conocido, pero era él. Eran sus mismos ojos marrones y cálidos con motas doradas y su misma piel tostada por el sol, un rasgo heredado de su padre, que seguramente era medio blanco, medio hispano. No sabía de dónde era su madre ni de dónde procedía su familia materna. Uno de nuestros… asistentes sociales pensaba que su madre podía ser mezcla de blanca y sudamericana, brasileña quizá, pero probablemente nunca lo sabría.

De pronto le vi: vi al que había sido antes, al de nuestra infancia, a ese niño que era para mí lo único estable en un mundo caótico. A los nueve años (mayor que yo, pero aun así muy pequeño), se había interpuesto entre el señor Henry y yo en la cocina como había hecho tantas veces antes, mientras yo me aferraba a Terciopelo, la muñeca pelirroja que él acababa de devolverme. Yo apretaba con fuerza la muñeca, temblando, y él sacó pecho, separó las piernas y gruñó cerrando los puños:

—Déjela en paz. Más le vale no acercarse a ella.

Hice un esfuerzo por sustraerme a aquel recuerdo, pero había salido tantas veces en mi auxilio por una razón o por otra, hasta que ya no pudo más, hasta que su promesa de protegerme siempre, se hizo pedazos y todo, todo se rompió...

Respiró hondo y cuando habló su voz sonó baja y ronca.

—¿Eres tú de verdad, Ratón?

Vagamente consciente de que la chica sentada a su lado nos estaba observando, me fijé en que tenía los ojos tan abiertos como yo. Noté la lengua paralizada, y por una vez se me hizo raro, porque él era la única persona con la que nunca me había costado hablar. Pero eso había sido en otro mundo, hacía siglos.

Una eternidad.

—¿Mallory? —susurró.

Se había vuelto completamente hacia mí y pensé por un instante que iba a levantarse y a saltar por encima de la silla. Y habría sido muy propio de él, porque nunca le había dado miedo hacer nada. Nunca. Estábamos tan cerca que vi la tenue cicatriz que tenía encima de la ceja derecha, uno o dos tonos más clara que su piel. Me acordé de cómo se la había hecho y sentí otra vez aquella opresión en el pecho, porque aquella marca simbolizaba una galleta rancia y un cenicero roto.

Un chico sentado delante de nosotros se había vuelto en su asiento.

—Hey. —Chasqueó los dedos cuando no obtuvo respuesta—. Hey, tío, hola.

No le hizo caso y siguió mirándome como si se le hubiera aparecido un fantasma.

—Pues vale —masculló el chico, y se volvió hacia la chica, pero ella tampoco le hizo caso.

Nos miraba fijamente. Sonó el timbre y me di cuenta de que había entrado el profesor porque empezaron a apagarse las conversaciones en el aula.

—¿Me reconoces? —Su voz era poco más que un susurro.

Sus ojos seguían fijos en los míos cuando pronuncié la palabra más sencilla que había dicho en toda mi vida:

—Sí.

Se echó hacia atrás en la silla, irguiéndose y tensando los hombros. Cerró los ojos.

—Dios —masculló, y se frotó el esternón con la palma de la mano.

Me sobresalté cuando el profesor dio una palmada sobre el montón de libros colocados en la mesa del rincón y, haciendo un esfuerzo, miré hacia delante. Mi corazón seguía comportándose como un martillo hidráulico fuera de control que se me hubiera salido del pecho.

—Bien, todos deberíais saber quién soy dado que estáis en mi clase pero, por si estáis algo despistados, soy el señor Santos. —Se apoyó contra la mesa y cruzó los brazos—. Y ésta es la clase de expresión oral. Si no sabéis por qué estáis aquí, probablemente sería mejor que estuvierais en otra parte.

El señor Santos siguió hablando, pero la sangre que se me agolpaba en los oídos me impedía oírle, y no podía dejar de pensar que él estaba sentado a mi lado. Estaba allí después de tanto tiempo, allí, justo a mi lado, como cuando teníamos tres años. Pero no parecía alegrarse de verme. No sabía qué pensar. Dentro de mí se agitaba una mezcla de esperanza y desesperación entreverada de recuerdos agridulces a los que me aferraba y de los que al mismo tiempo ansiaba olvidarme.

Estaba… Cerré los ojos con fuerza y tragué saliva con un nudo en la garganta.

Repartieron los libros de texto y a continuación el programa de la asignatura. Ambas cosas se quedaron encima de mi mesa, ni los toqué. El señor Santos nos habló de los distintos tipos de trabajos que íbamos a redactar y a exponer durante el curso: desde una disertación a una entrevista a un compañero de clase. Aunque al entrar en clase estaba al borde de una crisis nerviosa, en ese momento la perspectiva de tener que exponer en múltiples ocasiones delante de treinta persona me parecía tan remota que ni siquiera pensé en ella.

Mirando fijamente al frente, me di cuenta de que Keira estaba sentada delante del chico que había chasqueado los dedos al principio. No estaba segura de que me hubiera visto al entrar en clase. Claro que quizá sí me había visto y le daba igual. ¿Por qué tenía que importarle? Había hablado conmigo en una clase, pero eso no significaba que deseara ser mi mejor amiga.

Mi crisis de la hora de la comida parecía haber sucedido hacía años. Cada vez que respiraba, era consciente de ello. Incapaz de refrenarme, me eché el pelo hacia atrás y miré a mi izquierda.

Nuestros ojos se encontraron bruscamente y contuve la respiración. Cuando éramos pequeños, siempre sabía interpretar sus expresiones. Ahora, en cambio… la impasibilidad se reflejaba en su rostro. ¿Estaba contento? ¿Enfadado? ¿Triste? ¿O tan desconcertado como yo? No lo sabía, pero no intentó disimular que me estaba mirando.

Me puse colorada al desviar los ojos, y acabé mirando a la chica sentada a su lado. Miraba de frente, con los labios apretados en una línea fina y firme. Bajé los ojos y vi que tenía los puños cerrados y apoyados sobre la mesa. Aparté otra vez la mirada.

Pasaron unos cinco minutos antes de que me diera por vencida y le mirara de nuevo. No me estaba mirando, pero un músculo temblaba en su mejilla. Sólo pude mirarle como una completa idiota, incapaz de hacer otra cosa.

Ya de pequeño se podía adivinar que al hacerse mayor sería un bellezón. Todo en él apuntaba a ello: los ojos grandes, los labios expresivos y una estructura ósea bien definida. A veces aquello había... jugado en su contra porque le convertía en blanco de todas las miradas. El señor Henry daba la impresión de querer romperle como si fuera de porcelana china. Y luego estaban los hombres que entraban y salían de la casa, algunos de los cuales se... se interesaban demasiado por él.

Con la boca seca, intenté alejar de mí esos recuerdos. No debería impresionarme que fuera tan atractivo pero, como diría Ainsley, estaba bueno de morirse.

Mientras el señor Santos repartía tarjetas por algún motivo desconocido para mí, el chico que teníamos delante se volvió de nuevo y le miró con unos ojos del color del musgo.

—¿Nos vemos después de clase?

No pude evitarlo: volví a mirarle. Con los labios tensos y los brazos cruzados, asintió escuetamente.

El otro levantó las cejas morenas y miró al señor Santos.

—Tenemos que hablar con Jayden.

¿Jayden? Me acordé del chico al que casi había atropellado en el pasillo.

La chica ladeó la cabeza y nos miró a los tres.

—Vale, Hector —contestó él en tono cortante, y me sorprendió lo grave que era su voz.

Pasó un momento. Luego, volvió la barbilla hacia mí.

Aparté la mirada poniéndome colorada, pero no sin antes ver que los ojos verdes de Hector me miraban con curiosidad. Durante el resto de la clase no pude dejar de mirarle de reojo, como si necesitara verle para recordarme que de verdad estaba sentado allí. No se me daba muy bien disimular, porque estoy segura de que la chica del otro lado, la que le había tocado con tanta familiaridad al entrar en clase, me pilló como media docena de veces.

Mientras pasaban lentamente los minutos, empezó a revolvérseme el estómago, hecho un nudo. La ansiedad se retorcía dentro de mí como una víbora aguardando para atacar con su veneno paralizante.

La tensión me cerraba la garganta como un torniquete de acero, que me apretaba hasta dejarme sin aire. Un ardor gélido me subió despacio por la nuca y se extendió después por la base de mi cráneo. No podía respirar y sentí como un fogonazo que estaba a punto de perder el control.

Respira.

Tenía que respirar.

Cerrando los puños, me obligué a subir y bajar rítmicamente el pecho y le ordené a mi corazón que se refrenara. Durante nuestras sesiones de terapia, el doctor Taft me había repetido una y otra vez, machaconamente, que cuando me sucedía aquello no estaba perdiendo el control sobre mi cuerpo. Estaba todo dentro de mi cabeza. A veces el desencadenante era un ruido especialmente alto, o un olor que me devolvía al pasado. A veces ni siquiera estaba segura de cuál era el detonante.

Ese día sí lo sabía.

El detonante estaba sentado justo a mi lado. Aquel pánico era real porque él era real, y el pasado que representaba no era producto de mi imaginación.

¿Qué le diría cuando sonara el timbre y acabara la clase? Habían pasado cuatro años desde aquella noche. ¿Querría hablar conmigo? ¿Y si no quería?

Ay, Dios.

¿Y si nunca había deseado volver a verme, y si ni siquiera había pensado en ello? Lo había… lo había pasado fatal por mí, por mi culpa. Y aunque había habido momentos buenos durante los diez años que pasamos juntos, también había habido muchas cosas malas. Muchísimas.

Y si… sí, sería una mierda que se levantara y saliera de clase sin decirme nada, pero en cierto modo también sería lo mejor. Al menos ahora sabía que estaba vivo y que parecía estar ileso, y que conocía bien a la chica sentada a su lado. Quizá fuera su novia. Eso significaba que era feliz, ¿no? Que era feliz y que estaba perfectamente. Saber que le iba bien podía cerrar oficialmente aquel capítulo de mi vida.

Si no fuera por que yo pensaba que ya lo había cerrado. De pronto se había reabierto y había vuelto otra vez al principio.

Cuando sonó el timbre, escapé como tantas otras veces en el pasado. Ni siquiera fui consciente de lo que hacía. Un viejo instinto asomó la cabeza como un dragón soñoliento, un instinto que llevaba cuatro años intentando someter por la fuerza y al que sin embargo ya había cedido una vez ese día.

Me puse en pie y recogí mi libro y mi bolsa. El corazón me golpeaba contra las costillas cuando rodeé la mesa y, sin mirar atrás, me alejé sin darle ocasión de marcharse primero. Mis sandalias resonaron en el suelo cuando me apresuré por el pasillo, adelantando sin esfuerzo a los alumnos que avanzaban más despacio mientras metía el libro en la bolsa. Seguramente parecía una idiota. O al menos así me sentía.

Salí bruscamente al sol. Con la cabeza agachada, seguí el camino del aparcamiento, abriendo y cerrando las manos temblorosas porque tenía la sensación de que la sangre no circulaba por ellas. Me hormigueaban las yemas de los dedos.

El Honda plateado brillaba delante de mí. Respiré hondo, trémula. Me iría a casa y...

—Mallory.

Se me aceleró el pulso cuando oí mi nombre, y aflojé el paso. Estaba a escasos metros de mi coche, de la posibilidad de escapar, pero aun así me giré lentamente.

Él estaba junto a una camioneta roja que no estaba allí cuando había aparcado esa mañana y en la que ni siquiera me había fijado en mi loca carrera hacia el coche. A la luz del sol, su pelo era más castaño que negro, su piel más oscura y sus rasgos más afilados. Había tantas preguntas que de pronto quería hacerle... ¿Qué había sido de él aquellos cuatro años? ¿Por fin le habían adoptado? ¿O había ido pasando de un hogar de acogida a otro?

Y, sobre todo, ¿estaba ya a salvo?

No todas las residencias de menores estaban mal. No todos los padres de acogida eran odiosos. Carl y Rosa eran maravillosos. A mí me habían adoptado pero, antes de conocerlos, ni yo ni el chico que tenía ante mí habíamos tenido suerte. Nos habían acogido personas horribles que de algún modo se las arreglaban para pasar las inspecciones. Los servicios de asistencia social no tenían medios económicos ni personal suficiente y, aunque muchos asistentes hacían todo lo que podían, el sistema tenía numerosos resquicios, y nosotros habíamos caído por uno de los peores.

La mayoría de los niños acogidos no pasaba más de dos años en régimen de acogimiento o en el mismo hogar de acogida. Casi todos regresaban con sus padres biológicos o eran adoptados. A nosotros no nos había querido nadie excepto el señor Henry y la señorita Becky, y yo aún no entendía por qué nos trataban tan mal si nos habían acogido. Los asistentes sociales iban y venían con la frecuencia de las estaciones. Los maestros del colegio tenían que saber por lo que estábamos pasando en casa, pero ninguno quiso arriesgar su trabajo interviniendo. La amargura de sentirme ignorada y pisoteada durante tanto tiempo en un sistema sobrecargado y disfuncional todavía se me pegaba como una segunda piel de la que quizá nunca podría librarme.

Pero todo tenía su lado bueno y su lado malo. ¿Había encontrado él por fin un respiro?

—¿En serio? —preguntó apretando con fuerza el viejo cuaderno que llevaba—. Después de todo lo que pasó, después de cuatro años sin saber qué demonios te había pasado, ¿te presentas en la puta clase de expresión oral y luego te escapas? ¿Huyes de mí?

Respiré bruscamente, bajando los brazos. El bolso me resbaló por el hombro y cayó al asfalto recalentado. Estaba paralizada por la impresión, pero en el fondo no me sorprendía que hubiera venido en mi busca. Él nunca huía de nada. Nunca se escondía. La que se escondía, la que huía, era siempre yo. Éramos el yin y el yang. Yo la cobardía y él la bravura. Él la fuerza y yo la debilidad.

Pero yo ya no era así.

No era Ratón.

No era una cobarde.

No era débil.

Dio un paso adelante y luego se detuvo y sacudió la cabeza mientras su pecho subía y bajaba.

—Di algo.

Luché por pronunciar aquella palabra.

—¿Qué?

—Mi nombre.

No estaba segura de por qué quería que lo dijera, ni sabía cómo me sentiría al decirlo después de tanto tiempo, pero respiré hondo.

—Rider. —Me estremecí al tomar aire de nuevo—. Rider Stark.

Movió la garganta y por un instante ninguno de los dos se movió. Una brisa cálida agitó mi pelo echándome unos mechones sobre la cara. Luego, él tiró su cuaderno al suelo. Me sorprendió que no se pulverizara. En dos zancadas recorrió el espacio que nos separaba. De pronto estaba delante de mí. Ahora era mucho más alto. Yo apenas le llegaba a los hombros.

Y entonces me abrazó.

Sentí que me estallaba el corazón cuando aquellos brazos fuertes me apretaron contra su pecho. Hubo un momento en que me quedé paralizada. Luego, le rodeé el cuello con los brazos. Me aferré a él, cerrando los ojos con fuerza mientras aspiraba su olor a limpio y el perfume tenue de su loción posafeitado. Era él. Sus abrazos eran muy distintos, más fuertes y tensos. Me levantó en vilo, rodeándome la cintura con un brazo y hundiendo la otra entre mi pelo, y sentí que mis pechos se aplastaban contra su torso extrañamente duro.

Guau.

Sí, sus abrazos eran muy distintos a los que me daba cuando teníamos doce años.

—Dios mío, Ratón, no sabes...

Su voz sonó ronca y pastosa cuando volvió a dejarme en el suelo, pero no me soltó. Siguió sujetándome por la cintura. Con la otra mano agarró por las puntas un puñado de mi pelo. Su mentón me rozó la coronilla cuando deslicé las manos por su pecho.

—Creía que no volvería a verte —dijo.

Apoyé la frente entre las manos, sintiendo el latido atropellado de su corazón. Oí gente a nuestro alrededor y pensé que seguramente algunos estarían mirándonos, pero no me importó. Rider estaba allí: cálido y sólido. Vivo y real.

—Dios, ni siquiera pensaba venir a clase hoy. Si no hubiera venido... —Soltó mi pelo un instante y sentí que cogía un mechón—. Fíjate en tu pelo. Ya no eres una cabeza de zanahoria.

Se me escapó una risa ahogada. De pequeña, mi pelo era una maraña de nudos y rizos rebeldes de un color naranja subido, pero por suerte su tono se había moderado un poco con los años. Una visita a una peluquería había ayudado en parte, pero los nudos y los rizos volvían a hacer acto de aparición en cuanto el tiempo se volvía húmedo.

Rider se apartó un poco y, cuando abrí los ojos, lo descubrí observándome.

—Mírate —murmuró—. Cuánto has crecido. —Apartó la mano de mi pelo y un estremecimiento me recorrió la espalda cuando pasó el pulgar por mi labio inferior. Aquel contacto me sorprendió—. Y sigues tan callada como un ratón.

Tensé la espalda. Ratón.

—No soy…

Pero lo que iba a decir se me murió en los labios cuando pasó el dedo por mi pómulo. Tenía la yema áspera y rugosa, pero su caricia era tierna.

Miré aquellos ojos que creía que no volvería a ver, y allí estaba de verdad. ¡Dios mío, Rider estaba allí! Miles de ideas se me agolpaban de pronto en la cabeza. Sólo pude atrapar unas cuantas, pero los recuerdos afloraban como el sol saliendo por detrás de una montaña.

Una noche me desperté asustada por las voces que llegaban de abajo. Entré sigilosamente en la habitación de al lado, que era la de Rider, y dejó que me metiera en la cama con él. Me leyó un libro que a mí me encantaba, un libro que él llamaba «el cuento del conejito bobo». Siempre me hacía llorar, pero él me lo leía para distraerme, para que dejara de pensar en los gritos que resonaban en la destartalada casita adosada. Yo tenía cinco años, y desde aquel instante él se convirtió en todo mi mundo.

Rider retrocedió de repente y me agarró del brazo derecho. Lo levantó, lo giró y me subió la manga de la fina chaqueta de punto. Arrugó el ceño.

—No entiendo.

Seguí su mirada hasta mi muñeca. La piel de la parte interior de mi codo era de un rosa más oscuro, como la piel de mis palmas y la de la cara interna de mis brazos, pero casi no se notaba.

—Dijeron que tenías quemaduras graves. —Levantó la mirada y escudriñó mi cara—. Les vi sacarte en la camilla, Ratón. Lo recuerdo como si hubiera sido ayer.

—Yo… Carl… —Sacudí la cabeza y él arrugó aún más el ceño. De pronto me di cuenta de que no tenía ni idea de quién era Carl. Me concentré, dejé pasar unos segundos y

lo intenté de nuevo—. Los médicos del Johns Hopkins...
Me hicieron injertos de piel.

—¿Injertos de piel?

Asentí.

—Tuve... los mejores médicos. Casi... casi no tengo cicatrices.

Bueno, mis nalgas, de donde procedía la piel que me habían injertado, eran también de un tono de rosa distinto, pero dudaba que alguien fuera a verlas en un futuro próximo.

Acarició lentamente con el pulgar la cara interna de mi muñeca, y un estremecimiento de placer recorrió mi brazo. Estuvo un rato callado mientras me sostenía la mirada. Las motas doradas de sus ojos brillaban más que antes, volviéndolos más pardos que marrones.

—Me dijeron que no podía verte. Lo pregunté. Incluso fui al hospital del condado.

Se me encogió el corazón.

—¿Fuiste al hospital?

Asintió, y la tensión de su boca pareció relajarse.

—No estabas allí. O por lo menos eso me dijeron. Una enfermera llamó a la policía. Acabé... —Meneó la cabeza—. No importa.

—Acabaste... ¿cómo? —pregunté, porque sí importaba.

Todo lo que le había pasado a Rider importaba, incluso cuando parecía que al mundo entero le traía sin cuidado.

Bajó un momento sus espesas pestañas.

—La policía y el Servicio de Protección de Menores pensaron que me había escapado. Menuda idiotez. ¿Por qué iba a escaparme a un hospital?

Seguramente porque el Servicio de Protección de Menores tenía un expediente sobre nosotros del grosor de mi

Honda Civic. Y también, seguramente, porque Rider y yo ya nos habíamos escapado. Más de una vez. Yo tenía ocho años y él acababa de cumplir nueve cuando decidimos que nos iría mejor viviendo a nuestro aire.

Habíamos llegado al McDonald's de dos manzanas más allá cuando nos encontró el señor Henry.

Luego hubo otras ocasiones, tantas que había perdido la cuenta.

Rider se echó a reír, y noté una opresión en el pecho porque, al mirarlo, no vi una sonrisa en su hermoso rostro.

—Esa noche… —Tragó saliva—. Lo siento, Ratón.

Di un respingo, retrocediendo, pero no me soltó el brazo.

—Quería pararle, pero no pude. —Sus ojos se habían oscurecido—. No debí intentar…

—No fue culpa tuya —susurré, horrorizada por lo que estaba diciendo.

Le miré. ¿En serio creía que era culpa suya?

Ladeó la cabeza.

—Sí, te hice una promesa. Y a la hora de la verdad no la cumplí.

—No —dije tajantemente y, cuando se disponía a contestar, retiré el brazo. Pareció sorprendido—. No… no debiste hacerme esa promesa. Ni a mí, ni a nadie.

Había prometido protegerme siempre y había hecho todo lo posible por cumplir su palabra. Pero había cosas que no podían controlarse, y menos aún siendo un niño.

Levantó las cejas y esbozó lentamente una sonrisa.

—Creo que es la primera vez que me dices que no.

Me disponía a decirle que nunca había tenido motivos para hacerlo, pero me interrumpió una música repentina. Fue una extraña llamada de alerta que nos recordó que no estábamos dentro de una burbuja. El mundo seguía discurriendo a nuestro alrededor. Al acercarse la música, cuyos bajos hacían temblar las ventanillas de la camioneta a nuestro lado, Rider miró un momento detrás de mí. Luego se acercó. Se puso tan cerca que sus deportivas desgastadas rozaron mis sandalias.

Bajó la barbilla, alargó el brazo y se sacó el móvil del bolsillo de atrás.

—¿Cuál es tu número, Ratón?

Era evidente que iba a marcharse, y yo no quería que se fuera. Tenía tantas preguntas que hacerle, un millón de ellas… Pero aun así le di mi número mientras me secaba las palmas húmedas en los pantalones.

—Eh, Rider, ¿listo? —preguntó alguien desde el coche del que procedía la música. Reconocí aquella voz. La había oído en clase de expresión oral. Era Hector—. Tenemos que irnos.

Rider miró otra vez detrás de mí y suspiró. Dando un paso atrás, recogió su cuaderno y levantó mi bolso del suelo. Se acercó, me lo colgó del hombro y sacó hábilmente mi pelo de debajo de la tira.

Esbozó una media sonrisa mientras recorría mi cara con la mirada.

—Ratón.

—Te va a caer una buena —dijo Hector alzando la voz.

Me dio un vuelco el corazón, pero me relajé al darme cuenta de que su tono era ligero. Estaba bromeando.

Rider bajó la mano y pasó a mi lado. Yo me volví como si ejerciera sobre mí una especie de fuerza gravitatoria. El coche, un Ford Escort viejo con rayas azules de carreras, estaba parado detrás del mío con el motor al ralentí. Sentado detrás del volante, Hector sonreía ampliamente con un brazo fuera de la ventanilla, dando golpecitos en la puerta con su mano morena.

—Eh, *mami* —gritó, y se mordió el labio inferior sin dejar de sonreír—. *Qué cuerpo tan brutal**.

No entendí lo que decía, pero parecía dirigirse a mí.

—Cállate —le contestó Rider y, poniéndole la manaza en la cara, le empujó hacia el interior del coche—. *No la mires**.

Yo seguía sin entender lo que decían, pero había algo en sus palabras que no me sonaba como el español que Rosa y Carl hablaban en casa. Claro que tal vez fuera español y yo no me daba cuenta, porque hacía mucho tiempo que habían dejado de intentar enseñarme el idioma.

Una carcajada ronca salió del interior del coche y Hector volvió a apoyar la cabeza en el asiento. Un segundo después vi un rostro más joven que reconocí enseguida.

Jayden.

Estaba sentado en el asiento del copiloto, al otro lado de Hector, y se había inclinado hacia la ventanilla.

—¡Eh! —exclamó—. Yo a ti creo que te conozco.

—No la conoces —contestó Rider al abrir la puerta de atrás del coche.

Se volvió en el asiento y me miró una última vez. Nuestros ojos se encontraron un instante. Luego la puerta se cerró y Rider desapareció detrás de las ventanillas tintadas.

El Escort arrancó bruscamente.

Me quedé inmóvil, notando vagamente que alguien montaba en la camioneta aparcada junto a mi coche. Aturdida, me senté detrás del volante y dejé el bolso en el asiento de al lado.

—Madre mía —musité mirando por el parabrisas—. Madre mía.

4

No recuerdo exactamente cómo llegué a casa, y probablemente sea mejor así. Hice al trayecto envuelta en una especie de neblina. Cuando entré en casa, me parecía irreal haber visto a Rider. Como si lo hubiera soñado.

Respiré hondo para calmarme.

Cuatro años. Cuatro años retirando capas y más capas dañadas y deshilachadas. Cuatro años deshaciendo una década de miserias, haciendo todo lo posible por olvidar. Por olvidarlo todo excepto a Rider, porque él no se merecía que le olvidara. Rider era, sin embargo, el pasado: lo mejor de mi pasado, pero el pasado a fin de cuentas. Un pasado que no quería recordar.

Crucé la casa a toda prisa y entré derrapando en la cocina. Rosa estaba allí, vestida con su uniforme de doctora azul pálido adornado con pisadas de gatito y el pelo recogido en una coleta. Había procurado llegar pronto a casa. Levantó las cejas al volverse hacia mí.

—Vaya, ¿adónde vas con tanta prisa? —preguntó dejando sobre la encimera el cuenco que tenía en las manos.

Noté desde donde estaba un olor a aliño italiano.

Me bullían dentro las palabras y me moría de ganas de contarle lo de Rider porque necesitaba que volviera a parecerme real, pero me refrené. Estaba segura casi al cien por cien de que, si se lo contaba, pondría el grito en el cielo.

Porque Rosa estaba presente cuando, poco a poco, me fueron quitando de encima todas aquellas capas dañadas y deshilachadas. A pesar de que el doctor Taft tenía por lema «acepta tu pasado» y de que ellos solían estar de acuerdo con todo lo que decía, Carl y Rosa eran más partidarios de que el pasado, pasado está. Creían firmemente que todas las facetas del pasado debían permanecer donde estaban. Y Rider pertenecía indudablemente a un tiempo pretérito.

Así que me encogí de hombros al acercarme a la nevera para sacar una Coca-Cola.

—¿Qué tal ha ido tu primer día? —preguntó, aunque frunció un poco el ceño al ver el refresco.

Me volví hacia ella y sonreí a pesar de que sentía como si tuviera minúsculas serpientes retorciéndose dentro de mi estómago. Estaban allí desde que había montado en el coche.

Rosa ladeó la cabeza y esperó.

Suspiré mientras hacía girar la lata entre las manos.

—Ha ido bien —respondí.

Sonrió y alrededor de sus ojos aparecieron pequeñas arrugas.

—Qué maravilla. Es fantástico, de hecho. Entonces, ¿no ha habido ningún problema?

Negué con la cabeza.

—¿Has conocido a alguien?

Estaba a punto de volver a decir que no, pero me contuve.

—Pues… Había una chica en mi clase de lengua y literatura.

Puso cara de sorpresa.

—¿Has hablado con ella?

Me encogí de hombros.

—Más o menos.

Me miró como si me hubiera salido un tercer brazo y la estuviera saludando con él.

—¿Qué quiere decir «más o menos», Mallory?

Abrí mi Coca-Cola.

—Está en mi clase y se presentó. Le dije unas… siete palabras, quizá.

La mirada de sorpresa dio paso a una ancha sonrisa, y yo me erguí un poco más. Por un momento me olvidé de la inesperada aparición de Rider y disfruté del calor de su sonrisa llena de orgullo.

Demuéstranoslo. Era lo que había dicho Carl esa mañana, y aquella sonrisa me convenció de que, en efecto, se lo estaba demostrando. Rosa sabía de primera mano cuánto había progresado y el gran paso que era para mí sentirme lo bastante a gusto como para hablar con una persona desconocida, aunque sólo hubiera dicho siete palabras.

—Qué bien. —Acercándose a mí, me abrazó y me estrechó con fuerza.

Respiré hondo, disfrutando del extraño olor a jabón bactericida y del leve aroma a manzanas de su crema corporal. Me rozó la frente con los labios y luego se apartó, agarrándome de los brazos.

—¿Qué te decía yo?

—Que… que no sería tan difícil —contesté.

—¿Y por qué?

Toqueteé la pestaña de mi lata de refresco.

—Porque ya había hecho… el trabajo más difícil.

Guiñó un ojo.

—Ésa es mi chica. —Me dio otro abrazo—. Siento no haber estado aquí esta mañana. Me apetecía muchísimo.

—Lo... lo entiendo.

Una sonrisa se extendió por mi cara, tensándola tanto que casi me dolió. Rosa quizá no fuera mi madre biológica, pero era todo cuanto debía ser una madre, y yo tenía muchísima suerte.

Abrió la boca para decir algo, pero en ese momento sonó su teléfono. Levantó la mano, lo cogió de la encimera y contestó rápidamente. Se puso rígida al volverse de lado.

—Maldita sea —dijo—. ¿Puedes esperar un segundo? —Pulsó la tecla que silenciaba el micrófono—. Tengo que volver al hospital. Ha habido complicaciones con la operación de esta mañana.

—Oh, vaya —susurré, confiando en que no perdiera a su paciente.

No me cabía duda de que, si buscabas en Google la palabra «fuerte», aparecía una foto de Rosa Rivas, pero cada vez que moría uno de sus pacientes lo sentía como si fuera un miembro de la familia. Sólo en esas ocasiones la veía beber. Cogía una botella de vino y desaparecía en el despacho, con la puerta cerrada, hasta que Carl la convencía para que saliese.

Yo siempre me preguntaba si era por Marquette o si todos los médicos eran así. Marquette llevaba cinco años muerta la noche en que yo entré en sus vidas. Había transcurrido casi una década desde su muerte, pero yo sabía que eso no mitigaba el dolor de su pérdida.

—Son cosas que pasan —dijo con un suspiro—. Carl va a llegar tarde. Hay sobras en la nevera.

Asentí con la cabeza. Trabajaban los dos en el Johns Hopkins, donde se había inventado la cirugía cardiovascular (eso lo había aprendido de ellos). El Hopkins era uno de los mejores hospitales del mundo y, cuando no estaban operando, estaban dando clase.

Titubeó, mirando la llamada silenciada.

—Hablaremos por la mañana, ¿de acuerdo?

Sus ojos oscuros se clavaron en los míos un instante. Luego me lanzó una sonrisa fugaz y comenzó a girarse.

—Espera —le dije de pronto, sorprendiéndome a mí misma. Se volvió con los ojos como platos y noté que me ardían las mejillas—. ¿Qué… qué significa «*no la mires*»*? —dije, pronunciando tan mal como una típica anglosajona que no tenía ni idea de español.

Levantó las cejas otra vez.

—¿Por qué me lo preguntas?

Levanté los hombros.

—¿Te lo ha dicho alguien? —Como no contesté porque ya no estaba segura de querer saberlo, suspiró—. Significa «no la mires».

Ah.

Vaya.

Me miró entornando los ojos y tuve el presentimiento de que seguiríamos aquella conversación a la mañana siguiente. La saludé con la mano, salí a toda prisa de la cocina y subí los peldaños de las escaleras de dos en dos.

Mi habitación daba a la calle y estaba al fondo del pasillo, junto a la puerta del cuarto de baño del pasillo, que era el que usaba yo. Rosa la había descrito una vez como «un espacio de tamaño decente». Para mí era un palacio. Tenía una cama grande, una cómoda ancha y un escritorio, pero lo que más me gustaba era el asiento del ventanal. Era fantástico para observar a la gente.

Lo mejor de aquella habitación (aunque me sintiera fatal cada vez que lo pensaba) era que no había pertenecido a

Marquette. Bastante duro era ya conducir su coche y pensar en ir a la universidad con la que ella había soñado antaño. Dormir en su antigua cama habría sido demasiado.

Dejé el bolso sobre la cama, cogí el ordenador portátil de encima de la mesa y me senté en el rincón del asiento de la ventana, colocando el refresco en el alféizar. En cuanto el ordenador salió del modo de hibernación oí el tintineo de un mensaje instantáneo.

Ainsley.

La foto de su perfil era de ese verano: tenía el pelo rubio aclarado por el sol y unas enormes gafas oscuras le cubrían la mitad de la cara. Posaba ante la cámara poniendo boca de pato. El mensaje decía:

¿Has salido viva?

Sonreí al contestar: sí.

¿Qué tal ha ido?

Mordiéndome el labio, cerré los ojos un momento y luego escribí lo que me moría por gritar a pleno pulmón.

Rider va a mi instituto.

Mi ordenador se llenó al instante de una larga hilera de exclamaciones en diversas variantes, rematada por una fila casi infinita de emoticones. Ainsley sabía lo de Rider. Sabía cómo me había criado. No todo, porque había cosas sobre las que me era tan difícil hablar como escribir, y además ella entendía que a veces no era una persona muy comunicativa. Pero sabía lo importante que era aquello para mí.

Hace cuatro años que no le ves. ¡¡¡Estoy a punto de mearme en los pantalones, Mal!!! Es alucinante. ¡Cuéntamelo todo!

Mordiéndome todavía el labio, le hice un resumen interrumpido de vez en cuando por más exclamaciones y emoticones. Cuando acabé, me escribió:

Dime que le has pedido su número.

Pues… No se lo pedí, contesté. Pero le di el mío.

Aquello le pareció aceptable y seguimos charlando hasta que tuvo que irse. Tenía limitado el uso de Internet por las tardes desde que en julio anterior su madre descubrió las fotos que le mandaba a su novio, Todd. No eran para tanto, sólo salía en bikini, pero su madre se había puesto histérica con H mayúscula y, para mi diversión y espanto, le había hecho ver vídeos de partos como forma de educación sexual.

Ni que decir tiene que Ainsley estaba absolutamente convencida de que jamás tendría hijos, pero eso no la había disuadido y seguía tan interesada por el sexo como antes.

Se desconectó no sin antes hacerme prometer que nos veríamos ese fin de semana. Pasé el resto de la tarde trasteando por la casa sin ton ni son, demasiado nerviosa para comerme las sobras de pollo de Rosa, a pesar de que estaba asado con rodajas de naranja y lima. Procuré no pensar en el instituto ni en Rider, y no mirar continuamente mi móvil, que llevaba callado toda la tarde y la noche. Pero me resultaba casi imposible olvidarme de esas cosas porque el día no había salido en absoluto como yo esperaba.

No había acabado llorando acurrucada en un rincón y, aunque había fallado a la hora de la comida, había conseguido hablar con Keira. Siete palabras eran mejor que ninguna. Había superado mi primer día sin sufrir una crisis grave. Era como para sentirse orgullosa, y me sentía orgullosa, pero…

No sabía qué pensar respecto a Rider.

Mientras me paseaba delante de la cama, pasé distraídamente la mano por la piel algo levantada de la cara interna de mi brazo. Aquella mezcla abrumadora de ilusión y desesperanza se agitó dentro de mí. Estaba deseando verle, volver a hablar con él, pero… Dios, me costaba incluso pensarlo porque, cuando pensaba en Rider, otra emoción se agitaba dentro de mí.

Un sentimiento de culpa.

Me paré delante del asiento de la ventana y cerré los ojos con fuerza. Rider había… había recibido *palizas* por mi culpa. Se había interpuesto una y otra vez entre aquellos puños carnosos y yo, y la única vez que no pudo impedirlo el resultado fue que acabé escapando de aquella vida. Tuve una segunda oportunidad, una pareja de médicos me acogió en su hogar, por Dios santo, y desde entonces tenía a mi alcance prácticamente todo lo que quería. ¿Y él? No tenía ni idea, pero me daba la impresión de que su vida no se parecía en nada a la mía. ¿Y acaso era justo?

El ardor que notaba en la boca del estómago se intensificó. ¿Cómo podía mirarme como me había mirado esa mañana y no pensar en todo lo que había sacrificado por mí?

Uf.

Me puse a pasear de nuevo por la habitación, sacudiendo las manos. De acuerdo, tenía que calmarme y ver el lado positivo de todo aquello. Rider estaba vivo. Iba al instituto, puede incluso que tuviera una relación con aquella chica tan guapa de la clase de expresión oral y, aunque yo sabía que las peores heridas podían estar ocultas, no le había visto ningún moratón reciente. No parecía odiarme. Todo eran ventajas, y en definitiva lo más importante era que había superado con éxito mi primer día de instituto.

Eso era lo fundamental.

Hablando de ese tema, aún tenía que leer el capítulo que nos habían mandado en historia. Acabé leyendo más de la cuenta, hasta que oí abrirse la puerta del garaje. Cerré el libro de texto, me di la vuelta en la cama y apagué la luz, sabedora de que Carl o Rosa no entrarían si creían que estaba dormida. Había pasado tantos meses sin dormir que nunca se arriesgaban a despertarme.

Justo cuando empezaba a adormilarme oí el tintineo de mi móvil en la mesilla de noche. Estiré el brazo a la velocidad del rayo y lo cogí, con el corazón en la garganta.

Tenía un mensaje de tres palabras de un número desconocido.

Buenas noches, Ratón.

5

A la mañana siguiente casi podía ver girar las ruedecillas de la fatalidad tras las pupilas de Rosa mientras me interrogaba acerca de por qué le había preguntado aquello el día anterior.

Debería haber mantenido la boca cerrada.

Rosa era inteligentísima y tan observadora como un gato en estado de alerta, y el hecho de que le hubiera pedido que me tradujera una frase en un español que, según me informó esa mañana, sonaba a portorriqueño, le había hecho levantar las orejitas.

Yo me había quedado mirando el mensaje de texto —aquellas tres palabras— un rato ridículamente largo. Paralizada por la cantidad infinita de cosas que podía haber contestado, cuando por fin me decidí por una respuesta parecida era más de la una de la madrugada y me preocupaba despertar a Rider, así que no contesté.

Qué pardilla soy, la verdad.

Ahora tenía sueño y enseguida descubrí que tratar de moverme por los pasillos llenos de gente del instituto estando medio dormida podía ser el argumento de una de las novelas distópicas que solía leer.

Metí el manual de expresión oral en la tumba gris acero de mi taquilla y cogí los libros de mis dos primeras clases, sabiendo que más tarde tendría tiempo de pasarme otra vez por allí para cambiar de libros. Cerré la taquilla tratando de no pensar en Rider al tiempo que me decía que, si Keira volvía a hablar conmigo, le respondería como una persona normal. La puerta de la taquilla se atascó. Suspirando, volví a abrirla y la cerré con más fuerza. Esta vez se cerró del todo. Satisfecha, recogí mi bolso y empecé a darme la vuelta.

—¿Tú?

Girándome por la cintura, busqué el origen de aquella voz y entonces la vi. La chica de la clase de expresión oral. La que había tocado a Rider como si tocarle fuera de lo más normal para ella y a él le pareciera bien.

—Eres tú. —Sus ojos marrones se entrecerraron—. Me gustaría borrar este momento, pero eres tú de verdad.

Con el rabillo del ojo, vi que la chica de las trencitas que me había saludado el día anterior se paraba a unos pasos de nosotras y miraba la taquilla delante de la cual se había detenido la otra. Dio marcha atrás y giró en dirección contraria.

Ay, Dios, eso no era buena señal.

La chica que tenía delante frunció sus labios satinados de rosa.

—No tienes ni idea de quién soy, ¿verdad?

Sacudí lentamente la cabeza.

—Yo sí sé quién eres, y no porque estés en mi clase de expresión oral. No me puedo creer que seas *tú* —añadió—. Pensaba que estarías muerta o algo así.

Se me cayó el alma a los pies. Mi segundo día de clase ¿y ya recibía amenazas de muerte?

La tira de su vieja bolsa de lona verde oscura se deslizó unos centímetros por su hombro.

—Soy la novia de Rider —dijo rotundamente.

Ah.

Ah.

Bueno, eso explicaba lo del toqueteo.

Noté una sensación extraña en el pecho. No es que estuviera decepcionada. Era más bien resignación. Ya me lo había imaginado el día anterior, claro, cuando los vi entrar en clase. Y él estaba buenísimo. Ella era guapísima. Era lógico, incluso para alguien como yo, que no tenía experiencia en el tema novios. Pero veía la tele. Leía libros. Tenía a Ainsley. Sabía que era lógico que Rider estuviera con aquella chica.

Me miró con aire calculador, como si estuviera intentando llegar a alguna conclusión.

—Él me ha hablado de…

—¿Qué pasa aquí? —Jayden apareció al lado de la chica. Como salido de la nada.

Al verle de cerca, me di cuenta de que seguramente era más pequeño que la chica y que yo. Puede que estuviera en primero o en segundo. Sus ojos, del mismo color verde claro que los de Hector, no parecían tan enrojecidos como el día anterior cuando le vi en el pasillo.

La chica le miró, tan sorprendida de verle como yo.

—¿Qué quieres?

—No seas *puta**, Paige. —Puso en blanco aquellos ojos verdes, pero sus labios se tensaron en una sonrisa cuando alargó la mano y le tiró de la gruesa trenza—. ¿De qué vas hoy? ¿De la Katniss del barrio?

Ella le arrancó su trenza de la mano de un tirón.

—Ni siquiera sabes quién es Katniss, enano. Seguro que crees que *Los juegos del hambre* son esa sensación que te entra cuando te colocas.

Hum.

—Tienes razón. —Jayden me guiñó un ojo con una sonrisa pícara—. Yo te conozco. Nos tropezamos ayer en el pasillo. —Hizo una pausa—. Y te vi hablando con Rider después de clase. Fuera, en el aparcamiento.

Miré a la chica, a Paige. Tenía una mirada glacial.

—¿Eres muda o qué? No me has dicho ni una palabra —dijo.

Yo *no* era muda.

Jayden frunció las cejas mientras la observaba.

—Qué pregunta más tonta, Paige. Acabo de decir que la vi hablando con Rider.

—¿Sabes qué te digo? —Arrugó la cara y sin embargo se las arregló para seguir estando guapa. Se giró hacia él y puso los brazos en jarras—. Que ya tienes bastantes problemas, chaval, así que no te metas en mis asuntos.

Él ladeó la cabeza.

—Tiene gracia que eso lo digas tú, que siempre te estás metiendo en los míos.

Estaban evidentemente distraídos el uno con el otro, y como por su forma de hablar saltaba a la vista que aquella no era la primera vez que discutían ni sería la última, di media vuelta y me mezclé con la riada de alumnos que se dirigían a clase.

¿Eres muda?

Me ardían las mejillas cuando llegué a mi aula, y la vergüenza se enconó rápidamente convirtiéndose en ira, dirigida sobre todo contra mí misma. Podría haberle dicho algo, cualquier cosa, en vez de quedarme allí parada como si no me funcionara la lengua.

Y Dios mío, era la novia de Rider. En serio. La chica que me había preguntado si era muda, delante de la cual me había comportado como una auténtica perdedora, era su novia.

Resistí el impulso de darme de cabezazos contra la mesa.

Muda.

Odiaba aquella palabra con todas mis fuerzas.

Todo el mundo creía siempre que era muda: la señorita Becky y el señor Henry, los trabajadores de la residencia de menores, el Servicio de Protección de Menores. Hasta Carl lo había pensado cuando Rosa y él me conocieron. Sólo Rider sabía que no era cierto. Que podía hablar perfectamente.

Sólo que hoy no había hablado.

El doctor Taft usaba una expresión sofisticada para explicar por qué había pasado tanto tiempo sin hablar: síndrome de estrés postraumático, lo llamaba él, debido a… a todo lo que me había ocurrido de pequeña. La mitad de nuestras sesiones de terapia habían estado dedicadas a trabajar en mecanismos de superación del trauma y formas de combatirlo.

Me había costado mucho esfuerzo llegar al punto donde me hallaba, a un punto en el que ya no sentía que necesitaba sesiones de terapia, y sin embargo unos minutos habían bastado para que retrocediera veinte pasos. Como si fuera otra vez la Mallory de cinco años, o la de diez, o la de trece: la Mallory que no hacía ni decía nada. La Mallory que se quedaba en silencio porque le parecía la ruta más segura.

Odiaba aquella sensación.

Empuñé con fuerza el bolígrafo ignorando el dolor de mis nudillos. Sentía que lágrimas de frustración me quemaban la garganta, y me costó concentrarme en la clase de química y aún más no ceder a aquel bolo de emoción que tenía atascado en la garganta, sobre todo cuando me di cuenta de que había vuelto a sentarme al fondo de la clase.

Donde no llamaría la atención.

Keira se volvió de inmediato hacia mí cuando se sentó en clase de lengua.

—Oye, quería hacerte una pregunta muy rara.

Pillada por sorpresa, parpadeé y noté que se me encogía un poco el estómago. ¿Iba a preguntarme si era muda?

Sonrió mientras se ponía un rizo suelto detrás de la oreja. Volvió a soltársele enseguida. Unos pendientes de color azul claro le colgaban de los lóbulos minúsculos.

—¿Has pensado alguna vez en ser animadora?

Me quedé mirándola. Era una broma, ¿no? Miré a mi alrededor. No había nadie mirándonos ni con el teléfono en alto, grabando aquel momento para la posteridad.

—Lo digo porque pareces bastante robusta. Podrías ser la base o ponerte en una de las filas de atrás —dijo, encogiéndose de hombros como si no acabara de decir que parecía «robusta»—. Es que estamos desesperadas, ¿sabes? Aquí hay pocas chicas a las que les interese y una de mis compañeras de equipo se rompió ayer la muñeca en el entrenamiento, así que he pensado en ti. —Se pasó la mano por el brazo esbelto, girándose la pulsera azul de la muñeca—. Bueno, ¿qué te parece?

Eh…

—Eres muy mona y el uniforme azul y rojo te sentaría genial con tu pelo —sugirió echando una mirada a la puerta.

Sentí la lengua pastosa y la garganta hinchada mientras hurgaba dentro de mi cabeza y me obligaba a pensar en todo el trabajo que había hecho para llegar a ese punto.

—Eh, yo… no soy muy de ra-ra-rá.

Levantó elegantemente una ceja oscura.

—¿Y yo te parezco del tipo ra-ra-rá?

Negué con la cabeza, sin saber si era la respuesta acertada o no. Yo no tenía nada en común con las animadoras, que eran bulliciosas, habladoras, simpáticas, guapas y mil cosas más de las que yo no tenía ninguna experiencia. Claro que tampoco estaba segura de que todas las animadoras fueran bulliciosas, habladoras, simpáticas y guapas. Keira era la primera que conocía, así que mis suposiciones se basaban únicamente en películas y libros, y había que tener en cuenta que las películas y los libros solían estar plagados de tópicos.

Hice una mueca al percatarme de lo ofensiva que podía parecer mi respuesta. ¿El tipo ra-ra-rá? A veces era mejor quedarse callada.

Se rió suavemente.

—Es muy divertido, en serio. Por lo menos piénsalo, ¿vale?

El boli que tenía en la mano estaba a punto de estallar y llenarme los dedos de tinta azul.

—Vale.

La sonrisa se extendió por sus mejillas.

—Genial. Comes en el turno B, ¿no? ¿Después de esta clase? Me pareció verte ayer, pero creo que te fuiste de la cafetería. Y te vi también en clase de expresión oral, ¿verdad? Claro que a mí me cuesta fijarme en alguien estando allí el pibón de Hector.

Asentí con la cabeza, aunque no estaba segura de adónde conducía aquella conversación.

—Bueno, si te aburres a la hora de la comida o lo que sea, búscame. —Fijó la mirada en su cuaderno y anotó la fecha en la esquina superior derecha—. Suelo sentarme delante, en la primera mesa. No tiene pérdida.

¿Me estaba invitando a comer? Ay, Dios, que se fueran a paseo Paige y su trenza Katniss. Aquello era la bomba. Un paso enorme en la dirección correcta y, como diría Ainsley, si no podía hablar, más valía que me cosiera la boca.

—Vale —susurré sintiéndome bastante idiota, pero aquello era el equivalente a cuatro mañanas de Navidad, todas en una.

Keira me lanzó una sonrisa rápida. Cuando sonó el timbre, después de cuarenta minutos escuchando al señor Newberry poner por las nubes a escritores muertos, todos ellos varones, me saludó moviendo los dedos y desapareció en el pasillo.

Me pasé por mi taquilla para cambiar de libros y sentí alivio al ver que Paige no aparecía de repente detrás de una puerta. No quería pensar en ella ni en su relación con Rider.

Repitiéndome de cabeza una letanía un tanto estúpida para darme ánimos, me dirigí a la planta baja y pasé junto a la vitrina de los trofeos. *Puedo hacerlo, puedo hacerlo*, me decía. Al entrar en la cafetería atestada de gente se me cerró la garganta y decidí que lo más prudente sería ir primero a comprar el almuerzo.

Pero no pude evitar lanzar una ojeada a la mesa en la que había visto a Keira el día anterior. Estaba sentada al lado de una chica, pero el asiento del otro lado estaba libre. Me quedé sin respiración. *Puedo hacerlo*. Eché a andar hacia la cola.

—Me estás rompiendo el corazón.

Me giré al oír la voz de Rider, agarrando el bolso contra mi costado. Lo primero que me llamó la atención fue el escudo descolorido de los Ravens que se extendía sobre su ancho pecho. Luego me obligué a levantar la mirada. La ligera barba de su mandíbula había desaparecido. Hoy sólo había piel tersa a la vista.

Tampoco llevaba el cuaderno. Se había metido las manos en los bolsillos de los vaqueros y tenía aquella sonrisa oblicua que yo conocía tan bien y que hacía aparecer el hoyuelo de su mejilla derecha. Se acercó, y mi corazón dio una voltereta cuando bajó la barbilla. Sentí su aliento cálido en la mejilla cuando habló.

—Anoche no contestaste a mi mensaje —dijo en un tono ligeramente burlón que yo no recordaba de antes—. Pensé que a lo mejor no sabías que era yo, pero eso significaría que hay alguien más que te manda mensajes de buenas noches y te llama «Ratón». Y no estoy seguro de cómo tomármelo.

Negué tan rápidamente con la cabeza que me sorprendió que las puntas de mi pelo no le dieran en la cara.

Se rió en voz baja.

—Era una broma. ¿Vas a comer algo o…?

Eché un vistazo a la mesa y vi a Keira. Estaba mirándonos. Y también la rubia sentada a su lado. Keira levantó las cejas y nos miró a Rider y a mí.

Rider bajó el brazo y me cogió de la mano. Me estremecí al sentir su contacto y volví a mirarle a los ojos.

—¿Vienes conmigo? —preguntó.

Aturdida por su físico y su contacto, dejé que me llevara a la cola más corta, la de la pizza. Mis ojos miraban desquiciados rebotando entre las caras de los que hacían cola o se sentaban a las mesas. Entonces me di cuenta de por qué Keira y la mitad de su mesa nos estaban mirando.

Se me encogieron los músculos del estómago.

Le estaba dando la mano a Rider… y tenía novia.

Notando la boca seca, le solté. Aunque me había dado la mano mil veces en el pasado, no me parecía bien sabiendo que estaba con Paige. Ahora todo era… distinto.

Él me miró con curiosidad. Yo aparté los ojos. Puso dos porciones de pizza en un solo plato. Sentí un hormigueo en la mano cuando cogió una botella de agua y un brik pequeño de leche.

—¿Sigues bebiendo leche con todo? —preguntó, mirando las bebidas con la cabeza un poco ladeada. Luego me miró. Nuestros ojos se encontraron—. ¿Como si la necesitaras para sobrevivir?

Dije que sí con la cabeza mientras mi corazón se convertía en una pulpa blanda y pegajosa. Se acordaba de que bebía leche a la menor oportunidad. Leche y Coca-Cola, cuando Rosa y Carl me lo permitían.

Me sostuvo la mirada un momento y luego, antes de que pudiera sacar mi cartera, se sacó del bolsillo unos billetes arrugados y pagó a la cajera. Yo fui a protestar, pero me lanzó aquella mirada con las cejas bajas que me había lanzado un millón de veces cuando éramos pequeños. La mirada de «No discutas». Era extraño verle mirarme así con dieciocho años, y estuve pensando en ello mientras él sostenía en equilibrio el plato y las bebidas. Señaló con la cabeza la entrada de la cafetería y yo miré a Keira. Tenía la cabeza inclinada hacia la chica rubia y sus rizos prietos apuntaban en todas direcciones. Parecía estar enfrascada en la conversación y no levantó la mirada.

«Mañana», me prometí a mí misma.

Seguí a Rider fuera de la cafetería, curiosa por saber adónde me llevaba. Pasamos frente al gimnasio. Las puertas estaban abiertas y me pareció ver a Hector corriendo con una pelota de baloncesto en las manos y gritando en un idioma que parecía español, aunque un poco distinto. Rosa había dicho que era español portorriqueño, y no me quedaba más remedio que creerla.

—Yo como en el turno A, pero me he enterado de que estabas en el B —dijo Rider aflojando el paso para que no me quedara atrás—. ¿Te acuerdas del tío que estaba sentado delante de nosotros ayer en clase de expresión oral? ¿Ese capullo del coche? Es Hector, y tiene un hermano pequeño con el que por lo visto te tropezaste ayer, Jayden. También estaba en el coche. El caso es que me dijo que te había visto en el pasillo ayer, en el turno B de la comida.

Aunque ya sabía quiénes eran Jayden y Hector, no dije nada. Mientras él hablaba y caminábamos por el pasillo, yo le miraba de reojo, tan a menudo que me sorprendió no chocarme con nada.

—Así que, por si te lo estabas preguntando... —Hizo una pausa para abrir la puerta que daba al patio—. Sí, me estoy saltando una clase.

Desencajé la mandíbula.

—Rider...

Sostuvo la puerta y ladeó la cabeza mientras yo entraba. Me detuve porque... bueno, porque estaba allí parado, con nuestro plato y las bebidas. Sus ojos escudriñaron los míos.

—¿Sabes?, no esperaba volver a oírte decir mi nombre. Me importa una mierda perderme una clase si a cambio podemos charlar un rato.

Cuando echó a andar hacia una mesa de piedra que estaba libre, por fin conseguí despegar la lengua del paladar.

—¿No... no te meterás en un lío?

Miró hacia atrás y se encogió de hombros.

—Merece la pena.

Aquello no me tranquilizó, pero mentiría si dijera que el corazón no me dio un vuelco de alegría. Puso nuestra comida sobre la mesa y se sentó a horcajadas en el banco. Dando unas palmadas sobre el banco, a su lado, me sonrió.

Dejé mi bolsa sobre los adoquines y, al pasar una pierna por encima del banco, me detuve para mirarle. Me estaba observando por entre sus gruesas pestañas, con la cabeza todavía ladeada y una sonrisa. El hoyuelo de su mejilla parecía pedir a gritos una caricia. Me di cuenta entonces de que era la primera vez que estábamos a solas. Lejos de miradas curiosas. Sin adultos que nos vigilaran. No pasaba nadie a nuestro lado, como el día anterior en el aparcamiento. Estábamos solos, él y yo, como tantas veces en el pasado.

No sé por qué hice lo que hice a continuación, pero una década de emociones se agitaba dentro de mí. Puede que fuera por todo lo que había hecho por mí en el pasado. O quizá fuera sólo porque estaba allí sentado y estábamos en el presente.

Y nunca me había sentido más *presente* que en ese momento.

Inclinándome, rodeé con los brazos sus anchos hombros y le apreté con fuerza. Fue seguramente el abrazo más torpe de la historia, pero me sentó de maravilla. Fue fantástico que se levantara un poco y me abrazara por la cintura. Él abrazaba mejor.

Cuando me retiré, apartó las manos de mi cintura y las posó un momento en mis caderas. Una sensación extraña me hormigueó en el estómago. Me soltó, pero aquella sensación de calidez no se disipó.

—¿A qué ha venido eso?

Encogiéndome de hombros, me senté y metí las piernas bajo la mesa. Me ardía la cara.

—Sólo… me apetecía.

—Pues puedes hacerlo siempre que quieras. No me molesta.

Le sonreí y, cuando se rió, ocurrió otra cosa curiosa: me estremecí. No porque tuviera frío de repente, sino más bien por lo contrario.

—Ratón…

Nuestras miradas chocaron y de repente fue como si otra vez tuviéramos trece años y birláramos comida en un mundo en el que sólo estábamos yo y él, sólo que ahora éramos mayores, y no estábamos yo y él contra el mundo entero. Yo no era una niña. Ni él un niño. Y en aquel entonces él era… En fin, era mío. Eso también había cambiado. Ahora tenía una novia que creía que yo era muda.

Darme cuenta de ello fue como una patada en el estómago.

Así que probablemente me convenía dejar de darle abrazos, y dejar de sentir aquel cosquilleo en el estómago, y de estremecerme. Todo eso tenía que parar. Aun así, no pude evitar esbozar una sonrisa.

—Tienes que contarme qué has hecho todo este tiempo. —Empujó hacia mí una porción de pizza y me pasó una servilleta que no le había visto coger.

Mi sonrisa de pardilla se agrandó cuando hizo lo que yo ya sabía que iba a hacer: cogió los pedazos de *pepperoni* y se los comió antes que la pizza.

Me miró de reojo y dijo en su tono paciente de siempre mientras acababa de comerse el *pepperoni*:

—Ratón…

Miré un momento la cicatriz de su ceja y se me desdibujó un poco la sonrisa. Concentrándome en el trozo de pizza, respiré hondo.

—Esa noche… Hum, la última noche, conocí a una persona en el hospital. A Carlos Rivas. Carl. Era… es un especialista en quemados.

Rider cogió el brik de leche y lo abrió con sus largos dedos. Vi que tenía una mancha que parecía de tinta roja en la parte interna del dedo índice. Me pasó la leche y yo continué.

—Está casado con Rosa, que es cirujana cardiovascular. Trabajaban los dos en el hospital, y creo que el Servicio de Protección de Menores les dijo que yo era... muda o que me pasaba algo.

Frunció el ceño mientras cogía su pizza.

—Tú no eres muda. Y no te pasa nada. Eres superinteligente. Todo eso es una gilipollez.

Me encogí de hombros.

—Iban mucho a visitarme después de... después de que hablara con ellos. —Apreté los labios y quité de la masa un gran trozo de *pepperoni*—. Cuando me desperté después de la operación... pregunté por ti. Se lo pregunté a Carl.

Era la primera vez en años que hablaba con alguien fuera de aquella casa.

Rider volvió bruscamente la cabeza hacia mí. Sus ojos parecían más dorados que marrones a la luz del sol.

—Te busqué de verdad, Mallory. Ya te dije que fui al hospital del condado. Nadie quiso decirme dónde estabas. Sólo... —Exhaló ásperamente—. Sólo me decían que no ibas a volver.

—Ojalá... hubiera podido verte. Preguntaba y preguntaba, pero... —Pero todo había sido tan terrible y abrumador—. ¿Qué te pasó?

Bajó las cejas.

—Me mandaron a una residencia de menores. —Dobló lo que le quedaba de pizza y lo miró—. Entonces, la historia no acaba ahí. Cuéntame más.

Sentí una opresión en el pecho cuando le ofrecí el trozo de *pepperoni*. Dibujó una pequeña sonrisa.

—Pasé una temporada en el hospital y luego... A mí también me mandaron a una residencia.

—¿Dónde?

Hablar… hablar con él era un alivio que había echado mucho de menos. Y con cada segundo que pasaba me resultaba más fácil.

—A la que hay cerca del puerto, no muy lejos del hospital. Carl y Rosa… Iban a visitarme, y al final pudieron acogerme.

Se le agrandaron los ojos y se detuvo con la pizza a medio camino de la boca.

—¿Te acogieron unos médicos?

Me puse tensa y pensé que iba a preguntarme cómo demonios era posible y si me parecía justo. Ignoraba qué había sido de él. ¿Y si seguía en una residencia o en algún sitio peor, porque había sitios peores? No pude evitar que la mala conciencia me encogiera el estómago. Asentí con la cabeza.

Dejó la pizza en la bandeja y sus hombros se aflojaron. Su boca se relajó.

—Joder, Mallory, cuánto… ¿Médicos, entonces? Qué bien. —Cuando me miró, vi alivio en su mirada y me pregunté dónde creía que había estado todo ese tiempo—. Entonces, te han cuidado de verdad, ¿no?

Asentí con un gesto mientras retiraba otra loncha de *pepperoni* y él acercó la mano para cogerla y nuestros dedos se rozaron. Noté otra sacudida nerviosa. No recordaba que tocarle me produjera aquella sensación antes, pero desde luego era muy agradable.

—Ese coche junto al que estabas ayer, el Honda, ¿es tuyo?

—Era de su hija.

Levantó una ceja.

—¿Era?

—Murió antes de que yo les conociera. Hace casi diez años. Creo que por eso me acogieron —expliqué mientras masticaba lentamente.

Volvió a levantar las cejas.

—Quiero decir que… que no tuvieron más hijos. —Pasó un momento—. Se han portado muy bien conmigo, Rider. He tenido muchísima suerte.

—Ojalá no hubieras tenido que conocerlos. —Acabó de comerse la porción de pizza, se limpió las manos con la servilleta y se volvió hacia mí—. Me alegro de que les conocieras, claro, porque te mereces una vida así, Ratón, pero…

—Sé… sé lo que quieres decir. —Me embargó una sensación de alivio. No había ni una gota de envidia en su tono de voz ni en su mirada. Bebí un sorbo de leche—. Cuando consiguieron mi custodia, empecé a estudiar en casa —añadí—. Y luego… luego decidí que quería ir al instituto.

Me miró extrañado.

—¿Y eso por qué?

—Porque quiero ir a la universidad —le dije mientras miraba el cielo despejado.

Ir a la universidad era una aspiración muy ambiciosa teniendo en cuenta que hablar con un profesor me daba ganas de vomitar, pero para mí era muy importante. Ir a la universidad significaba, al menos en teoría, que con el tiempo podría encontrar trabajo y llevar una vida en la que no tuviera que preocuparme por si iba a poder comer o a depender de alguien que se ocupara de mí. La universidad equivalía a la libertad.

—Y Rosa y Carl… También quieren que vaya. Podría seguir estudiando en casa e ir a la universidad, pero… —Rider esperó—. Pero ya sabes cómo soy… cómo era. —Me puse colorada y miré mi brik de leche—. No… se me da bien la gente… y ellos pensaron que primero debía probar suerte en el instituto.

Se quedó callado un momento, pero sentí sus ojos fijos en mí.

—Pues me alegro de que hayas decidido matricularte. Si no…

Si no, nuestros caminos probablemente no habrían vuelto a cruzarse. Se me encogió el estómago al pensarlo. Le miré, y me quedé sin respiración. Me miraba de una manera a la que no estaba del todo acostumbrada, pero que había visto otras veces. Era así como Todd miraba a Ainsley. Puede que no fuera una mirada tan familiar, pero desde luego era igual de intensa.

Me removí, no porque estuviera incómoda sino porque de repente era muy consciente de su cercanía.

—¿Y tú?

Apoyó el codo en la mesa y la barbilla en la palma de la mano.

—Ya no estoy en una residencia. —Cuando empecé a volverme hacia él, miró con énfasis mi pizza—. Tienes que comer. Venga.

Entorné los ojos.

Me lanzó una sonrisa rápida.

—Estoy con una familia de acogida. —Se acercó un poco más mientras yo daba un gran mordisco a mi pizza—. En realidad es la familia de Hector. Su abuela lleva años acogiendo a chavales. Así completa ingresos y esas cosas.

Pensé en el cuaderno raído y en los bordes deshilachados de sus vaqueros.

—No es que lo haga sólo por eso, ¿sabes? Es estupenda. Una mujer buenísima. El caso es que así conocí a Hector y Jayden. Llevo un par de años viviendo con ellos. —Estiró el brazo, posó la yema de un dedo en mi mejilla y yo contuve la respiración—. ¿Qué ha sido de tus pecas?

—No lo sé —contesté con un extraño susurro—. Se escaparon.

Oí de nuevo aquella risa profunda que se deslizó sobre mi piel.

—Tenías tres aquí. —Tocó ligeramente mi pómulo—. Y otras dos aquí. —Acarició con el dedo el puente de mi nariz y bajó la mano—. ¿Puedo decirte una cosa?

—Sí.

Deseé poder decirle que podía seguir tocándome la cara, pero seguramente sonaría muy raro. A mí me sonaba muy raro. Y sería muy inapropiado. Totalmente inapropiado.

Bajó las pestañas y volvió a aparecer aquella sonrisa torcida.

—Siempre supe que algún día serías preciosa.

Conteniendo la respiración, me senté más erguida. Lo que quedaba de la pizza, la corteza, quedó olvidado en el plato. Mis oídos debían de haber fumado marihuana o algo así.

Me puse colorada mientras su boca se curvaba en una sonrisa.

—Pero creía que nunca llegaría a ver lo preciosa que serías.

Vaya. Lo había dicho de verdad. Preciosa, Rider había dicho que era preciosa. Me quedé clavada en el sitio mirándole fijamente. Sabía que no estaba mal del todo. A Ainsley le encantaba la combinación de mi pelo y mis ojos, que todo el mundo pensaba que eran de origen irlandés, pero a mí me parecían del montón. Una cara corriente, un cuerpo corriente, ni grande ni pequeño. Nunca se me había ocurrido que fuera «preciosa».

—Tú también eres guapísimo. Quiero decir que estás muy bueno —balbucí—. Pero siempre supe que sería así.

—Se me dilataron los ojos al percatarme de lo que acababa de decir, y su sonrisa se agrandó—. Ay, Dios mío, no he… no he dicho eso en voz alta.

—Sí que lo has dicho.

—Ay.

Echando la cabeza hacia atrás, soltó una carcajada. Se rió como en esas raras ocasiones, cuando algo le hacía gracia de verdad. Con una libertad que yo envidiaba.

Me llevé las manos a la cara colorada, pero me agarró por las muñecas y me las sujetó. Sus ojos parecían bailotear, más claros que antes.

—Puedo fingir que no lo has dicho si así te sientes mejor —sugirió.

Ah, sí, eso sería fabuloso. Asentí con la cabeza.

—Pero no voy a olvidarlo.

Sentí una oleada de vergüenza, pero Rider seguía sonriendo cuando se acercó un poco más y tiró de mí. Antes de que me diera cuenta de lo que hacía, encajó mis caderas entre sus muslos, me rodeó con los brazos y me estrechó contra su pecho.

Tenía un pecho durísimo.

Me sobresalté al sentir su contacto como si hubiera tocado un cable desnudo. Tardé unos segundos en relajarme.

Se quedó callado con la barbilla apoyada en mi cabeza, y yo no dije nada. Cerré los ojos intentando contener una oleada de emoción. Estar de nuevo tan cerca de él era algo tan intenso que nuestra conexión era casi palpable, como un ser vivo.

Deslizó la mano por mi espalda, pasándola suavemente bajo el peso de mi pelo. Rodeó con los dedos mi nuca. Movió la barbilla rozando mi frente, y la intimidad de aquel gesto me pareció muy distinta de otras veces. Un extraño calor se difundió por mis músculos, como al salir al sol por primera vez después de un largo invierno. Hubo un momento en que no supe si respiraba porque no sentí moverse su pecho bajo mis manos.

En un rinconcito de mi cabeza, me preguntaba si... si aquello estaba bien. No quería apartarme, romper el contacto, pero pensé que tal vez debía hacerlo. Era un abrazo inocente, tenía que serlo, pero también era distinto.

—¿Tienes a alguien con quien comer a diario? —preguntó, y su voz me sonó extraña. Más ronca.

Con los ojos todavía cerrados, no supe qué contestar, y tampoco me aparté. Ignoraba qué revelaba aquello acerca de mí, o si revelaba algo.

—¿Ratón?

—Hay una chica en mi clase de lengua. Me ha... me ha invitado a sentarme con ella.

El brazo con el que me rodeaba la cintura pareció tensarse.

—¿Quién?

—Keira... No recuerdo su apellido.

Pasó un instante.

—La conozco. Viene a clase de expresión oral. Una chica bastante guay. ¿Vas a aceptar su invitación? Si no, podemos comer juntos.

Pero él tenía clase a esa hora.

Entonces me di cuenta de una cosa. De que Rider, en realidad, no había cambiado. A pesar de que habían pasado cuatro años, a pesar de que se suponía que debía estar en clase y de que tenía novia, vendría en mi auxilio si le decía que le necesitaba. Noté el picor de las lágrimas en los ojos y me sentí como una tonta.

—No hace falta. Voy a sentarme con ella.

Sus dedos se movieron por mi cuello palpando los músculos.

—¿Estás segura?

Mi corazón se había hecho papilla.

—Sí. Me ha invitado. Y me preguntó si quería probar a ser animadora.

Su mano se detuvo.

—Ratón...

Sonreí.

—No lo estarás pensando, ¿verdad? —preguntó pasado un momento.

Luego se calló y se apartó bruscamente.

Su súbita retirada me obligó a abrir los ojos. Le vi de perfil, con la mandíbula tensa, mirando hacia el aparcamiento, al otro lado del patio. Había un coche con el motor en marcha entre las filas de vehículos aparcados. Parecía un sedán. Tenía las ventanillas tintadas de un color tan oscuro que no se veía el interior.

Se cerró una puerta y miré hacia la entrada por la que habíamos salido un rato antes. Vi salir a Jayden tirándose hacia arriba de los pantalones. Cruzó el patio en dirección a la verja de hierro.

—Mierda —masculló Rider en voz baja.

Me tensé al sentir su malestar.

—¿Pasa algo?

—No, nada. —Miró a Jayden salir por la verja y dirigirse al coche.

El chico se inclinó hacia la ventanilla bajada del conductor. Rider me dio unas palmadas en la pierna para atraer mi mirada.

—Está a punto de sonar el timbre. ¿Por qué no vas entrando?

Sus facciones tenían una expresión dura y fría que no me gustó.

—Rider...

—No pasa nada, te lo prometo —dijo, y volvió a tocarme la pierna.

Luego se levantó, en el momento en que volvía a abrirse la puerta. Esta vez fue Hector quien salió, y no parecía muy contento. Rider me agarró de la mano y tiró de mí para que me levantara.

—Nos vemos en clase.

Asentí con la cabeza, recogí mis cosas y me aparté del banco. Hector no me miró al reunirse con Rider y ninguno de los dos habló cuando dieron media vuelta y se dirigieron a la verja. Los observé, convencida de que allí pasaba algo y de que no podía ser nada bueno.

6

No vi a Rider en clase de expresión oral.

Su sitio estaba vacío, y no pude evitar pensar que su ausencia tenía algo que ver con aquel coche que había aparecido en el aparcamiento. Aunque habíamos estado hablando un rato, lo único que sabía de su vida durante esos últimos cuatro años era que vivía en casa de la abuela de Hector.

No era del todo una ingenua, ni había vivido por completo apartada del mundo aunque algunas personas pudieran pensar lo contrario. Me había criado en una casa en la que había visto muchas cosas. Y el mes que pasé en la residencia de menores fue también muy instructivo. Había individuos que merodeaban por los alrededores del edificio tratando de reclutar a chavales para que traficaran con drogas. Había visto a chicos mayores que yo perder el conocimiento en medio de una conversación. En cuestión de un mes, conocí a chicos y chicas que se esfumaron sin más, perdidos en las calles. Tenía una idea bastante aproximada de por qué Jayden tenía los ojos enrojecidos el día anterior, y era más que probable que los ocupantes de aquel coche con las ventanillas tintadas que había visto en el aparcamiento no estuvieran vendiendo galletitas de las *girl scouts*.

Empecé a sentir un cosquilleo de preocupación al preguntarme en qué andaría metido Rider. Pero por debajo de la preocupación percibía otra cosa, algo que no estaba segura de querer nombrar. Porque Paige tampoco había ido a clase, y yo no era tonta. Rider se había marchado del instituto. Y también Paige. No sabía qué estaba pasando, pero posiblemente estaban juntos. Sentí en el centro del pecho una quemazón y me dije que algo que había comido me había sentado mal, que aquello no tenía nada que ver con el hecho de que Rider me hubiera cogido de la mano o me hubiera dicho que era preciosa cuando yo sabía que también se lo decía a Paige aunque con una intención completamente distinta.

Me costó concentrarme en las explicaciones del señor Santos acerca de los distintos usos del lenguaje. El profesor se paseaba de un lado a otro de la clase haciendo aspavientos mientras hablaba. Rebosaba entusiasmo. Miré mi cuaderno y vi sólo media página de apuntes. Aquello no estaba bien. Me concentré y anoté todo lo que pude.

Cuando sonó el timbre me sentía un poco mejor respecto a mis apuntes. Salí al pasillo mientras guardaba el cuaderno en la bolsa y no me di cuenta de que Keira estaba esperándome hasta que se puso a mi lado.

—Bueno, ¿te has pensado lo de formar parte del equipo de animadoras? —preguntó.

Cerré la solapa de mi bolsa e hice una mueca. La verdad era que no había vuelto a pensar en ello. Meneé la cabeza.

Suspiró, agarrando con una mano la tira de su bolso.

—Sí, ya me imaginaba que seguramente no te interesaría, pero, en fin, no se pierde nada por intentarlo.

No, desde luego, no se perdía nada por intentarlo. Ese lema resumía perfectamente mi vida en aquel momento.

—Bueno —añadió, abriendo la puerta que daba a la escalera y sujetándola—, hoy te he visto a la hora de la comida. —Se detuvo un instante mientras empezábamos a subir, apretujadas entre la gente—. Estabas con Rider Stark.

La miré atentamente, alarmada.

Su sonrisa seguía siendo franca y amistosa.

—¿Le conoces?

Dije que sí con la cabeza mientras cruzaba el rellano de la primera planta, dando por sentado que me iba a seguir a mi taquilla.

—Pero ¿cómo es que le conoces si eres nueva? —insistió, y se encogió un poco de hombros al mirarme.

Sentí en parte que aquello no le importaba a nadie, pero me dije que seguramente yo también tendría curiosidad si estuviera en su lugar. Hablar con ella me ponía nerviosa, pero intenté sobreponerme.

—Nos… nos conocimos de pequeños.

—¿En serio? Eso es genial. —Se apoyó en la taquilla contigua a la mía, sacó su móvil y echó un vistazo a la pantalla—. Ya me imaginaba que debíais de conoceros. Estaba muy… eh… muy cariñoso contigo, y eso es raro.

Metí mi libro de historia en la taquilla y cogí el de lengua porque tenía deberes. La miré al cerrar la puerta.

—¿Por qué es raro?

—Vamos juntos a clase desde que empezamos el instituto y creo que nunca le había visto darle la mano a una chica, ni siquiera a Paige —contestó con una sonrisa—. Y son novios.

¿Por qué de pronto me sentía tan contenta? ¿A qué se debía aquel calorcillo que notaba dentro?

—O algo por el estilo —añadió.

¿Qué había querido decir con eso? Y, pensándolo bien, ¿por qué no le había preguntado a Rider por Paige a la hora de la comida? Habría sido una pregunta normal. Pero había estado muy ocupada contestando a todas sus preguntas.

Keira se rió porque debí de poner una cara muy rara.

—Quiero decir que tengo la impresión de que lo suyo con Paige no es nada serio.

Aquella sensación de contento y de dulce calorcillo comenzó a crecer y procuré refrenarla. No venía a cuento.

—El año pasado coincidíamos en una clase, y Rider aparecía cuando le apetecía, ¿sabes? Maggie... A Maggie no la conoces todavía... Maggie y yo solíamos decir que nos honraba con su imponente presencia. No tomaba apuntes ni participaba en clase. A veces creo que hasta se dormía —prosiguió—. Pero el caso es que cada vez que le preguntaban, se sabía la respuesta. Nadie se explicaba cómo, y menos aún la profesora. Eso la sacaba de quicio, y a los demás nos hacía mucha gracia. Benny, un amigo mío que también iba con él a clase el curso pasado cuando nos hicieron las pruebas de nivel, oyó decir a la profesora que Rider había sacado mucha mejor nota que el resto de la clase. Una de las notas más altas de todo primero, según dicen.

Aquello me pareció muy propio de Rider.

—Es extraño, teniendo en cuenta que es un chaval en acogida y que...

—Yo también he estado en acogida —dije de pronto.

Se le agrandaron los ojos y levantó una mano.

—Uy. No quería decir nada malo. Perdona. Yo no soy quién para juzgar a nadie, pero es que... —Miró a su alrededor antes de añadir—: Rider va con mala gente, y sé lo que me digo. Mi hermano Trevor está en la cárcel por culpa de la mala gente que hay en esta mierda de ciudad. Y mi primo murió por relacionarse con gente así. —Hizo una pausa y arrugó la nariz—. Bueno, la verdad es que mi primo también era mala gente, así que…

Me acordé del coche del aparcamiento y me pregunté si Hector y Jayden podían incluirse en esa definición de «mala gente».

—Bueno, tengo que ir a entrenar. —Se detuvo y me miró esperanzada—. ¿No puedo convencerte para que te pases por el entrenamiento, a ver qué te parece?

Negué con la cabeza y refrené una sonrisa al ver que suspiraba exageradamente. Me dijo adiós moviendo los dedos y ya había empezado a alejarse cuando obligué a mi lengua y mis labios a ponerse en funcionamiento.

—¿Nos vemos… mañana a la hora de comer?

Vale. Era una pregunta tonta porque íbamos a vernos en clase de lengua antes de la hora de la comida, pero aun así asintió.

—Claro. Tráete a Rider si quieres. Siempre viene bien tener un tío bueno sentado a la mesa.

Con un poco de suerte Rider estaría en clase al día siguiente a la hora de comer, pero después de lo que me había dicho Keira tenía mis dudas. En parte no me sorprendía que hiciera lo que le apeteciera. Era muy propio de él, pero estaba segura de que, al igual que cuando éramos pequeños, esa faceta suya tan indomable le traía un montón de problemas.

Después de charlar un rato por Internet con Ainsley, llegó la hora de la cena. Hasta cuatro años antes, nunca me había sentado a la mesa para cenar. Ni una sola vez. Aquella mesa, con su reluciente tablero de madera, era la primera en la que había comido fuera del comedor escolar.

Me senté y pasé las manos por su superficie. Al principio, cuando llegué a casa de los Rivas, me sentía como… como un animal. Salvaje. Incómoda. Enjaulada. Insegura. Ellos tenían horarios y expectativas. Me hacían, y se hacían entre sí, cumplidos y comentarios halagüeños. En casa del señor Henry no había una hora concreta para cenar, ni un plato de comida esperándonos a Rider y a mí. Comíamos lo que hubiera sobrado, si es que sobraba algo. Muchas veces, ni eso.

Sentarme a una mesa por las noches y escuchar a Carl y Rosa conversando en vez de gritándose y lanzando maldiciones había sido una experiencia nueva para mí. La mesa de la cocina de mi última casa estaba cubierta de quemaduras de cigarrillos y periódicos sin leer. El señor Henry traía el periódico todas las noches cuando acababa su turno en un almacén de embalaje y distribución, pero nunca le vi leer ninguno.

La mesa de los Rivas, en cambio, estaba casi siempre despejada y tenía en el centro un arreglo floral que cambiaba con las estaciones. Ahora las flores de plástico azules y blancas y la vela gruesa, metida en su recipiente de cristal, descansaban sobre la encimera.

Carl y Rosa casi nunca coincidían en casa a la hora de la cena los días de entre semana, y yo sabía que no tardarían en marcharse. El sábado y el domingo, en cambio, siempre los tenían libres a no ser que les avisaran para alguna operación de urgencia.

—Estaba pensando que el sábado podríamos ir al puerto. —Carl cortaba su chuleta casi como si estuviera diseccionándola. Le encantaba ir al puerto de Baltimore—. Me parece que este fin de semana hay una feria.

Rosa bebió un sorbo de agua.

—O podríamos ir a Catoctin. Dicen que está precioso, aunque haga un poco de fresco. —Sonrió a su marido—. Y gastaremos menos dinero si vamos a un bosque en el que no habrá nadie vendiendo nada.

Rosa era muy aficionada a los deportes al aire libre: le gustaba hacer senderismo, montar en bicicleta de montaña y sudar en general. Dicho de otra manera, experimentar cierto grado de dolor. A mí me gustaba más leer, quedarme sentada y que no se me acumulara el sudor en sitios donde no debía acumularse. Carl me miró y se llevó los dedos a la boca para disimular una sonrisa.

—¿Qué opinas tú, Mallory? —preguntó Rosa.

Me encogí de hombros mientras pinchaba un trozo de brócoli con el tenedor. Si íbamos a Catoctin, seguramente acabaría teniendo agujetas en músculos que ni siquiera sabía que existían.

—Ainsley quería que quedáramos este fin de semana.

—Entonces al puerto, está decidido. —Carl bajó la mano sin intentar siquiera ocultar su sonrisa—. Creo que la última vez que la llevamos a un parque fue la primera que pisó uno, y seguramente la última.

Mis labios se curvaron en una sonrisa mientras Rosa levantaba los ojos al cielo. Hicimos planes para pasar la tarde en el puerto, lo que sin duda haría muy feliz a Ainsley.

—¿Has estado tallando? —me preguntó Rosa, jugueteando con su copa—. No me has pedido que te compre jabón.

La miré. No hacía ninguna talla desde julio, más o menos desde que empecé a prepararme mentalmente (o sea, a estresarme) para ir al instituto.

Carl me miró.

—Deberías practicar. No querrás perder ese talento.

Estuve a punto de reírme. Tallar cosas en pastillas de jabón con un lápiz o un palito de polo no podía considerarse un talento, en mi opinión. Era simplemente algo que hacía desde… en fin, desde que tenía uso de razón, cada vez que estaba sola. Rider ni siquiera sabía que tenía esa costumbre. Cuando acababa de tallar algo, solía destruirlo.

Ahora Carl y Rosa guardaban casi todas mis creaciones —más de tres docenas— en el comedor, metidas en una vitrina de cristal que olía a jabón.

Curiosamente, aquel hobby era lo que había hecho que Carl se fijara en mí mientras estaba ingresada en el Johns Hopkins. Había visto a un sinfín de quemados, muchos de ellos niños, de modo que no fue mi personalidad arrolladora lo que hizo que me prestara especial atención. A pesar de que tenía los dedos quemados y vendados, saqué la pastilla de jabón del cuarto de baño y, sirviéndome de un bajalenguas que le robé a una enfermera, tallé un gatito dormido en el plazo de un par de días.

No sé por qué, pero tallar siempre me producía una especie de… paz. A mí me parecía una habilidad bastante absurda, pero Rosa y Carl llevaban siglos intentando convencerme de que empezara a tallar en madera, sin conseguirlo.

—Hablando de grandes logros, has sobrevivido a tus dos primeros días de clase —comentó Carl, percibiendo claramente que no iban a llegar a ninguna parte con el asunto del jabón—. ¿Quieres contarnos qué tal te ha ido?

Me dio un vuelco el corazón y clavé la mirada en el plato. De pronto me acordé de Rider. Aquél sería un buen momento para hablarles de él. Quería hacerlo. No me parecía bien mantenerlo en secreto y quería… quería hablar de él. Quería compartir con ellos mi emoción por haberme reencontrado con él.

Aquello podría ser un grave error. Un error muy gordo, pero quería que lo supieran. Mentirles después de todo lo que habían hecho por mí estaría muy mal. Crucé las manos sobre el regazo.

—Pues… en el instituto me he encontrado con…

Me interrumpí porque, cuando levanté la vista, estaban los dos mirándome. Habían dejado de comer y todo. Me prestaban demasiada atención. Dejó de funcionarme la lengua. Mi cerebro gritaba «¡Para! ¡Para!».

Carl fue el primero en hablar.

—¿Con quién te has encontrado?

Seguramente debería haber mantenido la boca cerrada.

Rosa se inclinó hacia delante y puso su copa de agua sobre la mesa.

—¿Con quién te has encontrado, cariño?

Como no respondí, esperaron y comprendí que estaban dispuestos a esperar eternamente.

—Con… con Rider.

Silencio.

El único ruido que se oía era el tictac del reloj de la pared.

Carl dejó su tenedor sobre la mesa.

—¿Con Rider? ¿El chico con el que vivías?

Asentí.

—¿Va a tu instituto? —Rosa se puso tensa.

Yo sólo pude asentir otra vez con la cabeza.

—Qué… sorpresa —dijo Carl, y lanzó una mirada a Rosa antes de añadir—: ¿Habéis hablado?

No tenía sentido mentir. Asentí de nuevo.

—Ahora está… en una casa de acogida mejor.

Se miraron el uno al otro e intenté adivinar lo que estaban pensando.

—Estoy muy sorprendido —comentó Carl por fin—. No se me había pasado por la cabeza que Rider pudiera estar en el instituto Lands.

Su manera de pronunciar el nombre de Rider hizo que se me erizara el vello de los brazos. No porque su tono fuera desdeñoso, sino porque sonó extrañamente forzado.

Pasaron unos segundos. Luego Rosa preguntó:

—¿Y cómo te sientes al respecto? Aliviada, imagino. —Miró otra vez a Carl y pareció relajarse un poco—. Significaba mucho para ti.

Me centré en ella.

—Sí. Me alegro mucho de que… de que esté bien. Hoy hemos hablado un rato a la hora de la comida. —Me pasé las manos por las piernas—. Ha sido agradable… ponernos al día.

Carl asintió lentamente y bebió un sorbo de agua. Yo seguía sin saber qué estaba pensando.

—Me alegra saber que le va bien.

Forcé una sonrisa y lancé una mirada a Rosa. Me estaba observando atentamente. Después de otro breve silencio, Carl cambió de tema, pero yo me sentí extrañamente atrapada. Sabía que estaban disgustados y odiaba que se sintieran así. Lo último que quería era decepcionarles. Procuré pensar en algún modo de compensarles y acabé recogiendo la cocina después de cenar. No era gran cosa, pero era algo. Cuando salí de la cocina, estaban en el despacho con la puerta cerrada y tuve la desagradable sensación de que estaban hablando de mí.

Subí a mi cuarto y abrí el portátil. Quería contarle a Ainsley cómo habían reaccionado Carl y Rosa, pero no estaba conectada. Seguramente estaría con Todd. Cerré el ordenador y estaba abriendo la bolsa de los libros cuando llamaron a la puerta abierta de la habitación. Levanté los ojos y vi a Rosa.

—¿Podemos hablar un momento? —preguntó.

Tensé los hombros.

—Claro.

Entró y yo me senté en la cama con las piernas cruzadas.

—Rider.

Fue lo único que dijo, así que asentí.

Se sentó en el borde de la cama, girada hacia mí.

—¿Cómo te sientes de verdad con todo esto, Mallory? Rider era fundamental para ti. Al principio, cuando viniste a vivir aquí, preguntaste por él durante meses. Fue de lo único de lo que hablaste durante mucho tiempo. Así que sé que esto es un asunto muy importante para ti.

Me mordisqueé la parte interior de la mejilla mientras me preguntaba si debía quitarle importancia a la cosa, pero tras echarle una rápida ojeada a Rosa me convencí de que no serviría de nada. No podía engañarla.

—Estoy… emocionada —reconocí—. Y feliz. Sobre todo porque ahora sé que está bien, y puedo verle.

Asintió.

—Eso lo sé. Entiendo que te sientas así.

Exhalé lentamente, cogí el pasador que había en la mesilla de noche y me recogí el pelo. Sabía que aquello no había acabado aún. Y tenía razón.

—A Carl y a mí nos has pillado un poco a contrapié en la cena —añadió en tono suave—. ¿Por qué no me lo dijiste ayer?

Ah, buena pregunta.

—Pues… no lo sé. Pensé que ibais a… preocuparos.

Sus ojos oscuros escudriñaron mi cara.

—Preocuparnos ¿por qué?

Me encogí de hombros.

Miró mis manos, que descansaban entre mis piernas cruzadas.

—¿Hay algo por lo que debamos preocuparnos?

Bueno, aquélla era una pregunta peliaguda.

Alargó el brazo y me dio unas palmadas en la pierna.

—Voy a ser sincera contigo, como siempre lo he sido, ¿de acuerdo?

Dije que sí. «Allá vamos», pensé.

—Estamos preocupados. Un poco. Nunca se nos ocurrió que pudieras ir al mismo instituto que Rider. Empezar las clases ya es un cambio muy grande, y si además aparece él en escena... No queremos que te agobies.

—No estoy agobiada —contesté juntando las manos.

Sonrió levemente.

—Ir al instituto supone un gran vuelco en tu vida. Reencontrarte con Rider, también. Puede que ahora mismo no lo sientas así, cariño, pero Rider pertenece a una época de tu vida en la que no queremos que te centres.

—No estoy... no estoy centrada en mi pasado.

Rosa no dijo nada.

A mí empezó a acelerárseme el pulso.

—Rider pertenece a mi pasado, pero el haber vuelto a verle no hace que... No sé. No hace que me sienta mal.

—Ni yo pienso tal cosa. —Hizo una pausa y pareció escoger sus palabras con sumo cuidado—. Lo que nos preocupa es cómo va a afectar esto a los progresos que has hecho ya. Nadie niega que tu pasado es una parte fundamental de lo que eres. Y soy la primera en reconocer que tenemos que estarle muy agradecidos a Rider por todo lo que hizo para protegerte durante esos años, sobre todo teniendo en cuenta que él también era un niño. Pero has recorrido un camino muy largo, ya no eres esa niña aterrorizada que conocimos. Te has esforzado mucho para ser la chica equilibrada y serena que eres ahora. No queremos que la presencia de Rider... sea un obstáculo para eso.

Abrí la boca, pero en realidad no sabía qué decir.

—Puede que no sea para tanto —añadió—. A lo mejor nos estamos preocupando sin motivo. —Hizo otra pausa y luego sonrió—. En cualquier caso, nos alegramos de que nos lo hayas contado.

Yo no me alegraba.

—Y queremos que sigas hablándonos de él —agregó. Me dio unas palmaditas en la pierna, se levantó y se dirigió a la puerta—. ¿Qué te parece si tomamos un poco de helado? Creo que queda un poco de caramelo, del que trajo Carl. ¿Te apetece?

El helado de caramelo siempre era un buen colofón, así que dije que sí.

Cuando Rosa cerró suavemente la puerta, cerré los ojos con fuerza un instante y me tumbé de espaldas. Con la mirada fija en el techo, pensé en el cuartito que había compartido con Rider. Aquí, el techo era liso como la nieve. En la otra casa, estaba tan desconchado y lleno de grietas que me recordaba a una telaraña.

Me mordí el labio.

Había hecho lo correcto al hablarles de Rider. Se habían sentido orgullosos de mí. Dejé de morderme el labio. Pero, al mismo tiempo, contárselo no había sido mi idea más brillante, porque aunque a Rosa le pareciera bien que volviera a ver a Rider, sabía que a Carl no se lo parecía.

Carl no iba a aceptarlo.

1

El jueves por la mañana, no era Paige, sino Jayden, quien estaba merodeando por mi taquilla cuando fui a sacar mis libros. Sus vaqueros anchos parecían sostenerse casi por milagro, y su camiseta de los Ravens despedía de nuevo aquel tenue olor terroso.

Tenía una mirada soñolienta cuando se apoyó contra la taquilla de al lado.

—Hola.

Sorprendida por su presencia, sonreí.

—Sólo quería pasarme por aquí para decirte que sí sé lo que son *Los juegos del hambre* —anunció al tiempo que una sonrisa se extendía por su cara de niño—. No soy *estúpido**, aunque a Paige le guste que lo parezca. —Se metió las manos en los bolsillos de los pantalones y arrugó la nariz—. Me he enterado de que Rider y tú tenéis... un pasado interesante.

Le miré con las cejas levantadas mientras cerraba la taquilla. No sabía cómo responder, ni estaba segura de qué sabía Jayden. Dado que su abuela había acogido a Rider, imaginé que tanto Hector como él sabían muchas cosas, pero ¿se lo había contado todo Rider?

—Me parece genial que hayas conseguido salir de toda esa mierda. Que te hayan adoptado. Mi *abuelita** querría adoptar a Rider, pero el Estado no paga por eso, ¿sabes? —Miró hacia el techo al tiempo que se balanceaba—. Pero sí, he oído y he visto algunas historias terroríficas. No sé cómo se las ha arreglado Rider para ser como es.

Me puse tensa. Conocía bien esas historias terroríficas de las que hablaba: yo misma había vivido algunas de ellas.

—Porque Rider... es guay. —Se encogió de hombros y bajó la mirada—. Mucho mejor que otros que han vivido en casa de mi *abuelita**. Rider tiene aguante, y nunca se aprovecha de nada ni de nadie. Es como otro hermano mayor, aunque yo no lo haya pedido.

Una sonrisa iluminó su cara.

—Puede ser... —Empecé a notar que me ardían las mejillas—. Puede ser muy... protector.

Jayden me miró con sorpresa, abriendo ligeramente la boca. Me puse aún más colorada y apreté los labios.

—Oye, es la primera vez que te oigo hablar.

Se apartó de la taquilla y echó a andar a mi lado. Me sacaba unos cuantos centímetros pero era más bajo que su hermano y que Rider, y me alegré de no tener que estirar el cuello para mirarle.

—No pasa nada. Yo también soy bastante callado.

Arqueé una ceja.

Se rió.

—Vale, no soy callado. Seguro que si buscas mi nombre en la Wikipedia, dirá que soy todo lo contrario. Pero no importa. Tú y yo vamos a llevarnos tan bien como la lima y el tequila. Tú puedes compensar que yo sea un charlatán, y yo puedo compensar que tú casi no abras la boca. —Me dio un codazo—. ¡Somos el equipo perfecto!

Volví a sonreír. Me caía bien, aunque en realidad no le conociera. Era muy mono, y tenía la ventaja añadida de ser simpático. Se puso a hablar de los partidos de fútbol de ese fin de semana, y luego nos despedimos al llegar a la escalera y no volví a verle en toda la mañana, ni siquiera cuando fui a comer. Aunque, a decir verdad, cuando crucé la puerta de la cafetería no iba pensando precisamente en Jayden.

Keira estaba en su mesa, con una silla vacía al lado, igual que el día anterior. Había llegado tarde a clase de lengua, justo cuando sonaba el último aviso para entrar, y al terminar la clase se había marchado corriendo, así que no habíamos tenido ocasión de hablar. Yo no había visto a Rider ni había sabido nada de él, y no sabía si volvería a presentarse de repente para a llevarme consigo.

¿Y si Keira había cambiado de idea?

¿Y si me acercaba a su mesa y se reía de mí?

Parecía una locura, pero podía suceder. En esos momentos, todo me parecía posible.

Mientras me encaminaba a la cola intentando adivinar qué demonios había en el menú —porque lo que vi en la bandeja de un chico *no* parecía pollo asado—, Keira me miró y me saludó con la mano.

Sentí un alivio tan grande que me flaquearon las piernas. Si me había saludado, seguramente no se reiría de mí cuando me acercara a su mesa. Puse una sonrisa probablemente muy rara, así que apreté el paso, me puse a la cola y ni siquiera me importó que lo que me pusieron en el plato oliera a pescado y no a pollo. Aun así, me temblaban las manos cuando agarré la bandeja.

Me volví, deseando que apareciera Rider y me sacara de allí.

Una chispa de esperanza se encendió en mi pecho en cuanto formulé aquella idea. Contuve la respiración. Pero era un error. Todo aquello era un error: la esperanza y el deseo que me embargó a continuación. Confiar en que Rider me sacara de apuros en lugar de enfrentarme a las cosas no era lo que quería, ni lo que necesitaba. Agarré con más fuerza la bandeja y cuadré los hombros, pero tenía el estómago hecho un nudo y había perdido el apetito.

Puedo hacerlo.

Respiré hondo y ordené a mis pies que me llevaran hasta la mesa. Di dos pasos. Tuve que rodear la mesa para llegar hasta donde estaba Keira, y creo que fue una de las cosas más duras que he hecho nunca. La gente levantó la vista de sus teléfonos móviles y la clavó en mí. Me miraban con sorpresa y curiosidad, y a mí me pesaba cada paso. Sentí una punzada de pánico cuando oí susurrar a una chica de la mesa y Keira levantó la vista hacia mí.

El tiempo pareció detenerse.

Luego, una ancha sonrisa se extendió por su cara.

—Hola, guapa, te he guardado sitio. —Dio unas palmaditas en la silla que había a su lado.

Noté un zumbido, como si un enjambre de abejas hubiera salido de su colmena dentro de mi cabeza. Tuve que hacer un gran esfuerzo de concentración para colocar la bandeja en la mesa sin volcar nada y sentarme sin caerme de la silla. Cuando por fin toqué con el culo el plástico duro de la silla, me sentí como si acabara de trepar por una pared de roca.

—Esta es Mallory Dodge. Te apellidas Dodge, ¿verdad? —preguntó, y sus ojos oscuros brillaron a la luz de los fluorescentes.

Asentí, tratando de que mis labios formaran una sonrisa que no hiciera salir corriendo a la gente despavorida ni nada por el estilo.

—Mallory viene conmigo a clase de lengua y de expresión oral. Es su primer curso aquí —prosiguió Keira recostándose en su silla. Señaló a la chica de ojos verdes sentada a su lado—. Esta es Rachel.

La chica, una rubia muy guapa, me saludó moviendo los dedos.

—Esa es Jo. —Keira señaló con la cabeza a una chica de piel oscura y pelo tan rizado como el suyo, sentada al otro lado de la mesa—. Y esta es Anna, la que se rompió la muñeca. Normalmente hace de base, pero ese día se estaba luciendo. Y mira cómo acabó.

La morena sentada junto a Jo levantó el brazo izquierdo para enseñarme la escayola fucsia que le cubría el antebrazo y parte de la mano.

—Debería haber parado la caída con la cara, en vez de con la mano —dijo.

Uf, qué dolor.

—Sí. Si te rompieras la nariz podrías seguir entrenando —contestó Jo con una sonrisa.

Anna la mandó a paseo con un gesto de la mano buena.

Keira se rió. Yo me sequé el sudor de las manos pasándomelas por los muslos. Esperaba que nadie me estrechara la mano. ¿La gente seguía estrechándose la mano? Creía que no. Por lo menos no en el instituto, porque quedaría muy raro.

—¿Tú crees? —contestó Anna con sorna, levantando sus cejas castañas.

—En fin… —dijo Keira, y siguió presentándome al resto de la gente que había en la mesa.

Todos me sonrieron o me saludaron con la mano, y quise pensar que la mueca que tensaba mi cara se parecía a una sonrisa. Tenía las manos tan apretadas sobre el regazo que no me llegaba la sangre a los dedos. Durante la ronda de presentaciones, llegaron dos chicos a la mesa. Uno de ellos, al que conocía de una de mis clases y que creía que se llamaba Peter, pasó un brazo por los hombros de Anna. El otro se sentó al lado de Jo.

—Tú vienes conmigo a historia, ¿no? —preguntó el que yo creía que se llamaba Peter mirándome pensativamente.

Notaba la lengua como una tubería de plomo dentro de la boca, así que sólo pude decir que sí con la cabeza.

—Guay —contestó mientras cogía una uva del plato de Anna. Luego se inclinó a un lado y sacó su móvil—. Me pareció verte en clase antes de quedarme dormido.

El otro chico resopló.

Anna soltó una risilla.

—No sé cómo apruebas, en serio.

Él le guiñó un ojo.

—Cuestión de encanto.

—Lo dudo mucho —replicó Keira con sarcasmo, mirando a Peter—. He visto la foto que colgaste esta mañana en Instagram. ¿Se te cayó por casualidad la camisa?

Peter apartó la mirada del teléfono.

—¿Con este cuerpo? —Se señaló el pecho—. Este cuerpo hay que compartirlo con el mundo entero. ¿Lo ves? Llevo ya doscientos «me gusta».

Jo puso los ojos en blanco.

—Doscientos «me gusta» no es algo como para pavonearse.

Yo no tenía cuenta de Instagram, principalmente porque no sabía qué podía colgar. ¿Fotos de tallas en jabón? Sería ridículo, aunque de pronto me parecía que tenía que ponerme al día en ese aspecto.

Siguieron hablando tranquilamente, y una envidia absurda se apoderó de mí. Su camaradería y sus bromas, el afecto sincero que se demostraban, eran cosas de las que yo tenía muy poca experiencia. Los observaba como si fuera una científica estudiando una especie desconocida. Porque Ainsley y yo éramos muy amigas, sí, pero no íbamos al colegio juntas como iban ellos.

Me puse a comer, desganada, picoteando mi supuesto pollo y lo que parecían ser unas patatas gratinadas. La gente charlaba a mi alrededor. De vez en cuando alguien me hacía una pregunta o un comentario y yo decía que sí o que no con la cabeza. Si les parecí rara, nadie dijo nada ni cambió de actitud, pero tuvieron que darse cuenta de que no había dicho ni una palabra.

Me sentía frustrada porque sabía que podía hablar, pero, cada vez que se daba la ocasión perfecta para que interviniera, la dejaba escapar por pensar demasiado lo que iba a decir. Permanecí callada como si tuviera en la garganta un tapón que sólo dejaba pasar un mínimo de aire.

Las palabras no eran el enemigo ni el monstruo de debajo de la cama, pero ejercían un enorme poder sobre mí. Eran como el espectro de un ser querido que me atormentara constantemente.

Acabó la comida sin que hubiera hablado, pero también sin contratiempos importantes, y me dieron ganas de salir de la cafetería al estilo *Sonrisas y lágrimas*, con los brazos completamente abiertos. Era una pardilla total, pero cuando me despedí de Keira notaba un agradable cosquilleo en las venas.

Aquel día marcaba un punto de inflexión.

Quizá no hubiera hablado, pero era la primera vez que me sentaba a comer a una mesa con otras chicas. Años atrás, cuando iba al colegio con Rider, solía comer con él y a veces con otros niños que se sentaban a nuestra mesa, pero nunca así. Nunca sola.

Nunca sin alguien que hablara por mí.

Era un gran logro. Seguramente, cuando me dirigí a clase, caminaba con paso airoso y lucía en la cara una sonrisita casi triunfal. Ese día había sido un éxito absoluto. Viva yo. Pero cuando llegó la hora de expresión oral y entré en clase, vi a Paige en su sitio y perdí un poco de mi ímpetu. No dijo nada cuando me senté pero sentí su mirada clavada en mí mientras me fingía atareada sacando el libro de texto. Cuando lo tuve sobre la mesa, respiré hondo y levanté la vista. Pasaron unos segundos.

—No va a venir. Ni tampoco Hector.

Pestañeé al oír la voz de Paige y le lancé una mirada.

Estaba recostada en su silla, con las largas piernas estiradas debajo de la mesa y los tobillos cruzados. Sus ojos oscuros estaban fijos en mí.

—Así que, para que lo sepas, ya puedes dejar de mirar la puerta.

Inhalé bruscamente y abrí la boca para decirle que no estaba esperando a Rider, pero... pero habría sido una mentira. Me puse colorada.

Esbozó una sonrisa ladeada mientras recogía las piernas debajo de la mesa y se inclinaba, poniendo la mano en el asiento vacío de Rider.

—No sé si te das cuenta o no —dijo en voz baja—, pero Rider no está disponible.

Me quedé paralizada, con el aire atascado en la garganta.

—Ya te lo dije el otro día: soy su novia —continuó—. Y la verdad es que no me mola nada estar aquí sentada viéndote esperarle.

Tenía razón.

No molaba nada.

—Y tampoco creo que ver vuestro reencuentro el primer día de clase vaya a figurar en mi lista de las cien mejores cosas que me han pasado en la vida —añadió, y la entendí perfectamente: aquella conversación tampoco figuraría en mi lista—. Así que voy a repetirlo para asegurarme de que no hay confusión. Es mi novio. Deja de comportarte como si fuera el tuyo.

Sonó el último aviso para entrar en clase.

Paige se incorporó y abrió su cuaderno mientras el señor Santos empezaba sus explicaciones. Recorrí lentamente con la mirada los asientos que teníamos delante. Nadie parecía haber oído lo que había dicho. Yo, en cambio, lo había oído alto y claro.

Mensaje recibido.

Los jueves por la noche tenía que arreglármelas sola a la hora de la cena porque Rosa y Carl normalmente no llegaban a casa antes de las nueve, a veces incluso más tarde, dependiendo del trabajo que tuvieran en el hospital. Pero de todos modos no tenía mucho apetito.

Rosa y Carl no habían vuelto a sacar el tema de Rider durante el desayuno, pero a mí no se me iba de la cabeza. Seguía pensando en lo que me había dicho Paige y cada vez que me acordaba sentía una punzada de vergüenza, pero aun así seguía preocupada por él. ¿Dónde se había metido? ¿Le había ocurrido algo? ¿Estaba metido en algún lío? Se me ocurrieron toda clase de catástrofes aunque me dije a mí misma que, si le hubiera pasado algo, Paige se habría enterado y no habría perdido el tiempo avisándome de que no me acercara a su novio.

Apenas toqué el cuenco de arroz para hacer al microondas, a pesar de que le había puesto tanto sodio que Rosa me habría arrancado de las manos el bote de salsa de soja si me hubiera visto.

Renuncié a comer, metí el cuenco en el frigorífico y subí a mi cuarto. Saqué mi teléfono de la bolsa y toqué la pantalla. Ningún mensaje. Abrí el primer y único mensaje que tenía de Rider. ¿Debía escribirle? ¿Parecería raro si lo hacía?

Uf.

Tiré el teléfono a la cama y me recogí el pelo en un moño flojo. Demasiado nerviosa para ponerme a hacer los deberes, me acerqué al armario del pasillo en el que guardábamos la ropa de cama y saqué una pastilla de jabón. Cogí la bolsa de bajalenguas que Rosa almacenaba para mí en el armario y regresé a la habitación.

Tendría que ablandar el jabón con agua caliente. Y también necesitaría una bolsa de plástico o algo así para recoger las virutas o lo pondría todo perdido.

Mientras miraba la pastilla de jabón todavía envuelta, traté de pensar en algo que me apeteciera tallar. Ya había hecho árboles, estrellas, balones de fútbol, patos, barcos y sabe Dios cuántas cosas más. Algunas eran tan sencillas que sólo tardaba una hora en hacerlas. En otras, en cambio, invertía días si eran más complicadas.

Empecé a quitarle el envoltorio al jabón, pero me detuve. No quería llenarme de virutas la ropa de ir al instituto, como sucedería inevitablemente. Dejé el jabón y los bajalenguas en el escritorio y me puse unos pantalones de pijama cortos y una camiseta de tirantes. Saqué una camisa vieja de la cómoda y me la pasé por la cabeza. Me quedaba tan grande que me resbalaba por el hombro.

Al volverme hacia el escritorio me vi en el espejo del interior de la puerta del armario. Estaba hecha un desastre. Me acerqué al espejo y resoplé al ponerme de lado. Apretándome la tripa con la mano, fruncí el ceño. La tenía blanda. Bajé la mirada e hice una mueca.

Seguramente los pantalones cortos no eran buena idea. Me quedaban holgados, pero mis piernas… No había duda de que eran *robustas*. Y además tenía los muslos gordos. Me levanté un poco la camisa. La camiseta de tirantes llevaba sujetador incorporado, pero la tela era fina, igual que la de la camisa. No disimulaba mis michelines. Desde luego, no era una chica frágil y delicada. Era *robusta*.

La pastilla de jabón seguía intacta sobre la cama.

¿Cuántas personas de mi edad hacían tallas en jabón? Seguramente en aquel momento Keira estaría llegando a casa después del entrenamiento del equipo de animadoras, y Ainsley estaría escribiendo si no estaba con Todd. Ainsley siempre estaba escribiendo relatos. O de compras. A pesar de que no trabajaba, iba mucho de compras gracias a su abultada paga mensual. Si estaba con Todd, probablemente estaría enrollándose con él. Cosa que también hacía mucho.

Y que también me daba un poco de envidia.

Un dato vergonzoso en el que prefería no pensar era que nunca me había besado nadie. ¿Qué digo? Ni siquiera había hablado con un chico por teléfono, y mucho menos había tenido una cita. Ainsley había intentado presentarme a un amigo de Todd, pero yo me había escabullido. Con sólo pensar en conocerle me habían dado ganas de vomitar.

Faltaban pocos meses para que cumpliera dieciocho años y todavía no sabía lo que era que alguien te besara o te… deseara. Que alguien te amara de esa manera.

¿Tenía alguna tara?

Me miré y moví los dedos de los pies al tiempo que entornaba los ojos. Robusta. Tenía una figura robusta, pero

Rider había dicho que era preciosa. Sin previo aviso, se me apareció su imagen. Ojos marrones con motas doradas, pómulos anchos y unos labios increíbles. Unos labios que seguro que besaban de maravilla.

Ay, Dios mío.

No podía, no *debía* pensar así.

Intentando sacudirme aquellas ideas, abrí los ojos. Lo que me hacía falta no eran unos muslos más delgados o una tripa más plana. Era valentía. A decir verdad, era una miedica como la copa de un pino. ¿Cómo podía estar pensando en los labios de un chico si ni siquiera conseguía despegar los míos para formar palabras?

Volví a mirar el jabón. Supuse que la talla en jabón era un hobby como otro cualquiera, pero era muy silencioso y no requería hablar, ni pensar. Qué oportuno. Así no tenía que exponerme. No como Keira en el equipo de animadoras. Ir de compras no era un hobby, y para escribir no había que salir de casa, pero Ainsley era extrovertida, simpática y habladora. No sólo no le costaba desenvolverse en el mundo, sino que además disfrutaba haciéndolo. Yo, en cambio… Yo tallaba jabón. Quizá debería haber…

Mi móvil tintineó en la mesilla de noche. Pensando que sería Ainsley, fui a cogerlo.

No era Ainsley.

¿Estás en casa?

Era Rider.

Me quedé sin respiración.

Llegó otro mensaje antes de que mi cerebro lograra reaccionar.

¿Sola?

Me quedé mirando el teléfono con los ojos como platos. Esta vez no iba a dejar que mi indecisión me cortara las alas. Respondí con un rápido: sí.

Pasaron un par de segundos. Luego un minuto. Y después cinco. Empezaba a preguntarme si estaría teniendo alucinaciones cuando llegó otro mensaje y se me paró el corazón.

Dos palabras.

Estoy fuera.

Madre mía.

Me quedé completamente paralizada un segundo mientras miraba el mensaje. ¿Estaba fuera? No, no podía querer decir que estaba fuera de verdad...

Sonó el timbre retumbando en el piso de abajo, y me giré bruscamente. Mis pulmones parecieron hincharse de repente.

¡Madre mía!

Me quedé en blanco, salí de la habitación a toda prisa, recorrí el pasillo y bajé volando las escaleras, descalza. Crucé el recibidor casi corriendo y me paré cuando estaba a punto de abrir la puerta.

No era tan tonta.

Poniéndome de puntillas, miré por la mirilla y me mordí el labio. Sólo vi la parte de atrás de su cabeza y el ancho de sus hombros.

Era Rider. Estaba allí de verdad.

Con el teléfono todavía en la mano y sin tener ni idea de cómo había pasado aquello, tragué saliva, descorrí el cerrojo y abrí la puerta.

Rider se volvió y mis ojos quedaron a la altura de su pecho.

—Empezaba a pensar que no ibas a abrirme.

Levanté la vista y dejé escapar un sonido ahogado. Alargué la mano, le agarré del brazo y tiré de él para que entrara. Agarró la puerta con la otra mano y la cerró a su espalda.

—Tu cara… —Apreté con más fuerza su brazo—. ¿Qué ha pasado?

Frunció el ceño al levantar la mano para tocarse la piel alrededor de la brecha de unos dos centímetros de largo que tenía en la ceja izquierda. La sangre se había resecado en los bordes y un hematoma morado empezaba a extenderse alrededor de la herida.

—¿Esto? No es nada.

Le miré fijamente.

—Pues… no lo parece.

—No tiene importancia. —Echó un vistazo al recibidor y apartó mi mano de su brazo, pero en lugar de soltarla entrelazó sus dedos con los míos—. Creía que ibas a preguntarme cómo he descubierto cuál era tu casa. Estoy muy impresionado con mi propia astucia.

Sí, también tenía curiosidad por saber eso, pero me importaba más saber por qué iba a tener una cicatriz en la ceja izquierda, a juego con la que ya tenía en la derecha.

—Rider, tu frente…

Me miró apretándome la mano y sonriendo.

—Me dijiste que vivías en Pointe, así que he cogido el metro hasta Center y he venido andando el resto del camino. No ha sido muy difícil deducir cuál era tu casa. —Acarició con la yema de los dedos de la otra mano las margaritas falsas del jarrón que había en la mesita del recibidor—. Sólo he tenido que buscar tu coche. Por suerte estaba en la entrada. Así que quizá no sea tan astuto.

Astuto o no, estaba herido y verle así me ponía enferma. Empecé a tirar de él hacia el cuarto de estar.

—¿Qué llevas puesto? —preguntó mientras se dejaba llevar.

Se me agrandaron los ojos. Había olvidado por completo cómo iba vestida, y que mi pijama dejaba al descubierto mi cuerpo *robusto*.

—Iba a… iba a meterme en la cama.

Enarcó una ceja e hizo una mueca de dolor.

—¿Qué hora es? ¿Las siete?

—Las siete y media —murmuré al entrar en el cuarto de estar.

Rider recorrió la espaciosa habitación con la mirada, deteniéndose un momento en las macetas que había delante de los ventanales, en el mueble de la tele y en las estanterías empotradas. Luego se volvió hacia mí. Bajó los ojos recorriendo lentamente mi cuerpo y sentí que se me encogían los dedos de los pies contra la tarima del suelo. Una embriagadora oleada de calor siguió a su mirada, y un extraño estremecimiento recorrió ciertas partes de mi cuerpo.

Nuestros ojos se encontraron.

Su mirada tenía la misma intensidad que el día anterior. La temperatura de la habitación subió varios grados y yo empecé a respirar entrecortadamente. Rider se acercó.

Seguía dándome la mano.

—Seguramente no debería haber venido.

—¿No?

Ladeó la cabeza y vi entonces que tenía roto el cuello de la camisa. Se me encogió el corazón, y él meneó la cabeza y soltó mi mano. Pensando que iba a marcharse, di un paso adelante y quedé casi pegada a él.

—Siéntate.

Me miró, indeciso.

—Siéntate —repetí—. Por favor.

Miró detrás de mí, pareció estremecerse y luego apartó un cojín y se sentó.

—¿Y ahora qué? —preguntó fijando en mí aquella mirada que yo conocía tan bien y que sin embargo me era extraña.

—Quédate aquí.

Cuando se recostó en el sofá y volvió a mirar la estantería, salí a toda prisa del cuarto de estar.

Cogí del cuarto de baño de abajo agua oxigenada y un poco de algodón y procuré no pensar mucho en aquello ni preocuparme por Carl y Rosa. Sabía que si volvían temprano me metería en un buen lío, sobre todo después de nuestra conversación del día anterior. Y aunque el hecho de que se tratara de Rider agravaría las cosas, tampoco estaba segura de cómo reaccionarían si llegaban a casa y me encontraban con cualquier otro chico. Seguramente esa posibilidad tampoco se les había pasado por la cabeza.

Ni a ellos, ni a mí.

Rider seguía donde le había dejado, y yo resoplé suavemente al rodear la mesa baja. Miró que traía y dibujó una media sonrisa.

—Estoy bien, Ratón, en serio.

Me encogí de hombros al acercarme a él y me coloqué entre sus rodillas y la mesa.

—¿Qué te ha pasado?

—Nada, un problemilla —dijo pasándose la mano por la mandíbula—. No quiero que te preocupes por eso.

Quité el tapón al agua oxigenada, empapé un trozo de algodón y dejé el bote sobre la mesa. Su intenso olor se me metió por la nariz.

—Tú… tú siempre hacías como si no pasara nada. Igual que ahora.

Sus labios dibujaron una sonrisa y apareció su hoyuelo. Luego suspiró y se deslizó hacia delante abriendo las piernas. De pronto puso las manos sobre mis caderas y al sentir su contacto estuvo a punto de caérseme el algodón. Contuve la respiración cuando me hizo sentarme al borde de la mesa baja y se acercó a mí. Nuestras piernas se tocaron, y el roce áspero de sus vaqueros contra mi piel desnuda hizo que una punzada de placer recorriera mis venas.

—¿Mejor así? —preguntó mirándome por entre sus pestañas.

Parpadeé sin saber a qué se refería, y entonces me di cuenta de que, así sentada, me sería más fácil curarle. Apartó las manos de mis caderas y las posó sobre sus muslos, muy cerca de las mías.

Inclinándome hacia él, pasé delicadamente el algodón por la herida y, al sentir que contenía la respiración, aparté la mano.

—No pasa nada —dijo.

Lo intenté de nuevo, y esta vez no se movió ni hizo ningún ruido.

—¿Vas a decirme… qué ha pasado?

Dejé pasar un instante y le miré.

—Esto me recuerda a los viejos tiempos —comentó, y levantó los párpados.

Recorrió mi cuerpo con la mirada un instante, intensamente, y enseguida la apartó. Un músculo se movía en su mandíbula.

—Más o menos —añadió.

Sentí que me ponía colorada mientras cambiaba el algodón por otro nuevo. Rider tenía razón: era como en los viejos tiempos, cuando le limpiaba las heridas. O como cuando intentaba limpiárselas, porque al principio, de pequeña, no tenía ni idea de cómo se hacía. Después, cuando fuimos algo mayores, cada vez que se metía en una pelea para defenderme o por algún otro motivo, ésa era siempre nuestra rutina.

Ahora, sin embargo, cuando me recorrió con los ojos tuve la impresión de que me miraba los pechos, cosa que no había sucedido nunca antes. Claro que seguramente entonces ni siquiera se daba cuenta de que los tenía.

Probablemente porque no habían aparecido hasta hacía dos años, más o menos.

Mientras limpiaba la herida, pensé de pronto en el coche del aparcamiento y en lo que me había dicho Keira el día anterior. ¿Aquel corte era resultado de las malas compañías que frecuentaba? ¿Tendría a partir de ahora una cicatriz en cada ceja? No me gustó la idea.

—¿Por qué no has ido a clase?

—Tenía cosas que hacer.

—Eso no es una respuesta. —Como no dijo nada, lo intenté de nuevo—: ¿Estás… estás bien, Rider?

Volvió la cara hacia mí y estuve a punto de meterle el algodón en el ojo.

—Eso habría escocido —murmuró al agarrarme la muñeca. Me quitó la bola de algodón y la tiró sobre la mesa—. Estoy bien. Yo siempre estoy bien.

Meneé la cabeza.

—Todas esas veces, cuando te pusiste…

—Ratón…

—Te ponías en peligro por mí. Una y otra vez. —Un arrebato de ira siguió a la preocupación que me oprimía el pecho—. Nunca te parabas a pensar en… en lo que podía pasarte.

Echó la cabeza hacia atrás para mirarme.

—Sabía lo que hacía.

—Tú... —Se me hizo un nudo en la garganta al tiempo que los recuerdos se alzaban como una ola nauseabunda y venenosa—. Te daban *palizas* por mí. Te...

—Ratón —dijo suavemente—, sabía lo que hacía entonces, igual que lo sé ahora.

¿Me estaba diciendo que le habían dado una paliza por defender a otra persona? Supe que era así sin necesidad de que dijera nada más. Comprendí que la brecha que tenía en la frente no se debía a algo que hubiera hecho él, sino a lo que había hecho otra persona, más pequeña y más débil.

—¿Eres masoquista o qué?

Me miró un momento. Luego se echó a reír, con una risa profunda y ronca que me hizo estremecer.

—Es una buena pregunta.

—No tiene gracia.

Hice intento de apartar el brazo pero me agarró por la muñeca. Nuestras miradas volvieron a encontrarse, y las palabras me burbujearon en la garganta como champán.

—No me gusta verte herido, como no me gustaba entonces.

—Pero no estoy herido —contestó en voz baja—. ¿Lo ves? Tú me has curado.

Sentí de nuevo una opresión en el pecho, aunque algo distinta. Como si dentro de mí se hinchara un globo.

—¿Por eso has venido?

Tardó unos segundos en responder.

—No sé. Creo que sólo te echaba de menos. No te he visto en todo este tiempo después... después de vivir contigo todos los días durante... Dios, durante una *década*. Y después... después te perdí. Y ahora has vuelto. —Pasó su mano por la mía—. No me parece real. Era muy improbable que nuestros caminos volvieran a cruzarse. Pero aquí estamos.

Aquí estamos.

—Entonces… ¿Cuánto tiempo tengo antes de que…? ¿Cómo se llaman? ¿Carl y Rosa? Sí, eso es. ¿Cuánto tiempo tengo antes de que vuelvan?

—No lo sé. Puede que… una hora o así. —Mis manos parecían increíblemente pequeñas entre las suyas.

Aquella sonrisa torcida volvió a aparecer.

—Dudo que se alegren de verme aquí.

—¿Por qué?

Levantó las cejas.

—A lo mejor estoy equivocado. ¿Suelen encontrarse con un chico desconocido en el sofá cuando vuelven a casa?

Puse los ojos en blanco.

—¿Es eso? —dijo.

Tiró de mis manos y yo me levanté y me senté en el sofá, a su lado. Se echó hacia atrás, pasó un brazo por mis hombros y me apretó contra su costado.

—¿Esto es de lo más normal para ti?

Yo no sabía qué hacer con las manos desde que Rider las había soltado, así que las crucé sobre el regazo.

—Nunca… nunca he traído a un chico a casa.

Se puso tenso y luego giró el cuello para mirarme.

¿En serio acababa de admitirlo en voz alta? Cerré los ojos con fuerza y suspiré.

—Creo que… será mejor que me calle.

Se rió.

—No, por favor. Me gusta oírte hablar.

Estar así sentados, apretados el uno contra el otro, con el brazo de Rider sobre mis hombros, era como tener un pie en el pasado y otro en el presente. Pero estar tan cerca de él me parecía de pronto totalmente distinto. Si hubiera estado la tele puesta, habríamos parecido una pareja abrazada frente al televisor, como tantas otras en todo el mundo.

Sólo que nosotros no éramos pareja.

Tenía que sacarme aquella idea de la cabeza.

—Eh… No te has perdido gran cosa hoy en clase. Tenemos que leer ejemplos de… de la función informativa del lenguaje.

—Qué divertido.

Nos miramos un instante. Luego yo aparté la mirada.

—¿Dónde has estado, Rider?

Se quedó callado mientras deslizaba la mano por mi brazo. Rozó con los dedos la piel desnuda de mi hombro y posó allí la mano. Parecía un gesto inconsciente, pero a mí se me puso la piel de gallina.

—Hector y yo teníamos que hablar con unas personas.

Volví a mirarle a los ojos.

—¿Y habláis con los puños?

Esbozó una sonrisa irónica.

—A veces. —Levantó la mano y tocó el moño de mi coronilla—. El hermano de Hector, Jayden… Es muy pequeño. Sólo tiene quince años, pero a veces parece todavía más pequeño. Ya sabes, mentalmente. Y se mete en líos.

Al mirarle, me asombró otra vez que algunas cosas no cambiaran. O quizá fueran ciertos rasgos de las personas los que no cambiaban.

—Entonces, ¿le estás ayudando a salir de un apuro?

—Lo estoy intentando —murmuró, y apoyó la cabeza contra el cojín.

Sus ojos adquirieron una expresión indolente y soñolienta mientras seguía jugueteando con mi pelo. Yo no tenía ni idea de qué estaba haciendo.

—El caso es que hablamos ayer —continuó—. Y nos aseguramos de que Jayden fuera hoy a clase. Pero esta noche hemos vuelto a hablar, y la conversación no ha ido como la seda, que digamos.

Ay, Dios mío. Me dieron ganas de abrazarle y de darle un puñetazo al mismo tiempo.

—Rider...

—¿Alguna vez pensaste que algún día estaríamos sentados aquí? —preguntó.

—Estás cambiando de tema —contesté.

—Sí. —Me lanzó una sonrisa traviesa—. Pero ¿lo pensaste?

—No —reconocí, tragando saliva con esfuerzo porque de pronto tenía un nudo en la garganta—. Nunca pensé... que volvería a verte. Aunque esperaba que sí.

—Pero tener esperanzas nunca nos sirvió de nada, ¿verdad?

Negué con la cabeza. Por cómo había sido nuestra infancia, habíamos aprendido muy pronto a no esperar nada de la realidad. Cosas como la esperanza y las aspiraciones nos parecían sueños y fantasías.

Rider siguió tocándome el pelo y, antes de que me diera cuenta de lo que hacía, me soltó el moño. El pelo me cayó suelto sobre los hombros en una maraña de rizos.

—Me gusta suelto —dijo, y sus mejillas se sonrojaron suavemente cuando bajó la mano. Sus dedos rozaron mi brazo—. Aunque echo un poco de menos el naranja. Así era más fácil distinguirte entre la gente.

—Gracias.

Se rió.

—Eh, es broma. Sigue siendo muy fácil distinguirte. Te reconocería a un kilómetro de distancia —añadió, casi como si se le ocurriera de pronto.

—Porque soy la más bajita —repliqué secamente.

Su mirada se deslizó por mi cara con aquella expresión extraña y reconcentrada.

—No, qué va. —Miró mis manos y bajó las cejas—. Bueno, ¿qué tal han ido tus tres primeros días de clase?

¿Sólo habían sido tres días? Tenía la impresión de que eran muchos más. Me encogí de hombros.

—Bien.

—No suena muy convincente.

Le miré y pensé de pronto en Paige. Me aparté para poner algo de distancia entre nosotros. ¿Cómo había podido olvidarme de ella? La aparición repentina de Rider y el estado en que se hallaba me habían pillado por sorpresa, pero aun así no tenía excusa.

Le lancé una mirada. Un centenar de preguntas afloraron de pronto a la superficie. Una de ella, por qué había acudido a mí en vez de a Paige.

Se me aceleró el corazón. En parte no quería hablar de ella porque, si él obviaba el tema, yo podría… ¿Qué? ¿Qué podría hacer? Aunque nunca habláramos de Paige, las cosas seguirían siendo como eran. Y el hecho de que él tuviera novia no cambiaba lo que éramos. Es decir, amigos.

Respiré hondo.

—Tú… tienes novia, ¿verdad?

—¿Qué? —Me miró un momento. Luego sacudió la cabeza—. Eso sí que es cambiar de tema.

Cierto. Pero aun así no me detuve.

—Es… la chica de la clase de expresión oral.

Siguió mirándome.

—Te refieres a Paige. Sí, llevamos saliendo una temporada.

Crucé las manos sobre el regazo y sonreí con nerviosismo.

—Qué… qué bien.

Desvió la mirada con los labios fruncidos.

—Hace mucho que nos conocemos. A Hector le conoce desde que iban al colegio, así que nos veíamos con frecuencia, ya sabes.

Yo no sabía nada, pero podía imaginármelo.

—Y es muy guay. Nada estirada —añadió, y me pregunté si yo le parecía estirada—. Con ella puedo… relajarme, no preocuparme por nada. El caso es que empezamos a salir la primavera pasada. —Se detuvo y me miró—. ¿Cómo lo sabes? ¿Has hablado con ella?

Ay, Dios. No quería que se enterara de la conversación de esa mañana. Cerré los puños y me dije que aquello no era asunto mío.

—No. Es sólo que… eh… vi cómo estabais el primer día de clase.

Levantó las cejas.

—¿Y cómo estábamos?

Desvié la mirada y deseé haber cerrado la boca.

—Pues ella se puso… muy cariñosa contigo.

—Ah. —Hubo un silencio—. Yo también soy cariñoso contigo y no por eso estamos saliendo.

Un viento helado golpeó el centro de mi pecho cuando sus palabras penetraron en mi conciencia. Vaya. Tenía razón, mucha razón, y aunque no creía que sus palabras tuvieran ninguna intención especial, aquel aire helado me quemó de todos modos.

—Quiero decir —añadió apoyando su hombro en el mío— que tú y yo siempre hemos sido así.

—Cierto —murmuré, y volví a sonreír al mirarle.

Nos miramos unos segundos. Luego, él entornó los párpados.

—No te habrá dicho nada que te haya molestado, ¿verdad?

—¿Por qué… por qué me lo preguntas?

Un lado de su boca se curvó en una sonrisa.

—Porque… Digamos simplemente que Paige es una chica dura.

Aquella sensación de quemazón se extendió desde mi pecho. Era lógico que Rider estuviera con una chica dura. Él también era duro, y a Paige no le había costado ningún trabajo ponerme en mi sitio esa mañana. Si yo hubiera estado en su lugar, me habría quedado sentada sin decir nada.

—Así que puede ser un poco borde a veces —concluyó Rider.

Me encogí de hombros. Él me miró inquisitivamente.

—¿Te ha dicho algo? Puedo hablar con ella. Para que sepa que…

—¡No! —exclamé, y di un respingo, sorprendida por mi reacción. Había hablado más alto de lo que pretendía. Prácticamente había gritado—. No hace falta que hables con ella.

Una expresión de duda cruzó su rostro.

—Mallory…

—No pasa nada. —Me deslicé hasta el borde del sofá y cogí una de las bolas de algodón sin usar que había sobre la mesa—. Quiero decir… que no me ha dicho nada. No tienes por qué hablar con ella.

Le miré por encima del hombro, convencida de lo que decía. Aunque me encantaba que siguiera siendo tan protector, no podía depender de él para que me cubriera las espaldas. No había estado a mi lado esos últimos cuatro años, y no podíamos volver atrás. No podía permitirlo, por fácil que fuese.

—No… no quiero que las cosas sean así.

—¿Y cómo quieres que sean? —preguntó. Se llevó un dedo a la frente y se rascó el borde de la herida. Una sonrisa forzada tensó sus labios—. No, no me contestes.

Ni siquiera entendí a qué se refería. Confundida, me quedé mirándole. Tenía la sensación de haberme perdido algo muy importante.

—Debería irme. No quiero meterte en un lío. —Se deslizó hasta el borde del sofá.

Antes de que me diera tiempo a protestar (lo cual no habría sido sensato, por más que me apeteciera que se quedara), me puso las manos en las mejillas. La respiración se me atascó en algún punto entre la garganta y el pecho. Inclinándose hacia mí, me besó en la frente y el corazón se me hizo papilla. Cerré los ojos mientras sus labios permanecían sobre mi piel. Aturdida por la impresión, no me moví cuando se levantó.

Debió de pasar una eternidad antes de que abriera los ojos. Cuando por fin los abrí, le encontré mirándome. Tenía los labios entreabiertos y sus ojos castaños y dorados parecían brillar. Me aclaré la garganta.

—Puedo… puedo llevarte en coche.

Bajó la mirada y enarcó una ceja.

—No hace falta. Lo tengo todo controlado.

Me puse en pie y le seguí hasta el recibidor. Agarró el picaporte y luego se volvió hacia mí.

—Me alegro de que hayas abierto la puerta.

Puse una sonrisa temblorosa.

—Y yo me alegro de que… de que me hayas mandado ese mensaje.

Ladeó la cabeza.

—¿Sí?

Asentí, seguramente con demasiada vehemencia, pero cuando vi aparecer el hoyuelo de su mejilla derecha me sentí recompensada. Nuestros ojos se encontraron un momento, y deseé que no se marchara. De pronto se apoderó de mí un impulso, como me había sucedido cuando comimos juntos, y prácticamente di un salto adelante. Agarrándole de los brazos, me puse de puntillas y le di un beso en la mejilla. Fue un beso rápido e inocente, y me dije que no tenía nada de malo. Pero al sentir su piel bajo mis labios, me estremecí.

—Ten cuidado —susurré al apartarme.

La sonrisa desapareció de su bello rostro. Pasaron unos segundos antes de que contestara:

—Eso siempre, Ratón.

9

Subí de puntillas por la ruidosa escalera, encogiéndome de miedo cada vez que los tablones chirriaban bajo mis pies. No podía hacer ruido, o el señor Henry me pillaría. Y eso sería malo. Muy malo.

Avancé sigilosamente por el pasillo a oscuras. La señorita Becky estaba enferma otra vez, en la cama, pero si conseguía que se levantara ayudaría a Rider. Abrí la puerta poco a poco, muy despacio, para que no hiciera ruido y eché un vistazo a la habitación. La lámpara de la mesilla de noche, encendida, inundaba el dormitorio de una tenue luz amarilla. La parte de arriba de la cómoda estaba llena de botellas marrones vacías. La habitación tenía un olor raro. A aire estancado. Me acerqué a la cama, apretando los puños. La señorita Becky estaba echada sobre las sábanas, pero no tenía buen aspecto. Pálida y quieta, parecía uno de esos maniquíes de las tiendas.

—Señorita Becky —susurré, infringiendo una norma.

No debía despertarla, pero Rider necesitaba ayuda. No se movió. Me acerqué.

—¿Señorita Becky?

Asustada, vacilé junto a la cama. La habitación se difuminó. Unas lágrimas ardientes se me agolparon en los ojos cuando cambié el peso del cuerpo de un pie al otro. Intenté llamarla de nuevo, *pero no me salió la voz. El tirante de la camiseta le había resbalado hasta la mitad del brazo y su pecho no parecía moverse.*

Empecé a darme la vuelta, quería ir a esconderme porque allí pasaba algo terrible, pero Rider estaba fuera y hacía tanto frío que antes, en el patio del colegio, se me habían helado los dedos sin guantes. Levanté mis hombros huesudos y corrí hacia la cama. Alargué la mano, agarré el brazo de la señorita Becky. Su piel tenía un tacto frío, como de plástico. Aparté las manos, di media vuelta y salí corriendo de la habitación. La señorita Becky... No iba a poder ayudarnos. Estaba sola, y no podía abandonar a Rider. Volví a bajar los escalones con mucho cuidado y pasé sigilosamente junto al cuarto de baño, que olía a moho.

El señor Henry gritó una palabrota en el cuarto de estar y el corazón me dio un brinco, pero seguí adelante. Llegué a la puerta trasera. Poniéndome de puntillas, descorrí el cerrojo y su chirrido resonó como un trueno en la cocina. Giré el pomo.

—¿Qué demonios estás haciendo, niña?

Di un respingo, encogiéndome y replegándome sobre mí misma. Me preparé para recibir los golpes. Abrí la boca. Mis gritos desgarraron el aire, atravesaron la casa y...

—¡Mallory! ¡Despierta! —Unas manos me agarraron por los hombros y me zarandearon—. Despierta.

Incorporándome bruscamente, me desasí y me retrepé en la cama. Golpeé el aire con la mano derecha, perdí el equilibrio y oscilé al borde de la cama. La mano que me agarraba por el brazo izquierdo se tensó. Otro grito se formó en mi garganta. Mis ojos despavoridos recorrieron la habitación iluminada. El pasado refluyó lentamente, como una mancha de alquitrán y humo que se llevara la marea. No había botellas de cerveza, ni una mesa cubierta de periódicos. Miré los ojos oscuros de Carl. Su rostro cansado reflejaba preocupación. Tenía el pelo revuelto y la camisa gris arrugada.

—¿Estás bien? —preguntó mientras yo respiraba hondo, entrecortadamente—. Por Dios, Mallory, no te oía gritar así desde…

Desde hacía años.

No hizo falta que acabara la frase. Con mano temblorosa, me aparté el pelo de la cara y tragué saliva. Me dolía la garganta. Me percaté entonces de que Rosa estaba de pie en la puerta, atándose el cinturón de la bata. Dijo algo, pero no la entendí. El corazón me latía muy deprisa en el pecho.

—No pasa nada. —Carl me dio unas palmaditas en el brazo y miró hacia atrás, hacia la puerta—. Sólo era una pesadilla, *cariño**. Vuelve a la cama.

¿Cómo podía ser sólo una pesadilla? Las pesadillas no eran reales. Y aquello… aquello sí lo era.

Se hizo de día muy pronto, y me costó un enorme esfuerzo superar el día. Cuando llegó la clase de expresión oral, entré en el aula y enseguida me tropecé con la mirada de Paige. Llevaba el pelo recogido en uno de esos moños de bailarina y unos grandes pendientes de aro dorados. Estaba guapísima, pero la cara de asco que puso al verme no resultaba muy atractiva.

Sin darme cuenta arrastré el pie izquierdo, me tropecé y el ruido que hizo mi chancla sonó como un trueno. No me caí, pero di con la cadera contra una mesa vacía.

Paige tensó un poco las comisuras de la boca y levantó una ceja.

Horrorizada, me quedé inmóvil un segundo. Luego, espabilándome, corrí a sentarme. Tenía las mejillas en llamas. Su manera de mirarme antes de que me tropezara como una tonta me hizo pensar que quizá Rider le había dicho algo, como se había ofrecido a hacer la noche anterior.

No, él no haría eso, me dije mientras abría el cuaderno y echaba un vistazo a los apuntes que había tomado el día anterior. Entorné los párpados, pero no entendí lo que quería decir la única frase que había escrito y...

—Ratón...

Se me atascó el aire en la garganta al levantar la mirada. Rider debía de tener algo de fantasma, porque no le había oído sentarse a mi lado ni saludar a Paige, y sin embargo allí estaba. Llevaba una camiseta vieja con un escudo descolorido y, con los brazos cruzados sobre el ancho pecho, parecía la personificación misma de la arrogancia indolente.

Noté una sensación extraña en la boca del estómago al verle después de lo que había pasado la noche anterior. No les había dicho a Carl y Rosa que había estado en casa. Y tampoco pensaba decírselo, lo que era peor aún.

Ratón.

En parte odiaba aquel apodo por lo que simbolizaba. Pero en parte también me encantaba, porque así me llamaba él. No estaba segura de cuál de esos sentimientos pesaba más.

Mi corazón decidió hacer una cabriola dentro de mi pecho.

—Rider...

Sus labios carnosos se curvaron en una media sonrisa, atrayendo mi mirada hacia su boca. ¿Cómo podía tener unos labios tan perfectos? No era justo. ¿Y por qué le miraba la boca? Me puse tan colorada que mi cara se convirtió en una fresa viviente, y su sonrisa se agrandó dejando ver el hoyuelo.

—¿Me echabas de menos?

Apoyé las manos sobre el cuaderno abierto y lancé una mirada a Paige. Estaba distraída mirando algo que Hector le estaba enseñando en su móvil, pero aun así me costó creer que Rider me hubiera preguntado eso delante de ella. O quizá no fuera para tanto y le estuviera dando demasiada importancia.

Me obligué a encogerme de hombros y, al levantar la vista, vi que la herida de su ceja tenía mejor aspecto.

—¿Qué tal tu cabeza? —pregunté en voz baja.

—Ya ni me acuerdo. —Bajó un momento la mirada—. ¿Qué tal te ha ido hoy?

Sentí que una especie de calidez se agitaba dentro de mí, y oí a lo lejos el estrépito del timbre de advertencia.

—He comido con Keira. Ya van dos días seguidos —le dije, e hice una mueca al darme cuenta de lo idiota que parecía.

La expresión divertida de Rider se convirtió en una sonrisa franca, y su hermoso rostro exhibió de pronto esa belleza masculina que es como un puñetazo dirigido al pecho.

—Eso está muy bien, Mallory. —Bajó la voz al acercarse y tocar mi brazo. Su contacto me produjo una sacudida casi eléctrica—. Estoy orgulloso de ti. De verdad.

Una sensación de aturdimiento envolvió mi corazón cuando miré su mano grande, más morena que la mía. Rider entendía que para mí aquello era un gran paso, y dejé de sentirme tan idiota. Él lo sabía. Me entendía. Y eso, para mí, era todo un mundo.

Una sombra cayó sobre nuestros pupitres. Hector, que estaba sentándose, se había parado de pronto con la cabeza ladeada. Tenía la mirada fija en la mano de Rider y daba la impresión de haber visto un chupacabras.

Rider retiró la mano y cruzó los brazos.

—¿Estás bien, tronco?

Los ojos verdes de Hector volaron hacia él.

—¿Y tú?

No hubo respuesta, y no entendí de qué iba todo aquello, pero cuando Hector se sentó me di cuenta de que Keira también estaba observándonos desde su asiento, unas filas más allá. Compuse una sonrisa, rezando por que no me hubiera oído contarle a Rider lo de la comida. Menudo corte.

—Cariño —dijo Paige, llamando la atención de Rider—, ¿lo de esta noche sigue en pie?

Me mordí la parte interior de la mejilla cuando Rider se volvió hacia ella.

—¿Lo de esta noche?

—Sí. —Su sonrisa era grande y luminosa, como la primera vez que la vi con él—. Habíamos hablado de ir a la fiesta de Ramon.

Yo no tenía ni idea de quién era Ramon, pero sentí agitarse la envidia dentro de mi estómago. Nunca había ido a una fiesta, al margen de las que organizaban los adultos. No sabía cómo eran, ni siquiera había pensado en ellas hasta ese momento. Los miré a los dos, y de pronto me percaté de que, aunque Rider me entendiera como nadie, nuestros mundos ya no gravitaban en la misma órbita.

Ahora Rider faltaba a clase cuando le apetecía.

Tenía novia.

Y le invitaban a fiestas.

Yo, en cambio… Yo seguía siendo la misma de antes y la que sería siempre.

Jamás me saltaba una clase.

No tenía novio.

Y no iba a fiestas ni me invitaban a ellas, con excepción de la fiesta de cumpleaños de Ainsley el año anterior.

—No estoy seguro —contestó Rider—. Tengo que ir al garaje. Puede que esté allí casi toda la noche.

¿El garaje? Quise preguntarle a qué se refería, pero deduje que no era el momento más adecuado para salir de mi cascarón y hablar en público.

A Paige se le congeló la sonrisa.

—Tenía muchas ganas de ir.

—Pues ve —la animó él con una sonrisa. Yo no podía verlo, pero adiviné que el hoyuelo había vuelto a aparecer—. Si salgo a tiempo, nos veremos allí, ¿vale?

Paige se quedó parada un instante. Luego asintió.

—Vale. —Estiró el brazo y le tocó la nuca—. Pero voy a echarte de menos.

Yo sabía que debía mirar para otro lado.

—¿Sí? —preguntó él entre cariñoso y divertido.

Seguí mirándoles.

Paige tensó los dedos y... ¿Se estaba inclinando Rider hacia ella? Aparté los ojos unos cinco segundos. Luego volví a mirarlos. Él estaba sentado, muy derecho, y Paige había vuelto a su sitio.

Pasó un segundo y Rider me miró y me sorprendió observándoles, enfrascada en su conversación. Su sonrisa se agrandó, y entonces pude ver el hoyuelo. Bajé la mirada y volví a concentrarme en mi pupitre... y en mis asuntos.

El señor Santos apareció delante de la clase como si hubiera una trampilla en el techo y hubiera caído por ella. Hacía falta talento para aparecer así.

—Muy bien, chicos. Hoy vamos a empezar con un pequeño ejercicio. —Dio una palmada, sobresaltando a un chico sentado en la primera fila que ya se había quedado adormilado—. Si de lo que se trata es de hablar en público, la práctica es fundamental. Cuanto más lo hagáis, más fácil os resultará. Creedme.

Me enderecé en la silla, notando un hormigueo en los dedos.

—Cuando tenía vuestra edad...

—Hace un siglo —masculló alguien.

Santos miró al chico con sorna.

—Muy gracioso. Cuando tenía vuestra edad, hace *un par* de décadas, con sólo pensar en tener que hablar delante de un grupo de personas me daban ganas de vomitar.

—Qué asco —murmuró una chica.

Era muy probable que yo también vomitara.

—Así que tuve que esforzarme mucho por conseguirlo. Igual que todos. Así que vamos a empezar con una breve presentación.

—Ay, mierda —masculló Rider en voz baja.

Santos siguió hablando sin darse cuenta de que yo le miraba con los ojos tan abiertos como si ya no tuviera párpados.

—Vais a levantaros uno por uno y, mirando a la clase, iréis diciendo vuestro nombre y una cosa que os guste (cosas normales, que conste) y una que no os guste. Insisto, cosas aptas para todos los públicos.

Se oyeron algunas risas, pero a mí se me retiró la sangre de la cabeza tan bruscamente que sentí que me mareaba. No. Tenía semanas por delante para prepararme para aquello. Se suponía que no tendría que hablar delante de la clase ni ese día, ni al siguiente, ni la semana próxima.

—Mallory —dijo Rider en voz baja.

Me agarré al borde de la mesa mientras mi pulso tocaba música *house* a su manera. Se me cerró la garganta. Miré a

Rider. Las caras de Paige y Hector se habían difuminado. Una silla arañó el suelo y seguí con la mirada aquel sonido.

Un chico se había levantado y se estaba tirando de los pantalones. Siguiendo las instrucciones del profesor, miró a la clase.

—Me llamo Leon Washington —dijo con una enorme sonrisa—. No me gusta el queso. Y me gustan las chicas de los vídeos.

Se oyeron risas por lo bajo y Santos le lanzó una mirada. Leon se dejó caer en su silla y a continuación se levantó una chica. Yo respiraba entrecortadamente. Paige estaba sentada al final de la primera fila, Rider en la segunda y yo al final de la tercera. Había diecisiete sillas delante de mí, dos de ellas vacías.

Ay, Dios.

Miré histérica a Rider y me di cuenta por su expresión, por la tensión de su mandíbula, que comprendía lo que pasaba. Miró a la chica que se había levantado.

—Yo soy Laura Kaye. —La chica se apartó de la cara el pelo largo y castaño y se volvió hacia la clase—. Eh… Me gusta conducir con la música muy alta. Y no me gusta… —Sus mejillas se sonrojaron—. No me gustan las brujas que van cotilleando por ahí.

El señor Santos suspiró.

La clase rompió a reír.

Laura se sentó con una sonrisa satisfecha.

Cuando otro chico se levantó con la cara como un tomate, yo pensé que había muchas probabilidades de que a mí me diera un infarto.

—Mallory —susurró Rider, y le miré con cara de pánico. Vi detrás de él a Paige, observándonos—. Puedes hacerlo —dijo en voz baja—. De verdad, puedes.

Me sostuvo la mirada como si creyera que las palabras podían convencerme por sí solas, pero se equivocaba. Yo no podía hacer aquello. El tapón que tenía en la garganta se convirtió en un sello hermético. Dios mío, no iba a poder hablar, era imposible. Sentí que una presión me aplastaba el pecho dejándome sin respiración. Una quemazón gélida que conocía muy bien se extendió por la base de mi cuello.

No iba a poder hacerlo.

10

No guardo recuerdo de haber recogido el libro de texto y haberlo metido en la bolsa. Tampoco recuerdo haber cogido la bolsa, ni haberme levantado. Me hallaba en un túnel de bordes oscuros cuya única luz era la puerta.

Otra chica se había levantado y estaba presentándose, pero no oí lo que decía. Mis piernas se habían puesto en movimiento. Aturdida, salí del aula y avancé por el pasillo en silencio. Me ardía el pecho cuando seguí andando, casi corriendo, sin detenerme hasta que estuve fuera. Entonces eché a correr hacia mi coche. El cielo nublado amenazaba lluvia.

Dios mío, no podía creerlo.

Me paré junto al coche, solté la bolsa, me incliné hacia delante y me agarré las rodillas.

Acababa de salir corriendo de una clase.

Respirando agitadamente, cerré los ojos tan fuerte que vi puntitos de luz. Qué débil era, qué estúpida... Lo único que tenía que hacer era levantarme y decir mi nombre, una cosa que me gustaba y otra que no. No era tan difícil, pero mi cerebro... No funcionaba bien. Se bloqueaba, me traicionaba en momentos de pánico.

—¿Mallory?

Me incorporé de golpe y al darme la vuelta y encontrarme con sus ojos marrones casi perdí el equilibrio. Estaba delante de mí, con el deteriorado cuaderno en la mano. Naturalmente, había salido de clase para ir en mi busca.

Nada había cambiado.

Una nueva oleada de vergüenza inundó mis mejillas cuando me aparté de él y miré hacia el campo de fútbol desierto. Se me saltaron la lágrimas de pura frustración.

—He dicho que te habías mareado —me comentó pasado un momento—. A nadie le ha parecido raro. Has comido en la cafetería, así que resulta creíble. Santos me ha dejado salir para que viera cómo estabas. Se supone que tengo que volver, pero...

Pero no iba a volver.

Cerré los ojos y negué con la cabeza. Me picaba la piel como si un millar de hormigas rojas recorriera mis brazos y mi espalda. Cuatro días de clase, y había huido. Había hecho justamente lo que temían Carl y Rosa. Justo lo que...

—Ratón, ¿estás bien?

Hubo un silencio y sentí su mano en mi brazo.

Ratón.

Yo ya no era *suya.*

Me aparté bruscamente y le miré justo a tiempo de ver el destello de sorpresa que cruzaba su rostro. Bajó la mano y escudriñó intensamente mis ojos, y deseé con todas mis fuerzas... Deseé con todas mis fuerzas ser normal.

Dios, la normalidad *no* estaba sobrevalorada cuando tenías un cerebro como el mío.

—No... no deberías haberme seguido —dije al cabo de unos segundos.

—¿Por qué no? —preguntó como si de verdad no lo supiera.

—Por Paige, para empezar.

—Ella lo entiende.

Yo lo dudaba seriamente porque, de haber estado en su lugar, yo no lo habría entendido. Ni en un millón de años.

—Entonces... no deberías haberme seguido porque... porque ya no soy problema tuyo.

Levantó la barbilla y exhaló un largo suspiro.

—Quiero enseñarte una cosa.

Fruncí el ceño.

Extendió la mano y movió los dedos.

—¿Me dejas las llaves de tu coche?

Fruncí más aún el ceño. ¿Iba a marcharse? Todavía quedaba media hora de clase por lo menos y... Espera un segundo. De todos modos, yo dudaba de que le importara irse antes de tiempo, y yo tampoco pensaba volver a entrar.

—Tengo carné —añadió al ver que no respondía—. Te lo juro. Sé conducir. No voy a robarte el coche ni nada parecido.

Levanté las cejas.

—No... no pensaba que fueras a robármelo.

Ladeó la cabeza. ¿De veras creía que tenía tan mal concepto de él? Agachándome, recogí mi bolsa, saqué las llaves y se las tendí. Las cogió con sus largos dedos. Sin decir palabra, me acerqué al lado del copiloto, monté en el coche y lancé la bolsa al asiento de atrás.

Rider me siguió, encogiendo su larga figura tras el volante. Con una sonrisa tímida, pulsó la palanca del asiento para ajustarlo. Giró la llave de contacto y salió marcha atrás. Me miró mientras conducía entre las filas de coches del aparcamiento, pero no dijo nada.

Yo apretaba los puños con fuerza. Los pensamientos volaban por mi cabeza con la velocidad de un viento huracanado. Marcharse así del instituto era una locura por muchas razones. Si Carl y Rosa se enteraban (o si se enteraban de que había estado en mi casa la noche anterior), se pondrían furiosos.

Pero en ese momento nada de eso importaba.

¿Cómo iba a presentarme en el instituto el lunes? Me recosté en el asiento, con los nudillos doloridos de tanto apretarlos. Lentamente, obligué a mis manos a abrirse.

Miré por la ventanilla. Al principio no tenía ni idea de adónde se dirigía Rider, pero al poco rato empezó a haber embotellamientos y me di cuenta de que estábamos saliendo de la ciudad por una de las carreteras más antiguas, una de las que siempre se atascaban.

—¿Te echarán la bronca si no vuelves a casa en cuanto acaben las clases? —preguntó.

Bueno, si Rosa y Carl se enteraban de lo que estaba haciendo y de dónde estaba, indudablemente sí. Pero no se enterarían.

—No, tardarán bastante en volver a casa.

—Genial. —Al mirarle, vi que estaba concentrado en la carretera—. No quiero causarte problemas.

Levanté los brazos, me recogí el pelo y empecé a hacerme una gruesa trenza.

—¿Y por qué ibas a causarme problemas?

Me lanzó una mirada de sorna que no entendí. Pasó un instante. Volvió a mirar a la carretera.

—¿Saben las personas que te acogieron que... que nos hemos visto?

Dije que sí con la cabeza.

—Se lo he contado.

Levantó las cejas, y pensé que otra vez parecía sorprendido.

—¿Y saben lo mío? ¿Lo de hace años?

Empecé a decir que sí con la cabeza, pero me obligué a hablar.

—Sí, lo saben.

—¿Todo? —insistió.

—Casi todo —murmuré.

Asintió lentamente.

—¿Qué opinan de que estemos juntos? —De pronto se puso colorado—. Quiero decir en el mismo instituto.

Me extrañó la pregunta, pero luego me di cuenta de adónde quería ir a parar. Rider creía que, si a Carl y Rosa les desagradaba que volviéramos a tener relación, era por quién era él. Pero se equivocaba. Era por lo que representaba.

Por lo menos, eso esperaba yo.

—Están... preocupados por que no... por que no me integre —le dije, y era cierto—. No están seguros de que pueda arreglármelas bien y... es evidente que no puedo.

Un músculo vibró en su mandíbula, pero antes de que pudiera añadir nada más anunció:

—Me llamo Rider Stark.

¿Qué?

—Me gusta trabajar con las manos —prosiguió mientras detenía el coche en un semáforo en rojo—. Y no me gustan las clases. —Me miró con los párpados bajos—. Puede que no sea muy sensato decir que no me gustan las clases, pero podría decir que no me gustan los plátanos o algo así.

—¿Los plátanos?

Asintió con una sonrisilla.

—Hace más o menos tres años que descubrí que los odio con toda mi alma.

—Pero si sólo son plátanos.

—Son la fruta del diablo.

Solté una carcajada, sorprendida.

—Eso es absurdo.

Su media sonrisa se agrandó y volvió a aparecer el hoyuelo.

—Es la verdad. Ahora te toca a ti.

Entendí lo que se proponía. Intentaba demostrarme que lo que nos habían pedido en clase de expresión oral era algo que estaba a mi alcance, pero evidentemente no era así. ¿Qué sentido tenía hacerlo ahora? No era lo mismo.

—¿Ratón? —dijo en voz baja, pero sacudí la cabeza. No respondió enseguida—. Está bien.

Dejé de tocarme el pelo y me puse a mirar por la ventanilla mientras el interior del coche se oscurecía. Estábamos pasando por un túnel. Un momento después torció a la derecha y detuvo el coche en un pequeño aparcamiento, delante de un edificio largo y rectangular que tenía casi todas las ventanas rotas.

—¿Dónde estamos?

Apagó el motor y se desabrochó el cinturón de seguridad.

—En una fábrica abandonada. Tiene mala pinta pero no hay peligro. Te doy mi palabra.

Miré el tétrico edificio que parecía salido de uno de esos programas de fenómenos paranormales que me gustaba ver en la tele. ¿Lo ves? Programas sobre fenómenos paranormales. Podría haber dicho en clase que me gustaban. Si cualquier otra persona me hubiera dicho que en aquel sitio no había peligro, no me habría bajado del coche. Pero de Rider me fiaba siempre, aunque hubiera pasado cuatro años sin verle. Me desabroché el cinturón y salí.

Rodeó el coche para reunirse conmigo mientras se guardaba las llaves en el bolsillo. El suelo por el que echamos a andar estaba resquebrajado y entre las grietas crecían malas hierbas. Faltaban grandes trozos de pavimento. Miré el cielo. El aire olía fuertemente a lluvia cuando nos acercamos a las puertas pintadas de un rojo descolorido.

—No vamos a entrar. Hoy no.

¿Y más adelante sí? Sentí un extraño aleteo en el pecho, pero procuré no hacerle caso y pensé que era una suerte que no fuéramos a entrar, sobre todo porque no quería que, además de hacer novillos el cuarto día de clase, me acusaran de allanamiento.

Además, no estaba segura de que aquel lugar no estuviera embrujado.

Sentí que los cálidos dedos de Rider buscaban los míos. Sorprendida, intenté no tropezar cuando me agarró de la mano y me condujo hacia un lateral del edificio. Las viejas paredes de ladrillo olían a humedad. Rider no dijo nada mientras me llevaba más allá de unos contenedores abandonados. Torció a la izquierda y vi varias mesas de pícnic de piedra y, más allá, la parte de atrás del edificio.

Me paré en seco.

Abrí la boca, impresionada. No sabía dónde mirar. Había tanto color... Alguien había transformado una decrépita pared gris en un vívido caleidoscopio de tonos de rojo, amarillo, verde, morado, azul, negro, blanco... Recorrí con la mirada la pared y vi letras gigantescas, iniciales y palabras sueltas que no parecían inglesas. Luego estaban los murales. Distinguí figuras humanas y coches. Edificios y trenes. Todo pintado con aerosoles. Comparado con aquello, mis tallas de jabón eran una ridiculez. Hacía falta un talento alucinante para pintar aquellas letras tan complejas y aquellas caras tan detalladas. Y además con aerosol. Yo no podría haberlo hecho con un pincel ni aunque Diego Rivera me hubiera guiado la mano.

Acordándome de las manchas rojas que había visto en los dedos de Rider, me volví hacia él. Sonrió un poco, me soltó la mano y se encaminó hacia la pared pintada. Sus largas piernas le llevaron enseguida hasta el centro de la fachada. Se detuvo delante de un niño pintado. Me acerqué, cruzando los brazos alrededor de la cintura mientras él pasaba la mano por el hombro del niño de cabello moreno. La figura estaba pintada con asombroso detalle. Tenía las manos metidas en los bolsillos de unos pantalones gastados, y su camiseta blanca parecía tan real, tan ligera, que parecía estar a punto de hincharse con el viento y despegarse del cuerpo. El niño estaba mirando la pintada que había encima de él, pero fue la expresión de su cara la que me dejó boquiabierta.

Sus ojos claros, entre verdes y marrones, reflejaban desesperanza y la línea de su boca llevaba grabada la marca del sufrimiento. Tenía las cejas fruncidas y levantadas, y su desolación era tan intensa que se podía tocar. Nublaba el aire. Yo conocía aquella mirada. La había visto. La había sentido.

Era una mirada que parecía decir «¿Será así siempre mi vida? ¿Será el futuro idéntico al presente?»

—Me han detenido un par de veces por hacer pintadas —explicó Rider apartándose de la pared, y se metió las manos en los bolsillos de los pantalones deshilachados como el niño del dibujo—. Pero aquí podemos pintar sin meternos en líos. Me ayuda a despejar la cabeza. Cuando estoy pintando, no pienso.

—¿Esto... esto lo has hecho tú?

—Sí.

Miré la figura del niño, alucinada. ¿Había pintado aquello con unos botes de aerosol? Sacudí lentamente la cabeza, llena de asombro. Rider siempre había tenido talento. Se ponía a dibujar en cualquier trozo de papel que tuviera a mano, pero aquello era increíble. No podía dejar de mirarlo.

Y no pude impedir que una opresión me aplastara el pecho, ni que el picor de las lágrimas me quemara la garganta. Sabía que aquellas lágrimas no llegarían a caer. Nunca caían. Ya no. Y sin embargo me dieron ganas de llorar mientras miraba a Rider, porque en el fondo de mi ser sabía, aunque no quisiera reconocerlo, que aquel niño triste y desesperanzado era él.

—¿Has visto Graffiti Alley, o el otro almacén? —preguntó, refiriéndose a los lugares de Baltimore donde los grafiteros podían pintar sin que les persiguieran las autoridades municipales.

Asentí.

—Estuve una vez en Graffiti Alley. —Aparté la mirada de él y la paseé por la pared—. Es precioso. Como este lugar. Es alucinante que lo hayas hecho tú.

Rider se encogió de hombros.

—No es nada.

—Es increíble. —Pensé otra vez en mis tallas en jabón y casi me eché a reír—. Yo no sé… hacer nada parecido.

Ladeó la cabeza.

—Podría enseñarte.

Ahogué una carcajada. Eso sería como darle una cera a un bebé en medio de una rabieta y decirle que coloreara sin salirse de la raya.

Frente a mí, Rider miró las gruesas nubes cargadas de lluvia.

—Si te apetece, quiero decir. Hay otros sitios donde se puede pintar sin problemas.

Miré la pared e intenté imaginarme creando algo tan asombroso. El resultado, en mi caso, sería una figura de palotes pintada con aerosol.

—No me gustaría estropear nada.

Dibujó una sonrisa ladeada.

—No estropearías nada. Te lo prometo.

Indecisa, no respondí y volví a mirar al niño pintado. Me preguntaba si Rider había llevado allí a Paige y enseguida comprendí que era una pregunta estúpida. Claro que la había llevado. Seguramente pintaban juntos.

—¿A Paige...? ¿A Paige también le gusta? —pregunté, y noté que me ardían las mejillas.

—¿Hacer pintadas? —Meneó la cabeza con una sonrisa—. Al principio, puede que sí. Quiero decir que solía venir a verme pintar, pero la verdad es que creo que nunca le ha entusiasmado.

Volví a mirar la pared.

—¿No le molestara que... que me enseñes?

—No —contestó inmediatamente—. ¿Por qué iba a importarle?

No supe qué contestar.

—Sabe que eres importante para mí, Ratón. —Se acercó—. Y ya te dije que es una chica dura. Es un poco arisca, pero seguro que tú le caerás bien. Con el tiempo. —Hizo una pausa—. No le molestará que pasemos tiempo juntos.

Le miré lentamente. Pensé que debía explicarle que quizá sí le molestara, y que yo no podría reprochárselo si así era, pero decidí aceptar su palabra. A fin de cuentas él la conocía mucho mejor que yo, y Paige no se había portado mal conmigo el día anterior en clase. Se había limitado a delimitar su territorio. Y yo eso lo respetaba. Rider y yo podíamos ser amigos, siempre lo habíamos sido. Tal vez Paige acabara por tenerme simpatía.

Al menos esa parte de mi vida, mi vida con esta nueva versión de Rider, podía funcionar.

Me giré hacia la pared pintada. Era imposible que se me diera bien aquello, pero ¿qué perdía con probar? Dentro de mi tripa se formó un miniciclón.

—De acuerdo.

Apareció el hoyuelo, y el ciclón de mi estómago se hizo aún mayor. Nuestras miradas se encontraron y yo me apresuré a mirar hacia otro lado, acalorada de pronto. Me dieron ganas de tirarme del cuello de la camiseta, pero me dio corte.

—¿Quieres que nos vayamos? —preguntó, y cuando levanté la mirada me di cuenta de que estaba más cerca y de que ni siquiera le había oído acercarse—. ¿Ratón?

Las clases ya habrían terminado y yo tenía que irme a casa, pero… no quería marcharme todavía. Aquel lugar tenía algo de apacible a pesar del rumor distante del tráfico y los cláxones. Negué con la cabeza.

Se quedó mirándome un momento. Luego se acercó a una vieja mesa de pícnic y se sentó. Me reuní con él pasado un minuto. Estuvimos un rato sin hablar, y fue como caer por la madriguera de un conejo. ¿Cuántas veces habíamos estado sentados así, el uno al lado del otro, en el pasado?

Conseguí despegar la lengua del paladar.

—¿Te parece raro?

—¿Qué? —preguntó, apoyando los codos en la mesa, a su espalda. Se echó hacia atrás y bajó los párpados.

—Esto. Estar aquí como… como si no hubiera pasado el tiempo. —Me puse colorada—. Es muy raro.

Se quedó callado otra vez.

—Sí, es raro, pero en el buen sentido. ¿Verdad?

—Sí —murmuré.

Nuestras rodillas se rozaron.

—Me alegro de que estemos aquí para vivir esta rareza.

Me puse aún más colorada mientras las comisuras de mi boca esbozaban una sonrisa.

—Yo también.

Me sostuvo la mirada un instante. Luego la fijó en la pared cubierta de pintadas. Yo tomé aire. Era la ocasión perfecta para preguntarle cómo habían sido esos últimos cuatro años. Tenía tantas preguntas que hacerle...

—¿Cuánto tiempo... llevas con la abuela de Hector?

Frunció las cejas.

—Unos tres años.

—¿Y antes? ¿Qué tal era esa residencia?

—No estaba del todo mal —contestó estirando las piernas—. No éramos muchos. —Se rió en voz baja—. La verdad es que me llevé una sorpresa cuando me mandaron a vivir con la señora Luna. Tenía casi quince años. Así que ¿qué sentido tenía?

Yo entendí lo que quería decir, pero lo cierto era que había tenido mucha suerte, porque había pocas personas que estuvieran dispuestas a acoger a un adolescente que llevaba toda la vida tutelado por el estado. Era sorprendente que hubiera encontrado a una.

—¿Estás a gusto con la... señora Luna?

—Sí. —Entornó los párpados mientras abría y cerraba los dedos. Una gota de lluvia cayó en la mesa—. Es buena gente.

Esperé a que dijera algo más, a que se explicara, pero se quedó callado, como si quisiera que siguiera preguntándole. Abrí la boca, pero en ese instante me miró. Las palabras me quemaron la punta de la lengua.

Cuando habló, lo hizo en voz muy baja, apenas un susurro.

—¿Alguna vez…? ¿Alguna vez piensas en esa noche?

Se me hizo un nudo en el estómago y negué con la cabeza, aunque era mentira. Hacía todo lo posible por no pensar en esa noche, pero la noche anterior mi mente había decidido hacérmelo revivir paso a paso.

—¿Y tú? —susurré, incapaz de mirarle.

—A veces. —Hizo una pausa mientras se pasaba las manos por los vaqueros—. A veces pienso también en otras noches. Ya sabes, cuando ese gilipollas se emborrachaba y venían sus amigos.

Todo mi cuerpo se puso en tensión. No me atreví a hacer ningún ruido porque sabía a qué otras noches se refería.

—Y a veces deseo que estén todos muertos, incluido Henry. —Se rió sin ganas—. Soy una mala persona, ¿no?

—No —contesté de inmediato—. No eres una mala persona.

Se me secó la boca al volver a recordar esas noches, cuando los amigos de Henry venían a casa. Algunos me miraban como ningún hombre adulto debería mirar a una niña. Y otros miraban a Rider de la misma manera… e iban *a por él*. Los otros habrían hecho lo mismo conmigo de no ser por Rider.

—¿Alguna vez te…?

Negó con la cabeza.

—No. Era más rápido que ellos y además siempre estaban borrachos. Tuve suerte.

Yo no estaba segura de que la tuviera.

—Deberíamos volver —dijo levantándose al tiempo que otra gota de lluvia caía en el asfalto resquebrajado—. Va a empezar a llover.

Me levanté y le seguí al Honda. Me movía con rigidez. Cuando Rider subió al coche y cerró la puerta, me di la vuelta y miré la pared pintada. Los grafitis podían ser sólo letras, una flor de colores, la cara de una mujer o un niño pequeño mirando al cielo sin esperanzas de que el futuro fuera distinto, pero cada una de aquellas pinturas tenía una historia que contar. Todas hablaban sin palabras. Yo llevaba años intentando hacer eso mismo. Pero yo no era una pintura en una pared.

—Me llamo Mallory… Dodge. —Respiré hondo, hablando para mí misma—. Y me gusta… me gusta leer. Y no me gusta… no me gusta cómo soy.

II

El sábado no llegamos al puerto hasta mediodía para encontrarnos con Ainsley porque Carl quiso preparar el desayuno y que lo tomáramos relajadamente, como hacíamos todos los sábados menos cuando Rosa y él tenían que ir a trabajar.

Carl hizo sus famosos gofres: famosos para él, y especiales para mí. Especiales porque, antes de vivir con ellos, yo nunca los había comido. Gofres con arándanos y fresas todas las mañanas de domingo. Especiales, porque sabía que había muchísimos niños que jamás podrían comerlos.

En mitad del desayuno, cuando llevaban un rato charlando tranquilamente, se pusieron serios y fijaron su atención en mí. Rosa fue la primera en hablar, tras su segunda taza de café.

—Ayer nos llamaron del instituto.

Me quedé helada, con el tenedor lleno de gofre con fresas a medio camino de la boca abierta. Ya podía despedirme de la promesa que le había hecho a Rider de no meterme en líos.

Rosa dejó su tenedor sobre el plato, junto a las migas de gofre. Por lo demás, su plato estaba limpio. El mío parecía un lago de sirope.

—Fue el señor Santos quien se puso en contacto con nosotros.

Cerré los ojos.

—Hablamos los dos con él —añadió Carl, y el gofre que acababa de comerme se me agrió en el estómago—. Nos explicó que ayer tuviste un problema en clase, durante un ejercicio de expresión oral.

Abrí los ojos y bajé el tenedor. Ya no tenía hambre. Y estaba tan... Me removí en la silla, incómoda.

—Dijo que otro compañero le explicó que te encontrabas mal y que por eso te habías marchado tan de repente —agregó Carl—. También nos dijo que ese compañero era Rider.

Ay, Dios.

Me dieron ganas de meterme debajo de la mesa.

—Hablaremos de eso dentro de un momento. —Rosa levantó una mano, haciéndole callar—. No estabas enferma ayer, ¿verdad?

Seguramente habría sido mejor mentir que poner sobre la mesa mi fracaso, pero de todos modos negué con la cabeza. Se hizo un silencio, y yo apreté los labios y fijé la mirada en el plato. Tenían que estar tan decepcionados... Una semana de clase y ya les habían llamado del instituto.

—No pasa nada. —Rosa puso una mano sobre mi brazo. Levanté la vista—. Carl y yo esperábamos que hubiera algunos tropiezos. Y sabíamos que la clase de expresión oral no iba a resultarte fácil. Tú también lo sabías.

Tenía razón. Pero aun así era duro admitir mi fracaso.

—En el instituto lo saben —dijo Carl, atrayendo mi atención.

—¿Qué... qué saben?

Apoyó los brazos en la mesa y se inclinó hacia delante.

—Hablamos con dirección cuando te matriculaste para avisarles de que podías tener ciertas dificultades.

Abrí tanto la boca que mi barbilla estuvo a punto de chocar contra la mesa.

—¿Que... qué?

—No entramos en detalles, Mallory, y sólo nos reunimos con tus profesores, con el director y con la señora Dehaven, una de las orientadoras —explicó Rosa—. Fue sólo para que estuvieran atentos, por si pasaba algo que tuviéramos que saber.

Dios mío, ¡habían hablado con todo el mundo! Me recosté en la silla, sintiendo picores en la piel. Los miré sin verlos. Sólo podía pensar en una cosa: que todas aquellas personas sabían de mis «dificultades», cuando se suponía que aquello debía ser un nuevo comienzo.

—Tenían que saberlo —dijo Carl.

Lo dijo como si fuera obvio, y me dispuse a llevarle la contraria. Puse la lengua en movimiento.

—Ayer, cuando hablamos por teléfono, llegamos a un acuerdo con el señor Santos —añadió, y volví a pegar la lengua al paladar—. Lo entiende perfectamente, Mallory. Quiero que lo sepas. Comprende lo difícil que es para ti ponerte delante de la clase y hablar.

Prácticamente dejé de respirar.

—La asignatura de expresión oral es obligatoria, pero no es la primera vez que hacen excepciones en casos especiales —añadió Rosa con voz suave—. Y el señor Santos se ha mostrado más que dispuesto a hacer una excepción en este caso.

Me puse tensa.

—Pero...

—Ha aceptado que, en lugar de tener que hablar delante de la clase, con el resto de los alumnos, expongas solamente ante él —explicó Carl, y yo me sentí como si estuviera teniendo una experiencia extracorpórea—. Así podrás llevar al día el trabajo de clase, pero sin estrés.

Rosa me dio unas palmaditas en el brazo.

—Es una buena noticia.

—Pero... —Sacudí la cabeza, anonadada—. Todo el mundo... lo sabrá.

Carl frunció el ceño.

—Mis compañeros de clase lo sabrán... Sabrán que no puedo hablar en público y que estoy... recibiendo un trato de favor. ¿Ellos van a tener que exponer en clase y yo no? Tengo que... tengo que hacerlo.

Carl ladeó la cabeza.

—Cariño, lo que tienes que hacer es aprobar la asignatura.

—No, para mí es mucho más necesario ser... ser normal, y exponer delante del señor Santos no es lo mismo —protesté, mirándoles—. Puedo hacerlo.

—Sabemos que puedes. Dentro de un tiempo —añadió Rosa, y di un respingo en mi asiento. *Dentro de un tiempo.* Como si no creyeran que podía hacerlo ahora—. Pero ahora mismo tienes que ir poco a poco. Has dado pasos de gigante estos últimos cuatro años. No pasa nada por proceder con cautela después de tantos cambios. ¿De acuerdo?

No, no estaba de acuerdo, pero mi ira se redujo a un hervor de rabia cuando apoyé las manos sobre el regazo.

—Con Marquette nunca tuvisteis que intervenir así, ¿verdad?

Rosa y Carl me miraron.

No sabía por qué se me había escapado aquello. Ni idea. Quise retirar lo que había dicho.

Carl respiró hondo.

—No.

Me retorcí los dedos sobre el regazo.

Rosa se levantó y recogió su plato y el de Carl.

—¿Has terminado? —me preguntó y, cuando asentí, retiró también mi plato.

—Fue muy amable por parte de ese chico dar la cara por ti —comentó Carl, y le miré.

—¿Ese chico? —dije.

—Rider —se corrigió, y mis hombros se tensaron—. El señor Santos nos dijo que salió de clase para ver qué tal estabas. Y que no volvió.

Ay, Dios, ¿podía empezar el día de nuevo y no salir de la cama? Deseé estar arriba, en mi cuarto, acabando el búho que había empezado a tallar la noche anterior. Trabajar con jabón era lo que más rápidamente me calmaba. Y había sido de gran ayuda, después de todo lo que había pasado con Rider y en clase de expresión oral. Había labrado el cuerpecito llenándolo de minúsculas plumas, y también las orejitas planas.

Volví a concentrarme en el tema que nos ocupaba.

—Vino… vino a asegurarse de que estaba bien.

Carl me observó atentamente.

—¿Pasas mucho tiempo con él?

—Sólo… en clase de expresión oral —contesté, y me sentí un poco culpable por no decirles la verdad. Intenté arreglarlo contándoles algo que sí era cierto—. Pero he estado… comiendo con una chica que va a mi clase de lengua, y también a expresión oral. Se llama Keira.

—Eso es estupendo. —Rosa estaba de espaldas, tirando las migas a la basura—. ¿Rider no come a la misma hora que tú?

—No.

No creía que fuera a hacerles gracia saber que Rider se había saltado una clase para comer conmigo un día de esa semana.

Carl seguía mirándome como si intentara leerme el pensamiento.

—¿Está interesado en ti, Mallory?

—¿Qué? —Parpadeé una vez y luego otra.

Rosa se giró bruscamente y clavó la mirada en él.

—¿Le interesas como algo más que una simple amiga? —añadió Carl.

Ay, mi...

Ay, Dios.

Noté que me ardía la cara.

—Pero ¡si tiene novia!

Ahora fue Rosa quien parpadeó.

—¿Sí? —preguntó Carl con evidente alivio—. Bueno, entonces... —Se interrumpió y se recostó en la silla con una sonrisa—. Creo que es hora de que recojamos y nos pongamos en marcha.

Me quedé mirándole.

Rosa también le miraba fijamente.

Luego nos levantamos, recogimos y nos pusimos en camino. Después de aquello no volvieron a hablar de Rider ni del instituto pero, en cuanto vi a Ainsley en el puerto y se alejaron un poco, no hablamos de otra cosa.

Estábamos sentadas en uno de los muchos bancos que dan al puerto mientras Rosa y Carl echaban un vistazo a un mercadillo benéfico que había unos metros más allá. El viento fresco que soplaba de la bahía agitaba la larga cabellera rubia de Ainsley.

Ainsley era guapísima. Tanto, que sólo podía describírsela como preciosa. Tenía los ojos azules, los pómulos perfectos y la nariz respingona, y si había algo aún más cautivador que su físico, era su personalidad. En serio. Podía ser rebelde y descarada, pero en el fondo era muy tierna. A no ser que la provocaran. Entonces la cosa cambiaba. Al principio, cuando nos conocimos en las clases para *homeschoolers*, fue increíblemente paciente conmigo. Siguió intentando trabar conversación cuando muchos otros habían desistido hacía tiempo, y todas las semanas, cuando nos reuníamos para estudiar todos juntos, se esforzaba por hablar conmigo.

Al principio se me hizo raro tener una amiga. Durante mucho tiempo sólo había tenido a Rider, y luego... luego, a nadie. A veces todavía me costaba hablar porque sólo la veía una vez a la semana, dos como mucho, pero Ainsley era sin duda lo mejor que me había pasado después de conocer a los Rivas.

Además, podía ponerse un pichi sin parecer un bebé hipertrofiado. Ese día llevaba uno azul claro con una chaqueta de punto más oscura y estaba guapísima. Si yo me pusiera un pichi, iría a encerrarme voluntariamente en mi cuarto.

—Me alegro de que les hayas dicho lo de Rider —comentó, pero yo no entendí por qué se alegraba, porque yo no me alegraba nada.

Girada hacia mí con una pierna colgando del banco y la otra doblada, hablaba en voz baja por si acaso teníamos compañía.

—Porque, ¿qué habrías hecho si se hubieran presentado en el instituto y le hubieran visto?

Yo dudaba seriamente de que Carl y Rosa se presentaran por las buenas en el instituto, pero como ya se habían pasado por allí para asegurarse de que los profes me vigilaran, cabía la posibilidad de que alguno de sus espías les contara lo de Rider. Cuando se lo dije a Ainsley y le hablé del trato que había hecho Carl con el señor Santos, entendió perfectamente la vergüenza que sentía.

—Me arrepiento... me arrepiento de... de habérselo contado —reconocí.

Ainsley no pareció en absoluto incómoda durante mi largo silencio.

—¡Es mejor que se lo hayas dicho! —exclamó en un susurro, y sonrió—. Mira, ya sabes que no soy precisamente el paradigma de la sinceridad pero me parece muy inteligente por tu parte que hayas ido de frente con ellos.

Lo era por muchas razones obvias, pero una cosa era la inteligencia y otra la astucia y, de haber sido más avispada, habría guardado en secreto lo de Rider de momento.

Ainsley se quedó callada un instante.

—Aunque yo no les diría que ha estado en casa.

Puse los ojos en blanco y sonreí.

—Pero es mejor que se lo hayas dicho porque ahora puedes invitarle sin tener que mentirles —argumentó con los ojos azules escondidos detrás de unas grandes gafas de sol.

No hacía tanto sol, pero últimamente se quejaba de lo sensibles que tenía los ojos a la luz. Bromeábamos diciendo que se estaba convirtiendo en vampira.

—Y sé que quieres pasar más tiempo con él —añadió.

Me mordí el labio y contemplé la bahía. El agua se rizaba suavemente. Más allá navegaban algunos barcos. Era cierto que quería ver más a Rider, sobre todo fuera del instituto. Había tantas cosas de las que no habíamos hablado aún, y... En fin, quería estar con él.

—¿Mallory? —Ainsley me dio un codazo.

La miré, sin saber cómo expresar todo aquello en palabras. Exigiría esfuerzo, y en ese momento el sonido de mi voz sonaba tan desafinado como la de los patos que graznaban en el agua.

Pasaron unos segundos.

—¿No quieres volver a conocerle?

Volver a conocerle. Qué frase tan extraña. Entorné los ojos.

—Sí.

Cogió un mechón suelto de su pelo y se lo apartó de la cara.

—¿Pero?

—Pero es… muy raro. —Me pasé las manos por los muslos—. Quiero decir que entre nosotros las cosas son… iguales pero distintas. Es como si… como si él hubiera pasado página y yo…

—Tú también has pasado página —afirmó Ainsley en voz baja.

¿Sí? A veces tenía la sensación de haber recorrido un largo camino desde que llevaba aquella vida de miedo y desesperanza, pero otros días me sentía aún acurrucada al fondo del armario, atenta al ruido que hacían los puños al golpear la carne.

Pensé un instante en el niño pintado con aerosol en la pared de la fábrica y en las cosas que me había contado Rider. Quizá no fuera la única que seguía librando esa batalla.

Sacudí la cabeza para despejarme.

—Tiene… novia.

Sus cejas aparecieron por encima de las gafas de sol.

—Vale. —Hizo una pausa—. Por favor, no te lo tomes a mal, pero ¿qué tiene eso que ver? Porque a fin de cuentas sólo habéis recuperado el contacto y todo eso.

—Sí, lo sé, y no digo que el hecho de que tenga... novia sea el problema —expliqué, y no lo era.

Bueno, evidentemente yo estaba empezando a fijarme en Rider de un modo que no era simplemente amistoso, porque era imposible no hacerlo, pero sabía que él no me veía de la misma manera. Nunca me había visto así ni me vería, con novia o sin ella. Ni siquiera podía contemplar la idea de que correspondiera mínimamente a esos sentimientos míos, algo más que cordiales.

—Es que creo que a ella no le hace mucha gracia que Rider y yo... hayamos recuperado el contacto.

—¿Y eso?

Le conté lo que me había dicho Paige en las taquillas y después en clase, la segunda vez, cuando Rider no apareció.

—Ostras. —Frunció las cejas—. En parte entiendo que no le haga ninguna gracia. Apareces de repente y Rider se pone como loco de contento. Debe de ser duro encajar eso.

—Sí, lo sé.

—Pero sois amigos de toda la vida, así que tendrá que asumirlo. Y da la sensación de que Rider quiere recuperar la relación contigo. Lo primero que hizo en cuanto tuvo oportunidad fue abrazarte, ¿no? —Cuando asentí, añadió—: Y luego se presentó en tu casa, y salió de clase para ver cómo estabas cuando te entró el pánico.

Ainsley no se andaba con rodeos.

—Además, te llevó a ese sitio tan alucinante y te enseñó sus pintadas, unas pintadas increíbles, debería añadir. Así que está claro que quiere que formes parte de su vida. Su novia tendrá que hacerse a la idea.

Asentí lentamente.

Pasaron unos segundos. Luego Ainsley preguntó en voz baja:

—¿Cómo te sientes tú con todo esto de volver a verle? Sé que fue una parte muy importante de tu pasado.

Hablaba igual que Rosa.

—Bien —dije.

—¿Estás segura?

Asentí de nuevo. Se quedó mirándome un momento y luego dejó el tema. Me conocía lo suficiente para saber cuándo no quería hablar de algo.

Y lo respetaba.

Miré hacia el mercadillo y vi que los Rivas estaban echando un vistazo a un puesto de libros de segunda mano. Carl agarraba con una mano la de Rosa y en la otra sostenía un libro. Sonreí y volví a mirar a Ainsley.

—¿Y tú? ¿Qué tal con Todd?

Iban muy en serio. Bueno, al menos eso pensaba yo, dado que se habían acostado. Suponía que el sexo oficializaba las cosas. Ainsley me había contado que había sido bastante engorroso y torpe, pero que no había estado mal del todo.

No era precisamente una recomendación entusiasta, pero, ahora que pensaba en el sexo, pensé también en Rider.

Así, de repente, sin venir a cuento.

Aunque yo no tenía ni pizca de experiencia en esas cosas, Ainsley me lo había contado todo y yo tenía una imaginación muy gráfica. Y también conexión a Internet, así que...

De pronto me imaginé aquellos hombres anchos sin camiseta, y sabía por sus abrazos que estaba muy cachas. Una corriente eléctrica invadió mis venas, y de pronto lamenté no llevar una camiseta de tirantes y unos pantalones cortos. Tenía calor y me preguntaba si Rider...

Ay, Dios mío, tenía que parar, en serio. Me ardían las mejillas. Menos mal que Ainsley estaba mirando correr a un tío. A un tío sin camiseta. Que también estaba muy cachas.

—Bien —contestó Ainsley—. Casi no nos vemos desde que empezó el curso. —Se encogió de hombros como si no le importara mucho—. Está obsesionado con la universidad. No habla de otra cosa.

Yo sabía que ella pensaba ir a la Universidad de Maryland, igual que yo. Ya habían aceptado mi preinscripción, y sabía que los padres de Ainsley habían ido a visitar la universidad, pero no estaba segura de qué iba a hacer Todd.

—¿Qué… universidad?

—Uf, millones de ellas. —Aunque no podía verle los ojos, supe que había puesto cara de fastidio—. Creo que quiere ir a alguna del Norte. Cree que va a poder entrar en alguna de la Ivy League. Y sé que está mal que yo lo diga, pero no es tan listo.

Yo había visto a Todd una vez, y aunque no tenía muy claro hasta qué punto era inteligente, me había parecido un chico majo. Seguramente él pensaba de mí que era un muermo.

—Pff —resopló estirando las piernas—. Quiere que mañana vayamos al cine con sus amigos.

Ostras. Yo había oído despotricar a Ainsley otras veces, y sabía que aquello no pintaba bien.

—Y no se me ocurre ninguna excusa para decirle que no voy a ir, porque él sabe que aprovecho cualquier oportunidad para salir de casa. —Hizo una pausa y me miró—. ¿Podemos fingir que tienes el sarampión y que necesitas que te cuide?

Me reí.

Ella suspiró.

—Imagino que no. Es que... no soporto a sus amigos. Se creen todos más listos y mejores que yo porque me he educado en casa. No paran de hacer comentarios sobre lo difícil que debe de ser para mí relacionarme con gente «normal». ¿Y sabes qué?

Levanté las cejas.

—Me cuesta relacionarme con ellos porque estoy segura de que la mayoría cree sinceramente que la Primera Enmienda significa que pueden decir lo que les dé la gana sin que pase nada. Y la verdad es que no, la Primera Enmienda no te protege cuando dices una burrada en Facebook y acaban echándote del equipo de fútbol o algo así.

Tensé los labios.

Levantó las manos y yo intenté disimular una sonrisa.

—Las cosas no funcionan así, ¿sabes? No tiene uno cancha libre. ¿Sabes que la semana pasada discutí con uno de sus amigos por eso? Se puso superpaternalista conmigo y encima me explicó mal la Primera Enmienda. Según él, significa que puedes decir lo que se te antoje porque es tu opinión, y está protegida por la Constitución. «¡Libertad de expresión!», gritaba. Bah, puede que respecto al gobierno sí, pero no respecto a lo demás. Pero ¿de qué va?

Por lo menos yo ya no pensaba en el sexo.

—Además de que no todas las opiniones están protegidas por la ley, nuestros padres fundadores lo dejaron bien claro. —Tomó aire—. Dios mío, parezco un tertuliano de televisión. Me dan ganas de gritar «¡Las cosas no funcionan así! ¡No funcionan así!» Mira, puedes gritar tus opiniones a los cuatro vientos pero, por Dios santo, deja de pensar que la Primera Enmienda va a protegerte de que te despidan o de que te echen de tu club de la facultad. O de... ¡o de las personas que tienen una opinión distinta a la tuya!

Ainsley estaba pensando en dedicarse a la abogacía.

—Y sí, hablo tres idiomas *con fluidez* —prosiguió—, pero me tratan como si fuera tonta porque me he educado en casa. —Bajó los hombros—. Odio decirlo, pero... no me caen bien.

—Lo siento —dije.

Sacudió la cabeza y el viento agitó sus largos mechones de pelo.

—No pasa nada. Ya me las arreglaré.

Y era cierto: Ainsley siempre se las arreglaba.

Pasados unos segundos dijo:

—Ay, Dios, ¡qué dolor de cabeza tengo! —Levantó la mano y se frotó la frente encima del ojo izquierdo—. No sé si es por el estrés de mañana, o sinusitis o la vista o qué.

Arrugué el ceño.

—Últimamente... te molestan los ojos.

—¿Sí? —Frunció los labios—. Supongo que sí. Tengo muy mala vista, ya lo sabes.

Sí, lo sabía. Seguramente debía ponerse las gafas más a menudo. Yo no entendía cómo veía sin ellas. Una vez me las había probado, y fue como ver el mundo a través de espejos deformantes. Le pregunté por qué no las llevaba siempre, y me aseguró que veía perfectamente lo que necesitaba ver.

Pasándome un brazo por los hombros, se acercó a mí y apoyó la cabeza sobre mi hombro.

—No te enfades conmigo por volver a hablar de Rider, aunque lo haga por motivos puramente egoístas. Espero que acabéis viéndoos mucho fuera de clase porque así podremos salir los cuatro juntos. No como pareja, pero casi casi. ¿Y sabes por qué quiero que salgamos los cuatro juntos?

Esbocé una sonrisa.

—Porque eres increíble —dijo riendo—. Y porque me vendría bien que mis citas con Todd fueran un pelín más estimulantes.

De pronto se me ocurrió una idea.

—¿De veras… de veras te gusta Todd?

Ainsley suspiró.

—Buena pregunta. No lo sé. Supongo que me gusta por ahora, pero no para siempre.

Podría haberle dicho que a mí ese «por ahora» me parecía suficiente. Que nadie sabía lo que le deparaba el futuro. Que el «para siempre» podían arrebatárnoslo de las manos en cualquier momento. Pero sonreí y procuré no imaginarme todas esas citas que Ainsley planeaba con Rider y conmigo, porque nunca iban a suceder.

Yo también tenía que intentar vivir el presente.

12

El lunes por la mañana hice el trayecto hasta el instituto con un nudo en el estómago, agarrando el volante con todas mis fuerzas. En gran medida ni siquiera quería aparecer, porque ¿qué sentido tenía? El trato que había hecho Carl con el señor Santos significaba que en realidad no tenía por qué esforzarme.

Pero tenía que ir a clase. Aunque sólo fuera a exponer delante del profesor, tenía que dar la cara. Si no, sería la de siempre: esa a la que casi le daba miedo mirarse al espejo, esa que no conseguía mantener una conversación con nadie.

Pensé en Ainsley, en lo mucho que me costaba aún hablar en persona incluso con mi mejor amiga. Detestaba esa timidez mía tan paralizante. Según el doctor Taft, lo mío no era ni siquiera timidez, aunque la gente siguiera colgándome esa etiqueta.

Mallory es muy tímida.

Mallory necesita salir de su cascarón.

Si de verdad estaba metida dentro de un cascarón, era un cascarón de titanio y a prueba de bombas.

Cuando doblé la esquina para ir a mi taquilla, vi a Paige apoyada en ella y aflojé el paso.

Ay, no.

Tuve la sensación de que su actitud no sería tan cordial como la de Jayden.

Mi instinto me ordenó dar media vuelta y entrar en clase. No llevaba los libros encima, pero podría pasarme por la taquilla después para recogerlos. O quizás estuviera alarmándome sin motivo. Ojalá fuera así. Quería que nos lleváramos bien. Paige era importante para Rider.

Volvió la cabeza y me vio. Demasiado tarde para huir. O no. Todavía podía salir corriendo. Sus labios rojos dibujaron una sonrisa de superioridad.

—Hola, Ratón —me saludó con sorna. Despegó la espalda de la taquilla pero no se apartó de ella—. Me sorprende verte por aquí después del pequeño incidente de la clase del viernes.

Frené el paso como si caminara entre cemento. Mis sospechas eran correctas: aquello no iba a terminar bien.

Cruzó los brazos con la vista clavada en mí, sin prestar atención a los estudiantes que se paraban a nuestro alrededor y nos miraban. O quizá sí les prestara atención. Quizá sabía que estaba montando una escena. Se me secó la boca.

—Ni siquiera voy a preguntarte por qué saliste corriendo —dijo levantando una ceja de color miel—. Ya sé por qué. Al pobre ratoncito no le gusta hablar.

Alguien, una chica, soltó una carcajada. Un chico se rió por lo bajo. A mí siguió encogiéndoseme el estómago. Noté que se me cerraba la garganta.

«¡Huye! —gritaba una vocecilla al fondo de mi cabeza—. ¡Márchate!»

Apreté los dientes con tanta fuerza que una punzada de dolor me atravesó la mejilla. Con el corazón latiéndome como un tambor, fui a pasar a su lado. Quizá me dejara llegar a mi taquilla. Si sólo quería decirme alguna chorrada, estupendo. Me habían pasado cosas peores. Pasé a su lado casi rozándola y me acerqué a la taquilla. No podía decirme nada que no me hubieran dicho ya.

—Sé lo que estás tramando —dijo volviéndose para seguirme—. Vas detrás de Rider. Y es patético. Patético de verdad.

Di un respingo al estirar el brazo para abrir la taquilla. Yo no iba detrás de Rider. No en el sentido que lo decía. Si me dejara en paz, acabaría dándose cuenta.

¿Por qué no se marchaba y me dejaba tranquila? ¿Era pedir demasiado?

Pero Paige no parecía dispuesta a moverse de allí.

Me agarró por el brazo con sus dedos fríos, con firmeza pero sin hacerme daño. Levanté la barbilla y nuestras miradas se encontraron. Bajó la cabeza.

—Lo último que necesita Rider ahora mismo son tus malos rollos. ¿Qué pasa? ¿Es que te crees que no sé lo que pasa entre vosotros? ¿Te crees que no sé que para Rider sigues siendo el pobre ratoncito al que tiene que proteger?

Cerré la mano apretando el aire vacío, y los músculos de mi espalda se tensaron.

La expresión cruel de sus labios pareció borrarse. Ya no me miraba como si apenas me mereciera el aire que respiraba. Tenía una mirada firme y seria.

—Hablaba de ti, de aquella niña que nunca hablaba y de lo mal que se sentía por ella. Hablaba mucho de ti. —Exhaló bruscamente—. Al principio, cuando vino a vivir con Hector, hablaba más de ti que de sí mismo. Me contó lo que pasó.

Se me encogió el estómago mientras la miraba. Su voz rezumaba desagrado. Sentí una opresión en el pecho. Le había contado a Ainsley muchas cosas sobre mi pasado, pero ella jamás lo utilizaría contra mí. Aquella chica, en cambio, podía hacerlo. Podría contárselo a todo el mundo. ¿Cómo había podido contarle Rider esas cosas de mí? Me invadió una profunda sensación de haber sido traicionada, y mis pensamientos dispersos se obturaron de pronto formando un tapón. No conocía de nada a aquella chica, y ella sabía cosas de mí que había tardado meses en contarle a Ainsley.

—No quiero amargarte la vida —añadió, y pensé que, para no querer hacerlo, lo estaba consiguiendo a las mil maravillas—. Pero Rider tiene un sentimiento de culpa enorme desde que le conozco, y hasta el año pasado no pareció empezar a superarlo. Y ahora apareces tú. No necesita toda esa mierda ahora mismo.

¿Sentimiento de culpa? Parpadeé lentamente al tiempo que una sensación de vacío se extendía por mi pecho. Le siguió una especie de embotamiento a medida que las palabras de Paige calaban en mi conciencia. Rider le había confesado cosas muy duras. Cosas inenarrables sobre nosotros dos, y se sentía culpable. Se sentía mal por lo que me había pasado. Su lástima me envolvió como una cosa pegajosa de la que no podía desprenderme.

Paige entornó los ojos y sacudió la cabeza soltándome el brazo. En ese momento me di cuenta de que teníamos espectadores. No creía que pudieran oírnos, pero estaban mirándonos. Curiosamente, estaba tan anonadada que no sentí vergüenza.

—Dios mío, qué idiota eres —me soltó Paige—. Me miras como si no tuvieras ni idea de qué estoy hablando. ¿Por qué si no…?

Las palabras se me escaparon de golpe, rompiendo el sello que cerraba mi garganta.

—Yo no soy idiota.

Paige se quedó boquiabierta. Pasaron unos segundos y el ruido que hacían los estudiantes a nuestro alrededor se difuminó.

—¿Acabas de hablarme?

Otra voz nos interrumpió.

—No seas *cabrona**. Sé que te cuesta no serlo y que es tu único recurso en este mundo, pero, por Dios, déjalo ya.

Miré a Jayden. Respiré hondo, y me tranquilizó sentir el olor terroso que parecía acompañarle siempre.

Paige se puso colorada al volverse hacia él.

—¿Qué acabas de llamarme?

Él la miró ladeando la cabeza.

—Ya sabes lo que he dicho. Y sabes que es verdad, a no ser que la idiota seas tú.

Ella entrecerró los párpados, pero Jayden la apartó para dejar que me acercara a la taquilla. Sin mirar al pequeño gentío que se había congregado a nuestro alrededor, abrí la puerta y saqué rápidamente mis libros sin apenas darme cuenta de lo que hacía. Mi cabeza se había retrotraído al pasado, miles de horas atrás, y cuando me di la vuelta Paige había desaparecido y Jayden seguía allí, con su sonrisa soñolienta en la cara.

—¿Te acompaño a clase, *muñeca**?

«*Muñeca*» era una palabra que sí conocía. Carl llamaba así a Rosa de vez en cuando, y ella sonreía al oírlo. Con las manos temblorosas, asentí y me colgué la bolsa del hombro.

—Mi taquilla está al final del pasillo —me informó Jayden—. Así que yo sí tengo excusa para estar en este pasillo. Paige, no.

Se me encogió el estómago más aún, porque eso significaba que Paige había ido con la única intención de encararse conmigo.

Jayden echó a andar a mi lado y yo mantuve la cabeza baja y los ojos fijos en el suelo mientras avanzábamos por el pasillo lleno de gente. No sabía si Jayden iba a llegar tarde a su aula, pero dudaba de que le importara.

—¿Puedo preguntarte una cosa?

Asentí otra vez con la cabeza.

Se pasó una mano por los rizos.

—¿Por qué no hablas? Lo digo porque sé que puedes. Te he oído. Así que, ¿por qué casi nunca hablas?

No hagas ruido.

Esas tres palabras resonaron en mi cabeza mientras trataba de hacer funcionar mi lengua. Si le decía a Jayden que se trataba de un «condicionamiento», ¿lo entendería o le sonaría muy raro? Seguramente esto último. El doctor Taft les había explicado a Rosa y Carl que mi... mudez se debía al síndrome de estrés postraumático y que me habían condicionado para que estuviera lo más callada posible. Yo me había informado sobre el condicionamiento psicológico y sabía muchas cosas sobre los perros de Pavlov. Pero yo al menos no babeaba cuando oía sonar una campana. Sólo me habían adiestrado mediante refuerzo negativo para que no hiciera ruido, para no ser vista ni oída.

—No pasa nada, ¿sabes? No te preocupes. Como te decía el otro día, yo puedo hablar por los dos. En eso soy un as. ¿Sabes lo que dicen de mí, *muñeca**? Que podría venderle hielo a un esquimal, fíjate si soy encantador. —Con aquella sonrisa, yo no sabía si hablaba en serio o no—. Creo que me dedicaré a eso cuando salga de este puñetero sitio. A las ventas. Se me dará de maravilla. —Hizo una pausa—. No como a Paige. Si ella intentara venderle algo a alguien, acabaría tocándole las narices.

Respiré hondo, temblorosa.

—¿Cómo... cómo puede gustarle a Rider?

Se detuvo y me miró.

—¿Quién? ¿Paige?

—Perdona —dije enseguida, acordándome de que Rider me había dicho que Paige conocía a Hector y Jayden desde que eran pequeños—. Es amiga tuya y...

—Sí, es amiga mía, pero no se está portando bien contigo, así que no hace falta que te disculpes. Con Rider no es así. Y tampoco creo que se comporte así cuando él está cerca. No se atrevería.

Se sacó el teléfono del bolsillo: un móvil nuevo, grande y reluciente. Tocó la pantalla y leyó rápidamente un mensaje. Arrugó las cejas.

—En fin, tú pasa de Paige. Seguramente ya...

Se interrumpió de pronto y, cuando levanté los ojos, vi que estábamos cerca de mi aula. Pero no era eso lo que miraba Jayden. Delante de nosotros, un tipo grandullón avanzaba por el pasillo. Debía de ser del último curso, y haber repetido un par de veces. Miraba a Jayden igual que le había mirado aquel otro chico, la primera vez que le vi.

—*Mierda** —masculló Jayden, y comenzó a retroceder. Me miró—. Luego nos vemos, *muñeca**.

No me dio tiempo a responder. Giró sobre sus talones y echó a andar a toda prisa por el pasillo, subiéndose la parte de atrás de los pantalones con una mano.

—¡Eh! ¡Jayden! —gritó el otro apretando el paso—. ¿Adónde vas, chaval?

Miré hacia atrás y vi que Jayden doblaba la esquina. Cuando levanté los ojos, vi que su hermano mayor había aparecido de repente y estaba detrás del otro chico. Hector tenía los dientes apretados cuando le puso la mano sobre el hombro.

—¿Qué pasa, Braden? —preguntó con aspereza.

Éste se giró y con un gesto brusco se apartó de él.

—Sabes perfectamente lo que pasa —contestó con rabia—. Jerome está cabreado por culpa del imbécil de tu hermano, y toda esa mierda me está salpicando a mí. Y no pienso permitirlo. Así que dile que…

Me metí en clase justo cuando mi profesor aparecía en el pasillo y llamaba la atención a los dos chicos. Me mordisqueé el labio mientras me acercaba a toda prisa a un asiento vacío que había al fondo del aula. Casi cada vez que veía a Jayden se armaba algún lío. Y eso no podía ser bueno.

Entonces, mientras ocupaba mi sitio y sonaba el timbre, una idea me golpeó con la fuerza de un camión en marcha y dejé de pensar en Jayden. Me di cuenta de que acababa de hacer algo que no había hecho nunca.

Me había enfrentado a Paige.

Sólo habían sido cuatro palabras.

Pero lo había hecho. Me había defendido.

13

La sensación de haber conseguido un gran logro me acompañó todo el día, como una lucecita que me iluminó durante la comida y las clases de la tarde. Volví a sentarme con Keira y, aunque no hablé, a nadie pareció molestarle que no abriera la boca.

Haberme enfrentado a Paige era una gran hazaña. Tan grande como subir el monte Everest sin morir en el intento. Jayden había intervenido dos veces, pero esta vez yo también me había defendido. Quizá no fuera gran cosa, pero le había plantado cara yo sola.

Sólo cuando iba a salir de mi penúltima clase empezó a encogérseme el estómago otra vez. La siguiente clase era expresión oral. Mi pequeña victoria de esa mañana me parecía de pronto muy lejana. No sólo iba a tener que aparecer en clase, sino que tendría que ver a Paige.

Recogí mis libros, los metí en la bolsa y me levanté. Si esa mañana había tenido la sensación de avanzar entre cemento húmedo, ahora me parecía estar vadeando arenas movedizas *mezcladas* con cemento.

Pero cuando miré al otro lado del pasillo, el corazón me dio un brinco. Un error, y de los gordos, pero no pude remediarlo.

Rider estaba esperando frente al aula, apoyado contra las taquillas, con las manos metidas en los pantalones de los vaqueros viejos y deshilachados.

Noté un extraño nudo en la garganta y un vuelco en el estómago, muy distinto al que había sentido un rato antes. Una oleada de calor se extendió por mis venas cuando levantó las pestañas y sus ojos castaños y dorados chocaron con los míos.

Estaba… Dios mío, qué *bueno* estaba.

Yo no sabía que un adolescente pudiera estar así de bueno. Como uno de esos de la tele que interpretaban actores de veinticinco años.

Tenía el pelo castaño oscuro revuelto, como si se hubiera levantado, se lo hubiera lavado y lo hubiera dejado secar sin peinarse. La luz amarilla se reflejaba en sus pómulos altos. Tenía los labios carnosos ligeramente ladeados en una sonrisa que no dejaba ver su hoyuelo. La camiseta azul se le tensaba sobre los anchos hombros, y su emblema estaba tan descolorido que no distinguí qué era.

Al enderezarse, levantó una mano y se apartó el pelo de la frente. El corte de la ceja se había difuminado y apenas se notaba. Aquello me puso contenta. Me acerqué a él tratando de borrar de mis labios una sonrisa bobalicona.

—Hola, Ratón —dijo, en un tono muy distinto al que había empleado Paige: un tono tierno, profundo e infinito—. ¿Cuál es el plan?

Me di cuenta entonces, mientras avanzaba entre el torrente de alumnos, de que estaba esperándome en el pasillo porque sabía lo que me tocaba a continuación. Quería saber cuál era el plan, si iba a entrar en clase o iba a hacer novillos. Comprendí instintivamente que me apoyaría hiciera lo que hiciese.

Me derretí por dentro y me dije que cualquiera se sentiría igual, pero de todos modos sentí una punzada de mala conciencia. No debía derretirme por Rider. Era territorio vedado.

De pronto me di cuenta de otra cosa. Paige había dicho que Rider siempre me había protegido y había dado a entender que yo trataba de manipularle para que siguiera haciéndolo. Creía que iba detrás de Rider. Yo no había hecho nada conscientemente, pero Paige tenía razón en una cosa. Rider había salido en mi auxilio cuando me marché de clase, me había seguido y ahora estaba allí, dispuesto a hacer lo que fuera necesario.

Seguía protegiéndome.

—¿Vas a entrar o te marchas? —preguntó levantando la mirada cuando alguien chocó ligeramente contra mi hombro. Entornó los ojos.

Me aclaré la voz. Sentía el impulso de huir porque sería lo más fácil, pero también era un alivio a corto plazo. Yo lo sabía y, si no volvía a clase, jamás me lo perdonaría. Cuadrando los hombros, asentí.

—Voy a entrar.

Su cara no se alteró, excepto las comisuras de sus labios, que se curvaron un poco más. El hoyuelo hizo acto de presencia, iluminando todo el pasillo

—Vamos, entonces.

—Espera. —Le agarré del brazo.

Pareció sorprendido. No estaba acostumbrado a que le agarrara. Abrí la boca, dispuesta a preguntarle por lo que le había dicho a Paige. Quería saber qué le había contado, y si se portaba así porque yo le daba lástima. Empecé a hablar, pero había gente por todas partes. No estábamos solos, y aquella conversación era demasiado íntima. No podíamos zanjarla en un minuto o entre clase y clase.

—¿Ratón?

Forcé una sonrisa al soltar su brazo. Levanté la mano y se la pasé por la mandíbula.

Tenía manchas azules en los dedos.

—¿Has… has estado pintando? —pregunté, llevando la conversación a un terreno más seguro.

Se cambió el cuaderno a la otra mano.

—Más o menos.

Esperé una respuesta más detallada mientras bajábamos por la escalera. Rider caminaba a mi lado ocupando casi todo el espacio. Los demás alumnos tenían que retirarse para dejarle pasar, poniéndose de lado, pero él no parecía notarlo.

O no le importaba.

No se explicó, así que, mientras pasaba la mano por la fría barandilla metálica, conseguí que mi lengua se pusiera en funcionamiento.

—¿Qué… qué quieres decir con «más o menos»?

Cruzamos el rellano.

—Trabajo por las tardes. Algunos días.

Sentí una sacudida de sorpresa.

—¿Trabajas?

—Después de clase, un par de veces por semana. —Me miró y se rió por lo bajo—. Has puesto una cara como si acabara de decirte que estoy pensando en enrolarme en un barco de pesca.

Pestañeé mientras bajábamos los últimos peldaños.

—Es sólo que… no lo sabía. ¿Dónde trabajas?

—No muy lejos de donde duermo —explicó.

—¿De donde duermes? —repetí, pensando que era una forma muy extraña de referirse a la casa de la abuela de Hector y Jayden, donde vivía.

Asintió.

—En un garaje de chapa y pintura que hay en la misma calle de la señora Luna. El propietario me hace algunos encargos. Trabajos de pintura personalizados, esa clase de cosas.

—Vaya —murmuré, y me acordé de que el viernes le había dicho a Paige algo sobre un garaje.

Abrió la puerta y la sujetó para que yo pasara por debajo de su brazo.

—Es increíble. Quiero decir que... que deben confiar mucho en ti.

Se encogió de hombros como si no fuera para tanto, pero se puso un poco colorado. Yo no sabía mucho sobre pintura artesanal de coches, pero intuía que debía de ser un trabajo difícil y con muy poco margen para el error. Era asombroso que alguien le confiase esa labor a un chico tan joven, y quise preguntarle cómo había conseguido el trabajo, pero en ese momento, casi sin que me diera cuenta, entramos en clase.

Rider se quedó a mi lado y, cuando me dirigí al fondo del aula, Keira levantó la mano y movió los dedos. Le devolví el saludo. A la hora de la comida, Jo y ella no habían parado de hablar de un número nuevo que estaban ensayando, para fastidio de Anna.

Me senté y abrí enseguida el libro de texto. Estaba intentando leer sus palabras borrosas cuando Hector se dejó caer en la silla de enfrente y preguntó:

—¿Qué tal estás, *bebita**?

Al principio no entendí por qué me lo preguntaba y pensé en cómo se había encarado con aquel tal Braden, pero luego me acordé de mi espantada del viernes y de la excusa que había puesto Rider. Asentí con la cabeza y miré a Rider. Estaba recostado en la silla con los brazos cruzados y las piernas estiradas debajo de la mesa, y me miraba con los párpados entornados.

Sentí que se me resecaba aún más la boca. Quería hacerle una pregunta, pero su forma de mirarme me ponía nerviosa. Sin apartar la mirada de él, conseguí que mi boca se moviera.

—¿Qué… qué significa *bebita*?

Parpadeó y abrió los labios lentamente. Parecía sorprendido. Sí, había hablado delante de Hector. Me sentí un poco mareada. Sólo habían sido unas palabras, pero era la primera vez que sucedía. Era la primera vez que hablaba con alguien delante de Rider desde que nos habíamos reencontrado. Él nunca me había visto hablar con Jayden.

Me mordí el labio para no sonreír y me atreví a echar una ojeada a Hector.

Tenía los ojos verdes muy abiertos. Sonrió de oreja a oreja.

—Significa… eh… «niñita».

—Ah —susurré, y sentí que me ponía colorada. Aquello me pareció bonito.

—Y también significa algo que no tiene por qué llamarte —añadió Rider, y le miré sorprendida.

Hector se rió y, cuando le miré, vi que estaba sonriendo. Tenía un brazo estirado sobre el respaldo de la silla.

—Perdón —murmuró, pero no parecía sentirse muy culpable.

Esbocé una sonrisa. Rider ladeó la cabeza.

—Ajá.

Vi que Paige entraba en clase en ese momento. Sus largas piernas avanzaban a paso veloz. Sonrió a Hector al rodear su mesa, pero no se sentó enseguida. Apoyó la mano en el hombro de Rider y se inclinó hacia él.

—Hola, nene —dijo.

Fijé la mirada al frente. No necesitaba verles besarse para saber que se besaban. Seguí sin mirar cuando oí que las patas de una silla arañaban el suelo, lo que indicaba que Paige se había sentado. Notaba una extraña sensación que me quemaba por dentro. Un regusto amargo en la boca.

Hector me estaba mirando.

Sonreí.

Él tensó los labios en una sonrisa.

Unos segundos después, el señor Santos inició la clase dando unas palmadas. Me puse tensa, mirando al frente. En parte esperaba que el profesor me mirara a los ojos, que me hiciera alguna seña o algo que demostrara que pensaba seguir el plan de Carl.

Pero no hizo nada de eso.

Abrió su libro y se puso a pasear delante de la pizarra explicando en qué iba a consistir nuestro primer trabajo, que debíamos presentar en un plazo de tres semanas. Una exposición de contenido informativo, de tres minutos de duración. Se me cayó el alma a los pies. ¿Tres minutos? ¿La primera exposición duraría tres minutos? Eso era una *eternidad*. Aunque sólo tuviera que presentar la mía delante del señor Santos, empezó a latirme el corazón a mil por hora. Conseguí refrenarme un poco diciéndome que tenía tres semanas por delante y que, por de pronto, lo que tenía que hacer era tranquilizarme y atender en clase.

Conseguí calmarme lo suficiente para tomar algunos apuntes precipitados. Cada vez que miraba a Rider, parecía medio dormido. No estaba tomando apuntes. Paige sí que anotaba algunas cosas. Y Hector... Hector tenía la vista fija en el teléfono que sostenía sobre el muslo. En cierto momento me pareció ver estallar caramelitos de colores en la pantalla.

Cuando sonó el timbre que señalaba el final de la clase, me dieron ganas de pegar un brinco y lanzar el puño al aire, estilo *El club de los cinco*. Conseguí contenerme, por suerte, y recogí tranquilamente mis cosas.

Cuando me levanté, Hector ya había salido de clase. Keira estaba en la parte delantera del aula hablando con el señor Santos y Rider esperaba con sus largos dedos apoyados sobre el borde del cuaderno.

Me esperaba a mí.

Al colgarme el bolso del hombro volví a sentir un vuelco en el estómago, y entonces me di cuenta de que Paige también estaba esperando.

A Rider.

—Hola. —Se acercó a él, puso la mano sobre la de él y se inclinó.

Yo, como había hecho antes, sonreí y me fui pitando, antes de que pudieran decirme nada. O por lo menos eso intenté.

—Mallory. —El señor Santos estaba junto a la puerta—. ¿Podemos hablar un minuto?

Se me tensaron los hombros cuando le seguí hasta la tarima. Vi que cerraba un cuaderno.

—No voy a entretenerte mucho. Seguro que estás deseando salir de aquí —dijo. Sonrió, y su piel oscura formó arrugas alrededor de sus ojos—. Sólo quería decirte que estoy absolutamente de acuerdo en que expongas tus trabajos sólo delante de mí.

Era el momento indicado para hablar, de decirle que quería exponer como todos los demás. Pero no dije nada.

Él siguió hablando.

—También quería que supieras que lo entiendo. A todo el mundo le cuesta hablar en público, y a algunas personas les resulta casi imposible. No voy a obligar a ninguno de mis alumnos a hacer algo que pueda afectarles negativamente.

Era… muy amable por su parte, la verdad.

Pero tenía que decirle que podía exponer delante de los demás, que no me perjudicaría. Encontraría fuerzas para hacerlo, me armaría de valor.

Seguí sin decir nada.

—¿De acuerdo? —prosiguió.

Asentí con la cabeza.

Su sonrisa se distendió. Luego hizo un gesto afirmativo.

—Que tengas buena tarde, Mallory.

Di media vuelta, salí de la clase y, antes de que me diera tiempo a procesar mi conversación con el señor Santos, vi a Rider sin su novia.

Miré a mi alrededor.

—¿Dónde está… Paige?

—Se ha ido. No podía esperarme —dijo como si no pasara nada por que se hubiera marchado dejándole allí para que me esperara.

Abrí la boca y estuve a punto de contarle lo que había pasado esa mañana, pero me contuve.

—¿Tienes que ir a tu taquilla? —preguntó.

Pensé en los deberes que tenía y negué con la cabeza. Señaló con la barbilla hacia el fondo del pasillo.

—¿Te acompaño al coche?

Y eso hizo.

Salimos entre la riada cada vez más escasa de estudiantes, rodeados por el bullicio de sus voces. Rider no dijo nada hasta que vi brillar el techo de mi coche al sol de la tarde.

—Me alegro de que hoy no haya pasado nada.

No pude reprimir una sonrisa que se extendió de oreja a oreja.

—Yo… yo también.

Levanté la barbilla y dejé escapar un suave suspiro. Rider me miraba fijamente, con una sonrisa oblicua. En una fracción de segundo, retrocedí una década.

Era más pequeña y estaba sentada al borde de un colchón estrecho y lleno de bultos. Tenía el estómago vacío y notaba calambres y pinchazos en la tripa. Era pleno verano, no teníamos aire acondicionado, el pelo se me pegaba a las mejillas y, aunque estaba sentada muy quieta, sudaba copiosamente.

Rider llevaba todo el día fuera.

La señorita Becky, durante uno de sus raros momentos de sobriedad, le había llevado al centro comercial: al bonito centro comercial, con su aire acondicionado. Rider era el favorito de la señorita Becky. Me acordé de que había llorado porque yo también quería ir, pero ella me regañó diciéndome que dejara de portarme como un bebé. Me quedé todo el día en la habitación sofocante porque el señor Henry estaba en casa y no quería que se fijara en mí. Fue esa noche, al volver a casa, cuando Rider me trajo la muñeca.

—Me sentía mal —dijo al dármela.

Tenía entonces la misma sonrisa que ahora: una mezcla extraña y encantadora de inseguridad y aplomo.

Lo que me había dicho Paige afloró a la superficie con renovador vigor.

Me sentía mal.

Paige había dicho que Rider llevaba cuatro años sintiéndose culpable, y de pronto lo vi con toda claridad. Era lógico. Rider había sufrido en aquella casa, pero en ciertos aspectos le habían tratado mejor que a mí. Su sentimiento de culpa le impulsaba, absurda y fatalmente, a interponerse entre los puños del señor Henry y mi persona. Mi reaparición había hecho que asumiera de inmediato el papel de protector, como antaño. De pronto me sentí... Me sentí sucia. Como si hubiera pasado todo el día fuera con un calor bochornoso. Quise irme a casa, quitarme la ropa, quemarla y ducharme durante días y días. El peso de su mala conciencia y de la compasión que sentía por mí era abrumador. Unas lágrimas absurdas me quemaron la garganta.

Dios mío, qué humillante era todo aquello.

Retrocedí, agarrando con fuerza la tira de mi bolso. Había llegado el momento de hablar.

—¿Te sientes culpable?

Rider parpadeó.

—¿Qué?

—¿Tienes... mala conciencia por... por mí? —pregunté, haciendo un esfuerzo por formular la pregunta a pesar de que me dolía.

Su boca se movió un instante formando palabras que no llegó a pronunciar. Luego se enderezó de pronto.

—¿Por qué me preguntas eso?

—¿Por qué no contestas? —repliqué.

—Ni siquiera sé a qué viene eso, Ratón. Ni por qué lo piensas.

Levanté las cejas.

—¿De... de verdad que no?

Pasaron unos segundos. La mano con la que sostenía el cuaderno se crispó. No respondió, y yo respiré hondo.

—Le... le hablaste a Paige de mí.

—Dios. —Bajó la cabeza y volvió la cara hacia un lado. Un músculo vibraba en su mandíbula—. ¿Te lo ha dicho ella, Ratón? ¿En serio?

Me encogí de hombros. Él no me vio porque no estaba mirando. Miraba un Volkswagen Escarabajo amarillo que estaba saliendo de una plaza de aparcamiento, allí cerca.

—No —mentí—. La verdad es que no, pero... Me ha hecho pensar en cosas.

—¿Cuándo? No os he visto hablar.

—Me encontré con ella esta mañana. —Lo cual era cierto, más o menos, y sonaba mejor que decirle que me había esperado en la taquilla.

—Ratón...

Esperé.

—Le conté algunas de las cosas que nos pasaron. Ahora que lo pienso, me doy cuenta de que seguramente no debería haberlo hecho. Mierda. No esperaba que volvieras, ni se me ocurrió que a lo mejor algún día hablarías con ella.

No supe cómo tomármelo, porque yo tampoco esperaba volver a verle, pero la sensación de que me había traicionado seguía allí, alojada en mi estómago. En aquel momento me percaté de que era irracional. Rider no me había traicionado por hablar con Paige porque no había nada que traicionar, pero aun así me sentía profundamente dolida.

—No se lo conté todo.

Contuve la respiración bruscamente.

—Sabía que... que no hablo mucho.

—Eso no se lo he dicho yo. —Me miró con más dureza—. El martes estuvo en casa y Hector me preguntó por ti. Yo estaba hablando con él, le dije que eras muy retraída, que apenas hablabas. Debió de oírme, porque no se lo dije a ella directamente. —Dejó pasar unos segundos—. ¿Te dijo Paige que había sido yo?

Negué con la cabeza a pesar de que no era cierto.

Soltó un profundo suspiro y luego apartó de mi cara un mechón de pelo suelto y me lo puso detrás de la oreja. Un dulce cosquilleo me corrió por la mejilla y se extendió por mi columna vertebral cuando me agarró por la nuca.

No supe qué decir mientras nos mirábamos. A pesar de mi estado de confusión, estaba segura de que, aunque no me costara hablar, no sabría qué decir en una situación como aquélla.

Me sostuvo la mirada un momento y luego, con la mano con la que me sujetaba la nuca, me atrajo hacia sí. Me rodeó la espalda con el otro brazo y me estrechó con fuerza, cálidamente.

Retrocedió, pero no me soltó.

—¿Hablamos luego?

Sonreí y dije que sí con la cabeza, pero aunque su caricia había sido muy agradable y su abrazo aún más, me di cuenta de que no había contestado a mi pregunta.

14

La segunda semana de clase fue muy parecida a la primera.

Bueno, más o menos, porque esta vez no salí corriendo de ninguna clase (¡hurra!) El lunes por la noche, Rider me mandó un mensaje. Era cortito: sólo me deseaba buenas noches y me llamaba «Ratón». Esta vez conseguí no comportarme como una mema y le respondí dándole las buenas noches. Después del lunes, Paige no hizo ninguna visita por sorpresa a mi taquilla (¡hurra otra vez!) Al parecer, mi respuesta del lunes había surtido efecto (bien por mí). En clase de expresión oral, me ignoró y se dedicó a tontear con Rider. De lunes a jueves comí en la mesa de Keira, y el último día incluso me las arreglé para responder a una pregunta que me hicieron. ¿Qué digo a una? ¡A dos! (Alucina.)

La primera me la hizo Anna, que de pronto levantó el brazo escayolado y dijo:

—¿Alguna vez te has roto un hueso, Mallory?

Los espaguetis que había estado persiguiendo por el plato se me asentaron en el estómago como si cada uno de ellos estuviera lastrado con plomo.

—Sí —conseguí decir con voz ronca.

—¿Cuál? —preguntó Keira, mirándome con atención.

Las dos palabras siguientes me costaron menos esfuerzo.

—La nariz.

Por suerte nadie preguntó cómo me la había roto, seguramente porque el novio de Jo nos contó que su hermano pequeño se había roto la nariz con un bate de béisbol de juguete, y supuse que para eso hacía falta cierto talento. No fue gran cosa lo que dije el jueves en la comida: tres palabras en total, pero dichas delante de una mesa llena de gente. Aunque sea una bobada, me sentía tan… en fin, tan orgullosa de mí misma que se lo conté a Carl y Rosa en cuanto les vi esa noche, cuando llegaron de trabajar.

Ellos también se sintieron orgullosos.

Y aliviados.

Me di cuenta por la mirada que se lanzaron, aunque no dijeran nada. Intenté que no me molestara. No es que no creyeran que no podía desenvolverme en el instituto, pero sabía que estaban preocupados. Sabía que temían que fuera demasiado para mí, pero estaba saliendo adelante, y había durado más que en el colegio.

El viernes, Rider estaba esperando junto a la entrada de la cafetería con las manos metidas en los bolsillos. Por lo visto había decidido saltarse otra vez la clase y, aunque no debía darle alas en ese sentido, me alegré de verle allí. Apenas habíamos podido hablar antes o después de la clase de expresión oral, y él no había vuelto a hacerme una visita improvisada. Nos pusimos a la cola y compró lo mismo que el primer día: pizza y leche.

—¿Quieres que nos sentemos aquí o fuera? —preguntó.

Dibujó una sonrisa al echar una ojeada a la mesa de Keira.

—Donde tú quieras. Tú mandas.

Sonreí al oír aquello. Tenía la sensación de que, si íbamos a sentarnos a la mesa, no tendríamos oportunidad de hablar. Además, había empezado a refrescar, como si el verano hubiera decidido ausentarse antes de tiempo.

—¿Vamos fuera?

Nadie nos detuvo cuando salimos a las viejas mesas de pícnic. Varias estaban ocupadas, pero encontramos una vacía. Rider se sentó a mi lado, no enfrente, como estaban sentados otros chicos. Se puso tan cerca que nuestros muslos casi se rozaban. Y eso... me gustó.

Estaba pendiente de cada uno de sus movimientos cuando colocó la bandeja delante de mí. Noté cada una de sus respiraciones cuando abrió el brik de leche y lo puso en mi bandeja, y sentí moverse el banco cuando apoyó el codo izquierdo sobre la mesa.

Bebí un sorbo de leche.

—¿No te meterás en líos por haberte saltado la clase?

Se encogió de hombros y nuestros brazos se rozaron. Eso también me gustó, aunque la ambigüedad de su respuesta no me gustó tanto.

—¿Rider?

Cogió su pedazo de pizza y me miró.

—Da igual.

Fruncí el ceño.

—¿Por qué da igual?

Tomó un mordisco y, después de masticar, dijo:

—Porque al final aprobaré. Así que no importa.

Rider era muy listo. Incluso Keira lo decía. De niño captaba las cosas al vuelo, mucho antes que los demás. Pero ir a clase era importante. Yo sabía que parecía una pardilla por plantearlo, pero ¿cómo era que no se metía en líos? Se lo pregunté mientras retiraba un trozo de *pepperoni* de mi pizza.

No contestó enseguida.

—¿Sinceramente? —dijo—. Porque les trae sin cuidado.

—¿A quiénes? —Fui a dejar el trozo de *pepperoni* en su plato, pero me lo quitó y se lo metió en la boca—. ¿A los profesores?

—Sí. Creo que de mí sólo esperan lo mínimo. —Bebió un trago de su botella de agua y me sonrió—. Como si se conformaran con que me presente en clase.

Sacudí la cabeza lentamente.

—No creo que eso sea cierto.

—Ya ni siquiera llaman a la señora Luna. Dejaron de hacerlo cuando... En fin, cuando se enteraron de que estaba en acogida.

Resopló, y yo no pude creerle.

—Y lo mismo le pasa a Paige —añadió—, y eso que ella ni siquiera está en acogida. En su caso es sólo por dónde vive. Y lo mismo pasa con muchos otros alumnos. Ven tu dirección y te dan por perdido.

Confusa, sacudí la cabeza.

—¿Tu dirección?

Él también movió la cabeza.

—Tú vives en un sitio que les impresiona, pero la mitad de los alumnos de este centro no. —Se interrumpió y miró mi plato—. ¿Vas a comer?

Puse los ojos en blanco.

—No soy una niña. Puedo... comer solita.

Levantó una ceja y yo sentí que una especie de alud me empezaba en la coronilla y se deslizaba hacia abajo. Me puse colorada.

—Ya lo he notado, créeme —afirmó con voz más ronca y profunda—. Todavía estoy intentando hacerme a la idea, pero lo sé.

Me quedé boquiabierta. No supe qué decir.

Miró mi pizza.

Vale. Cogí la pizza y le di un mordisco. Mejor eso que quedarme allí sentada, mirándole como una tonta.

—El caso es que no voy a meterme en ningún lío —concluyó, cogiendo una servilleta para limpiarse los dedos.

Estuve pensando en aquello mientras daba otro mordisco. Luego dejé la pizza en el plato.

—No te metes en líos porque…. —Quité otra rodaja de *pepperoni* y se la tendí. Sus dedos rozaron los míos calentándome la piel—. ¿Porque no esperan nada de ti? ¿Es eso lo que estás diciendo?

Se encogió otra vez de hombros sin responder.

Pues sí, eso era lo que estaba diciendo. Inquieta, miré mi pizza a medio comer.

—¿Va en serio?

Me miró y bajó las pestañas, entornando los ojos.

—Me parece una… una suerte que tengas que preguntar eso, de verdad.

Crucé las manos sobre el regazo.

—¿A qué… te refieres?

Se acabó su pizza y se volvió hacia mí. Me erguí, pero de todos modos había muy poco espacio entre nosotros. Estábamos tan cerca que vi las motas doradas de sus ojos cuando levantó las pestañas. Tenía una sonrisa desganada en los labios.

—Tú ocupas un buen sitio —dijo—. Al menos, estos últimos cuatro años. Te acogieron personas estupendas. Dos médicos. Tú ya no llevas esa otra vida.

—Pero… pero dijiste que la señora Luna era muy buena.

Empezaba a preocuparme. ¿Me había mentido?

Estiró el brazo y tocó mi mano con el dedo índice. Esta vez no tenía manchas de pintura.

—Y lo es. Es genial, pero... Mira, es igual. —Trazó con el dedo la línea del hueso, deslizándolo por mi palma, hacia la muñeca—. No tengo ningún problema. No voy a meterme en ningún lío.

Pero a mí sí me importaba, porque me hacía pensar que los profesores del instituto no creían que valiera la pena preocuparse por Rider. O, peor aún, que lo pensaba él. Y sí que valía la pena. Iba a decírselo, pero dio la vuelta a mi mano y entrelazó nuestros dedos. Mis pensamientos se dispersaron un instante.

Rider me estaba dando la mano.

Lo había hecho muchas veces cuando éramos pequeños, pero ahora me parecía tan distinto... Tanto que no pude evitar mirar fijamente su mano, mucho más grande, ruda y fuerte que la mía.

Tú ya no llevas esa otra vida.

Pero él sí la llevaba, aunque yo tuviera la sensación de que no tenía por qué hacerlo.

Era consciente de que debía apartar la mano, pero no lo hice y me regañé a mí misma para mis adentros. Parecía un gesto inocente, pero dudaba que Paige opinara lo mismo. Y nadie podría reprochárselo.

Rider me apretó la mano.

—¿Qué te parece la exposición que tenemos que hacer? —preguntó cambiando de tema—. Tú vas a hablar de las tres ramas del poder público, ¿verdad?

Asentí. Le había hablado del trato que había hecho Carl con el señor Santos, y le había parecido una idea fantástica. Seguramente se lo parecía a todo el mundo porque nadie pensaba que pudiera exponer delante de toda la clase.

Santos no nos había dejado elegir el tema de nuestra primera exposición, lo cual no era nada sorprendente.

A Rider le habían tocado los distintos estilos del arte pictórico.

Miré nuestras manos unidas.

—Es un tema que debería ser... fácil —comenté.

—Y seguro que lo será. —Soltó mi mano pasando los dedos por mi palma y yo me estremecí al sentir su contacto—. Lo tienes todo controlado.

En vista de que tenía dos semanas para preparar el trabajo y unos cuantos días más hasta que me tocara exponer porque no iba a hacerlo delante de toda la clase, yo también creía tenerlo todo controlado.

—¿Quieres que ensayemos? —preguntó cogiendo su agua.

—¿En serio? —pregunté.

Pensaba pedirle a Ainsley que me ayudara porque iba a resultarme superdifícil exponer aunque fuera sólo delante del señor Santos. Con sólo pensarlo, se me retorcía el estómago. A Keira no podía pedírselo, claro. Me habría dado demasiada vergüenza.

Rider asintió.

—Sí. Podemos quedar cuando quieras.

El corazón me dio un brinco.

—¿Y tu trabajo?

—Es flexible.

Miró mi plato y adiviné lo que estaba a punto de preguntar.

—Sí —dije—, voy a acabármelo.

Sonrió, y su hoyuelo pareció hacerme un guiño.

—Ésa es mi chica.

Me quedé sin respiración y me sentí como una tonta, pero así fue: me quedé sin respiración. Acabé de comerme la porción de pizza y luego me bebí a toda prisa la leche.

—¿Paige… ensayará con nosotros? —pregunté, pensando que era una pregunta oportuna teniendo en cuenta que ella también tenía que exponer.

Me dio un codazo y estuvo a punto de caérseme la leche.

—Venga ya.

Le miré fijamente.

—¿Por qué dices eso?

Se encogió de hombros.

—No he… hablado con ella —añadí lentamente, no muy segura de qué debía decirle puesto que no le había contado todo lo que me había dicho Paige.

—Lo sé —contestó.

—Le has… —Entonces me percaté. Entrecerré los ojos. Me invadió una oleada de incredulidad y exasperación—. Le has dicho algo.

Levantó las cejas.

—Yo… No puedes hacer eso —dije echándome hacia atrás al tiempo que una suave brisa agitaba mi pelo.

Rider me miró a los ojos. Me había enfrentado a Paige cuando me llamó idiota, y había creído que por eso no había vuelto a molestarme. Pero me había equivocado.

—¿Qué le has dicho?

Escudriñó mis ojos.

—Sólo que eres importante para mí y que, como no creía que fuera a volver a verte, no quiero que nada ni nadie nos estropee las cosas. Ella lo entiende.

—¿Qué es lo que entiende? —susurré.

Volvió a sostenerme la mirada.

—Entiende que, si tengo que escoger entre vosotras, no voy a elegirla a ella.

Sentí un hormigueo que me empezaba en el estómago y se extendía por mi pecho. Porque, en fin, aquello era precioso, y también una locura, pero aun así no quería que Rider saliera siempre en mi defensa. Y tampoco quería que tuviera que elegir entre nosotras.

—Ni... ni siquiera sé qué decir. No deberías tener que elegir entre nosotras y... no necesito que sigas dando la cara por mí.

—¿De veras? —murmuró.

—¡Sí! —respondí casi gritando, y los chicos de la mesa de al lado nos miraron.

Me sorprendió haber levantado la voz, pero estaba enfadada. Enfadada de verdad. Y yo que pensaba que le había parado los pies a Paige... Pero no había sido yo, había sido él.

—No necesito... la protección de nadie —añadí en voz mucho más baja.

Una sonrisa ancha y luminosa se dibujó en su cara, pero no me importó. Le di un puñetazo en el brazo.

—No sé de qué te ríes. —Eché el brazo hacia atrás y estaba a punto de darle otro puñetazo cuando me agarró de la mano.

—¡Ratón! —Se echó a reír—. ¿Acabas de pegarme?

Ignoré la pregunta.

—No necesito que... que des la cara por mí. Lo que necesito... —Me interrumpí porque había acercado mi mano a su pecho.

Sentí el fuerte latido de su corazón bajo mi mano. Él entornó los ojos.

—¿Qué es lo que necesitas, Mallory?

De pronto me costó hablar, pero por motivos completamente distintos.

—Necesito... necesito enfrentarme yo sola a las cosas.

Frunció las cejas y me miró como si le hubiera hablado en una lengua desconocida.

—¿Por qué?

—¿Que por qué? —balbucí—. Porque tengo que defenderme sola. No puedes... intervenir cada vez que creas que pasa algo. No puedes... protegerme siempre.

—Pero quiero hacerlo —repuso de nuevo en voz baja y suave.

Mi corazón daba brincos dentro de mi pecho.

—Pues no puedes.

Esbozó una sonrisa oblicua y mantuvo mi mano pegada a su pecho.

—Es una vieja costumbre y me cuesta cambiarla.

Levantó de nuevo las pestañas y me traspasó con la mirada.

—Pues tienes... tienes que intentarlo.

—De acuerdo. —Bajó nuestras manos unidas y las apoyó sobre su rodilla. Con la otra mano retiró un mechón de mi pelo y me lo puso detrás de la oreja—. Puedo intentarlo.

No supe qué decir mientras nos mirábamos y no tenía ni idea de qué pensaría la gente si nos veía. Seguía enfadada con él. No es que no agradeciera su preocupación por mí, pero no era una damisela a la que tuviera que rescatar.

O por lo menos intentaba no serlo.

Porque la Mallory que quería ser no era débil ni patética. No era el tipo de chica a la que el *novio* de Paige tenía que defender.

Tomé aire bruscamente.

—Si necesito tu ayuda... te la pediré. ¿De acuerdo?

Ladeó la cabeza y, santo Dios, nuestras bocas quedaron alineadas casi a la perfección.

—De acuerdo.

—Bien —susurré.

Bajó lentamente la mano, pero siguió sujetando la mía unos segundos más. No dejó de mirarme al soltarla.

—Has cambiado, Mallory.

Me erguí.

—Sí.

—Bien —susurró.

15

Paige avanzaba por el pasillo como si fuera su pasarela particular. Sus pasos rebosaban seguridad en sí misma. Sentí envidia. Yo nunca había tenido ese aplomo, ni siquiera sabía qué sensación producía. Llevaba el pelo recogido en una coleta muy apretada y estaba con una chica de piel oscura a la que yo no había visto nunca.

Agarrando la tira de mi bolso, seguí andando con la mirada fija en ella. En parte me daban ganas de virar a la izquierda y acercarme un poco más a las taquillas, pero se oía el ruido de muchas puertas cerrándose de golpe. Habría demasiada gente en ese lado del pasillo.

Y además eso me convertiría en una cobarde.

Y no podía acobardarme, sobre todo después de decirle a Rider el viernes que no necesitaba que saliera en mi defensa. Ahora era lunes, y había llegado la hora de demostrar que hablaba en serio.

Al pasar a su lado, mi corazón pasó de bailar claqué a hacer saltos mortales. Paige no dijo nada, pero levantó su brazo blanco y esbelto y enseñó el dedo corazón.

Mirándome a mí.

La chica que iba con ella se rió.

Y entonces oí a mi otro lado una palabra que detestaba con cada fibra de mi ser.

—Menuda retrasada.

Me puse colorada. Sabía que la chica no se refería a Paige, pero no moví una pestaña. No la miré, ni le di la satisfacción de hacerle caso. Seguí caminando con la cabeza bien alta y me acerqué a mi taquilla.

Cogí mis libros casi sin ver lo que hacía, confiando en que fueran los correctos. Lo último que quería era interponerme entre Paige y Rider, pero a juzgar por el gesto de Paige ya lo había hecho. Y lo que le hubiera dicho Rider no le había sentado *nada* bien.

Pero ni siquiera fue eso lo que me molestó.

Aquella palabra, aquella palabra odiosa, había abierto dentro de mí un agujero del tamaño de un puño cuando me reuní con Keira en la mesa de la cafetería. La había oído a menudo en la residencia y más tarde en el colegio. Tanto, que tenía la impresión de llevarla grapada en la frente como una etiqueta, y en parte empecé a creer que lo era. Quizá por eso no hablaba. Yo sabía ya en aquellos tiempos que era una palabra que no debía usarse, que estaba cargada de mala intención. Fue lo primero que le pregunté al señor Taft, con Carl sentado a mi lado en la consulta: si era cierto que era retrasada.

Esa misma noche, Carl y Rosa me hicieron sentarme y me dijeron que no era cierto, pero que aunque tuviera algún problema de aprendizaje no les importaría. Que seguía siendo yo. Y que me querían.

Hacía años que nadie me llamaba «retrasada».

Evidentemente, alguien había ido contando cosas de mí. ¿Por qué, si no, aquella chica del pasillo, a la que no conocía de nada, había dicho eso? No quería pensar que la culpable fuera Paige porque estaba muy unida a Rider, pero ¿quién, si no, podía ser?

Ahogando un suspiro, picoteé un poco mis filetillos rusos mientras veía a Anna y Keira mirarse mutuamente las pulseras. Pulseras de plata y oro con colgantes.

Tal vez fuera por lo que había oído un rato antes, no sé. El caso es que obligué a mi lengua a despegarse del paladar.

—Qué... bonitas son.

Anna miró rápidamente a Jo y luego me sonrió, intentando disimular su sorpresa.

—Son de Alex and Ani. Tengo unas cuantas en casa —dijo—. Son las mejores.

Jo estiró el brazo y sacudió la muñeca. Llevaba tres pulseras.

—Nos hicimos adictas por culpa de Vilma.

Me concentré en cortar un trozo de carne.

—¿Vilma?

—Se graduó el año pasado —explicó Keira—. Era la capitana del equipo. Ahora anima en el equipo de la Universidad de Virginia Occidental.

Anna asintió mientras cogía una patata frita arrugada de mi plato.

—Te juro que podría ganarse la vida vendiendo estas pulseras.

Le acerqué un poco el plato y cogió un par de patatas más. La conversación cambió rápidamente, y yo me puse a pensar en clase de expresión oral. No recordaba sobre qué iba a ser la exposición de Keira, pero me preguntaba si pensaría ensayar.

Mis labios se abrieron y mi lengua comenzó a desplegarse dispuesta a pronunciar vocales y sílabas, pero ¿podría ensayar mi exposición delante de ella? Tardaría siglos en armarme de valor. ¿Pensaría Keira que era un bicho raro? Seguramente. Acabaría teniendo que comer en la biblioteca o algo así. Me acobardé antes incluso de haber hablado.

Suspiré.

Casi había acabado de comerme aquella carne que esperaba que no fuese de canguro cuando sentí que alguien se sentaba a mi lado. Reconocí su olor terroso al levantar la mirada.

Keira sonrió.

—Hola, Jayden.

—Hola —contestó él, poniéndose de lado en la silla con el brazo apoyado en la mesa—. Parecíais muy solas, bellas señoritas, y se me ha ocurrido venir a honraros con mi presencia.

Jo soltó un bufido.

—Por la cara que tienes, acabas de levantarte y de llegar al instituto.

—Puede que tengas razón. —Jayden comenzó a comerse mis patatas, haciendo caso omiso de la mirada furiosa de Anna—. Gracias, nena.

—¿Os conocéis? —Jo nos señaló a los dos con el tenedor.

Antes de que yo pudiera asentir, Jayden me puso el brazo sobre los hombros.

—Es mi *bae*.

Yo sonreí.

—¿Mi *bae*? —Keira suspiró—. Odio esa palabra. ¿Sabéis lo que significa de verdad?

—Caca —contesté sin pensar—. En danés.

Abrí los ojos como platos. ¡Ostras! ¡Había hablado sin dudar en el comedor! ¡Ostras! Nadie se dio cuenta de lo nerviosa que me ponía, pero casi no podía creerlo. ¡Estaba allí sentada, y había hablado sin ningún problema!

Tenía que darme una galletita de recompensa.

Anna se rió por lo bajo.

—Ay, sí. Ya lo sé. Aun así, a mí me parece una palabra muy mona.

Enfrente de ella, Keira puso los ojos en blanco.

—Significa literalmente «mierda».

—Bueno, pues Mallory no se parece en nada a una mierda —contestó Jayden bajando el brazo.

Levanté una ceja.

—¿Dónde está tu hermano? —preguntó Jo—. Yo estoy dispuesta a ser su *bae*.

Él soltó un resoplido.

—¿Por qué? Es un perdedor. Yo, en cambio… Yo soy fresco como un bebé. Hector está viejo y arrugado.

Riendo, me eché el pelo sobre el hombro mientras Jo arrugaba la nariz.

—¿Arrugado? —preguntó—. No es una palabra que suela asociar con Hector.

—Pues deberías.

Jayden siguió bromeando con las chicas el resto de la comida y estuvo… genial. Superdivertido. Increíblemente encantador. Calculé que un par de años después tendría tanto éxito con las chicas como parecía tener Hector. Me reí tanto escuchándole que pensé que iban a salirme arrugas prematuras.

No se me borró la sonrisa cuando me tropecé con Rider en la escalera, yendo a clase de expresión oral. No le había visto en todo el día. Llevaba otra camiseta descolorida y unos vaqueros gastados y tenía el pelo un poco revuelto, como si se hubiera pasado la última clase durmiendo.

Una sonrisa indolente tensó sus labios.

—Iba a buscarte.

Increíblemente, sonreí un poco más al reunirme con él en el descansillo. Dio media vuelta y echó a andar a mi lado.

—Estaba pensando en lo de los ensayos de la exposición —dijo—. Sigues queriendo que te ayude, ¿verdad?

Noté un cosquilleo nervioso en el estómago. Quería ensayar con él, pero después de lo que había pasado esa mañana no me parecía muy sensato. Respiré hondo.

—No hace falta que ensayes conmigo. Lo digo porque… seguro que tienes cosas mejores que hacer.

—Pero quiero ayudarte. —Abrió la puerta batiente y arrugó el ceño—. Si no, no me habría ofrecido.

Pasé por la puerta.

—Lo sé —afirmé con esfuerzo—, pero…

—Quiero ayudarte a ensayar —repitió sin vacilar ni un segundo, y el cosquilleo que sentía en el estómago se difundió por mi pecho mientras empezábamos a bajar la escalera—. ¿Por qué no quieres ensayar? —Hizo una pausa—. Conmigo, quiero decir.

Levanté la vista al doblar la esquina y vi que sus ojos castaños tenían una expresión confusa. Me mordí la parte interior del labio. Maldición.

—Sólo quería asegurarme de que… no te sentías obligado a hacerlo.

Sonrió.

—El jueves estoy libre.

¿El jueves? ¿De esa semana? Se me agrandaron los ojos. Había hecho un borrador del trabajo durante el fin de semana, así que podía empezar a ensayar, pero el jueves estaba muy cerca.

—Así por lo menos habrás ensayado una vez antes de exponer delante del señor Santos la semana que viene.

—Me dio un codazo en el brazo—. Puedo pasarme por tu casa después de clase.

El jueves me venía de perlas, porque Carl y Rosa estarían en el hospital y era muy poco probable que llegaran antes de tiempo a casa. O también podía preguntarles si les parecía bien que Rider se pasara por casa para ayudarme. Me descubrí asintiendo con la cabeza.

En clase nos dividimos en grupitos de cuatro para empezar a ensayar nuestras exposiciones y a mí comenzaron a entrarme náuseas. Por suerte me pusieron con Hector y Rider. Y por desgracia también con Paige. No fue un gran alivio…

Ni había mucho que ensayar.

Los chicos no habían empezado a hacer sus trabajos. Yo había hecho un primer borrador, pero no necesitaba leerlo en voz alta. Y supongo que Paige también había hecho el suyo, pero con una mano sostenía el teléfono móvil escondido en el regazo, y la otra la tenía apoyada sobre la pierna de Rider. Cada vez que me miraba, sonreía. Un cambio enorme, comparado con lo que había pasado esa mañana.

Mientras Hector escribía algo apresuradamente para ponerse a ensayar, estuve mirando a Rider y Paige, pero sobre todo a Rider porque… Bueno, porque no podía evitarlo.

Se mordisqueaba el labio de abajo mientras… *dibujaba*. No estaba escribiendo ninguna redacción. Me incliné hacia delante. Estaba concentrado, con las cejas bajadas. Su muñeca se movía velozmente, en distintos ángulos, dibujando breves trazos con el bolígrafo. En pocos segundos dibujó unas ramas adornadas con florecillas blancas.

—Deberías estar trabajando en tu exposición en lugar de mirarme —dijo sin apartar la mirada del cuaderno.

Los ojos oscuros de Paige volaron hacia mí y se entornaron.

Me puse colorada.

—Y tú deberías estar trabajando en… No sé, ¿en tu exposición, quizá? —Hector sonrió al señalar su papel, en el que parecía haber escrito algo—. Y, por favor, no le mires, Mallory. Su ego ya es lo bastante grande, gracias a Paige. No necesita más ayuda.

—*Pendejo** —murmuró Rider en voz baja.

Hector estiró un brazo hacia atrás y le enseñó el dedo corazón.

—Qué más quisieras tú.

Yo no tenía ni idea de qué había dicho.

Paige apartó la mano de la pierna de Rider y apoyó el codo en la mesa y la barbilla en la mano.

—Bueno, Mallory, ¿estás nerviosa por la exposición de la semana que viene?

Me puse tensa. Suponía que la clase no tenía ni idea de que no iba a exponer como todos los demás, y estaba temiendo que se enteraran.

—¿Nerviosa por qué? —preguntó Hector.

Paige se encogió de hombros sin dejar de mirarme.

—¿Lo estás?

A su lado, Rider levantó la cabeza. Abrió la boca y comprendí que una de dos: o iba a decir algo para distraer a Paige, o iba a contestar por mí. Yo no podía permitirlo después de la conversación que habíamos tenido.

Obligué a mi lengua a moverse.

—No voy a… a exponer en clase. —Noté que me ardían las mejillas mientras seguía obligándome a hablar—. Yo expondré… a la hora de la comida.

—¿Qué? —Se rió.

Rider me miró fijamente, con un brillo de sorpresa en los ojos.

Cuadré los hombros, tensa.

—No… no tengo que exponer como… los demás.

—¿En serio? —Abrió mucho los ojos mirando a los chicos—. No me parece justo.

Se me encogió el corazón.

—¿Y eso qué más da? —respondió Hector encogiéndose de hombros—. A mí no me afecta.

Paige se recostó en su silla.

—Pero no me parece bien. ¿Los demás tenemos que exponer y ella no? ¿Por qué?

—El motivo no importa —replicó Rider con la mirada fija en mí—. Y Hector tiene razón: no nos afecta a ninguno.

Hice amago de responder, pero Paige volvió lentamente la cabeza hacia él.

—Y si fueran Laura o Leon, por ejemplo, los que no tuvieran que exponer en clase, ¿pensarías lo mismo?

Rider dejó de mirarme.

—Sí. Porque ni me afectaría, ni me importaría.

—Claro esto sí que te importa —repuso ella, y me dieron ganas de meterme debajo de la mesa porque su tono era inconfundible.

—Paige… —suspiró Rider meneando la cabeza—. No empieces con eso.

Ella se inclinó hacia un lado y estiró el cuello.

—¿Que no empiece con qué, *Rider*?

—Ay, Dios —masculló Hector en voz baja.

El señor Santos apareció de pronto a nuestro lado y nos hizo callar mientras miraba el dibujo de Rider. Me puse tensa, convencida de que iba a enfadarse porque Rider no estuviera trabajando en su exposición.

Pero su sonrisa distraída no se borró cuando se inclinó para mirar, entrecerrando un poco los ojos detrás de las gafas de montura metálica.

—El detalle y el sombreado son increíbles. Parece que las flores están a punto de salirse de la hoja.

Abrí tanto la boca que mi barbilla podría haber chocado contra el suelo.

Rider se puso colorado al dejar el bolígrafo que empuñaba aún.

—Pero no me sorprende —añadió el señor Santos, agarrándole por el hombro—. Tus dibujos siempre son buenos.

Levanté las cejas. ¿Santos había visto dibujos de Rider? ¿Y por qué demonios no le regañaba?

Rider no dijo nada cuando el señor Santos le apretó el hombro.

—Pero intenta trabajar ahora en tu exposición y dejar el dibujo para después. ¿De acuerdo?

—Claro —masculló él, dejando el boli sobre la mesa.

El señor Santos miró mi cuaderno y leyó por encima la hoja.

—Interesante —murmuró, y yo me encogí por dentro.

Su sonrisa no se alteró cuando se acercó a mi pupitre.

Me humedecí nerviosamente el labio y me obligué a pronunciar las palabras que flotaban dentro de mi cabeza.

—No… no se me da muy bien… hacer redacciones. —Hice una pausa y respiré hondo—. Ni… exponerlas.

¡Ya estaba! ¡Había hablado con el señor Santos yo sola, sin que nadie hablara por mí! Me senté un poco más derecha.

—Hablar en público es como pintar. Que se te dé bien o no es muy subjetivo, Mallory.

Apreté los labios y le miré. No tenía ni idea de adónde quería ir a parar.

—Pero todo es cuestión de intentarlo.

Señaló con la cabeza mi trabajo, y de pronto me pregunté si estaba refiriéndose a mi espantada de la primera semana de clase y a la llamada posterior de Carl y Rosa. Entonces ni siquiera lo había intentado.

—No se trata de hacerlo bien la primera vez, y menos aún de hacerlo a la perfección. Pero, si lo intentas, lo consigues. Y lo mismo puede decirse de pintar. O de la vida en general. —Me dio unas palmaditas en el hombro—. Y, por lo que parece, tú lo estás intentando.

Parpadeé lentamente.

Santos se alejó de nuevo hacia su mesa.

—Pero ¿se puede saber qué...? —murmuró Paige.

Miré a Rider y él sonrió despacio, dejando ver el hoyuelo de su mejilla derecha.

—Santos tiene mucha razón —susurró.

Yo asentí lentamente con la cabeza.

—¿Cómo... cómo es que no te ha regañado?

—Porque tengo un don.

Entorné los ojos.

—¿Y cómo... cómo es que sabe que pintas?

Hector resopló levantando la mirada de su trabajo y respondió antes que Rider.

—Porque cuando Rider estaba en segundo, decidió decorar la tapia del instituto por fuera.

Rider puso los ojos en blanco.

—Hizo una pintada en la entrada y al día siguiente le arrestaron porque el muy tonto se puso la misma camiseta con la que había hecho la pintada —añadió Paige con una sonrisa de superioridad mientras me miraba a los ojos. Algo en su mirada me dijo que se alegraba de saber todo aquello, y de que yo no lo supiera—. El señor Santos fue seguramente el único profesor al que le gustó.

Volví a mirar a Rider. Se había puesto aún más colorado.

—No me metí en un lío muy gordo —dijo sin mirarme—. Lo consideraron una falta. Pero tuve que ayudar a limpiarlo, y eso sí me fastidió.

Hector se rió volviendo a mirar su cuaderno.

—Una falta… Si sólo fuera eso, no tendrías de qué preocuparte.

Yo no entendí nada.

Pasaron unos segundos. Luego Rider deslizó la mirada hacia mí. Tenía una sonrisa tímida.

—Vale, me metí en un lío, pero no fue para tanto. Santos me echó un cable, así que no tuve que buscar la manera de pagar los desperfectos. Por eso tuve que limpiar la tapia.

—Apuesto que no sabías que Santos consiguió que expusieran un dibujo de Rider en una galería de la ciudad, ¿verdad que no? —preguntó Hector—. Por eso dice que le echó un cable. Le dijo que tenía que hacer algún dibujo que pudiera exponerse en una galería. Y no, ya sabes, en una pared.

Me quedé otra vez boquiabierta.

—¿Qué?

—*Cállate**, tronco. —Rider se inclinó y le miró con enfado—. En serio.

Hector echó la cabeza hacia atrás y se rió.

—¿Dónde fue eso? —pregunté.

Paige dejó escapar un suspiro.

—No es para tanto. No era más que un grafiti en un lienzo.

—A mí sí me parece que es para tanto —afirmé. Sin titubear.

Ella puso cara de fastidio.

Rider meneó la cabeza mientras se concentraba de nuevo en su dibujo.

—No importa.

A mí sí me importaba.

—Me parece alucinante.

Hubo algo en mi tono que le hizo mirarme, y pasó otro rato antes de que respondiera.

—Está en City Arts. O estaba. Ni sé si sigue colgado.

Yo quería verlo si seguía allí porque era... era algo increíble.

Rider seguía siendo el mismo en muchos sentidos. Su bondad, ese instinto de protección inamovible... Pero había también muchas cosas acerca de aquel nuevo Rider que yo desconocía.

Sacudiendo la cabeza, volví a mirar mi hoja sin ver las palabras escritas en ella. Pensé en lo que había dicho Santos. Tenía sentido. Vivir era como hacer aquel trabajo. Lo importante no era el resultado final, sino el intento.

Y en eso... en eso estaba de acuerdo.

Cuando terminó la clase, Hector anunció:

—Tengo hambre.

—Vale —dijo Rider mientras yo metía el cuaderno en la bolsa—. ¿Y qué quieres que haga yo al respecto?

Hector sonrió, me miró y guiñó un ojo.

—Quiero que me lleves por ahí a comer.

Rider resopló.

—Podemos ir al Firehouse. Me apetece una hamburguesa con patatas fritas.

Rider se puso de pie, levantó los brazos y se estiró. Se le levantó la camiseta, dejando al descubierto una franja de su tripa. Bajé la mirada. Tenía unos abdominales increíblemente bien definidos.

Muy bonitos. Preciosos.

Con las mejillas ardiendo, aparté los ojos y me tropecé con la mirada sagaz de Hector. Mierda. Tenía que aprender a disimular mejor cuando miraba a un chico. A hacerlo de incógnito. Ni siquiera miré a Paige para ver si me había pillado.

—Deberías venir con nosotros —sugirió Hector.

Pestañeé. ¿Me estaba hablando a mí?

Sí, porque Rider bajó los brazos y me miró. Yo seguía sentada en mi silla.

—¿Te apetece ir a comer algo?

—Claro que le apetece —repuso Hector—. No rechazaría nuestra compañía. ¿Quién iba a rechazarla?

Cielos, cuánto se parecían Jayden y él.

Rider esbozó una sonrisa indolente.

—Bueno, ¿qué te parece?

Barajé atropelladamente mis opciones. Nunca había salido a comer con nadie, como no fuera con Ainsley y con mi familia, y menos aún había comido con un chico, ni con dos. Carl y Rosa seguramente fliparían.

Vale: no había absolutamente ninguna duda de que fliparían.

Pero yo quería ir.

Con el corazón latiéndome a mil por hora, sentí que asentía con la cabeza.

La sonrisa de Rider se ensanchó y el hoyuelo de su mejilla derecha iluminó de nuevo el mundo.

—Perfecto. ¿Quieres venir con nosotros en el coche? —preguntó—. Como sabemos adónde vamos...

—Por mí bien —dijo Hector—. Luego puedo traerte de vuelta al instituto.

Como era lo más lógico, asentí otra vez.

—Bien. —Rider hizo una pausa y sonrió con los ojos, no sólo con la boca—. Pero primero tienes que hacer una cosa.

Levanté las cejas.

—Tienes que levantarte.

Me levanté.

Paige también se levantó.

—Yo no puedo ir —dijo—. Ya sabes que los lunes me toca cuidar a Penny.

—Vaya. —Rider se pasó los dedos por el pelo y yo me pregunté quién sería Penny—. ¿Quieres que compre algo de comer para tu hermana y para ti? Puedo pasarme por tu casa después.

Ella ladeó la cabeza.

—¿En serio? ¿Vas a ir de todos modos?

Oh, no.

Retrocedí, colgándome el bolso del hombro. Aquello no iba a terminar bien. En absoluto.

Rider miró a su novia y nos dijo:

—Chicos, nos vemos fuera, ¿vale?

—Claro —murmuró Hector y, como no me moví, me agarró suavemente del codo—. Vamos.

Dejé que me sacara de la clase. No dijimos nada mientras salíamos. Yo quería hablar sobre lo que acababa de pasar pero, como siempre, no dije nada mientras nos dirigíamos al aparcamiento. No era tan difícil. Podía hablar. Ya había hablado delante de Hector. Podía volver a hacerlo ahora. Era sencillo.

Cerrando los puños, me concentré en las espaldas de las personas que iban delante de nosotros e hice como que hablaba con Carl o Rosa. O incluso con Rider. Las palabras me salieron despacio, separadas entre sí. Trabajosamente.

—Quizá... no debería ir.

Ya estaba.

Ya lo había dicho.

Gracias a Dios. Y a todos los seres vivos.

Si le sorprendió que hablara, Hector no lo demostró.

—No hay razón para que no vengas.

Me paré junto a su Escort y le miré. Sentía el estómago lleno de bolitas de energía nerviosa. Estar allí fuera, hablando con él, no me resultaba fácil aunque intentara convencerme de lo contrario.

—A mí sí... se me ocurre... una razón de peso.

Hector esbozó una sonrisa mientras se acercaba a la parte de atrás del coche y dejaba su mochila en el asiento trasero.

—¿Paige?

Asentí.

Se rió, pero a mí no me hacía ninguna gracia. Volvió a mi lado y se apoyó contra la puerta del conductor. Pasaron unos segundos.

—No creo que Rider sepa lo que está haciendo. Creo que nunca lo sabe.

Arrugué el ceño.

—¿Qué... qué quieres decir?

Me observó un instante, y esta vez se rió en voz baja.

—Sólo estaba pensando en voz alta. —Se interrumpió para rascarse la barbilla—. ¿Sabes?, a estas alturas del año en cualquier otro curso, le habrían echado de clase por lo menos dos veces. Y de momento no le han echado ninguna.

No me gustó cómo sonaba aquello, pero me alegré de que pareciera ser cosa del pasado.

—Antes siempre salía a hacer pintadas todas las noches, cuando no trabajaba —prosiguió, mirando el camino por el que vendría Rider—. No pasaba mucho tiempo con Paige, ¿me vas captando?

No, yo no captaba nada.

—Le tiene mucho respeto a mi *abuelita**, no me malinterpretes, pero siempre ha sido...

—Ha sido... ¿qué? —pregunté apartándome de la cara un mechón de pelo.

Volvió a fijar en mí su mirada verde musgo.

—Siempre ha estado *aquí* sin estar en realidad.

Comprendí lo que quería decir.

Se me encogió el corazón cuando miré el asfalto manchado de aceite. Estar aquí sin estar. Existir, pero no vivir. Conocía esa sensación. La había experimentado durante varios años. Algunos días todavía tenía esa sensación, como si llevara una chaqueta muy gruesa que me apretaba. No sabía que Rider se sentía igual, ni que otras personas se habían dado cuenta de ello.

Y eso... eso me puso triste.

—Aquí viene. —Hector se apartó del coche.

Levanté los ojos y vi que Rider venía corriendo por la acera. Aflojó el paso al acercarse al coche. Paige no iba con él. Escudriñé su cara en busca de alguna pista de lo que acababa de ocurrir mientras Hector subía al coche. Su mandíbula dibujaba una línea recta y firme.

Se me secó la garganta.

—¿Va... va todo bien?

Arrugó la frente.

—Sí.

—Puede que no deba…

—No. —Se acercó a mí con la barbilla bajada—. Sé lo que vas a decir. Pero no. Lo que ha pasado ahí dentro no tiene nada que ver contigo.

Me quedé quieta.

—No… no es verdad.

Apartó los ojos y un músculo vibró en su mandíbula. Pasaron unos segundos.

—Tienes razón. En cierto modo. Pero eso no cambia las cosas. Hector te ha invitado, y yo quiero que vengas.

Hector bajó la ventanilla y sacó la cabeza.

—¿Venís o qué?

Miré a Rider, todavía indecisa.

Por favor.

Lo dijo moviendo los labios sin emitir sonido.

Sí, iba a ir.

Veinte minutos después me encontraba en una cafetería a un par de kilómetros del instituto. El local parecía haber sido una estación de bomberos en otro tiempo. Todo en él tenía un aire anticuado: desde las fotos *vintage* que colgaban de las paredes a los asientos de vinilo rojo. Reinaba un ambiente hogareño, como si en cualquier momento la señora que atendía la caja fuera a ponerse a gritar a su hijo, el cocinero. No sé si era así, si se trataba de un negocio familiar o si aquella mujer con cara de amargada tenía algún hijo, pero ésa era la sensación que producía el local.

Me gustó.

Pedimos los tres prácticamente lo mismo: hamburguesas con patatas fritas. Rider y yo pedimos las nuestras con queso. Hector pidió la suya con un montón de condimentos. La comida estaba deliciosa, y me supo mucho mejor después de haber comido la misteriosa carne de la cafetería del instituto.

Me alegré de haber ido.

Era casi como si no hubiera ningún motivo para que no fuera. Me lo estaba pasando bien escuchando a los chicos meterse el uno con el otro. A veces Hector se ponía a hablar en español y Rider respondía en el mismo idioma. Me dio la impresión de que se estaban insultando. Aprendí a decir *Cállate**, que era algo que se decían con mucha frecuencia.

Dejé mi teléfono dentro del bolso. Por el trayecto le había mandado un mensaje a Rosa diciéndole que iba a ir a comer algo con unos amigos y que luego volvería a casa. El mensaje (un mensaje que millones de adolescentes normales mandaban todos los días y que en cambio para mí era nuevo) hizo que me sintiera un poco aturdida y silencié el teléfono para no estresarme si Rosa trataba de ponerse en contacto conmigo. Había vibrado dentro del bolso a los quince minutos. No hizo falta que le echara un vistazo para saber que eran ella o Carl. Cuando llegara a casa, les contaría que iba conduciendo y que no había podido cogerlo.

Me sentía mal por mentirles, pero reconozco que a pesar de todo estaba disfrutando.

Hector se recostó en el asiento y se dio unas palmadas en la tripa plana.

—Uf, tío, qué bueno estaba todo. Podría alimentarme sólo de estas hamburguesas.

A mi lado, Rider resopló.

—Con la cantidad de veces que comes aquí, prácticamente no te alimentas de otra cosa.

—Lo que tú digas —contestó Hector con una sonrisa. Se echó hacia delante y apoyó los brazos en la mesa—. Pero a veces pido cosas distintas.

—¿Como cuáles?

Puso los ojos en blanco.

—Veamos. Pido el bocadillo de carne picada.

Sonreí.

—Eso es prácticamente lo mismo que una hamburguesa normal —replicó Rider al echarse hacia atrás y apoyar el brazo en el respaldo del asiento—. Prueba otra vez.

Hector entornó los ojos.

—Pido los aros de cebolla.

—Eso no cuenta. —Rider tamborileó con los dedos sobre mi hombro—. ¿A que no?

Negué con la cabeza.

—No me estás ayudando —dijo Hector al tiempo que me quitaba una patata del plato.

Igualito que su hermano.

Rider se rió, cambiando de postura en el asiento, a mi lado.

—¿Trabajas esta noche?

Hector negó con la cabeza.

—No. Pero mañana sí.

—¿Dónde… trabajas? —pregunté.

—En un sitio superchulo —respondió enseguida.

Le miré. Sonrió.

—En McDonald's.

—Razón por la cual lo lógico sería que estuviera harto de hamburguesas —añadió.

—Las hamburguesas del Firehouse no son como las de McDonald's. No me puedo creer que estemos teniendo esta conversación. —Hector me miró—. Llevo un año trabajan-

do allí. Era el sitio donde podían contratarme más fácilmente, y más deprisa. Porque con la pensión de mi *abuelita**
no nos llega.

Sentí los dedos de Rider rozarme el pelo cuando dijo:

—La señora Luna también trabaja. A tiempo completo.

—Estoy intentando que Jayden también entre. —Hector levantó una mano y se pasó los dedos por el pelo—. Puede trabajar allí a partir de los quince si le dan permiso. —Hizo una pausa y miró a Rider—. Aunque no estoy teniendo mucho éxito. Jayden lo quiere todo fácil y rápido, y resulta que las cosas fáciles no lo son tanto.

Rider se quedó callado, pero sentí que había muchas cosas que no me estaban contando. Habían quedado con unos chicos para jugar al baloncesto, así que nos fuimos poco después y Hector me llevó hasta mi coche. Todavía quedaban algunos otros coches en el aparcamiento. Había entrenamiento de fútbol y del equipo de animadoras, y los gritos se oían a lo lejos.

Rider se bajó conmigo y rodeó el coche para acercarse a mí. Esperó mientras yo abría la puerta de mi coche.

—Gracias por venir. Ha estado… muy bien.

Levanté la vista y me sorprendió ver que tenía las mejillas… coloradas. Había vuelto a sonrojarse, pero no entendí por qué. Había empezado a darme cuenta de que se ponía colorado cuando le hacían un cumplido o cuando alguien se fijaba en sus dibujos. En esas ocasiones se sentía incómodo, pero ahora no entendía por qué se había ruborizado.

Agarró el borde de la puerta del coche cuando dejé mi bolso en el asiento delantero.

—Así que gracias.

Le sonreí mientras Hector daba palmadas en el lateral de su coche.

—Gracias a ti por… por dejarme acompañaros.

Bajó la barbilla.

—No hemos dejado que nos acompañaras. Estabas ahí, con nosotros.

Mi sonrisa se hizo más amplia. Me gustó cómo sonaba aquello, pero entonces me acordé de lo que me había dicho Hector un rato antes.

—Igual que tú.

Rider pestañeó. Luego dijo en voz baja:

—Sí, igual que yo.

Miré por encima de su hombro.

—Siento… lo de Paige.

—Yo… —Nuestras miradas se encontraron. Permanecimos así un momento. Luego, desvió los ojos—. Yo también.

No supe qué responder y me senté detrás del volante.

—¡Eh! —gritó Hector, y dio una palmada a la puerta de su coche—. ¡Que van a empezar sin nosotros!

Rider empezó a cerrar la puerta, pero se agachó. Nuestras miradas se encontraron de nuevo. Pasó una eternidad. Luego, se inclinó. Me dio un vuelco el corazón cuando sus labios rozaron mi frente y permanecieron pegados a ella varios segundos.

—Seguramente no debería haber hecho eso —susurró en voz tan baja que me pregunté si lo había dicho o si eran imaginaciones mías. Pero luego añadió en voz más alta—: Hasta mañana, Ratón.

16

—Mallory, ¿puedes bajar?

Se me encogió el estómago al oír la voz de Carl. Había llegado antes que Rosa del hospital y me llamó nada más cruzar la puerta. Miré la mesilla de noche y vi que eran casi las nueve. Deseé en parte fingir que dormía, porque sabía que, si subía y creía que estaba dormida, no me despertaría. Pero era una solución muy cobarde, sobre todo teniendo en cuenta que era yo quien había tomado la decisión de salir con Hector y Rider.

Me levanté y bajé las escaleras mientras me recogía el pelo. El corazón me latía a toda prisa. No iba a mentir, me dije. Si Carl me preguntaba con quién había estado, le diría la verdad. Porque, por cursi que sonara, merecían saber la verdad.

Pero me quedé petrificada.

Carl estaba en la cocina, sacando un frasco de zumo de la nevera. Llevaba el uniforme del hospital.

—No voy a andarme por las ramas, Mallory. Me he llevado una sorpresa cuando Rosa me ha mandado un mensaje para decirme que ibas a ir a comer por ahí con unos amigos después de clase.

Crucé los brazos y le vi sacar un vaso del armario.

—¿Tan raro… te parece?

Me miró por encima del hombro levantando una ceja.

—Si se tratara de Ainsley, no. Pero en los cuatro años que llevas con nosotros, sólo te has sentido a gusto con ella. —Hizo una pausa mientras se servía el zumo de color rojo rubí—. Y no has contestado al teléfono cuando te he llamado.

—Estaba… conduciendo. —Qué mentirosa era—. Y luego se me olvidó. Y cuando he llegado, me he puesto a hacer los deberes.

No era del todo mentira, y él no pareció sospechar nada mientras cerraba el frasco de zumo.

—¿Con quién estabas? —preguntó.

Quería mentirle y al mismo tiempo no quería. Qué extraño. Me mordí el interior de la mejilla, armándome de valor.

—Con… con Rider.

Giró la cabeza hacia mí tan rápidamente que me recordó a *El exorcista*.

—¿Con Rider? —repitió.

Me puse rígida y casi no pude asentir mientras luchaba por respirar. Tenía la garganta completamente cerrada.

—Con Rider y con su amigo… Hector. Fuimos al Firehouse…

—¿Al Firehouse Grill? —preguntó arrugando las cejas—. Ése no es un barrio muy recomendable, Mallory.

A mí no me había parecido *tan* mal.

—Sólo hemos comido unas hamburguesas y… luego he vuelto a casa. Ha sido… divertido.

Carl bebió un sorbo de zumo y me miró por encima del borde del vaso.

—¿Quién es Hector?

Mientras se lo explicaba, su desagrado se me hizo cada vez más evidente.

—Es muy majo, de verdad. Trabaja en McDonald's y tiene un hermano pequeño, Jayden, que es superdivertido. Su abuela, la señora Luna, tiene a Rider en acogida —añadí atropelladamente, moviéndome con nerviosismo—. Y vamos los tres a clase de expresión oral. Rider va a ayudarme a...

—¿Va a ayudarte con tu trabajo? —Carl parecía dudarlo.

Asentí con la cabeza y añadí:

—Sí. Sabe... sabe cuánto me cuestan estas cosas y, aunque no tengo que exponer delante de toda la clase, sigo teniendo que... practicar. Vamos a ensayar el jueves después de clase.

Pareció dejar de respirar.

—¿Has hecho planes con él sin hablar con nosotros?

Oh, oh. Volví a cambiar de postura.

—No... no creía que fuera tan importante. Necesito que me ayude.

—¿Y Ainsley no puede ayudarte?

Oh, oh.

—Rider viene conmigo a clase, así que... es lógico que practique con él.

—¿Y qué me dices de esa chica, Keira? —respondió al instante—. ¿No va también a expresión oral?

Maldición.

Se acordaba de que se lo había dicho, claro. Pero yo tenía un motivo de peso para no habérselo pedido a Keira.

—Me... me daría mucha vergüenza ensayar delante de ella, y Rider sabe cómo... cómo soy.

Carl abrió la boca y volvió a cerrarla al tiempo que dejaba el vaso en la encimera. Eso sí lo entendía.

—Todo esto no me hace mucha gracia. Hace años que no ves a ese chico, y de pronto sales a comer con él y va a ayudarte a estudiar.

Tragué saliva.

—Pero… Rider es mi amigo… y eso es normal.

—No en tu caso.

Di un paso atrás, dolida. No en mi caso. Nunca en mi caso. La alegría que había sentido al mandarles un mensaje tan normal se había disipado de golpe. Era un sentimiento fugaz, porque en mi caso nada era normal.

—No lo decía en ese sentido —añadió rápidamente, estirando un brazo y poniéndome la mano sobre el hombro—. Siento que me haya salido así, pero no le conoces, Mallory. Ya no.

—Le conozco —insistí, mirándole a los ojos mientras trataba de sacudirme de encima aquel malestar momentáneo—. Es una… buena persona.

—No digo que no lo sea. —Bajó la mano y suspiró, girándose para coger el buscapersonas que llevaba prendido a la cinturilla—. Por lo menos espero que lo sea. Nunca se conoce del todo a la gente. A veces, ni siquiera a la familia. La gente te muestra lo que quiere que veas. Tienes que recordarlo.

No entendí a qué se refería. Bueno, sí lo entendí. A fin de cuentas, los trabajadores sociales no sabían cómo eran en realidad el señor Henry y la señorita Becky. Lo ocultaban muy bien, pero ¿qué sabía Carl *en realidad*?

—Quiero que tengas cuidado, Mallory —prosiguió.

Empecé a esbozar una sonrisa.

—Lo tendré.

Me miró un momento y luego asintió.

—¿Dónde vais a estudiar el jueves?

Me encogí de hombros.

—Aquí, supongo.

Levantó de nuevo las cejas.

—Me inquieta un poco que estés aquí sola con él —admitió, y me felicité por no haberle dicho que Rider ya había estado en casa cuando no estaban ellos—. Claro que siempre me inquieta que estés en cualquier parte.

—¿Con él? —pregunté, y me quedé muy quieta.

Sacudió la cabeza y sonrió levemente.

—Con cualquier chico, Mallory.

Me puse colorada.

—Sólo… vamos a estudiar, y además tiene novia, ¿recuerdas?

Sentí una quemazón en el pecho al decir aquello, porque me acordé de cómo me había besado la frente unas horas antes y de que había dicho que no debería haberlo hecho.

Y era verdad que no debería. Aunque hubiera sido sólo un beso en la frente, no había estado bien.

—Lo sé. —Carl se pellizcó el puente de la nariz.

Pasaron unos instantes y empecé a ponerme nerviosa.

—Tengo deberes —le dije.

Bajó la mano.

—No te quedes levantada hasta muy tarde. —Cuando ya iba a darme la vuelta, me detuvo—: Gracias por decirme con quién estabas.

Noté una pequeña punzada de culpa en el cerebro porque le había mentido en lo del teléfono, pero me obligué a sonreír. Y luego subí casi corriendo a mi habitación. Carl me había dado las gracias, pero era evidente que no le gustaba que me viera con Rider. O quizá fuera sólo que Rider era un chico.

Confiaba en que fuera eso y no que tuviera algo contra Rider. No entendía qué podía tener en su contra, pero lo cierto era que no conocía muy bien al Rider *de ahora*. En eso Carl tenía razón, aunque no podía ser tan distinto del Rider al que había querido de niña.

De eso estaba segura.

Al día siguiente, después de clase de expresión oral, Rider me acompañó al coche, pero estuvo muy callado. Apenas dijo nada cuando abrí la puerta de atrás y dejé la bolsa en el asiento. Me preocupaba que fuera por lo que había pasado con Paige, y por el beso que me había dado en la frente, y del que estaba segura que se arrepentía. O quizá fuera por que Paige no había aparecido por clase.

Con las llaves en la mano, cerré la puerta y le miré. Se hizo a un lado y me abrió la puerta del conductor. Le dije gracias en voz baja y me dispuse a subir al coche.

—Oye —dijo con la mirada fija en el asfalto manchado—, estaba pensando en lo del jueves. —Levantó las pestañas y yo me quedé poco a poco sin aire en los pulmones—. ¿Sigue en pie, Ratón?

Mi respuesta fue inmediata, aunque me dio un vuelco el estómago. Asentí.

—Sí.

Él sonrió.

—¿En serio? —Parecía sorprendido, y no entendí por qué, pero tampoco quería pensar en la conversación que había tenido con Carl la noche anterior—. Qué bien. Me apetece mucho.

A mí también, pero esas tres palabras quedaron congeladas entre una oleada de nerviosismo y emoción. Rider quería que pasáramos tiempo juntos. Madre mía, aquello sí que era un notición. Tenía que contárselo a Ainsley inmediatamente.

Rider sonrió y se metió una mano en el bolsillo del vaquero.

—Vale, entonces.

—Vale —logré susurrar.

Bajó la barbilla y empezó a volverse, pero se detuvo. Al igual que el día anterior, bajó la cabeza y me besó en la frente y, lo mismo que el día anterior, sentí hasta en los dedos de los pies ese breve contacto de sus labios. Mi corazón se unió a mi estómago haciendo piruetas por todas partes.

Rider se incorporó y dio un paso atrás, separando el cuaderno de sus pantalones.

—Hasta mañana.

Pero, a diferencia del día anterior, esta vez no dijo que no debería haberme besado.

Cuando llegué a casa, un aroma delicioso me condujo a la cocina. Me sonaron las tripas y empecé a segregar saliva en cuanto vi las enchiladas de queso puestas a enfriar sobre la encimera.

Estaban empapadas en queso fresco.

Mis favoritas.

Dejé la bolsa de los libros en el suelo y me acerqué a Rosa, que estaba poniendo los platos en la mesa. La rodeé con los brazos por la espalda y la apreté con fuerza.

Se rió al darse la vuelta.

—Es por el queso, ¿verdad?

Asentí, bajé los brazos y retrocedí. Volvieron a sonarme las tripas cuando Carl llevó la fuente a la mesa. Me dieron ganas de meter la cara dentro y comérmela entera.

—Hola —dijo Carl al meter el guante del horno en un cajón abierto—. ¿Qué tal en clase?

—Bien.

Me lavé las manos y saqué un refresco de la nevera. Carl puso mala cara, pero no dijo nada. Menos mal, porque habría tenido que matarme primero para arrancarme la Coca-Cola de los dedos.

Rosa sonrió, colocándose un mechón de pelo detrás de la oreja.

—También hay ensalada. Y también tienes que comerla.

¿Ensalada? ¿Quién quería comer ensalada habiendo enchiladas de ternera con queso? Venga ya. Debió de notárseme en la cara lo que estaba pensando, porque la fuente de la ensalada acabó como por arte de magia muy cerca de mi sitio.

Al sentarme a la mesa, se me ocurrió una idea espantosa. ¿Rider tenía la cena preparada y caliente cuando llegaba a casa del instituto o del garaje? Hector había dicho que su abuela todavía trabajaba. ¿Tenían que arreglárselas solos los chicos?

Rosa cortó dos enchiladas y me las puso en el plato. ¿Comía Rider así? ¿Había alguien que le sirviera la comida? Disfruté menos que de costumbre de las enchiladas, y la charla de Rosa y Carl, su afecto y su simpatía, parecieron amplificarse cuando me di cuenta de la inmensa suerte que tenía. No es que no fuera consciente de ello todos los días desde el momento en que Carl entró en mi habitación del hospital, pero esa noche me sentía como… como si tuviera que reconocerlo más a menudo.

Era muy afortunada.

—¿Has echado un vistazo a los papeles que dejé en tu cuarto esta mañana? —preguntó Carl.

«¿Papeles? ¿Qué papeles?», pensé atropelladamente, hasta que me percaté de que se refería a los folletos de las facultades de biología y bioingeniería de la Universidad de Maryland. No los había mirado, así que hice un gesto negativo con la cabeza.

Carl levantó su copa y entornó los ojos.

—Han admitido tu preinscripción, así que tienes tiempo, pero es importante que te decantes por una especialidad. Conviene que empieces a pensarlo seriamente.

Teniendo en cuenta que aún faltaban varios años para que tuviera que elegir especialidad, no me parecía tan urgente.

—Debes tener una idea clara de lo que quieres hacer —añadió—. Elegir la especialidad correcta decidirá todo tu futuro.

Abrí los ojos como platos. Aquello sonaba muy solemne.

—Los dos primeros años de universidad son fundamentales para que te admitan en la facultad de medicina o en los programas de investigación de la George Washington.

Rosa sonrió como cada vez que hablaba de la George Washington. Allí habían estudiado ella y Carl. Y eso pensaba hacer también Marquette: ir primero a la Universidad de Maryland y solicitar luego el ingreso en la George Washington.

—No será fácil entrar en los programas de medicina o ciencias. Hay que empezar a hacer planes mucho antes de que entres en la universidad.

Me removí incómoda, con la mirada fija en el plato. Cuando intentaba imaginarme estudiando bioingeniería, química o algo así, me entraban picores por todo el cuerpo. No es que no pudiera hacerlo. Me consideraba bastante inteligente, pero… no me hacía ilusión.

Hubo un silencio y luego Rosa dijo:

—¿Puedo preguntarte una cosa, cielo?

Asentí otra vez.

Apoyó un brazo en la mesa y se inclinó hacia mí.

—¿Es lo que quieres hacer?

Me dio un violento vuelco el corazón. Era la primera vez que me hacían esa pregunta. Me recosté en la silla sin saber qué responder, porque no estaba segura. Si no seguía aquel plan, ¿qué plan tendría? ¿Qué quería hacer? Sabía que quería dedicarme a algo que sirviera de ayuda a los demás. A un trabajo que fuera significativo. Sabía que era así porque a mí me habían dado una segunda oportunidad inmensa. Y quería que diera algún *fruto*. Pero pasarme la vida en un laboratorio no era lo único que podía hacer para ayudar a los demás. También había policías, psicólogos, trabajadores sociales, profesores y...

Trabajo social.

Noté un hormigueo de emoción en la boca del estómago. ¿Trabajo social? Parpadeé una vez y luego otra. Había algo en aquella idea que me atraía enormemente. Como si fuera lo más lógico que yo, que había crecido tutelada por el Estado, devolviera lo que habían hecho por mí ayudando a otros. Sería un trabajo superduro ver las cosas a las que tenían que enfrentarse los trabajadores sociales, pero ¿y si podía impedir que lo que nos había pasado a Rider y a mí les pasara a otros niños? ¿Ayudarles a saber que importaban, que eran queridos y amados? Eso sí que sería gratificante. Llenaría mi vida de sentido.

Respiré hondo y abrí la boca.

—Claro que es lo que quiere. —Carl se rió—. Es de lo que hemos hablado siempre.

Rosa enarcó una ceja.

—Si fuera lo que quiere, creo que habría mirado los folletos.

Carl volvió a entrecerrar los párpados.

Yo me removí un poco más.

—Me... me interesa, pero hay un par de... un par de cosas más que me gustaría mirar.

Él entornó más aún los ojos.

—¿Cuáles, Mallory?

Se me crisparon los dedos en torno al tenedor.

—¿Trabajo social, quizá?

—¿Trabajo social? —Carl volvió a reírse—. No podrías devolver los préstamos universitarios necesarios para estudiar esa carrera.

Fruncí los labios y Rosa le lanzó una mirada.

—¿Qué pasa? —Carl sacudió la cabeza—. Ni siquiera lo ha dicho en serio. De todos modos, hay otra cosa de la que tenemos que hablar.

Corté un gran pedazo de enchilada mientras la conversación derivaba de los estudios universitarios a otro tema que prefería evitar.

—Carl me ha dicho lo de mañana —anunció Rosa cuando estaba a punto de meterme el trozo de enchilada en la boca.

Me quedé paralizada, con los ojos como platos. El segundo asalto estaba a punto de empezar.

—Me parece... buena idea.

¿Qué?

Miré a Carl. Estaba cortando su enchilada con el tenedor, en trocitos pequeños y puntiagudos.

—Pero tengo que pedirte un favor —añadió ella recostándose en su silla, y yo me quedé inmóvil con el tenedor a medio camino de la boca—. La próxima vez, intenta quedar para estudiar cuando nosotros estemos en casa.

Ostras.

Rosa me sonrió. Carl siguió asesinando su comida. Y yo por fin me metí el tenedor en la boca. Vale. El segundo asalto quedaba suspendido.

Después de la cena, recogí la cocina y guardé las sobras en la nevera. Serían perfectas para el día siguiente, cuando (¡ay, Dios) viniera Rider. Luego cogí mi bolsa y me fui arriba. Carl y Rosa se sentaron en el cuarto de estar y oí sonar la sintonía de un concurso televisivo. Una vez arriba, encendí el portátil y abrí la aplicación del chat. Ainsley estaba conectada.

Hice clic en su icono y le mandé un mensaje.

¿Estás ahí?

Debajo apareció un globito y luego su respuesta.

Yo siempre estoy.

Llevé el ordenador a la cama y me senté con él sobre el regazo.

Necesito tu consejo.

Soy tu senséi.

Rider va a venir mañana después de clase para ayudarme con la exposición, y no estoy segura de que deba comprar comida y bebida. Hice una pausa. Y cosas.

El globito apareció de inmediato.

Espera un segundo. Rebobina. ¿Rider va a ir a tu casa mañana?

Sonreí, porque prácticamente podía ver su cara.

Sí.

¿Carl y Rosa lo saben?

Mi sonrisa se borró y se me hizo un nudo en el estómago.

Sí.

Hice una pausa.

A Carl no le hace mucha gracia, pero a Rosa no le importa.

¡¡¡Mallory Dodge!!! ¡Qué orgullosa estoy de ti! Ya no eres una rebelde. Me parto.

Mis dedos volaron sobre el teclado.

¿Debería tener refrescos o algo de comer?

Esas cosas sueles tenerlas en casa, normalmente. Así que sí, supongo.

Ainsley tenía razón. Ya tenía esas cosas y me estaba comportando como una tonta, pero mientras miraba su mensaje me pregunté si era sensato traer a Rider a casa.

Tal vez estudiar en mi casa fuera... demasiado íntimo, una mala idea.

Aunque Paige se había portado muy mal conmigo, tenía sus motivos. Y el hecho de que Rider viniera a mi casa sería otra razón para que le cayera mal.

Barajé rápidamente mis opciones. Podíamos ir a la biblioteca. Tenían salas de estudio privadas. Si íbamos a la biblioteca, el problema de la merienda quedaba resuelto. Y además no tendría que retocarme el maquillaje, otro punto a favor de la biblioteca. No se me daba muy bien maquillarme, y además mi piel no soportaba mucho maquillaje. Ainsley, en cambio, podía dar lecciones a cualquier *blogger* de belleza.

Satisfecha con mi decisión, me relajé.

Creo que voy a preguntarle si podemos ir a la biblioteca.

Pasaron unos segundos sin que respondiera.

Eh... ¿Por qué?

Me parece lo más sensato, respondí pasados unos segundos. A su novia le sentará fatal que venga a mi casa.

¿Y a quién le importa su novia?

¡¡Ainsley!!

Es broma, contestó. Aunque, si eso fuera problema, no habría aceptado ir a tu casa desde el principio.

Tenía razón.

Pero es que es más fácil ir a la biblioteca.

Volvió a aparecer el globito.

Yo te quiero aunque seas rara, pero necesito hacerte una pregunta. Una pregunta seria. Seria de verdad.

Levanté las cejas.

Vale.

¿Te gusta Rider? Quiero decir que si te gusta de verdad.

Volvió a hacérseme un nudo en el estómago, pero por motivos completamente distintos. ¿Me gustaba Rider? ¿Me gustaba *de verdad*? Aquella sensación en el estómago era muy reveladora, pero decirlo en voz alta lo haría real, y ya no podría retirarlo.

Y no podía hacerlo real.

Me gustaba Rider, me gustaba *de verdad*, de una manera muy distinta a como cuando éramos niños. Era como si tuviera otra vez doce años, sólo que esta vez lo que sentía por él era mucho más potente. Y sabía que no estaba bien que tuviera esos sentimientos. Él tenía novia y eso no iba a cambiar por más que a mí me gustara. Además, no me importaba que tuviera novia. No podía importarme. Lo que sentía por él era cosa mía y de nadie más.

Era cosa mía y nadie tenía que saberlo.

Solté lentamente un suspiro.

No respondí, pero Ainsley sí:

Eso me parecía.

Esperé a que dijera algo más, pero como no añadió nada escribí:

¿Sigues ahí?

Pasaron uno o dos minutos. Luego volvió a aparecer su globito.

Perdona. Mi madre ha venido a asegurarse de que no estaba quedando con desconocidos de treinta y tantos por Facebook.

Me reí, aunque sabía que no estaba bromeando.
Llegó otro mensaje suyo.

Escríbeme para contarme qué tal va lo de mañana. Voy a necesitar algo con lo que entretenerme mientras espero en la consulta del médico.

Fruncí el ceño y respondí rápidamente:

¿Qué médico?

Mi madre va a llevarme al oftalmólogo para que me hagan gafas nuevas.

¿No te hicieron unas nuevas el año pasado?

Sí, pero creo que me ha aumentado la graduación. No veo ni torta. Además, creo que necesito unas gafas de sol graduadas. El sol brilla una barbaridad. El caso es que voy a aburrirme en la sala de espera, y necesito noticias.

Estiré las piernas.

No sé si habrá algo que contar.

Seguro que sí.

Añadió una carita sonriente.

Más te vale.

Cuando nos despedimos dejé el ordenador a un lado, bajé las piernas de la cama y me acerqué al escritorio, donde había dejado la bolsa de los libros. Saqué mi móvil y eché un vistazo a los mensajes. Me mordí el labio al mandarle un mensaje rápido a Rider para preguntarle si podíamos ensayar en la biblioteca.

Dejé el teléfono en la mesilla de noche, cogí el libro de historia y me puse a estudiar. El teléfono no sonó hasta casi las nueve. Lo cogí y vi que era un mensaje de Rider.

Por mí genial, había respondido.

No sé por qué, pero me pregunté si estaba siendo sincero.

17

El jueves se convirtió oficialmente en el día que no acababa nunca. Las horas pasaron muy despacio, y me puse de los nervios cuando, al salir de clase, antes de expresión oral, Rider no estaba esperándome. Enseguida me puse en lo peor.

¿Y si Rider no había ido al instituto? ¿Y si en realidad no quería ayudarme con la exposición? ¿Y si se había arrepentido? ¿Y si no quería poner en peligro su relación con Paige? Todo ello me parecía posible.

Cuando Paige entró en clase, casi no la reconocí. Llevaba unos pantalones de chándal anchos, de color negro, y una camiseta muy amplia. Se había recogido el pelo en una coleta alta, aunque algo más descuidada que de costumbre. Al acercarse, vi que tenía los ojos ligeramente hinchados.

Se sentó y, al dejar su bolsa en el suelo, volvió la cabeza hacia mí.

—¿Se puede saber qué estás mirando?

Me sonrojé y fijé la mirada al frente.

—Zorra estúpida —masculló, y di un respingo.

Se me ocurrieron varias réplicas que de inmediato se me disolvieron en la punta de la lengua. Apreté los labios y tomé aire por la nariz.

El siguiente en entrar en clase fue Hector. Entró tranquilamente, sonriendo por algo que le había dicho Keira. Se me encogió el corazón al ver la facilidad con la que Keira hablaba y reía con él. Dios mío, ojalá pudiera ser yo así.

Noté una opresión en la garganta y me dije que, si Rider no aparecía, no debía tomármelo como algo personal, aunque sabía que lo haría. Justo cuando estaba a punto de darme de cabezazos contra la mesa, Rider entró en clase como si tal cosa, con el cuaderno en la mano y una sonrisa indolente en los labios. Naturalmente, no se había echado atrás.

Se me relajaron los hombros y me dije que debía calmarme.

—Hola. —Hector le saludó con la cabeza cuando pasó junto a su mesa.

Rider murmuró una respuesta y se sentó en su sitio. Se inclinó hacia Paige y le dijo en voz baja algo que no oí. Vi que ella negaba con la cabeza. Rider le puso una mano en el brazo. Sorprendentemente, ella se apartó. Dejó el libro de texto sobre la mesa de golpe, y me pareció oír suspirar a Rider.

Me miró.

—Hola, Ratón.

—Hola —contesté en voz baja.

Y eso fue todo lo que hablamos en clase, lo que seguramente no era buena señal. Cuando recogimos nuestras cosas, al final de clase, me puse de pronto nerviosísima, y Rider me estaba esperando.

—¿Nos vamos ya? —preguntó.

Asentí y noté que Paige ya había salido del aula. Él enarcó una ceja y no dijo nada cuando salimos, saludando con la mano a Hector y Keira. Fue una suerte que condujera yo, porque podía concentrarme en eso y no en el pánico que sentía por dentro.

Íbamos a ir a la biblioteca que estaba a unos veinticinco minutos en coche del instituto, y yo agarré el volante con todas mis fuerzas en cuanto salimos del aparcamiento.

Rider lo notó. Cómo no.

—¿Seguro que estás bien? —preguntó.

Asentí y me aclaré la garganta. Quería preguntarle por Paige, pero tenía un tapón en la garganta. Qué idiota era. Con él nunca había tenido ese problema, y sin embargo allí estaba: atascada otra vez. Tenía que poner mi boca en funcionamiento.

—¿Va... va todo bien entre... Paige y tú? —logré decir con esfuerzo.

Pasaron unos segundos.

—No, qué va.

—¿Quieres... hablar de ello?

—No.

—Vale —susurré.

—Ahora mismo me apetece hablar de cualquier otra cosa —añadió—. ¿De acuerdo?

Agarré con más fuerza el volante mientras miraba el semáforo en rojo. Podía dejar correr el asunto, aunque sentía más curiosidad que nunca por lo que había pasado con Paige. Y de todos modos había muchísimas cosas que quería preguntarle.

—¿Cómo...? —Eché un vistazo al semáforo en rojo y solté para mis adentros una sarta de exabruptos hasta que conseguí que se me desatara la lengua. Estaba tan nerviosa que parecía haber retrocedido dos años en el tiempo—. ¿Cómo empezaste a trabajar en... el garaje?

No contestó enseguida, porque seguramente mi pregunta le había pillado por sorpresa.

Me puse colorada y apreté aún más el volante.

—Es que… tengo curiosidad. Y se me ha ocurrido preguntártelo. Perdona.

—No, no pasa nada.

Cuando le lancé una ojeada, estaba mirando por el parabrisas.

—El garaje está más o menos a una manzana de donde vivo, así que veía con frecuencia a Drew, el dueño. Hablábamos cada vez que nos veíamos por la calle, ya sabes. A veces me pasaba por el garaje porque tenían un tipo trabajando allí que hacía unas cosas alucinantes. El caso que hace más o menos un año me arrestaron por hacer unas pintadas… No por lo del colegio, por otra cosa.

—Te… arrestan mucho —comenté mientras torcía a la derecha.

—Pues sí, eso parece. En fin, el caso es que Drew se enteró y cuando volví a verle me pidió que le enseñara lo que hacía. Se lo enseñé y le gustó. Pensó que molaba. Y lo demás es historia.

Frené delante de otro semáforo.

—Es… increíble.

—Tengo suerte —contestó con una sonrisa—. Drew me paga bastante bien.

—Porque eres muy bueno —le dije.

Apareció el hoyuelo.

—Podría, eh, enseñarte mi trabajo en el garaje si quieres. No es muy emocionante y seguramente no te apetecerá, pero…

—Me encantaría. —Mi corazón se tropezaba consigo mismo.

Su hoyuelo seguía allí.

—¿Ahorras… el dinero que ganas? —pregunté.

—No. Me lo gasto todo en alcohol y chicas.

Le lancé una mirada.

Rider se rió.

—Sí, ahorro el dinero. Tengo dieciocho años, acabo el instituto en mayo. Tengo que pensar en el futuro. Buscarme una casa. Los cheques dejarán de llegar y aunque sé que la señora Luna no me echará, no me parece bien seguir en su casa. Tendrá que traer a otro chico.

Entré en el aparcamiento de la biblioteca y busqué un hueco libre.

—¿Y la universidad?

—Bueno, no creo que entre en mi lista de futuras tareas.

—¿Por qué no? —No lo entendía—. Eres... muy listo. Seguramente para ti sería pan comido.

Se removió en el asiento.

—No sé. Eso cuesta dinero, Ratón, y no estoy ahorrando tanto.

—Pero hay becas y ayudas. —Encontré un hueco al fondo, aparqué y apagué el motor. Le miré—. ¿Por qué no pides una?

Un músculo se movió en su mandíbula.

—Sí, ya, pero... Es que no me veo yendo a la universidad. Creo que la gente se caería muerta de la impresión si fuera.

Fruncí el ceño.

—Yo no.

Me miró mientras se desabrochaba el cinturón de seguridad y esbozó una sonrisa.

—Has cambiado. Mucho. Pero en algunas cosas sigues siendo la misma.

Yo no estaba segura de si eso era bueno o malo.

Rider alargó el brazo y desabrochó mi cinturón de seguridad.

—Tratándose de mí, nunca ves lo que ven los demás —explicó.

Aquello me desconcertó.

—¿Qué quieres decir con eso?

—Que crees... No sé. Que soy lo que no soy. —Se estiró hacia atrás y agarró mi bolsa—. Me ves como una especie de caballero andante.

¿Qué demonios...?

Le vi abrir la puerta del coche y salir con mi bolsa en la mano. Me quedé paralizada un segundo, pero después saqué la llave del contacto y corrí detrás de él.

—Yo no creo que seas un caballero andante.

Me lanzó una larga mirada de reojo.

—Eres prácticamente la única que piensa que mi nombre y la palabra «universidad» pueden ir juntos en la misma frase.

Tuve que apretar el paso para no quedarme atrás.

—Eso es una tontería.

Me miró cansinamente mientras abría la puerta.

—Si tú lo dices...

—Claro que sí. —Me paré al cruzar la puerta de la biblioteca y le miré. Se había parado en seco junto a la entrada—. Podrías ir a la universidad si quisieras. Es... es perfectamente natural que vayas.

Miró al techo y apretó los labios. Pareció pasar un siglo antes de que dijera:

—Ya.

¿Nada más? ¿Eso era todo?

Entró en la biblioteca y pasado un momento le seguí. Se fue derecho al mostrador de información y tuvimos suerte, porque sólo había una sala libre. Mientras caminábamos entre las altas estanterías llenas de libros, respiré hondo. Me encantaba el olor de los libros.

De repente, afloró un recuerdo.

Estaba acurrucada de lado, con las rodillas pegadas al pecho. Las lágrimas se me habían secado en las mejillas. La noche había sido dura. Habían venido los amigos del señor Henry y yo sabía que tardarían en marcharse. La habitación estaba a oscuras, hacía frío y la manta raída era muy fina. Acurrucada, me metí las manos entre las piernas para conservar el calor.

La puerta se abrió con un chirrido y entró una figura delgada. Dejé escapar la respiración que estaba conteniendo. Rider se acercó sigilosamente a la cama. Yo me retiré hacia la pared. El colchón se zarandeó cuando se tumbó a mi lado. Un segundo después se encendió una luz suave y amarilla. La linternita no llamaría la atención.

Rider levantó las rodillas apretándolas contra las mías y respiró hondo.

—Había una vez un conejito de terciopelo que al principio era espléndido.

Tomando aire bruscamente, miré a Rider y por un instante le vi tal y como era en el pasado.

—¿Te acuerdas de cuando me leías?

Asintió y en sus labios se dibujó una sonrisa.

—Claro que me acuerdo.

No dije nada mientras entrábamos en la sala. Dentro hacía fresco y de pronto me alegré de llevar una camiseta de manga larga.

Rider encendió la luz y yo dejé mi bolsa sobre la mesa.

—Bueno, ¿por qué has preferido que viniéramos a la biblioteca? —preguntó antes de que empezara de nuevo a darle la lata con lo de la universidad.

Me acordé de la pregunta que me había hecho Ainsley la noche anterior y procuré alejarla de mi mente. Podía decirle que era por Paige, pero me pareció que no le apetecería hablar de ese tema.

—Pensé que… sería más fácil.

Respondió con una inclinación de cabeza.

Me quedé mirándole unos segundos y luego me acerqué a mi bolsa y abrí la cremallera. El ruido que hizo retumbó en el cuarto fresco de paredes blancas. Estaba vacío, salvo por una mesa redonda y cuatro sillas. En el centro de la mesa había un rotulador negro.

Rider se sentó reclinándose en la silla y apoyando el brazo en el respaldo de la de al lado. Me miró con una sonrisa provocativa. Nuestras miradas se encontraron y seguimos mirándonos un momento. Noté un aleteo dentro del pecho. Su sonrisa se hizo más amplia, y el aleteo aumentó.

—¿Por qué… me miras así? —En cuanto la pregunta salió de mis labios me dieron ganas de retirarla. Era una pregunta absurda.

Apareció el hoyuelo.

—Me gusta mirarte.

Levanté las cejas.

Él se rió.

—Eso ha sonado un poco siniestro, ¿verdad? Lo que quiero decir es que… En fin, sí, me gusta mirarte. Así que es tan siniestro como suena.

Sonriendo, sacudí la cabeza.

—No es… siniestro. Es sólo que…

—¿Qué? —preguntó al ver que no continuaba.

¿Qué podía decirle? ¿Que no entendía por qué le gustaba mirarme? ¿Que había cosas mucho más interesantes que podía mirar? Eso sonaba fatal. No es que me considerara la persona más fea del mundo. Era… pasablemente guapa, supongo. Pero no me hacía ilusiones respecto a mi físico, y estaba claro que no era Paige, ni Keira, ni Ainsley.

Negué con la cabeza, concentrándome en otra cosa.

—¿Quieres… empezar tú? —sugerí al tiempo que sacaba mi cuaderno.

Lo abrí y saqué las hojas dobladas de mi trabajo.

—Me encantaría. —Se inclinó hacia delante con una sonrisa—. Pero todavía no he escrito el mío.

Me quedé boquiabierta.

—¿Qué?

—Ya lo haré. —Hizo un ademán desdeñoso con la mano—. Adelante, empieza tú.

—Pero ¿de verdad sólo dibujas en clase? ¿No tomas apuntes ni…?

—Lo tengo todo controlado, Ratón. De verdad. —Levantó la mano y movió el dedo meñique—. Palabrita de honor.

Suspiré.

—No necesito… que me lo prometas.

Rider sonrió al echarse hacia atrás y cruzar los brazos. Yo respiré hondo y miré mi trabajo. Veía las letras un poco borrosas, como si me pasara algo en la vista. Se me había acelerado un poco el corazón. Respiré hondo otra vez y contuve la respiración.

—Puedes hacerlo —dijo él en voz baja.

Cerré los ojos un momento. Podía hacerlo.

—La Administración de los Estados Unidos de América… está dividida en tres…

Lo hice.

Bueno, me costó bastante, y estoy segura de que la primera vez tardé más de tres minutos. Unos diez, en realidad, porque me atasqué con una palabra y luego empecé a tartamudear. Mis ojos se anticipaban, leyendo antes de tiempo, y eso no ayudaba. Por sugerencia de Rider, probé a sentarme. Luego me levanté otra vez. Ensayé la exposición tantas veces que casi me la aprendí de memoria.

Rider tuvo mucha paciencia, lo que prácticamente le convertía en un santo, porque ¿a quién le apetecía escucharme balbucir y tartamudear exponiendo el mismo texto una docena de veces? Alguien podía grabarme y el diablo podía poner la grabación una y otra vez, en un bucle infinito, para torturar a la gente en el infierno.

—Odio... tener que pensar cada palabra. —Me senté, puse la hoja sobre la mesa y dejé caer los brazos sobre el regazo—. Me da vergüenza. La gente va a... reírse de mí.

—La gente es imbécil, Ratón. Ya lo sabes. —Hizo una pausa mientras recogía parte de mi pelo y me echaba suavemente los mechones sobre el hombro—. Y no tienes nada de que avergonzarte.

Le miré. Se notaba por su mirada firme y su expresión seria que hablaba en serio. Pero se equivocaba.

—Sí que tengo... de qué avergonzarme.

—No, si tú no lo permites. —Su pierna rozó la mía cuando se giró en la silla para mirarme. Nuestros ojos se encontraron—. Eso depende de ti. La gente puede decir lo que quiera. Puede pensar lo que quiera, pero tú controlas lo que sientes al respecto.

Vaya.

Eso sí que era profundo, y maduro.

—Hablas como el doctor Taft —farfullé.

Levantó las cejas.

—¿Quién es ése?

—Era...

Uy. Espera. Rider no sabía que había estado yendo al psicólogo.

Ladeó la cabeza y esperó.

—¿Quién era?

Ay, no. Debería haber cerrado el pico. En el fondo sabía que no debía avergonzarme de haber ido a terapia. Con mi pasado —con nuestro pasado—, era lo lógico, la verdad. Pero, como pasaba con la mudez, el estigma asociado con la terapia era horroroso, y a veces brutal.

¿Y Rider? Parecía haber salido de nuestra infancia relativamente indemne. ¿Verdad? No iba al psicólogo. Hablaba con normalidad. Pero ¿de veras no tenía secuelas? Pensé en todas las clases que se saltaba y su afirmación de que a nadie le importaba. Estaba convencido de ello, así que ¿no esperaba nada de sí mismo?

—¿Ratón? —Me tiró de un mechón de pelo—. ¿Quién es el doctor Taft?

Desvié la mirada fijándola en mi trabajo. ¿Qué importaba de todos modos? Sabía que Rider no iba a desheredarme como amigo. Tomé aire.

—El doctor Taft era mi… psicólogo. Estuve viéndole unos tres años. Lo dejé hace poco porque… sentía que estaba preparada.

—Ah, vale.

¿Ah, vale? ¿Cuántas chicas de diecisiete años habían reconocido ante él que iban al psicólogo para que se limitara a decir «Ah, vale»? Le lancé una mirada y vi que me estaba mirando tranquilamente.

—¿Lo dices en serio?

Se encogió de hombros.

—Es natural. Viste algunas… algunas cosas muy feas, sí. Te enfrentaste a cosas muy duras. La verdad es que me alegro de que hayas ido al psicólogo.

Le observé un momento.

—¿De veras… lo crees?

Asintió.

—¿Y tú? —pregunté y, al ver que pestañeaba confundido, añadí—: Creciste... conmigo. Tú también has visto cosas muy feas.

—Estoy bien —contestó fijando la mirada en los libros.

Me quedé mirando su perfil.

—Yo estaba allí, Rider. Recuerdo algunas cosas...

—Pero estoy bien —me interrumpió levantando la mirada—. De verdad. Te lo juro.

Apreté los labios y negué lentamente con la cabeza.

—Me dijiste que pensabas... en aquella noche.

Se puso tenso y exhaló lentamente.

—A veces —dijo en voz baja, y añadió levantando la voz—: Pero, cuando me acuerdo, pienso sobre todo en lo que te pasó a ti.

Se me encogió el estómago y por una vez me alegré de no haber comido nada desde el almuerzo.

—Rider...

—Debería haber estado allí —afirmó, y sus ojos se enturbiaron—. Debería haber encontrado la manera de entrar en la casa. Sabía que ese hijo de puta acabaría haciéndole algo a la muñeca.

Abrí la boca, pero lo cierto era que yo adoraba a Terciopelo. Aparte de que me la había regalado Rider el día que la señorita Becky le llevó al centro comercial, era la única cosa que pude considerar verdaderamente *mía* durante años. No estaba usada. No había pertenecido a nadie antes de pertenecerme a mí, y no tenía que compartirla con nadie. Era toda mía, y era preciosa.

Había sido preciosa.

A los doce años, no la llevaba conmigo a todas partes. Era demasiado mayor, pero el señor Henry y la señorita Becky sabían cuánto apego le tenía a aquella muñeca. El señor Henry se apoderó de ella y... Sí, aquello no acabó bien.

Rider se pasó la mano por el pelo y se agarró la nuca.

—Si esa noche no le hubiera contestado, no habría pasado nada. No te habrías quedado sola allí dentro. No habrías visto lo que viste. —Bajó la mano y echó la cabeza hacia atrás—. Es una de las cosas de las que más me arrepiento.

—¿De eso? —repliqué yo con voz ronca—. No fue... culpa tuya.

Lo sucedido *no* había sido culpa de Rider.

—Tiró la muñeca al maldito fuego —dijo hoscamente.

Y yo, tonta de mí, intenté salvarla a la desesperada. Tal vez, si no hubiera visto lo que ya había visto esa noche, habría reaccionado de otro modo. Pero lo de Terciopelo me hizo perder la cabeza. Me entró el pánico al ver que la única cosa que poseía, un regalo de Rider, iba a desaparecer. Pasé corriendo junto al señor Henry y me abalancé hacia la chimenea. Recuerdo vagamente la risa del señor Henry y luego aquellos horribles gritos y un olor espantoso.

Los gritos eran míos.

Rider no dijo nada. Estiró la mano y me agarró del brazo izquierdo. Noté el frescor de sus dedos en la piel cuando me subió la manga hasta el codo. Giró mi brazo como había hecho aquel primer día en el aparcamiento.

—Todavía me cuesta creer que casi no te hayan quedado cicatrices. —Pasó el pulgar por la parte interior de mi muñeca y yo contuve la respiración. Aquella caricia me corrió por la espalda—. Es sólo un poco más rosada que el resto del brazo. Increíble.

Se me secó la boca. Rider siguió moviendo el pulgar, deslizándolo sobre mi piel hasta el codo.

—Ojalá no hubiera pasado. —Tragó saliva—. No habría perdido... —Se interrumpió y, mirando por entre las pestañas, sonrió—. Pero todo salió bien. Es extraño que pueda salir algo bueno de una cagada tan enorme.

—No fue culpa tuya —insistí yo sinceramente—. No podías vigilarme veinticuatro horas al día. No era responsabilidad tuya.

Me sostuvo la mirada y pasó un momento mientras parecía sopesar lo que iba a decir.

—En fin... —dijo con un suspiro—. En realidad nada de eso importa, ¿verdad? No tienes de qué avergonzarte. Da igual cómo hables. Y si la gente es imbécil, qué más da. Eso sólo tiene la importancia que tú le des.

—¿Y si nada de eso funciona? —planteé.

Rider esbozó una sonrisa ladeada.

—Entonces empezaré a dar palizas.

Levanté las cejas.

—En serio.

Echando la cabeza hacia atrás, me reí a carcajadas y, cuando le miré, me estaba observando intensamente.

—¿Qué pasa? —pregunté mientras mi sonrisa se difuminaba.

Sacudió ligeramente la cabeza.

—Nada. —Hizo una pausa—. Es sólo que no te oía reír desde... desde hace mucho tiempo. Y me gusta.

Yo volví a sonreír.

—Me gusta muchísimo —repitió, y nuestras miradas volvieron a encontrarse.

Rider seguía agarrándome de la mano y su pulgar se movía aún en círculos lentos y acariciadores.

—Espero que lo hagas más a menudo.

18

Yo sabía que esto no estaba pasando.

En los rincones más remotos de mi mente, sabía que lo que estaba viendo y oyendo no estaba teniendo lugar en ese momento. Lo sabía y sin embargo no lograba salir de ello. Sobre todo, cuando empecé a oír las voces. Altas. Agudas. Explosivas. Detonando una bomba cargada de terror.

Tapándome los oídos con las manos, retrocedí poco a poco, pegándome a la pared. Quería cerrar los ojos pero no podía. Los tenía abiertos como platos, como si unos minúsculos alfileres sujetaran mis párpados. Había olvidado el dolor que irradiaba desde el centro de mi cara.

Con las mejillas muy rojas y los ojos inyectados en sangre, el señor Henry arrastró a Rider del brazo por el suelo de linóleo sucio y rajado. Rider era ya casi tan alto como él, pero el señor Henry le sacaba al menos cuarenta kilos. Gritaba tan fuerte que yo no entendía lo que decía, pero Rider forcejeaba y se debatía. Se tapaba la nariz con una mano. La sangre le chorreaba entre los dedos. Yo noté un calambre en la tripa.

El señor Henry abrió de un tirón la puerta de atrás. Entró una ráfaga de aire frío, arrastrando diminutos copos de nieve que cayeron sobre el suelo blanco amarillento. La puerta mosquitera, rota, se zarandeaba al viento.

—*Se acabó, estoy harto de ti, chaval. ¿Te crees que esto es una mierda? Pues cuando lleves un par de horas ahí fuera te darás cuenta de la suerte que tienes.*

En un abrir y cerrar de ojos, el señor Henry arrojó a Rider al porche cubierto de nieve. Yo grité, apartándome de la pared. Rider no podía estar fuera. Sólo llevaba unos vaqueros y una camiseta. Hacía muchísimo frío.

La puerta se cerró violentamente. Era demasiado tarde.

El señor Henry se volvió hacia mí y los nervios me atenazaron el corazón.

Se oyeron golpes en la puerta, desde fuera, y yo empecé a retroceder. Nada se interponía entre la mirada desenfocada del señor Henry y yo.

—*¡Quítate de mi vista, niña!* —*gritó*—. *¡O te vas a arrepentir!*

Dando media vuelta, salí corriendo de la cocina y entré en el salón. Me pegué a la pared, levanté el brazo y me pasé los dedos por la nariz. El dolor se hizo más agudo, pero cuando bajé la mano no tenía mucha sangre.

Por favor, despierta. Por favor, despierta. Por favor, despierta.

Con el corazón latiéndome a toda prisa, oí que el señor Henry entraba en el cuarto de estar. Un segundo después oí la tele. De verdad iba a dejar fuera a Rider. Dios mío, se moriría allí fuera, con el frío y la nieve. Tenía que hacer algo.

Esperé unos minutos, di media vuelta y doblé sigilosamente la esquina. Subí por la escalera sin hacer ruido, con cuidado de que no me oyeran, y avancé por el pasillo.

No entres en la habitación. No entres en esa habitación.

Empujé la puerta. La luz suave y amarillenta parpadeaba. La señorita Becky estaba en la cama. Llamándola, me acerqué a la cama y la toqué. Su piel me pareció muy extraña, y entonces lo supe. Supe en el fondo de mi ser que allí pasaba algo muy malo. Un grito me borboteó en la garganta.

No hagas ruido.

Gritos. Se oían gritos, y yo no podía estarme callada porque los gritos eran míos. Salí marcha atrás de la habitación. El señor Henry gritó desde abajo y yo bajé corriendo las escaleras. Tenía que buscar a Rider, teníamos que salir de allí. El corazón me latía muy fuerte. Sabía lo que iba a suceder y no quería verlo, pero ya lo había visto.

Por favor, despierta. Por favor, despierta. Por favor, despierta.

Llegué a la puerta de la cocina y de pronto el señor Henry estaba allí, gritando y escupiendo. No conseguí hablar. Me agarró del brazo y me llevó a rastras hacia el cuarto de estar. Las llamas chisporroteaban en la chimenea cuando se detuvo delante de su butaca. Agarrándome aún del brazo, se inclinó para recoger algo.

Es sólo un sueño. Sólo un sueño. Despierta.

Se incorporó con Terciopelo en la mano. Yo sabía que la muñeca estaba allí. El señor Henry se la había llevado de mi cuarto tres meses antes porque no cerré bien la botella de leche, como él quería. Yo sabía dónde estaba perfectamente la muñeca de trapo, pero también sabía que no debía tocarla.

Me la puso delante de la cara y me soltó. Yo me tambaleé, y el borde de la mesa baja se me clavó en las corvas.

Despierta. Despierta.

El señor Henry soltó una maldición.

—*Estoy hasta los cojones de esta mierda. De tener que ocuparme de un listillo y una retrasada.*

Apretando la muñeca con el puño, se lanzó hacia la chimenea.

Abrí los ojos como platos y…

—¡Mallory!

Me desperté incorporándome bruscamente en la cama al tiempo que tomaba aire. No estaba sola. Alguien me agarraba por los brazos. Grité otra vez con voz ronca y me desasí de un tirón.

—No pasa nada —dijo de nuevo aquella voz, y tardé en darme cuenta de que era la de Carl—. No pasa nada, Mallory. Estabas teniendo una pesadilla… otra vez.

—Oscuro —logré decir apoyándome contra el cabecero de la cama—. Está…

Se encendió la lámpara de la mesilla de noche, inundando de una luz suave la habitación, y allí estaba Carl, sentado en el borde de la cama. Tenía el pelo revuelto, los ojos soñolientos y la camiseta blanca arrugada. Me puso la mano en la frente.

Me dolía el pecho.

—No pasa nada, Mallory. —Carl me pasó la mano por el pelo húmedo—. Era sólo una pesadilla. No pasa nada. Ya estás a salvo.

A salvo.

Cerré los ojos con fuerza. Yo estaba a salvo, pero en el pasado… en el pasado no lo estaba. Nunca lo estaría, y eso me atormentaría toda la vida.

Carl se levantó y regresó un momento después con una botella de agua bien fría. Me la dio.

—Quiero que bebas despacio.

Quité el tapón con dedos temblorosos y me acerqué la botella a los labios. Bebí un traguito y luego otro para refrescarme la garganta reseca.

Carl esperó hasta que bajé la botella.

—Estamos preocupados, Mallory —confesó.

Contuve la respiración. Carl nunca se andaba con rodeos.

—Hacía casi dos años que no tenías pesadillas, y desde que empezaste el instituto las tienes con cierta frecuencia —dijo mirándome intensamente—. Estamos preocupados.

—¿Por qué?

Ladeó la cabeza.

—Por ti y por el instituto, porque hayas vuelto a ver a Rider, y porque quizá todo esto esté siendo demasiado para ti, Mallory. Tú...

—No está siendo demasiado —le interrumpí—. Es sólo que...

—Has vuelto a tener pesadillas —insistió como si yo no lo supiera—. Estamos muy preocupados. No queremos que te agobies.

Que no me agobiara. Como si fuera una criatura frágil que fuera a romperse a la mínima presión. En mi pecho se encendió una chispa de ira, y se me hizo raro sentir aquello de la boca de Carl.

—Estoy bien —dije con esfuerzo—. No estoy agobiada. Sólo ha sido... una pesadilla. No es para tanto. Y no tiene nada que ver con el instituto ni con Rider.

—En lo de Rider no estoy de acuerdo. —Levantó la mano cuando abrí la boca—. Es lógico que haber vuelto a verle esté haciendo... —Respiró hondo—. Esté haciendo aflorar sentimientos del pasado, muchos de ellos aterradores.

Lo que decía era lógico, en efecto, pero aun así negué con la cabeza.

—Estoy bien.

Se quedó mirándome un momento y luego asintió con un suspiro.

—De acuerdo. —Empezó a levantarse—. No olvides que si necesitas hablar puedes acudir a nosotros.

¿Hablar de qué? No tenía ni idea pero le dije que sí. Me observó unos segundos más. Luego salió de la habitación y cerró la puerta sin hacer ruido. Le había dicho que no estaba agobiada, que estaba bien, pero sabía que no me creía.

Y no estaba segura de haberle dicho la verdad.

Rider no apareció el viernes.

Paige tampoco fue a clase, y aunque supuse que estarían juntos empezaron a formárseme nudos de nerviosismo en el vientre. Rider no había faltado a clase, excepto el primer día del curso.

Cuando acabó la clase, recogí mis cosas y miré la espalda de Hector. Preguntarle por Rider sería lo más sencillo y práctico. Él lo sabría, evidentemente. El borde de la tira del bolso se me clavó en la palma de la mano cuando me obligué a decir:

—Hector…

Se volvió hacia mí y sonrió.

—Hola.

Rodeé mi mesa.

—¿Rider está… bien? Como no ha venido a clase… —dije enunciando lo evidente—. Imagino que… que está con Paige, pero quería… asegurarme de que está bien.

Su sonrisa se borró un poco cuando echó un vistazo a la silla vacía.

—No está con Paige. Hoy no. —Sus ojos verdes claros se posaron en mí—. Por lo menos, eso creo.

—Ah. —Me mordí la parte interior del labio.

Hector miró hacia atrás y suspiró.

—Anoche tuvieron una buena bronca, así que no me extraña que ella tampoco haya venido, pero…

Vi por encima de su hombro que el señor Santos se volvía hacia nosotros.

—Pero ¿qué?

—Pero Rider estaba hecho unos zorros anoche. —Hector se colgó la mochila del hombro—. Imposible levantarse esta mañana.

—¿Hecho unos zorros? —repetí tontamente, y entonces lo entendí. Hecho unos zorros. Porque se había emborrachado.

—Tengo que irme. Hoy trabajo —dijo Hector—. ¿Nos vemos luego, *bebé**?

Aturdida, asentí y estuve un rato sin moverme mientras se marchaba. Rider se había peleado con Paige la noche anterior y luego se había emborrachado. Con el estómago revuelto, me encaminé a la parte delantera de la clase.

—Mallory, ¿podemos hablar un segundo? —preguntó el señor Santos. Me detuve junto a la puerta cuando se acercó a mí—. ¿Qué te parece el miércoles para hacer tu exposición?

Con la mente a un millón de kilómetros de allí, asentí.

—Estupendo. —Me dio una palmadita en el brazo—. Estoy deseando oírla.

Salí del aula y me pasé por mi taquilla para recoger los libros que iba a necesitar ese fin de semana. Estaba distraída cuando me dirigí a mi coche. El ardor que notaba en el estómago se parecía mucho a un sentimiento de culpa.

El viernes por la noche pasé muchísimo rato mirando fijamente mi móvil, con los dedos suspendidos sobre la pantalla. Había estado chateando con Ainsley y ella me había dicho que le mandara un mensaje a Rider y me había hecho prometerle que nos veríamos al día siguiente.

Mandarle un mensaje a Rider.

Como si fuera tan sencillo.

Pero lo era. Era sencillo. ¿A quién pretendía engañar?

También era un gran paso, sin embargo, porque nunca había tomado la iniciativa de escribirle, ni a él ni a ningún otro chico. Y le estaba dando demasiadas vueltas, como de costumbre, porque Rider era mi amigo y era normal escribirle para preguntarle qué tal.

La frustración se me extendió por la piel, haciéndome sentir acalorada e incómoda. Miré el teléfono con los ojos entornados y toqué el nombre de Rider para abrir los mensajes.

¿Estás bien?

Me detuve un momento y luego lo borré y escribí:

¿Va todo bien?

Sonaba menos dramático, así que le di a Enviar y dejé el teléfono a los pies de la cama.

Eran casi las diez cuando contestó.

Sí. Nos vemos el lunes.

Sentí una inmensa oleada de alivio, pero estaba muy distraída pensando en mil cosas y me costó quedarme dormida. Por lo menos no tuve otra pesadilla, porque lo último que me hacía falta era que Carl y Rosa se asustaran y me sacaran del instituto.

Y, si creían que era lo correcto, lo harían.

Durante el fin de semana aparecieron en el instituto pancartas anunciando el baile anual de antiguos alumnos. Las había por todas partes, y también carteles en las paredes y en las taquillas. Mientras iba a mi segunda clase de la mañana, eché un vistazo a las fechas. La fiesta se celebraría el último fin de semana de octubre, dos semanas después.

Me costaba creer que ya llevara casi dos meses en el instituto. El tiempo pasaba deprisa incluso cuando parecía avanzar muy despacio.

Rider regresó al instituto el lunes, igual que Paige. Me estaba esperando cuando salí de clase y fuimos juntos a expresión oral. No le pregunté por lo que había pasado entre Paige y él, ni sobre lo que me había contado Hector. Él tampoco sacó el tema. Me fijé en que Paige llegó a clase unos segundos antes de que sonara el último timbre. Miró un momento a Rider, pero él no le prestó atención. Yo no entendía qué estaba pasando.

Durante la clase, sin embargo, empecé a pensar en otra cosa mucho más importante. Aquél fue el día de la primera exposición, y fue entonces cuando comencé a ser consciente de que aquello iba a pasar de verdad. Todos tendríamos que exponer, y a mí me tocaría hacerlo el miércoles a la hora de la comida.

El pánico creció dentro de mí como una mala hierba, infiltrándose en mis venas. Todo el mundo iba a enterarse de que yo no… de que no podía exponer como los demás. Mientras escuchaba a los demás alumnos levantarse y hacer sus exposiciones, me concentré en lo que podía controlar y me acordé de lo que me había dicho Rider en la biblioteca.

Que la gente podía ser muy imbécil, pero que eso no tenía nada que ver conmigo.

Lo único que podía hacer era exponer de verdad delante del señor Santos, así que me puse a ensayar mi exposición a cada oportunidad que tenía, yo sola o con ayuda de Rosa y Carl. Me di cuenta de que Rider todavía no había redactado su exposición. No obstante no parecía preocupado, y cada vez que yo le hablaba de ello cambiaba de tema y decía:

—En cuanto expongas, te llevo al garaje.

Yo le miraba irónicamente, pero tenía curiosidad por ver el garaje. Quería ver parte de su obra. Y, aunque estuviese mal, quería verle a él. Pero yo no era una cobaya que necesitara una recompensa.

A menos que la recompensa fueran unas buenas quesadillas. Entonces sí que lo era.

El martes, el tema de conversación durante la comida fue el baile de antiguos alumnos. Al parecer, la mitad del instituto tenía interés en asistir. A la otra mitad le traía sin cuidado. La mesa a la que me senté pertenecía al primer grupo. Para ser sincera, yo ni siquiera había pensado en aquella fiesta hasta que vi las pancartas y las otras cosas. Ni siquiera se me había pasado por la cabeza. Y no por que fuera demasiado guay para eso o por que no me gustaran los bailes de instituto. Sencillamente, nunca había tenido ocasión de planteármelo, y ahora que la tenía pensaba en parte que sería divertido. Sería una *experiencia*.

Pero no tenía vestido.

Ni acompañante.

—¿Cuándo tienes que exponer? —me preguntó Keira a la hora de la comida. A ella le tocaba el miércoles, durante la clase, como a una persona normal.

Era la primera vez que me lo preguntaban. No quería responder, pero les parecería muy raro si no lo hacía, y ya era bastante rara.

—Mañana —contesté con la mirada fija en mi plato—. Mañana… a la hora de la comida.

Keira no reaccionó enseguida, y me atreví a lanzarle una mirada. Tenía las cejas fruncidas.

—Entonces, ¿sólo vas a exponer delante del señor Santos?

Asentí con la cabeza, confiando en que no pensara lo mismo que Paige.

—Qué guay —exclamó, y cogió su servilleta al tiempo que Jo y Anna se sentaban delante de nosotras—. Yo me pongo supernerviosa cuando tengo que hablar en público.

—¿En serio? —Levanté las cejas.

—Sí.

—Dios mío, espero que no vomites —dijo Jo apoyando la mano en la barbilla—. ¿Has visto *Dando la nota*?

Asentí con la cabeza.

—Hace dos años hizo lo mismo que Aubrey en la película cuando tuvo que exponer su primer trabajo en clase de ciencias —prosiguió Jo.

Keira frunció el entrecejo.

—Yo llegué al aseo.

—Aun así fue asqueroso —repuso Jo mientras pinchaba sus fideos chinos repletos de salsa.

Yo no lo entendía.

—Pero si tú… eres animadora.

Keira echó un vistazo en torno a la mesa y luego fijó los ojos en mí.

—¿Y?

Empecé a ponerme colorada.

—Que… que te pones continuamente delante de la gente y… actúas.

—Sí, pero con un grupo de gente que hace lo mismo que yo —repuso mientras se echaba los rizos sobre el hombro—. Es más fácil cuando no estás sola y desde luego no es lo mismo que ponerte de pie delante de toda la clase y pasarte un rato hablando sobre algo que casi no entiendes.

—Eso es verdad —murmuró Anna, que se estaba mirando la escayola.

Me quedé mirando a Keira con incredulidad. Estaba nerviosa. No había tocado la comida, igual que yo, pero hablaba constantemente y no tartamudeaba. Pero aun así estaba nerviosa.

—¿De-de verdad vomitaste? —dije.

Jo soltó una carcajada contagiosa que hizo que toda la gente a nuestro alrededor nos mirara.

—Vomitó a lo bestia.

—No fue para *tanto* —insistió Keira mirándola con enfado—. El caso es —añadió mirándome a mí—, que yo también me pongo nerviosa, así que vamos a hacer un pacto.

—¿Un pacto? —susurré.

De pronto me sentí muy afortunada por contar con Keira y con sus amigas. Con mis amigas. Me había equivocado tanto respecto a ellas... Ya me había dado cuenta de ello durante esas últimas semanas, pero debía avergonzarme por lo fácilmente que había caído en el estereotipo de la animadora.

Ella asintió.

—Si yo empiezo a poner cara de que voy a vomitar, tú me sujetas la papelera. Y si tú vomitas mientras expones delante del señor Santos, me lo cuentas y prometo no reírme.

Abrí los labios.

—¿Trato hecho? —preguntó.

Me reí sin querer, pero no pude evitarlo. Era seguramente el trato más absurdo que había hecho nunca.

—Trato hecho.

El miércoles, el día de mi exposición, me levanté con un nudo en el estómago, ardor de garganta y dolor de cabeza.

Rosa me estaba esperando en la cocina con un cuenco de cereales que ni siquiera pude tocar. No dijo nada cuando saqué una botella de leche de la nevera. No insistió al ver que no tocaba los cereales. Se limitó a abrazarme con fuerza antes de que me fuera a clase y a decir:

—Vas a hacerlo estupendamente, Mallory.

Llevé aquellas palabras en el corazón todo el día.

Agarrada a mi cuaderno, recorrí el pasillo camino de la clase de expresión oral sin hacer caso de los latidos desbocados de mi corazón. Doblé la esquina y me paré en seco.

Rider se apartó de la pared al verme y esbozó una media sonrisa, metiéndose las manos en los bolsillos de los vaqueros.

—Hola, Ratón.

—¿Qué... qué haces aquí? —pregunté—. Tienes clase.

Su sonrisa se ensanchó y apareció el hoyuelo.

—¿Y eso importa?

Me paré delante de él levantando una ceja.

Ladeó la cabeza.

—Tenía que venir. Tenía que decirte que vas a hacerlo de maravilla.

Se me hinchó el corazón dentro del pecho tan bruscamente que pensé que iba a salir flotando hacia el techo. Rider tenía que estar allí, por mí. Y no porque quisiera protegerme, sino porque era mi amigo y le importaba. Me dieron ganas de abrazarle.

Fijé la mirada en sus labios carnosos.

¿Cómo sería...? Corté de raíz esos pensamientos. Necesitaba concentrarme. Sus palabras me hicieron reaccionar. Tenía razón. Iba a hacerlo de maravilla.

Le sonreí y luego me volví para abrir la puerta. El señor Santos estaba sentado a su mesa, con una bolsa de papel abierta. Olía fuertemente a sopa de tomate. Sacudiéndose las manos, se levantó cuando cerré la puerta del aula.

—Disculpa, estaba comiendo algo. —Sonrió al echar su silla hacia atrás—. Seguro que tú también tienes hambre, así que puedes empezar cuando quieras.

Dejé la bolsa sobre una silla vacía y me acerqué a la tarima con mi cuaderno. Me ardía el estómago. No iba a poder comer.

El señor Santos se sentó en una silla y cruzó las manos sobre el pupitre.

—Tómate todo el tiempo que quieras.

¿Toda la vida, por ejemplo?

Con manos temblorosas, abrí el cuaderno por donde había metido la hoja impresa de la exposición. El papel estaba tieso e inmaculado, pero yo vi las letras borrosas. Me temblaban las rodillas, y sólo tenía delante a una persona, no a toda la clase. Debería haber sido toda la clase, pero no lo era.

Vas a hacerlo de maravilla.

Tensé los hombros y respiré hondo. No era tan difícil. Podía hacerlo. Tenía que hacerlo. La hoja crujía suavemente, como huesos secos.

Puedo hacerlo. Puedo hacerlo.

Volví a ver las letras borrosas, como si se me nublara la visión. El corazón empezó a latirme tan fuerte que noté que se me aflojaban las rodillas. Me temblaban las manos.

Puedo hacerlo. Puedo hacerlo.

—La Administración de los Estados Unidos de América… está dividida en tres ramas. La primera es…

Me detuve al darme cuenta de que me había precipitado y me había saltado un renglón. Asustada, levanté los ojos y vi que el señor Santos estaba esperando.

Asintió con la cabeza con expresión paciente.

Comencé de nuevo.

—La Ad-administración de los Estados Unidos de América está dividida en tres ramas: la legislativa, la ejecutiva y la judicial —dije con esfuerzo, y me obligué a continuar—. El poder le-legislativo se ocupa…

Lo estaba haciendo fatal.

Dios mío, qué mal lo estaba haciendo.

Seguro que había oradores profesionales que se estaban revolviendo en sus tumbas. Pero aun así lo hice. Acabé la exposición segundos antes de que el señor Santos marcara el final de los tres minutos. Acabé la exposición, la primera en toda mi vida.

Lo había hecho.

Y no había vomitado.

Keira se alegraría al saberlo.

El señor Santos sonrió al levantarse.

—Lo has hecho bien, Mallory. Te has atascado un poco al principio, pero has empezado otra vez y luego has seguido sin interrupciones. El trabajo parece muy bien documentado.

Con las manos temblorosas todavía, le entregué el trabajo.

—Gra-gracias.

—Te daré la nota al mismo tiempo que a los demás —me explicó, y asentí—. Enhorabuena. Has hecho tu primera exposición.

Me acerqué a mi bolsa y metí el cuaderno dentro. Mi primera exposición. Lo había logrado. Sólo había sido delante del señor Santos, sí, pero aun así lo había logrado.

Rider seguía esperando fuera del aula. Estaba mirando su móvil, pero se lo guardó en el bolsillo y se giró hacia mí.

—¿Qué tal?

Esbocé una sonrisa.

—Lo he hecho.

Su sonrisa iluminó todo el pasillo.

—Lo sabía.

—Sí.

Nuestras miradas se encontraron. Rider tenía una expresión tierna. Sentí de nuevo que se me hinchaba el corazón, y esta vez dejé que me subiera flotando hasta el techo.

Acababa de hacer algo de lo que nunca me había sentido capaz.

19

—¿Quieres que comamos algo rápido? —sugirió Rider mientras íbamos por el pasillo al salir de clase de expresión oral—. Tienes tiempo.

Yo seguía teniendo el estómago hecho un nudo pero, como ya había hecho la exposición, podía comerme una porción de pizza. Dije que sí.

—Genial.

Nos dirigimos a la cafetería y, cuanto más nos acercábamos, más me daba cuenta de que el murmullo de las conversaciones y las risas no me sonaba tan hostil como la primera semana de curso. Esa mañana había algo de acogedor en el ruido y el olor a comida inidentificable. Mis pasos parecían más ligeros. Estaba…

—Señor Stark —dijo una voz grave—, ¿por qué será que no me sorprende verle en el pasillo cuando estoy seguro casi al cien por cien de que en estos momentos tendría que estar en clase?

Me detuve y me di la vuelta. Rider hizo lo mismo. El director Washington estaba junto a una puerta abierta, con los brazos cruzados. La luz se reflejaba en su cabeza lisa y calva.

Oh, oh.

—¿No está seguro al cien por cien? —replicó Rider para mi sorpresa—. ¿No cree que debería estarlo siempre al cien por cien?

El director sonrió.

—Muy listo, señor Stark. Es una pena que no aplique ese ingenio suyo a los estudios, pero eso sería esperar demasiado, ¿verdad?

En la mandíbula de Rider vibró un músculo.

—Supongo que sí.

La sonrisa forzada del director se esfumó.

—Vaya a clase, señor Stark.

Pensé por un momento que Rider no iba a obedecer. Miró al director con una sonrisa desafiante en los labios. Luego, pasado un segundo, retrocedió y se hizo a un lado.

—Luego nos vemos, Ratón.

—Espero que no en el pasillo cuando se supone que tiene que estar en clase —añadió el director.

Rider se rió en voz baja mientras giraba sobre sus talones.

—No sé, hombre. Quizás eso sea esperar demasiado.

El ancho pecho del director se hinchó con un profundo suspiro de resignación y luego me miró entornando los ojos.

—No le conviene relacionarse en exceso con chicos como ése —me advirtió, y su descaro me hizo dar un respingo. Seguramente ni siquiera sabía quién era yo, aunque Carl y Rosa hubieran hablado con él—. Va por muy mal camino, y no querrá usted acompañarlo. Más le vale ir a donde tenga que ir.

Antes de que pudiera responder, el director Washington se marchó camino de las oficinas. El hormigueo de felicidad que sentía por haber hecho mi exposición se disolvió mientras repasaba de memoria sus palabras y el tono en que las había dicho. Su forma de tratar a Rider.

Sin ninguna expectativa.

Sin ningún respeto.

Keira hizo su exposición en clase sin arrojar ningún fluido corporal, y yo recuperé mis buenas sensaciones de esa mañana. Nuestro encontronazo con el director a la hora de la comida parecía muy lejano. Incluso me alegré por Paige cuando se puso delante de la clase y expuso sin tropiezos su trabajo sobre los primeros cinco presidentes de Estados Unidos.

Volvía a ser la de siempre. Más o menos. Ya no llevaba los pantalones de chándal holgados y la coleta despeinada. Vestía unos vaqueros azules muy ajustados y una sudadera, y tenía el pelo tan liso y recto como siempre. Llevaba un par de días ignorándome, así que no me sorprendió que no me mirara al sentarse.

Últimamente no había tenido mucho espacio mental para pensar en Paige y Rider, pero noté que ya no se tocaban ni se besaban. Hablaban, sí. Y se sonreían. Bueno, Paige le sonreía a él y yo no veía la respuesta de Rider, pero nada más.

Cuando sonó el timbre, oí que Paige le pedía que la llamara. Luego se marchó de clase mientras Keira se acercaba a mi mesa.

—¿Qué tal te ha ido a la hora de la comida? —preguntó—. ¿No has vomitado?

—Bien… creo. Nada de vómitos. —Hice una pausa y mi mano derecha apretó con fuerza mi muslo—. Lo has hecho fenomenal.

—¡Ya lo sé! —exclamó—. ¡Uf, cuánto me alegro de que ya haya pasado!

Rider se levantó y se acercó a mi mesa, cogió mi cuaderno y mi trabajo y levantó una ceja.

—Una exposición menos. Sólo quedan un millón.

Bueno, visto así era un asco.

Keira se rió.

—¡Sí, pero no hemos vomitado! —Dio unas palmadas—. ¡Hurra por nosotras!

En mi cara se dibujó una sonrisa.

—Hubo un par de segundos en los que pensé que iba a vomitar —dije mirando a Rider cuando se inclinó para recoger mi bolso—. Pero me contuve.

—Todos te lo agradecemos —repuso él en broma, y empezó a guardar mi cuaderno en el bolso.

—Apuesto a que sí —contesté—. Bueno, ¿qué tal tu exposición? Seguro que va a ser estupenda.

—Algo así —respondió.

Me puse de pie y cogí mi bolso. Nuestros dedos se rozaron y aquel contacto fugaz me produjo una extraña sacudida y aparté la mano. Levanté la vista y nuestros ojos se encontraron. Me puse colorada y él desvió la mirada y se concentró en encontrar el lugar perfecto para guardar mi cuaderno en el bolso, una tarea al parecer monumental. A mí se me aceleró el pulso y mi corazón dio un brinco.

—Bueno, sí… —murmuró Keira mirando a Rider. Sonrió y empezó a retroceder—. Mañana nos vemos, chicos.

Rider asintió con la cabeza escuetamente mientras cerraba la cremallera de mi bolso.

Yo me despedí de Keira moviendo los dedos.

—¿Lista? —preguntó Rider.

Asentí otra vez y le seguí hacia la puerta, pero antes de que pudiéramos salir apareció el señor Santos.

—Rider —dijo quitándose las gafas—, ¿tienes un momento?

Me miró y luego miró al profesor.

—Sí.

El señor Santos me sonrió, le puso la mano en el hombro y le condujo al centro de la pizarra. Aunque yo estaba junto a la puerta y había mucho ruido en el pasillo, pude oír lo que decían.

—¿Tienes lista tu exposición? —preguntó el señor Santos.

—Claro —contestó Rider.

El profesor puso cara de duda.

—¿Seguro?

Rider esbozó una sonrisa oblicua pero no dijo nada.

—Te he dado mucha manga ancha en clase. Sé que te aburres y que prefieres trabajar con las manos, crear algo, pero necesito que te tomes esta asignatura en serio.

Rider no respondió y yo me removí en mi sitio, incómoda.

—Tú sabes que estoy aquí si necesitas hablar —añadió el señor Santos, y a Rider se le borró la sonrisa irónica de la cara. Se puso tenso—. No desperdicies tu talento, ¿vale?

Rider tampoco respondió esta vez. Después, se despidieron. Yo tenía la mirada pegada a él. Un músculo se movía en su mandíbula cuando se acercó a mí. ¿Por qué tendría que hablar con Santos? ¿Qué sabía el señor Santos de él que yo ignoraba?

Adiviné la respuesta sin necesidad de preguntar.

Todo tipo de cosas.

Salimos al pasillo lleno de gente.

—¿Va… va todo bien?

—Sí. Sí. —Me miró con la cara un poco relajada—. Mírate.

—¿Qué?

Bajó el brazo y me agarró de la mano. Sentí que una sacudida eléctrica me subía por el brazo. Echó a andar sin soltarme.

—Has tenido una enorme sonrisa en la cara toda la clase. Quiero ver esa sonrisa otra vez.

—Es que… estoy muy contenta por haberlo hecho, aunque lo haya hecho fatal.

—Seguro que no lo has hecho fatal.

Yo no estaba de acuerdo, y seguramente el señor Santos tampoco, aunque había sido muy paciente y amable. Miré nuestras manos unidas. Aquello era… nuevo, y en el fondo, en lo más hondo de mi corazón, me gustó aquella sensación, sentir el peso de su mano. Sabía, sin embargo, que estaba mal. Algunos amigos podían darse la mano, pero yo sabía que la gente no lo entendería así.

Esquivando su mirada, me solté de su mano y crucé los brazos.

—¿Tienes que pasarte por tu taquilla? —preguntó después de unos segundos.

Pensándolo bien, negué con la cabeza. Salimos al cielo nublado de la tarde.

Sólo cuando nos paramos junto a mi coche me permití mirarle.

Tenía una expresión ilegible cuando se apoyó contra la puerta del copiloto.

—Hay una cosa que quería preguntarte. Quiero enseñarte Razorback, el garaje. —Levantó una mano y se apartó el pelo de la frente—. He pensado que a lo mejor te apetecía ver lo que hago. ¿Qué haces el sábado?

Mi corazón comenzó a latir como si me persiguiera un asesino en serie.

—Eh… —Hice una pausa de un segundo para no gritar «¡Nada!» a pleno pulmón. Además, no era cierto. Ainsley quería que quedáramos el sábado y, aunque no quisiera, estaba el asunto de Paige.

Rider enarcó una ceja.

Noté que me ardían las mejillas. ¿Quién sabía lo que estaba pensando mientras yo estaba allí parada, mirándole?

—He quedado con Ainsley para comer y luego… vamos a salir a dar una vuelta.

Se quedó callado un momento. Luego se metió las manos en los bolsillos.

—Genial.

Levantó los ojos y miró por encima de mí. Yo me giré ligeramente y vi el coche de Hector avanzar por el pasillo central.

—Me gustaría conocerla.

Espera.

¿Qué?

Rider se mordió el labio.

—Así que, ya sabes, me estoy invitando a vuestra cita.

¿De verdad quería conocer a mi mejor amiga?

Ladeó la cabeza.

—Aunque si no te apetece la idea, esto va a ser un poco violento.

Parpadeé, dándome cuenta de que tenía que decir algo. Lo que fuese. El coche de Hector se detuvo a unos metros del mío. ¿Debía decirle que sí? Rebusqué en mi cabeza alguna norma con la que no estuviera familiarizada. En realidad, no sería la primera vez que nos viéramos fuera del instituto. Habíamos comido juntos y habíamos ido a la biblioteca. Rider había estado en mi casa, pero eso no contaba. Y los amigos salían juntos por ahí.

Pero yo no veía a Rider, ni pensaba en él, como en un simple amigo. Él no lo sabía, claro. Pero yo sí.

Estaba tan confusa…

—¿No habrá… problema en que salgamos por ahí? —pregunté.

Bajó las cejas.

—Claro que no.

Sin saber si entendía lo que le estaba preguntando, respiré hondo. Quería que conociera a Ainsley. Mi amiga era superimportante para mí. Tomé una decisión.

—Me… me encantaría.

Su reacción fue inmediata. Sonrió y apareció el hoyuelo. Yo me quedé sin respiración. Acababa de invitar a Rider a conocer a Ainsley. Quería que se conocieran. Me apetecía muchísimo, aunque no supiera cómo reaccionar.

Aun así, sentí un hormigueo de emoción. Salir con Ainsley y Rider era normal. Algo que hacían millones de personas todos los días porque llevaban una vida normal, pero para mí era una novedad: una novedad absoluta. Yo, mi mejor amiga y el chico que… el chico que había sido mi mejor amigo y por el que ahora, a pesar de todo, sentía algo mucho más hondo, intenso y complicado, íbamos a salir juntos.

Era un gran paso.

—Perfecto —dijo apartándose del coche—. Me alegro de que al final no haya sido violento para ninguno de los dos.

—¡Eh! —gritó Hector sacando un brazo por la ventanilla—. ¿Vienes o qué? Tengo que irme.

—Sí, ya voy. —Rider me dio mi bolso y bajó la cabeza hacia mí.

Me quedé quieta, sin respiración. Sus labios rozaron la curva de mi mejilla, y un suave estremecimiento recorrió mi espalda.

—Luego te escribo y hablamos de lo del sábado.

Creo que le dije que de acuerdo. No estoy del todo segura. Puede que me quedara allí parada, mirándole. Pero esbozó aquella sonrisa que siempre me llegaba a lo más hondo del pecho y me envolvía el corazón. Le vi subir al coche de Hector, saludé a Hector cuando arrancaron y monté en mi Honda.

Pero no encendí el motor.

¿Qué pensaba? ¿Qué sentía?

Eso daba igual.

Mientras contemplaba el aparcamiento que iba vaciándose rápidamente, me di cuenta de algo extremadamente importante, casi perturbador por su simplicidad. Aturdida de emoción por lo del sábado, me había olvidado por completo del señor Henry y la señorita Becky, de que Carl y Rosa habían llamado al instituto, de mi exposición y de mi incapacidad para hablar. Me había olvidado de todo.

Porque nada de eso importaba.

Lo que importaba era otra cosa.

Vivir la vida.

Era la típica noche merecedora de un helado, o eso me dijo Rosa cuando entró en mi cuarto esa noche llevando dos cuencos de helado.

De chocolate.

Con un montón de sirope de chocolate.

Para celebrar mi exposición.

Carl tenía que quedarse trabajando hasta tarde, así que estábamos solas. Se me hacía raro verla en chándal y con camiseta de algodón, porque casi siempre la veía con su uniforme del hospital.

Se sentó a mi lado y me dio el cuenco.

—Espero que todavía tengas sitio en el estómago para el postre.

Sonreí.

—Para el postre siempre tengo sitio.

Rosa se rió.

—¿Seguro que no soy tu madre biológica?

Me reí mientras cogía una cucharada del helado fresco, suave y cubierto de sirope. Rosa echó un vistazo a la habitación y posó la mirada en la cómoda.

—¿Es tu última talla?

Asentí.

—Es un… búho.

Se levantó sosteniendo el cuenco con una mano. Cogió la talla y me miró por encima del hombro con un brillo en los ojos.

—Es precioso, Mallory.

—Gracias.

—Todas tus tallas lo son, pero el detalle de ésta… —Volvió a dejarla cuidadosamente sobre la cómoda—. Es increíble. —Regresó a la cama y se sentó—. De verdad me encantaría que probaras a tallar en madera. Carl todavía tiene las herramientas en el garaje.

A mí no me gustaban mucho las herramientas eléctricas.

Tomó una cucharada de helado.

—Carl quiere que salgamos a cenar el sábado por la noche, para celebrarlo oficialmente.

De pronto se me agrió el helado en el estómago.

—Tengo planes con… Ainsley para el sábado.

Ainsley se había puesto como loca de contento porque por fin iba a conocer a Rider. Mi teléfono había empezado a echar humo cuando le di la buena noticia después de clase, y seguramente todavía estaba mandando emoticones de alegría.

—Ah. Bueno, no pasa nada. —Rosa comió otra cucharada—. ¿Vamos el domingo, entonces?

Asentí, pero seguía notando un nudo en el estómago.

—Esto… Rider… —Se me secó la boca cuando Rosa levantó la barbilla—. Rider quiere conocer a Ainsley el sábado.

Su cuchara resonó al chocar con el cuenco.

—¿Sí?

Asentí.

—Y yo… quiero que se conozcan.

La piel de alrededor de su boca se tensó. Como no decía nada, empecé a preocuparme.

—¿Te parece bien?

Se encogió de hombros.

—Sí. Eso creo.

¿Eso creía?

—Entonces, ¿qué vais a hacer el sábado? —preguntó.

—Ainsley y yo hemos quedado para comer y… y también vendrá Rider. Luego tenía pensado ir a ver una peli con Ainsley por la tarde.

—Parece que va a ser un día largo y ajetreado. —Rebañó el cuenco con la cuchara—. ¿No tienes deberes este fin de semana?

Negué con la cabeza dejando el cuenco sobre la mesilla de noche. Mi estómago había adoptado la forma de un bretzel.

—A Carl no va a gustarle mucho que pases tu tiempo libre con Rider —declaró, y yo dejé de respirar—. Con Marquette era igual —añadió con una sonrisa triste—. Me parece buena idea que tus amigos se conozcan, porque los dos son importantes para ti. Pero también es importante que nosotros le conozcamos.

Oh, no.

—Así que creo que deberías presentárnoslo antes del sábado. Así seguramente Carl se quedará más tranquilo y, bueno, yo también. —Me miró a los ojos—. Así que ése es el trato que vamos a hacer. Si quieres ver a Ainsley y a Rider este fin de semana, tiene que venir a cenar el viernes. Procuraremos estar en casa los dos.

Ay, Dios.

Ay, Dios mío.

—¿De acuerdo? —insistió.

Asentí y dije:

—De acuerdo.

Porque, ¿qué podía decir? No sabía si a Rider le parecería bien, y ahora que lo pensaba no debería haberle contado mis planes del sábado.

Se oyó un pitido procedente del bolsillo de su pantalón de chándal. Rosa se inclinó y sacó el buscapersonas. Yo sólo había visto a Carl y Rosa usar aquellos aparatos. Era raro ver que los médicos seguían usando aquellos dispositivos tan anticuados. Se sacó el teléfono del bolsillo de atrás e hizo una llamada.

—*Dios**—murmuró, levantándose enseguida al concluir la llamada—. ¿Podemos seguir hablando luego? —preguntó con el ceño fruncido—. Odio decírtelo, pero tengo que irme. Un herido de bala. Un chico joven, por lo visto.

Asentí.

—No pasa nada.

Se inclinó para darme un beso en la frente. Salió de mi cuarto y de la casa en menos de dos minutos. Confié en que la operación saliera bien. Rosa lo pasaba muy mal cuando perdía a un paciente, y en aquella ciudad sucedía con demasiada frecuencia.

Cogí mi teléfono cuando oí cerrarse la puerta de la calle. Escribí el mensaje con la misma sensación que antes de exponer mi trabajo.

Carl y Rosa quieren que vengas a cenar el viernes.

Ya estaba. No había otra forma de decirlo, así que le di a Enviar.

Llevé abajo mi cuenco y encontré el de Rosa sobre la encimera de la cocina. Los enjuagué y los metí en el lavavajillas. Cuando volví a mi cuarto tenía un mensaje de Rider.

Genial. Ya me dirás a qué hora.

Ostras.

¿Genial? Una sonrisa cruzó mi cara mientras le mandaba un rápido okay. Fui a lavarme la cara y, cuando volví, el texto que me había mandado hizo que me aleteara el corazón en el pecho.

Me apetece mucho.

Yo, en cambio, no estaba muy segura de que me apeteciera.

Oí volver a casa a Rosa de madrugada. Me acerqué sin hacer ruido a lo alto de la escalera y la oí hablar con Carl sobre su paciente. El chico tenía trece años. Había recibido dos disparos. Uno en el pecho y otro en la espalda. Rosa había conseguido reparar los daños que había sufrido en el pecho, pero su médula espinal no tenía solución. Se metió en la biblioteca y comprendí que se quedaría allí hasta la mañana, con una botella de vino. Cuando perdía un paciente se lo tomaba muy a pecho y, aunque aquél había sobrevivido, el resultado de la operación la había afectado profundamente.

Aquel chico tenía trece años. Y no volvería a caminar.

20

Ver a Rider exponer en clase el viernes fue como poner mi programa de televisión favorito. No sabía qué podía esperar, pero sabía que iba a disfrutarlo. Se presentó en clase en el último momento e hizo su exposición sobre los distintos estilos pictóricos como si no tuviera la menor importancia. Se mostró relajado e incluso un poco descuidado, y no paró de sonreír. Parecía feliz mientras hablaba. Controlaba el tema y se le daba bien aquello: ponerse delante de la clase y mantener la atención de todos sin ningún esfuerzo.

Bueno, de casi todos.

Porque mientras estuvo hablando los dedos de Paige no pararon de volar por la pantalla del móvil que tenía escondido en su regazo. Ese día no hablaron en clase, y yo me pregunté si Paige sabía que iba a venir a cenar a mi casa.

Al día siguiente me enteraría.

Sólo teníamos que superar aquella noche.

A Rider tampoco parecía molestarle ir a cenar con Carl y Rosa. Yo, en cambio, estuve atacada de los nervios todo el día y cuando volví del instituto tuve que ducharme para quemar el exceso de energía.

Pero la casa olía de maravilla.

Rosa había puesto un asado en la olla de cocción lenta y, aunque estaba increíblemente nerviosa, me dieron ganas de comérmelo entero.

Pero seguramente no sería buena idea.

Después de secarme el pelo, no volví a ponerme la ropa con la que había ido al instituto. No sabía si era raro o no, pero tenía la impresión de que esa noche era… especial. Tres de las cuatro personas más importantes de mi vida iban a conocerse por fin. Me puse unos vaqueros y el jersey de punto de color crema que me había regalado Ainsley en mi último cumpleaños. Me quedaba ajustado en la cintura y el pecho, y tenía un poco de vuelo alrededor de las caderas. Me puse de lado para mirarme al espejo.

Apretando los labios, me pasé las manos por los costados y las caderas. Entonces se me ocurrió una idea inesperada, y me sonrojé. No era del todo una idea. Era más bien… una imagen, una sensación. Me imaginé las manos de Rider haciendo aquello mismo, tocándome así. Y sentí una especie de temblor en el estómago.

Aquello estaba muy mal. Estaba fatal.

Rider era sólo un amigo. Ése era el lugar que ocupaba en mi vida.

Me aparté del espejo y bajé las manos. Respiré hondo un par de veces, salí de mi cuarto y bajé las escaleras. Al echar un vistazo al reloj de la entrada, me dio un vuelco el corazón. Rider no tardaría en llegar.

Rosa estaba en la cocina poniendo la mesa para cuatro. Para Rider. Ay, Dios. Levantó la vista y me sonrió. Se había recogido el cabello oscuro en una coleta baja. Sonó un temporizador.

—¿Puedes quitar la olla del fuego? Ten cuidado. Quema.

Alegrándome de tener algo que hacer, saqué el guante del horno del cajón y me acerqué a la placa para quitar la olla llena de humeantes verduras.

—¿Estás nerviosa? —preguntó Rosa, volviéndose hacia los armarios.

Asentí con una sonrisa.

—Pues no lo estés. —Empezó a bajar vasos—. Es un momento muy emocionante para todos nosotros.

Sí, lo era.

Cuando los vasos estuvieron en la mesa, me di cuenta de que Rider y yo… nunca habíamos cenado así. Ni una sola vez. Habíamos comido juntos. Pero normalmente comíamos en el suelo o…

—Quiero preguntarte una cosa antes de que baje Carl. —Rosa me puso las manos sobre los hombros. Sonrió, pero tenía una mirada seria—. ¿Qué sientes por Rider?

Se me abrieron los ojos como platos. Podía contestar a esa pregunta de tantas maneras… Podía pensar o decir muchas cosas, pero lo primero que se me vino a la cabeza fue lo que había sentido mientras estaba delante del espejo.

—Ah, eso me parecía.

La miré.

—Yo…

—No hace falta que digas nada. —Me puso una mano en la mejilla colorada—. Se te nota en la cara.

—Tiene novia —le dije.

—Cariño, eso no significa que no puedas sentir algo por él, aunque no debas.

Ah.

—Te estás haciendo mayor. —Levantó la mirada hacia el techo—. Y no estoy preparada para que esto vuelva a pasar.

Hum.

—Pero voy a tener que estarlo, ¿verdad?

Eh…

Escudriñó mi mirada.

—Voy a tener que…

—¿Qué estáis tramando? —Carl cruzó el cuarto de estar, hacia nosotras—. ¿Estáis reunidas sin mí?

—Estamos hablando de cosas de chicas. —Rosa bajó la mano y me pasó el brazo por los hombros.

Yo acababa de librarme de una situación que podía haber sido *muy* violenta.

—No te atrevas a levantar esa tapa…

Carl se detuvo junto a la encimera, donde la olla del asado se enfriaba sobre una bandeja. Fingió inocencia.

—No me atrevería.

—Ya. Como si no te conociéramos, ¿verdad, Mallory?

Asentí. Le conocíamos muy bien.

De pronto sonó el timbre y pegué un brinco. Miré el reloj. Faltaban cinco minutos para la hora.

Carl se volvió hacia el recibidor.

—Ya voy yo. —Me puse en marcha y pasé a toda prisa a su lado.

Me detuve derrapando delante de la puerta y la abrí de un tirón sin mirar quién era. Pero era Rider.

Estaba en nuestro porche y… Él también se había cambiado de ropa.

Sentí una oleada de alivio, seguida de inmediato por una intensa vergüenza porque estaba… estaba *buenísimo*. No debía fijarme en eso tratándose de él, pero me fijaba. Llevaba una camisa gris y unos vaqueros oscuros. Me quedé mirando sus manos.

Sus labios carnosos esbozaron una media sonrisa.

—¿Puedo pasar?

Pestañeé.

Su sonrisa se ensanchó.

—¿Ratón?

—Eh… Sí. —Me aparté—. Claro.

Entró y me miró de arriba abajo. Respiré y noté su olor a colonia. Nos miramos un momento a los ojos y luego miró hacia el cuarto de estar. El centro de sus mejillas se oscureció un poco.

—La cena huele de maravilla.

—Es… asado.

Yo ya no tenía hambre. Miré su boca y enseguida aparté los ojos.

—Eh, Rosa es… es una cocinera estupenda.

Superpendiente de su presencia, empecé a llevarle hacia la cocina. Al cruzar el cuarto de estar, se detuvo de pronto delante de una vitrina.

—¿Qué es esto? —preguntó.

Me volví y seguí su mirada. Abrí los ojos como platos. Estaba mirando las tallas de jabón. No debía de haberse fijado en ellas el día que vino a casa después de clase.

—Eh…

Se inclinó y ladeó la cabeza, observando un gato dormido.

—¿Eran pastillas de jabón?

—Sí —susurré.

—Vaya —murmuró mientras observaba el corazón y el sol que había tallado hacía unos años—. ¿Los han hecho Carl o Rosa?

Sacudí la cabeza.

—No. Eh… Los he hecho yo.

—¿Qué? —Se incorporó y me miró con sorpresa—. ¿Esto lo has hecho tú? ¿Por qué no me lo habías dicho?

Empecé a ponerme colorada.

—No... no lo sabe nadie, sólo Carl y Rosa.

Me miró y luego echó otro vistazo a la vitrina.

—Mallory, son alucinantes.

Me encogí de hombros.

—Es sólo... jabón.

—Es jabón que has tallado formando figuras muy reconocibles —replicó—. Yo no sé hacerlo.

—Pero tú sabes pintar con aerosol y dibujar y...

—Esto no sé hacerlo —repitió—. Para hacer estas tallas, hace falta la misma habilidad que para pintar con aerosol.

Yo no estaba de acuerdo. Incómoda por sus cumplidos, señalé hacia la cocina.

—¿Vamos?

Me observó un momento más. Luego asintió.

Carl y Rosa estaban esperando junto a la mesa de la cocina.

—Éste es... Rider —dije retorciéndome las manos—. Y éstos son... Carl y Rosa.

Rosa levantó las cejas y sus ojos se agrandaron ligeramente.

Carl miró a Rider desde las puntas arañadas de sus botas hasta lo alto del pelo castaño oscuro y revuelto, y arrugó las cejas.

Y fue entonces cuando comprendí que aquella cena iba a ser un desastre.

Lo primero fue la comida.

Y luego las preguntas.

Las dos cosas tenían relación. En cuanto nos sentamos, Carl empezó a acribillar a Rider. Su táctica me pilló por sorpresa, y sólo conseguí cortar mi loncha de carne y comerme un trozo de patata.

Rider tampoco probó su cena, seguramente porque Carl parecía estar interrogándole. Cuando la Santa Inquisición se dio un respiro, Rider se volvió hacia mí.

—¿Vas a comer?

Asentí y pinché una patata. Rider no dejó de mirarme hasta que me la comí, y yo me resistí al impulso de poner los ojos en blanco porque sabía a qué se debía su actitud. Como a la hora de la comida, siempre se aseguraba de que comiera. Costaba romper con aquella costumbre después de tantos años compartiendo sobras y piltrafas. Me comí otra patata y Rider cogió una cucharada de guisantes.

Mientras cortaba mi carne, miré al otro lado de la mesa. Carl y Rosa nos estaban observando. Consciente de que seguramente no entendían qué estaba pasando, me sonrojé.

—Entonces, ¿trabajas en un taller de carrocería? —Carl se aclaró la voz. De su tenedor colgaba un trozo de asado perfectamente cortado—. ¿A tiempo parcial?

Cerré los ojos.

—Sí, señor. En el garaje Razorback. El dueño me llama para que haga trabajos de pintura personalizados —contestó Rider con paciencia.

Había sido muy paciente durante todo el… *calvario*.

Respondió a todas las preguntas que le hizo Carl. ¿Cuánto tiempo había pasado en la residencia de acogida? ¿En qué barrio vivía? ¿Qué asignatura era la que más le interesaba? (Resultó ser plástica, como es lógico.) Le hizo tantas preguntas y tan seguidas, que Rosa no conseguía meter baza.

Yo estaba muerta de vergüenza.

Y también increíblemente decepcionada.

—¿A qué se dedican tus padres de acogida? —preguntó Carl.

Crispé los dedos en torno al tenedor y resoplé por la nariz. Aquello ya era pasarse de la raya.

Rider, sin embargo, no se inmutó.

—Sólo tengo una madre de acogida. El marido de la señora Luna falleció antes de que llegara yo. Ella trabaja en la compañía telefónica.

—¿Y qué piensas hacer cuando acabes el instituto? —insistió Carl—. Porque serás mayor de edad, ya no estarás bajo tutela del Estado y supongo que no piensas quedarte con la señora Luna. ¿Piensas ir a la universidad?

—Ahora mismo no tengo planes de ir a la universidad —respondió Rider mientras movía sus guisantes por el plato—. Cuesta mucho dinero, y la señora Luna ya ha hecho mucho por mí. No puedo esperar que también me pague los estudios.

—Hay becas y ayudas —argumentó Carl mientras cortaba su trozo de carne—. Tengo la impresión de que eres muy inteligente.

—Lo es —convine—. Y además tiene mucho talento. Tiene… tiene un cuadro expuesto en un sitio de la ciudad.

Rider me sonrió.

—¿Sí? —preguntó Rosa amablemente—. ¿En una galería de arte?

Mientras Rider respondía, yo recé por que Carl dejara de someterle al tercer grado.

Rider me miró y preguntó otra vez:

—¿No comes?

La mitad de mi delicioso trozo de asado estaba intacta. Me sentía tan molesta que no podía masticar sin escupir la carne encima de la mesa.

Me dio un ligero codazo en el brazo y dijo en voz baja:

—Come.

Suspirando, cogí mi tenedor y pinché la carne.

—¿Contento?

El hoyuelo de su mejilla hizo acto de presencia.

—Completamente.

El ceño perpetuamente fruncido de Carl pareció alisarse un poco, y en algún momento de la conversación pareció relajarse. Más o menos. Cuando preguntó qué pensábamos hacer al día siguiente fui yo quien contestó, pero él siguió dirigiéndose a Rider. Media hora después de que acabara la cena, tenía ganas de volcar la mesa.

Hacía mucho, mucho tiempo que no me sentía así.

—Mallory me ha dicho que tienes novia —dijo Carl, y estuve a punto de atragantarme. Abrí mucho los ojos—. ¿Qué opina de que hayas venido a cenar a casa?

Rosa miró a su marido con las cejas levantadas. Yo abrí la boca para decirle que aquello no era asunto suyo, pero Rider me dejó de piedra.

—No tengo novia, señor.

Di un respingo en mi asiento y volví la cabeza hacia él.

—¿Qué?

—Bueno, la tenía. —Se puso colorado al mirarme a los ojos—. Paige y yo… Bueno, hemos cortado.

Mi estómago dio un salto mortal mientras lo miraba. Mil ideas se me agolparon en la cabeza. No salía de mi asombro. Rider no me había dicho nada. Claro que yo no le preguntaba por Paige desde la semana anterior, pero ¿cómo era posible que no me lo hubiera dicho?

—Vaya, esto parece ser una sorpresa para todos —observó Carl en tono inexpresivo.

Siguió hablando y Rider siguió contestando a sus preguntas, pero yo no prestaba atención a la conversación. Miraba fijamente el perfil de Rider. Últimamente había habido indicios de que las cosas no iban bien entre ellos. Apenas se hablaban. Paige no había vuelto a decirme nada. Y Hector me había contado que habían tenido una bronca y que por eso Rider no había ido a clase el viernes anterior. Porque estaba *hecho unos zorros*. Pero no por haber bebido, sino porque había roto con Paige.

Tal vez Paige estaba harta de mí. Rider ya me había dicho que si tenía que elegir entre las dos... Ay, Dios, esperaba de verdad que su ruptura no tuviera nada que ver con nuestra amistad. No quería aparecer de repente y... fastidiarle la vida a nadie.

Estaba todavía aturdida cuando recogimos la mesa y Rider se despidió.

—Gracias por la cena —les dijo a los Rivas, tan educado como siempre—. Estaba deliciosa.

Espabilándome, yo también me levanté.

—¿Quieres... que te lleve?

Negó con la cabeza mientras empujaba la silla bajo la mesa.

—Ha sido un placer conocerte. —Rosa se levantó y dejó su servilleta sobre la mesa—. Espero que volvamos a vernos pronto —añadió, y se inclinó para darle un rápido abrazo.

Carl le saludó con una inclinación de cabeza mientras rodeábamos la mesa. Rider se detuvo y le tendió la mano cuando se levantó.

—Gracias de nuevo, señor.

Carl puso una sonrisa forzada al darle la mano. No dijeron nada más y yo acompañé a Rider fuera. Las farolas estaban encendidas y proyectaban una luz mantecosa sobre el liso cemento de la acera.

—¿Seguro que... no quieres que te lleve? —insistí.

Hizo un gesto afirmativo, se paró en los escalones y me miró de frente. Nuestras miradas se encontraron y yo volví a sentir aquella oleada de calor.

—Lo he pasado muy bien.

Levanté una ceja.

—¿En serio?

Se rió al meterse las manos en los bolsillos de los vaqueros.

—Sí. Son geniales.

—Carl no ha estado… muy simpático. Te ha acribillado a preguntas y… no ha tenido mucho tacto. —El enfado volvió a aflorar, picándome en la piel—. Lo siento mucho.

—No hace falta que te disculpes, Ratón.

Crucé los brazos a la altura de la cintura y me di cuenta de que esa noche nuestros papeles habían cambiado un poco. En vez de ser él quien me defendía, era al revés, y se me hacía muy raro.

—Siento… siento que tengo que hacerlo.

Rider se encogió de hombros.

—Carl sólo quiere protegerte y yo me alegro de que tengas gente dispuesta a velar por ti. —Hizo una pausa—. No te preocupes por mí. No pasa nada.

Olvidándome por un momento de mi enfado con Carl, le pregunté lo que estaba deseando saber.

—¿De verdad habéis cortado Paige y tú?

Asintió.

—Sí. La semana pasada. El jueves por la noche.

Sacudí lentamente la cabeza.

—No… no me habías dicho nada.

—No me apetecía hablar de ello —dijo con la mirada fija en mí—. Paige y yo somos amigos desde que llegué a casa de Hector y Jayden. No estoy seguro de que… sigamos siéndolo.

—Lo siento.

Y era verdad. A pesar de mis sentimientos hacia Rider, de cómo reaccionaba cada vez que estaba cerca, lamentaba que lo estuviera pasando mal.

Sonrió ligeramente.

—Yo también. Pero estar con ella... En fin, no estaba a gusto. Ya no.

Bueno, eso contestaba a la cuestión de quién había cortado. Miré un segundo hacia atrás, preguntándome por qué ya no estaba a gusto con ella. Quería preguntarle qué había provocado su ruptura, pero no conseguí reunir valor para hacerlo.

—La semana pasada... ¿faltaste a clase por eso?

Frunció el entrecejo.

—Romper es un asco, Ratón. No quería hacerle daño y sé que se lo hice. No quería que sufriera. —Respiró hondo levantando los hombros—. Hablamos mañana, ¿vale?

Mañana...

—Vale —susurré.

Se quedó callado un momento, mirándome. Luego miró por encima de mi hombro y pareció tomar una decisión porque un instante después volvió a subir los escalones. Se detuvo justo por debajo de mí.

—Esas figurillas de jabón son alucinantes. Me gustaría que me enseñaras más —dijo, y entonces se inclinó y me besó en la mejilla.

Me quedé sin respiración.

Él se apartó, muy serio.

—Hasta mañana, Mallory.

Sentí un cosquilleo en la mejilla mientras le veía dar media vuelta sobre el escalón y bajar a la acera. Miró hacia atrás, me vio y sonrió antes de seguir caminando. Me quedé allí hasta que le perdí de vista, y aproveché aquel instante para rememorar lo que había dicho al despedirse. Luego, me armé de valor para volver a entrar en casa.

Mi sorpresa por la ruptura de Paige y Rider y por su petición de ver más tallas mías se disolvió un poco, y dejé que el enfado y la exasperación volvieran a aflorar.

Cuando entré, Carl estaba apoyado en la encimera mientras Rosa metía los últimos platos en el lavavajillas. Por una vez en la vida, se me ocurrieron mil palabras distintas. Sabía exactamente lo que quería decir.

Me paré delante de la isleta de la cocina.

—No has estado muy amable con Rider.

Carl me miró inexpresivamente.

—¿Perdona?

—No has estado muy amable con Rider —repetí—. Le has tratado como si… como si fuera sospechoso de un crimen.

Rosa entreabrió los labios.

Él se incorporó con los ojos muy abiertos.

—Mallory…

—Rider no vive como nosotros —añadí, notando que me ardían los ojos y la garganta—. Su madre de acogida no es médico, y él no cree que pueda permitirse ir a la universidad. Pero no por eso es… mala persona.

—Nosotros no hemos dicho que lo sea. —Rosa pasó junto a Carl, muy seria—. Y si hemos dado esa impresión…

—Pues sí, la has dado —contesté con voz temblorosa mirando directamente a Carl—. No has parado de interrogarle y… daba igual lo que respondiera, que nunca era suficiente.

Se formaron arrugas alrededor de sus ojos.

—Ya que quieres que hablemos de Rider, ¿qué te parece si hablamos del hecho de que no tiene novia?

—La tenía. Han cortado.

—Qué oportuno —murmuró.

—¿Lo ves? —Levanté las manos—. Te parece… que es muy oportuno. Como si yo o Rider te hubiéramos mentido. Quiero que forme parte de mi vida… de nuestra vida. Y estaba tan emocionada por lo de esta noche… porque por fin fuerais a conocerle… —Me tembló el labio—. Me… me salvó la vida muchas veces y pensaba… pensaba que le respetaríais por eso.

—Mallory… —dijo Carl.

Dando media vuelta, hice algo que no había hecho nunca: ignoré a Carl y subí las escaleras. Estaba harta de aquella conversación.

21

El flexo de la mesa de la biblioteca estaba encendido y bañaba la habitación con una suave luz amarilla. Olía levemente a melocotones. Paseé junto a las estanterías deslizando los dedos por los lomos de los libros. Me detuve en la librería central y bajé la mano. Sin saber muy bien cómo, esa mañana había ido a parar a la biblioteca de nuestra casa, tras una cena catastrófica a la que había seguido una noche de insomnio.

Me había levantado temprano y había estado vagando por la casa mientras Carl y Rosa dormían, inquieta e incapaz de volverme a la cama. En parte era por mi encuentro de ese día con Rider y Ainsley. Y en parte porque Paige y Rider ya no estuvieran juntos.

Ainsley había intentado tranquilizarme cuando le conté lo de la cena. Me dijo que la reacción de Carl era normal, que la primera vez que ella llevó a casa a Todd pensó que su padre iba a echarle a patadas.

Yo no estaba segura de que fuera tan normal.

Luego, Ainsley se centró en el tema de la ruptura, convencida de que tenía algo que ver conmigo. Yo no quería ni pensarlo, porque no sabía cómo reaccionar.

Pensé en el libro que solía leerme Rider cuando éramos pequeños, un cuento que siempre me hacía llorar pero que también me llenaba de esperanza: me hacía creer que algún día nosotros también seríamos reales. Que algún día alguien nos querría.

Porque así me había sentido de pequeña: como si Rider y yo no existiéramos de verdad. Nadie pensaba en nosotros, ni se preocupaba. Estábamos olvidados, abandonados a nuestra suerte.

Ahora tenía a dos personas que pensaban en mí, que se preocupaban y me protegían. Debería sentirme agradecida, como me había recordado Rider esa noche, pero en ese momento sólo estaba enfadada.

Carl y Rosa sabían lo de Rider, sabían lo que había hecho por mí cuando éramos pequeños. Yo pensaba que Carl le vería con buenos ojos por eso, pero se había mostrado escéptico y desconfiado. Como un juez.

Aún me costaba creer que le hubiera dicho aquello a Carl. Incluso ahora, cuando lo pensaba, se me aceleraba el pulso y me sentía un poco mareada. Sabía que Carl estaba disgustado conmigo, incluso enfadado por haberle hablado así. Quería… quería ser perfecta para él, para ellos, y lo de esa noche no había sido precisamente perfecto.

Los había evitado a ambos antes de irme a la cama, y lo mismo pensaba hacer ese día.

Suspirando, seguí paseándome junto a las estanterías. Los dos estantes centrales estaban llenos de fotos enmarcadas, empezando por la de un bebé con cara de felicidad y llegando hasta una adolescente preciosa y rebosante de vida, de largo cabello moreno y brillantes ojos marrones.

Al mirar las fotografías de Marquette, no pude evitar pensar en lo injusto que era que ya no estuviese allí. Tampoco era justo que el chico al que había operado Rosa no pudiera volver a caminar. Todas esas cosas terribles que había presenciado y vivido Rider no eran justas. Y no era justo que yo...

Cerré los ojos y les corté el paso a aquellos pensamientos. Si seguía por ese camino, acabaría hecha polvo. Y había cosas en las que no quería pensar.

Cuando volví a abrir los ojos, Marquette me miraba desde una fotografía hecha pocos meses antes de su muerte. Estaba en la playa, con un bonito bikini negro que yo nunca tendría valor para ponerme. Unas gafas de sol de color fucsia ocultaban sus ojos, y su sonrisa era enorme. La arena blanca brillaba bajo sus pies, y el océano relumbraba a su espalda.

Marquette tenía novio. Había empezado a salir con él durante su primer año de instituto. Yo no sabía su nombre, sólo sabía de su existencia por los fragmentos de conversación que había oído durante esos años. También tenía un montón de amigos. Era simpática. Inteligente. Parecía una persona muy agradable en todas las fotografías. Como Keira.

Pensé en aquel chico que no volvería a caminar. ¿Cómo sería su vida? Daba igual —pensé enseguida— que no fuera simpático, que no le cayera bien a nadie o que fuera el chico con más amigos del instituto. No era justo.

Retrocedí, alejándome de las fotografías, y me pregunté algo en lo que había pensado un millón de veces. Estaba mal, era una idea horrible, pero no pude evitarlo. Si Marquette siguiera viva, ¿estaría yo donde estaba? ¿Carl y Rosa habrían luchado por traerme a su casa? ¿Me habrían dado todas aquellas oportunidades de las que muchos otros niños carecían?

Desconocía la respuesta a esas preguntas y eso me molestaba profundamente, pero había dos cosas que sí sabía.

Que Marquette había muerto en la flor de la vida.

Y que a mí se me había concedido una segunda oportunidad.

Seguí mirando su fotografía. Yo había tenido una segunda oportunidad cuando tanta gente sólo tenía una, y no podía desaprovecharla.

¿Qué había dicho Santos en clase de expresión oral? Que en la vida todo consistía en intentarlo, y eso era lo que iba a hacer yo.

Lo intentaría.

—¡Madre mía! —chilló Ainsley cuando me acerqué al banco en el que estaba sentada. Se incorporó ajustándose las gafas de sol, que habían empezado a resbalar por su nariz—. ¡Estás impresionante!

Aflojé el paso y me miré, aliviada. Escoger la ropa para aquella ocasión había sido una tarea muy estresante. Al final había optado por unas mallas negras, una camisa blanca de encaje y una chaqueta de punto azul claro. Me había dejado el pelo suelto y me lo había alisado con la plancha de Rosa (todavía me sorprendía no habérmelo chamuscado en el intento). Después me había quitado el maquillaje unas tres veces, hasta que por fin me decidí por un look «fresco», según la definición de un tutorial de YouTube que tardó como media hora en arrancar.

Ainsley me agarró de la mano y empezó a tirar de mí hacia la puerta de la cafetería que había escogido.

—Vale, llegas con cinco minutos de adelanto, Rider va a aparecer en cualquier momento, ¡y yo estoy de los nervios!

Sonreí. ¿Ainsley estaba de los nervios? Yo estaba a punto de hiperventilar.

Entramos en el restaurante. No estaba muy lleno y nos sentamos enseguida, en una mesa para cuatro. Ainsley se sentó enfrente de mí, dejando vacía la silla contigua a la mía, y a mí me dio un brinco el corazón.

Se apoyó las gafas en la cabeza e hizo una mueca al mirar a la izquierda, hacia la cristalera. El sol inundaba el restaurante. Cambió de postura para que no le diera de frente.

—¿Siguen… molestándote los ojos? —comenté.

Puso cara de fastidio y suspiró.

—Sí. No sé qué les pasa. El oftalmólogo al que fui a que me graduaran la vista le dijo a mi madre que tenía que ir a no sé qué especialista.

Sentí un hormigueo de preocupación en la boca del estómago.

—¿Para… qué?

Se encogió de hombros.

—Vio algo raro cuando me estaba mirando los ojos y cree que tiene que echarme un vistazo un especialista en retina. Pero no cree que sea nada grave.

A mí me sonaba preocupante.

—Pero ¿te pasa algo?

Sacudió la cabeza.

—No estoy segura. No dijo gran cosa.

—¿Cuándo… tienes la cita? —pregunté, y me detuve un momento cuando apareció la camarera y llenó tres vasos de agua.

—Dentro de dos semanas. Pero basta de hablar de mí. ¿Estás nerviosa? —dijo mientras cogía la carta.

Asentí, aunque no estaba del todo segura de que me estuviera diciendo la verdad respecto a sus ojos.

—Sí.

—Sabes a qué se parece esto, ¿verdad? —Se acercó la carta al pecho—. Se parece a una cita.

Sentí que el estómago se me caía hasta el suelo. Sacudí la cabeza.

—Sí, sí —insistió—. Es como una cita. O como un simulacro de cita.

¿Un simulacro de cita? ¿Eso existía? Fui a preguntárselo, pero ella añadió:

—Vale, echemos un vistazo a los hechos. Desde el momento en que os visteis, Rider ha hecho todo lo posible por acercarse a ti, ¿verdad? Se saltó una clase para comer contigo. Cuando saliste corriendo de clase, se marchó para asegurarse de que estabas bien y luego te enseñó sus pintadas. Te ayudó a preparar la exposición, y hasta ha ido a conocer a Carl y Rosa. Eso significa que está interesado.

También podía significar que quería formar parte de mi vida, pero antes de que me diera tiempo a decírselo vi a Rider. Estaba allí. Se giró y recorrió el restaurante con la mirada.

Me puse tensa. Al verme, en su cara se dibujó lentamente una sonrisa. No tenía el mismo aspecto que la noche anterior. Se parecía más al Rider de todos los días: vaqueros gastados, camiseta negra de botones y unas deportivas muy usadas. Pero, santo cielo, me quedé en blanco al verle.

Bueno, no es verdad. No me quedé en blanco, podía pensar, pero las cosas que pensé eran completamente absurdas. Pensé en aquellos labios carnosos y ligeramente curvados y en la sensación que producirían al besar ciertos sitios… aparte de mi frente o mi mejilla. Pensé en sus manos y en lo fuertes que eran, y en las durezas extrañamente agradables de sus palmas. Pensé en… en un montón de cosas, cosas que no me parecían tan terribles desde que no tenía novia.

Ainsley se fijó en que me había puesto tiesa y miró hacia atrás.

—Ay, madre mía —murmuró—. ¿Ése es?

—Sí —susurré. Ése era.

Se giró bruscamente con los ojos muy abiertos.

—¡Mallory! ¡Ostras!

No pude responder porque estaba concentrada en Rider. Cruzó el restaurante rebosando seguridad en sí mismo. Una señora que estaba sentada con su marido le miró cuando pasó junto a su mesa. Sonrió y le siguió con la mirada.

Entonces llegó a la mesa. Yo tuve la impresión de que había dejado de respirar cuando se acercó, retiró la silla de mi lado y se sentó.

—Perdonad —dijo mirándome—. Llego unos minutos tarde.

¿Sí?

—Me ha traído Hector —añadió—. Está por aquí, no sé dónde. Pero no quería estropearnos la comida.

¿Le había invitado Rider? Y, si le había invitado, ¿cambiaba eso el hecho de que aquello fuera un simulacro de cita, como decía Ainsley? ¿Existían de verdad los simulacros de cita? ¿Importaba acaso?

Ainsley se echó hacia delante, sonriéndole.

—Soy Ainsley. Hola.

Él ladeó la cabeza y le sonrió.

—Yo soy Rider.

—Lo sé —repuso ella—. No hay duda, eres Rider.

La miré entornando los ojos.

Me ignoró.

—Me alegro mucho de conocerte por fin. He oído hablar mucho de ti.

—¿En serio? —Rider levantó las cejas y me miró—. ¿Qué le has contado, Ratón?

Abrí la boca pero no me salieron las palabras. El lado derecho de sus labios se curvó hacia arriba. Apareció el hoyuelo. Ay, Dios.

—Mallory me ha dicho que eres un tío alucinante —prosiguió Ainsley, aunque yo no estaba segura de haberlo expresado así—. Que crecisteis juntos. Y que erais superamigos.

—Sí —murmuró él sin dejar de mirarme con... aquella dichosa sonrisa—. Éramos superamigos. —Hizo una pausa y por fin miró a Ainsley—. Aunque creo que me ha reemplazado.

—Claro que sí —respondió ella alegremente—. Menos mal que no me importa compartir.

Él se rió.

—Sí, menos mal.

A mí se me aceleró el corazón y comprendí que tenía que decir algo. Lo que fuese.

—¿Has... has comido aquí alguna vez?

Qué pregunta más boba.

Rider negó con la cabeza sin inmutarse.

—No. —Echó un vistazo a la carta—. Pero las hamburguesas tienen buena pinta.

De pronto me acordé del Firehouse. Aquella pequeña cafetería era más de su estilo, tranquila y un poco destartalada. El local en el que estábamos, en cambio, con todo aquel cristal y sus relucientes mesas blancas... Ainsley y yo comíamos en locales así muy a menudo, pero antes de conocer a Carl y Rosa yo jamás habría pisado un sitio así.

¿Se sentía Rider fuera de lugar? ¿Le incomodaba? ¿O eran tonterías mías?

Seguramente esto último.

—Las hamburguesas están buenísimas —comentó Ainsley—. Y el humus también.

—¿El humus? —Rider echó la cabeza hacia atrás y soltó una carcajada—. No es mi estilo. A mí dame carne.

—¿Has probado el humus? —preguntó Ainsley—. ¿Con carne?

Yo arrugué la nariz.

—No. —Rider se rió otra vez—. Nunca lo he probado.

—Pues deberías —contestó ella.

—No, no deberías —intervine yo.

Cuando llegó la camarera, Rider pidió una hamburguesa sin humus. Yo pedí lo mismo y una Coca-Cola. Ainsley se decantó por el aperitivo de humus, que se comería ella sola.

Se pusieron a hablar relajadamente. Ainsley le preguntó por el instituto. Él le preguntó por la educación en casa, y cuando acabamos de comer charlaban como si se conocieran desde hacía años. Yo intervenía de vez en cuando, pero estaba casi siempre callada, lo cual no era ninguna sorpresa. Me relajé, pero estaba superatenta a cada gesto de Rider y a cada mirada que me lanzaba.

—¿Vais a hacer algo después de comer? —preguntó apoyando el brazo sobre el respaldo de mi silla—. ¿Vais a ir al cine o algo así?

—La verdad es que yo no puedo. Tengo que… Mis padres quieren que haga una cosa esta tarde, así que Mallory está completamente libre —dijo Ainsley atropelladamente.

Me quedé de piedra. ¿Qué? No me había dicho nada de un cambio de planes.

Rider nos miró a las dos.

—Pero creía que ibais a pasar el día juntas…

—No, qué va —contestó Ainsley a toda prisa—. Sólo un par de horas. Es toda tuya el resto del día, y si no me equivoco tiene que estar en casa sobre las once.

Puse unos ojos como platos. Ay, Dios mío. ¿Qué estaba pasando? La miré y me sonrió con aire inocente. Debería haberme avisado.

Rider esbozó una sonrisa al coger su refresco.

—Por mí genial. —Tamborileó con los dedos sobre mi hombro—. ¿Quieres que vayamos al garaje?

El sonido grave de su voz hizo que se me acelerara el corazón a mil por hora. Ainsley miraba fijamente su plato vacío. Antes de que pudiera formular una respuesta, sonó un móvil en nuestra mesa.

Rider cambió de postura y se sacó el teléfono del bolsillo. Le echó un vistazo y se levantó.

—Enseguida vuelvo.

En cuanto se alejó, Ainsley se inclinó hacia mí.

—Mallory, está buenísimo.

Me puse colorada al coger mi bebida. Rider estaba como un tren, de eso no había duda, pero no se trataba sólo de su físico. Debajo de aquella fachada había un tío estupendo. Con un corazón de oro.

—No estabas de broma cuando me lo describiste. —Ainsley sonrió recostándose en la silla—. ¿Vas a ir con él? Tienes que ir, después del empujoncito que te he dado. Pero te lo he dado porque tú querías que te lo diera. Lo *necesitabas*.

Estuve a punto de dejar caer el vaso y la miré parpadeando.

—Pero si… habíamos quedado en pasar el día juntas.

—Y hemos estado un buen rato juntas. Aunque no haya podido convencerte de que pruebes el humus. Ahora tienes oportunidad de salir con otra persona. Con un *tío bueno*.

Me dio un vuelco el estómago, una sensación no del todo desagradable que conocía muy bien.

—Pero...

—Rosa y Carl creen que estás conmigo. Así que, mientras llegues a casa a tu hora, no se enterarán. No van a hablar con mis padres. —Puso una sonrisa astuta—. Sobre todo teniendo en cuenta que ellos también están solos esta tarde. Han salido por ahí y esas cosas. —Arrugó la nariz—. Así que no hay problema.

Miré a Rider y aquella sensación que notaba en el estómago se intensificó. Mi mente daba vueltas como un torbellino. No podía creer que me lo estuviera planteando de verdad. Sí, me había marchado del instituto sin que Rosa y Carl lo supieran y Rider había venido a casa sin que se enteraran, pero eso... eso era distinto. Era como cruzar una línea invisible. Los Rivas pensaban que estaba con Ainsley, pero no sería cierto.

Estaría con Rider.

Un sábado por la tarde, y quizá por la noche. El simulacro de cita parecía de pronto una cita de verdad.

Aquello era un paso enorme.

Si me pillaban, dirían que la culpa era de Rider y que era una mala influencia, aunque en realidad no sabía que no me permitían salir con él. ¿Qué digo? Yo tampoco sabía si me lo permitían, pero desde luego no pensaba pedirles permiso.

Ni siquiera estaba segura de estar haciendo algo malo y no iba a preguntarlo, porque era una pregunta de lo más absurda.

Rider bajó el teléfono y se lo guardó en el bolsillo. ¿Podía hacer aquello? ¿Salir con él? Cogí rápidamente mi refresco y bebí un trago enorme. ¿Por qué me ponía tan nerviosa? Rider y yo nos habíamos criado juntos. Habíamos pasado años sin vernos, sí, pero éramos amigos y él acababa de dejar una relación. Aquello no era un simulacro de cita.

Y yo podía hacerlo.

—¿Crees que… que debería ir?

Los ojos azules de Ainsley se dilataron, llenos de emoción.

—¡Sí! ¡Dios mío, sí! —Me dio una palmada en el brazo—. Es el momento perfecto para pasar un rato a solas.

Fruncí el ceño.

—Pero nosotros… hemos pasado mucho tiempo a solas.

Me miró un segundo y luego puso los ojos en blanco.

—Me refiero a otra cosa, Mallory. A pasar tiempo a solas *un sábado.*

Levanté las cejas.

Sacudiendo la cabeza, cogió su bebida.

—Confía en mí. Es distinto.

Iba a tener que creerla.

—Rider te interesa, y te aviso de que en mi opinión tú también le interesas a él. Porque, vamos a ver, ¿cómo no vas a interesarle? Claro que los chicos son muy tontos a veces, así que seguramente se hará el duro y fingirá que no tiene interés.

Abrí la boca.

—Eso hizo Todd —añadió—. Comportarse como si no estuviera por mí, hasta que nos quedamos a solas y entonces pasó a la acción.

¿Pasaría Rider a la acción? Empezó a inflamárseme el corazón al pensar en las posibilidades que se abrían ante mí, y noté otro vuelco en el estómago.

Ainsley prácticamente se mecía en la silla.

—Sé que para ti todo esto es nuevo, pero respira hondo un par de veces y disfruta. Puede que no se limite a cogerte de la mano.

Ay, Dios mío, aquello era demasiado. No debería haberle dicho que Rider me había cogido de la mano. Me hacía muchísima falta hablar con un adulto.

—Mira —dijo bajando la voz y poniendo la mano sobre la mía—, sólo tienes que ir si te sientes a gusto. Si quieres hacerlo. Si no, no pasa nada. Pero yo sé que no te gusta solamente como amigo. Lo noto por cómo le miras. —Hizo una pausa y miró hacia atrás—. Santo Dios, ¿quién es ése?

Fruncí el entrecejo, seguí su mirada y vi que Rider ya no estaba solo. Hector estaba a su lado a la entrada del local. Empecé a preocuparme. Tenían la cabeza agachada y comprendí por la expresión seria de Rider que no estaban hablando de nada divertido.

Miré por la cristalera esperando ver a Jayden, pero no estaba en la calle. Pensándolo bien, hacía un par de días que no le veía por el instituto.

—¿Sabes quién es? —insistió Ainsley.

Tragué saliva, dejé el vaso y asentí.

—Se llama… Hector. Es amigo de Rider.

Una lenta sonrisa curvó sus labios.

—Está para comérselo.

Justo en ese momento Hector se rió de algo que le había dicho Rider. Su risa sonora resonó en el local, haciendo que varias personas volvieran la cabeza. Hector estaba para comérselo, eso era cierto, pero yo me fijé en Rider. Tenía una ligera sonrisa y el hoyuelo de su mejilla derecha jugaba al escondite. Movió los labios y Hector miró hacia nuestra mesa.

Puso cara de sorpresa y luego, al fijarse en Ainsley, en sus labios se dibujó una sonrisa.

—Me gusta —susurró Ainsley—. ¿Tiene novia?

Me encogí de hombros, preguntándome si ella tenía todavía novio. No estaba segura de que Hector saliera con alguien. Le había visto con un par de chicas en el instituto, pero no creía que estuviera saliendo con ninguna de ellas.

Rider y Hector se acercaron a nuestra mesa. Rider volvió a sentarse a mi lado y Hector se sentó junto a Ainsley.

—*Esta chica está bien caliente**. —Hector se rió al ver que Rider sacudía la cabeza.

Enfrente de mí, Ainsley dio un respingo. Hablaba bastante bien español y, aunque Hector era puertorriqueño, me dio la sensación de que entendía a grandes rasgos lo que acababa de decir y no le había hecho mucha gracia.

—*Me gustaría llevarla a mi casa y comérmela**.

Ainsley ladeó la cabeza al tiempo que se echaba la larga melena rubia detrás del hombro.

—*¡Gracias! Pero no hay ninguna parte de mí que te vayas a comer**.

Hector abrió los ojos como platos.

Rider echó la cabeza hacia atrás y soltó una carcajada.

—¡Ostras! Qué fuerte.

—¿Qué pasa? —Ainsley pestañeó con sus grandes ojos, mirando a Hector, que estaba anonadado—. ¿Es que te crees que una chica blanca no puede entender otro idioma y que puedes sentarte delante de mí y hablar como si no estuviera aquí? —Esbozó una sonrisa falsa—. Por favor...

—Tía... —Hector se echó hacia atrás, sacudiendo lentamente la cabeza sin dejar de mirarla—. Eres... bestial.

—Pues sí —contestó ella, y sus ojos echaron chispas de hielo azul. El atractivo que había visto en Hector parecía haberse esfumado por completo—. Y tú eres un *male-ducado**.

Hector entornó los ojos.

—Me encanta tu amiga, Ratón. —Sin dejar de reír, Rider me guiñó un ojo—. Acaba de llamarle bruto, y yo estoy de acuerdo.

Ay, madre.

Ainsley enarcó una ceja, mirando la camiseta vieja de Hector.

—Veo que te das por aludido...

—*Qué carajo** —masculló Hector—. *Nena**, tú no me conoces.

Ella se encogió de hombros.

—Ni quiero conocerte.

Oh, oh. Aquello se iba a pique, aunque Rider pareciera estar disfrutando con el espectáculo.

Ainsley se volvió en su asiento y me miró de frente, con las mejillas ligeramente coloradas.

—¿Te vas a ir con Rider? —preguntó en voz baja pero audible.

—¿Adónde vais, chicos? —inquirió Hector, con la mirada todavía fija en ella.

Ainsley no le hizo caso, y mi estómago volvía a hacer piruetas.

—Iba a llevarla al garaje —dijo Rider.

Hector sonrió.

—Qué divertido —exclamó con sorna, y sonrió burlón al ver que Rider levantaba la mano y estiraba su largo dedo corazón—. ¿Vas a lo de Ramon esta noche? Va a ser un fiestón.

Rider me miró a los ojos, y a mí se me cerró de pronto la garganta.

—No, si Mallory viene conmigo al garaje.

—Puedes traerla —añadió Hector, y luego miró a Ainsley con una sonrisita satisfecha—. Te invitaría, *mami**, pero seguramente no será lo bastante elegante para ti.

—Si vas tú, seguramente no —contestó ella con sequedad—. Pero de todos modos no me interesa.

Apenas me di cuenta de que Hector y Ainsley se ponían a discutir, principalmente en español. ¿Una fiesta? Por patético que sonara, yo nunca había estado en una fiesta. Ni en una sola. Se me aceleró el pulso del cuello como el aleteo descontrolado de un colibrí. Apoyé las manos en las piernas y me las pasé por los muslos.

¿Qué haría yo en una fiesta? Me pegaría a Rider como un pulpo. Se esperaría de mí que hablase, que me relacionara con los demás. Que bebiera. La única vez que había probado el alcohol, a los nueve años, lo había escupido. Si casi no podía hablar delante de tres personas, ¿cómo iba a ir a una fiesta?

Rider me miró a los ojos y comprendí que debía de parecer aterrorizada. Sentía prácticamente cómo la sangre se me retiraba de la cara.

—No, la verdad es que esta noche no me apetece ir a una fiesta —dijo cuando los otros dos hicieron una pausa en su discusión—. ¿Tú qué opinas, Mallory?

Yo sabía en parte que lo preguntaba por no molestarme, porque estaba segura de que sería mucho más divertido para él ir a una fiesta que tratar de enseñarme a pintar con aerosol. Pero no puedo negar que sentí difundirse por mis venas una dulce sensación de alivio.

Estaba progresando —a paso de tortuga, eso sí—, pero ir a una fiesta me parecía como lanzarme por un precipicio sin cuerda ni arnés. Tragué saliva y asentí.

—Me parece bien.

—Estupendo —murmuró él echándose hacia atrás—. Entonces iremos al garaje.

Intentando aparentar calma, bajé los ojos pero no pude evitar que una sonrisa tensara las comisuras de mis labios. Era una sonrisa bobalicona, no había duda, demasiado ancha y sin control, pero estaba emocionada. Nerviosa también, pero sobre todo emocionada.

Daba igual lo que pasara esa noche. Pasara lo que pasase, para mí sería la primera vez.

22

Rider condujo mi coche hasta el garaje Razorback. Era lo más lógico, dado que él sabía adónde iba y yo estaba hecha un manojo de nervios. Al principio, mientras salíamos del aparcamiento, no dijimos nada.

Yo aproveché esos instantes para pensar en algún tema de conversación.

—¿Te... te ha gustado la cafetería? —pregunté—. Ya sé que era... distinta.

En cuanto esas palabras salieron de mi boca di un respingo. ¿No se me ocurría nada mejor? Hablar del tiempo, por ejemplo.

Uf.

Rider se mordió el labio y me lanzó una ojeada.

—Estaba bien. Pero ¿por qué dices que era distinta?

—Porque... porque estaba pensando que antes... jamás habría pisado un sitio como ése. —Hice una pausa, preguntándome adónde quería ir a parar con todo aquello—. Los dos, quiero decir.

Deslizó una mano por el volante, tomando suavemente las curvas de la carretera.

—Entonces, ¿lo que de verdad quieres saber es si me siento cómodo en sitios así?

Abrí la boca, pero volvieron a atascárseme las palabras. Como siempre. Me puse como un tomate. Eso era lo que le estaba preguntando, ¿no?

—¿Ratón?

Sacudiendo la cabeza, me puse a toquetear la tira de mi cinturón de seguridad.

—No lo decía en ese sentido.

Se quedó callado mientras seguía conduciendo.

—¿No?

No supe qué decir.

—Pues parece una pregunta bastante obvia. Porque a fin de cuentas ya no llevamos el mismo tipo de vida, ¿no? —preguntó.

Le miré. Tenía la vista fija hacia delante, una mano sobre el volante y otra sobre el muslo. Mi reacción natural era quedarme callada. Si lo hacía, sabía que Rider pasaría a otro asunto, pero era yo quien había sacado aquel tema. Tenía que reconocerlo. No podía quedarme callada para siempre.

Soltando un suspiro, fijé la mirada en la camioneta roja que teníamos delante.

—No, pero... la verdad es que no pienso mucho en ello. Por eso no pensé dos veces lo de... la cafetería.

—Me siento tan cómodo ahí como en cualquier otro sitio —contestó Rider pasado un momento, con voz firme pero desprovista de emoción.

Le miré, sintiéndome completamente idiota.

—Seguramente te... te he ofendido. Lo siento.

—No me has ofendido —respondió achicando los ojos—. De verdad.

Apreté los labios y asentí con la cabeza. Rider y yo habíamos compartido muchas cosas en el pasado, pero a veces tenía la sensación de que entre nosotros había un abismo. Podía quedarme allí sentada, pensando en ello, o podía intentar forjar un puente para salvar ese abismo.

Obligué a mis dedos a soltar el cinturón de seguridad y apoyé las manos en el regazo.

—En… clase, ayer, parecía que… que el señor Santos y tú os conocéis bastante bien.

—Me echó una mano cuando me pillaron por hacer pintadas en el instituto —contestó—. Pero eso ya te lo había dicho.

—No parecía… sólo eso. —Le miré—. Llevó… tu cuadro a una galería.

Rider no respondió enseguida.

—Desde que pasó aquello, está pendiente de mí. Me presta atención. —Se encogió de hombros—. Siempre ha sido muy atento. No como los otros.

—¿Qué… qué quieres decir?

Tamborileó con los dedos sobre el volante.

—Él no se fija en tu dirección, ni en el barrio donde vives, ni en todo ese rollo. —Hizo una pausa y me miró cuando nos detuvimos frente a un semáforo—. No para de darme la lata para que me dedique a la pintura. Intenta convencerme de que me matricule en el MICA. —Se rió sacudiendo la cabeza—. Apunta muy alto.

El MICA, el Instituto Universitario de Bellas Artes de Maryland, era un centro muy conocido. Uno de los mejores en su especialidad.

—Si Santos cree que… puedes entrar, ¿por qué no lo intentas?

Levantó las cejas.

—Porque estoy seguro de que estudiar un curso allí cuesta más que un coche nuevecito.

—¿Y si pides un préstamo?

No respondió.

Pero yo insistí. No por las mismas razones por las que le había acribillado Carl la noche anterior, sino porque Rider tenía verdadero talento.

—Si no puedes ir al MICA, hay facultades más… baratas. Y en las que es más fácil entrar.

—Lo sé —contestó, y no dijo nada más.

Fruncí el ceño, observándolo.

—Cuando éramos pequeños, hablabas de ir a la universidad. Tú sí. Yo… no.

Su mano se crispó sobre el volante.

—Entonces era un crío, Ratón.

—¿Y?

—Ahora las cosas son distintas.

—Son mejores —repuse yo—. ¿Verdad?

Frenó para tomar una estrecha bocacalle.

—¿Te has fijado en que, cuando algún tema te interesa de verdad, no haces pausas al hablar?

Sí me había fijado, y en parte me hizo ilusión que se diera cuenta. Pero no era de eso de lo que estábamos hablando.

—Las cosas son mejores ahora, ¿verdad?

—Sí, Ratón —dijo con un suspiro.

Entorné los ojos.

—Si lo dices así, no sé si creerte. —Me quedé observándole y pensé que, ya que estaba, lo mejor sería seguir haciéndole preguntas—. ¿Qué pasó… entre Paige y tú?

—¿A qué viene el interrogatorio? —replicó mientras aparcaba delante del garaje.

—A que me importa —balbucí.

Tenía razón en que le estaba interrogando. Estaba haciendo lo mismo que Carl la noche anterior, pero yo al menos tenía buenas intenciones.

Volvió la cabeza hacia mí y nuestros ojos se encontraron. No me arrepentía de haberle soltado aquello, porque era la verdad. Me importaba Rider. *Siempre* me había importado. Sin apartar la mirada, apagó el motor y sacó la llave. Puso las manos sobre el regazo mientras me observaba.

—No era justo para Paige —dijo por fin—. Nuestra relación.

—¿Y eso por qué? —pregunté.

Se quedó mirándome un momento y luego esbozó una sonrisa.

—Creo que ni siquiera deberíamos haber empezado a salir. Estábamos mejor siendo amigos, y... —Deslizó la mirada hacia el edificio bajo y gris—. Quiero decir que le tenía muchísimo cariño. Se lo tengo todavía. Y puede que en parte, al principio, pensara que... que era algo más profundo, ¿entiendes lo que quiero decir? Pero el caso es que no es así. —Levantó los hombros soltando un fuerte suspiro—. Creo que lo sabía desde hace tiempo. Y creo que me convencí a mí mismo de que a ella le pasaba lo mismo. No me arrepiento de haber salido con ella, pero sí de haber esperado tanto para cortar. Le he hecho daño y eso... es una mierda. Paige es importante para mí...

Sacudió la cabeza.

—Después de estar contigo en la biblioteca —prosiguió—, fui a verla. Corté con ella, como debería haber hecho hace tiempo. Así que el jueves pasado... me pasé un poco bebiendo.

Se interrumpió, estiró el brazo y sus dedos rozaron mi costado cuando se desabrochó el cinturón de seguridad.

—No podía seguir con ella, ¿sabes? No estaba bien. —Se deslizó el cinturón de seguridad por el hombro—. Tenía la sensación de estar dándole largas. Sobre todo ahora.

—¿Ahora?

—Sí. —Sus ojos escudriñaron los míos—. Sobre todo ahora.

Entreabrí la boca e inhalé suavemente.

Pasaron unos instantes hasta que por fin preguntó:

—¿Quieres que entremos?

Apreté los labios y asentí con un gesto. Abrí la puerta y esperé a que él rodeara el coche. Una camioneta pasó a nuestro lado con la radio a todo volumen, y la música retumbó por toda la calle. El barrio no estaba mal. Había muchas tiendas y locales, y más abajo vi una fila de casas adosadas de ladrillo.

—¿Vives cerca de aquí? —pregunté.

Dijo que sí con la cabeza al pararse delante de un portón gris sin ventanas.

—Sí. A unas tres calles de aquí. —Sacó una llave y abrió la puerta—. El taller está un poco desordenado. Lo siento.

—No pasa nada.

Era un taller de carrocería. Lo normal era que estuviera desordenado.

Entró y me sujetó la puerta. Le seguí. Enseguida noté un olor denso, una combinación de pintura y aceite mezclado con gasolina. Olía a trabajo duro.

Rider pulsó un interruptor y un leve zumbido resonó en el edificio. Se encendieron los fluorescentes que colgaban del techo, separados entre sí por unos sesenta centímetros. La luz, débil al principio, fue haciéndose más fuerte.

Rider avanzó, metiéndose las manos en los bolsillos.

—¿Vienes?

Crucé los brazos y le seguí cuando rodeó un coche que estaba subido a una grúa elevadora. Le faltaban las ruedas y tenía los ejes al aire.

Había bancos de trabajo y baúles de herramientas por todas partes. El suelo de cemento estaba cubierto de manchas de aceite y grasa. Cuanto más nos adentrábamos en el edificio ancho y alargado, más coches veíamos tapados con lonas gruesas, y más intenso era el olor a pintura. Allá dentro estaba más oscuro.

Una tenue luz amarilla se reflejó en las mejillas de Rider cuando miró hacia atrás. Se paró junto a un coche tapado.

—No tengo hora fija de trabajar. Drew me llama cuando tiene trabajo. Estos dos últimos meses he tenido suerte. Ha habido mucho trabajo.

Estirándose hacia arriba, agarró una cadena. Cuando tiró de ella, se le marcaron los bíceps y músculos de la espalda, y la camiseta se le tensó sobre los hombros. Volví a sentir que aquella sensación cálida y densa se extendía por mis venas.

La luz inundó el local. Lo primero que vi fue una lona grande colgada a lo largo de la pared. Estaba cubierta de pintura. Como si hubieran arrojado sobre ella cien colores distintos al azar.

Rider siguió mi mirada.

—Ahí es donde pruebo los colores. A veces tengo que mezclarlos antes de meterlos en la pistola.

—¿En la pistola?

Asintiendo, se volvió hacia una mesa de trabajo sobre la que había varios recipientes plateados con boquilla. Se acercó y cogió uno.

—La pintura va aquí. —Pasó el dedo por el recipiente que se encajaba sobre la pistola—. Y el fondo está enganchado a una manguera conectada al compresor de aire. —Se rió, un poco avergonzado, al volver a dejar la pistola sobre la mesa—. Aunque no me has pedido que te explique cómo funciona una pistola de pintor.

—No pasa nada. —Me acerqué—. Es interesante.

Se rió otra vez al alejarse de la mesa. Pasó a mi lado y se detuvo delante de un coche cubierto.

—Llevo trabajando en este coche desde la semana pasada. —Cogió la lona por la parte del capó y la retiró—. Está casi terminado.

Me quedé boquiabierta.

No sabía qué clase de coche era. Uno blanco con dos asientos. Descapotable, seguramente. Pero eso daba igual. Lo que de verdad me dejó sin respiración fue lo que había pintado sobre su capó.

Era la bandera de Estados Unidos. Ya sé que no parece gran cosa, pero el detalle con que estaba pintada la bandera era alucinante. Ni una sola franja roja se mezclaba con las blancas. Las estrellas eran estallidos perfectos de blanco sobre un fondo azul marino. La bandera no era un rectángulo inmóvil. Ondeaba como si fuera un paño de verdad colocado sobre el capó y el guardabarros, y el viento se deslizara sobre ella. Daba la sensación de que el coche estaba en movimiento.

¿Cómo podía conseguir ese efecto utilizando aerosoles?

—El dueño quería algo muy americano. —Rider se acercó y pasó una mano por el guardabarros, quitando una mota de polvo inexistente—. Al final, nos decidimos por la bandera.

Asombrada, sacudí la cabeza y me llevé la mano al pecho. No podía creerlo. Había visto las cosas que pintaba en la fábrica, y eran asombrosas, pero aquello era otra cosa.

—Es alucinante.

—¿En serio?

—Sí. —Lo miré con los ojos como platos—. ¿Cómo es posible que no te des cuenta de lo alucinante que es?

Se encogió de hombros, volviendo a mirar el coche.

—Es sólo una bandera.

—Pero ¡parece de verdad! —exclamé con voz de pito, pero no me importó.

Rider se había criado en la miseria. No tenía *nada*. Había crecido en medio de la oscuridad y la violencia, y sin embargo siempre había tenido aquella habilidad. Lo que había vivido no había estropeado su talento.

—Es como si pudiera acercarme y… levantarla.

—Eh… —Hizo una pausa—. Gracias.

—¿Tienes… un archivo de tus trabajos?

Negó con la cabeza.

—No, qué va.

—Deberías hacerle fotos a éste —insistí—. A todos los que hagas.

Bajó la barbilla.

—Tengo algunas en casa. No están ordenadas ni nada de eso. Drew es quien se encarga de hacerlas. Las cuelga en la página web.

—¡Un porfolio con tus trabajos! —grité emocionada—. ¡Eso es lo que tienes que hacer!

Levantó las comisuras de la boca y se agachó para coger la lona. Le vi volver a tapar el coche y enderezar la lona, rodeándolo.

Tomé aire suavemente.

—Me… me gustaría ver más trabajos tuyos.

—Puedo enseñarte algunos después. Reunir las fotografías —dijo al tapar el maletero del coche.

Sonriendo, descrucé los brazos. Se me ocurrió una idea mientras le veía estirar el otro lado de la lona. Él no iba a hacer un porfolio con sus obras. Por algún motivo, no se daba cuenta del talento que tenía. Pero eso no significaba que yo no pudiera ayudarle.

—¿Quieres probar? —preguntó.

Abrí los ojos como platos.

—¿Probar a pintar un coche?

Sus ojos brillaron cuando se rió.

—No. A pintar un coche no, Ratón. —Se acercó a mí y señaló la lona clavada a la pared—. A pintar ahí.

Me giré y recorrí la lona con la mirada. Había sitios sin pintar. Sobre todo en la parte de abajo.

Rider se acercó a la mesa de trabajo, abrió el cajón y sacó dos mascarillas blancas.

—Los gases son un poco molestos. —Se acercó a mí—. Bueno, ¿qué te parece?

Sonriendo, asentí.

La curva de sus labios se hizo un poco más pronunciada y me pasó la mascarilla por la cabeza, dejando que colgara por debajo de mi barbilla. Me miró a los ojos al sacar mi pelo de debajo de la goma. Dudó un momento, mirándome. Abrió la boca como si fuera a decir algo, pero luego cambió de idea. Se puso su mascarilla dejándola colgar, dio media vuelta y se acercó al alto armario de plástico que había al lado de la mesa. Lo abrió y comenzó a sacar botes de aerosol de aspecto corriente.

—He pensado que podíamos empezar por esto antes de pasar a otras cosas —explicó en tono ligero al darme un bote con la tapa roja—. El color te sienta bien.

Noté que me ponía colorada al coger el bote. Rider me condujo junto a la lona mientras sacudía el suyo. Yo hice lo mismo, aunque en mi caso seguramente parecía una loca.

—¿Qué te parece si primero empezamos con una letra? La letra eme. —Se puso la mascarilla sobre la boca y su voz sonó sofocada cuando añadió—: Aquí.

Colocándose el bote de aerosol bajo el brazo, se volvió hacia mí y me subió la mascarilla, colocándomela sobre la boca. Al sentir el roce de sus manos a lo largo de la goma, un escalofrío recorrió mi columna vertebral.

—Ya estás.

Le quitó al bote la tapa, que cayó al suelo con un ruido sordo. Con los ojos brillantes, se arrodilló y, con unos pocos movimientos, trazó una erre mayúscula con pintura negra.

—Te toca.

Al principio me quedé allí parada, congelada por la indecisión. No sabía qué iba a hacer. Porque dibujar una letra con aerosol no era difícil, pero la sola idea de intentarlo me daba terror porque... ¿Por qué? ¿Por miedo a fracasar? ¿Cómo iba a fracasar dibujando una letra? Venga ya. Además, si hacía el ridículo, a Rider no le importaría. A mí no debía importarme.

Pero me daba miedo *intentarlo* siquiera.

Empezó a temblarme el brazo, y dejé de pensar, dejé de estresarme. Quité la tapa al bote y avancé. Me arrodillé y pinté una eme gigantesca y temblorosa en color rojo.

Ya estaba.

No era para tanto.

Nadie había resultado herido, ni me había muerto de vergüenza por culpa de mi eme. Miré a Rider y, aunque no pude verle la boca, me pareció que estaba sonriendo.

—Entonces... —dijo mientras dibujaba una i junto a su erre—. Estás buscando universidad, ¿no?

Empecé a decirle que sí con la cabeza mientras dibujaba una a, pero me obligué a hablar.

—Sí. Quiero ir a... a College Park, pero...

—¿Qué?

Fruncí el entrecejo, concentrada en lo que hacía.

—Carl y Rosa quieren que... que estudie algo relacionado con la medicina, que me dedique a la investigación. Marquette, su hija, iba a ser médico, como ellos.

Rider se quedó callado mientras dibujaba velozmente por encima de mí, a mi izquierda.

—¿Y eso es lo que tú quieres?

—Yo... —Me detuve, bajé el bote de aerosol y miré las tres primeras letras de mi nombre.

Ya sabía la respuesta, pero pensé en cómo se había reído Carl cuando le dije que quería estudiar trabajo social y en cómo había desdeñado mi idea. No quería que Rider hiciera lo mismo.

—No... no sé. —Le miré—. ¿Crees que no es eso lo que quiero?

Se quedó pensando, mirándome a los ojos.

—No sé la respuesta a esa pregunta, Ratón. No eres la misma que hace cuatro años.

A veces me sentía exactamente igual que cuatro años atrás.

Se puso otra vez a pintar y el denso olor de la pintura invadió el aire.

—Si es lo que te apasiona, adelante, lánzate.

La investigación no me apasionaba, pero intuía que el trabajo social sí me apasionaría. Lo que pasaba era que no quería que Carl y Rosa se llevaran una decepción, y sabía que si decidía estudiar algo así sería un chasco para ellos. Pero ¿qué más cosas me apasionaban?

Rider se puso a hablar de los distintos trabajos que había hecho, sobre algunas figuras que había tenido que pintar. Me reí cuando me contó que una vez había pintado un payaso en una furgoneta. Qué mal rollo. Coloreamos nuestras letras. Rider adornó las suyas haciendo dibujos en zigzag sobre las siluetas. Yo también lo intenté, pero en mi caso parecían manchas de sangre.

Seguí pensando en lo que me apasionaba, en lo que me llamaba de verdad y, mientras acababa de rellenar la i griega, me di cuenta de que no tenía ni idea. En mí todo era superficial, apenas arañaba la superficie. Me gustaba leer. Me gustaba tallar figuritas en jabón. Me gustaba ver *Project Runway*, un programa de la tele en el que los concursantes tenían que crear diseños de moda. Pero ninguna de esas cosas me apasionaba.

No quería dedicarme a escribir, como Ainsley. Tallar en jabón era más bien un hobby un poco raro: mi forma particular de meditar. Y no podría haber diseñado ni una camiseta de algodón aunque mi vida dependiera de ello.

Dios mío, estaba... en blanco. Como los huecos de la lona manchados con gotitas de pintura. Había cosas que me gustaban, cosas que me habían llamado la atención a lo largo de los años, pero por dentro estaba prácticamente vacía.

Durante los últimos años había ido desprendiéndome poco a poco del bagaje emocional del pasado, de mis traumas y mis miedos, pero el infierno de mi infancia no sólo me había condenado al silencio, a una existencia en segundo plano. También me había impedido... vivir. ¿No era eso lo que significaba en realidad apasionarse por algo? ¿Vivir? Pero el miedo seguía allí, y por su culpa yo era esa especie de cascarón vacío.

Curiosamente, noté que me quitaba un peso de encima. No me sentí mal al pensarlo, cuando me incorporé. Era básicamente un lienzo en blanco, pero eso no era malo, pensé. Porque también significaba que... que podía ser lo que quisiera.

Podía convertirme en *cualquier cosa*.

Sólo tenía que ponerme manos a la obra.

Pero mi nombre parecía una nube de golosina pringosa de sangre.

Sonreí debajo de la mascarilla.

—Me gusta. —Rider se quitó la suya, se acercó a la mesa de trabajo y dejó allí el bote y la mascarilla—. ¿Qué te parece?

Yo me quité la mascarilla y sonreí.

—Me gusta. —Miré nuestros nombres—. Gracias por traerme aquí. Seguro que la fiesta era… mucho más interesante…

—Qué va. Me apetece mucho más estar aquí —contestó, girando su cuerpo alto y esbelto hacia mí—. De verdad.

Levanté las cejas. No sabía si debía creerle o no.

Cogió un trapo.

—Enséñame las manos.

Lo hice. Dos de mis dedos tenían manchas rojas, como solían tenerlas los suyos. Cogió una de mis manos y comenzó a frotarla suavemente para quitar la pintura.

—Lo digo en serio, Mallory. Estoy muy contento de que estés aquí. La fiesta me da igual.

Le miré fijamente mientras me limpiaba la mano y llegué a la conclusión de que debía creerle. De que no debía desconfiar de su palabra. Apartó el trapo e inspeccionó mi mano.

—Tú no ves lo que yo veo.

—¿Qué?

Frunció el entrecejo mientras pasaba el trapo por mi dedo índice una vez más. Luego lo lanzó hacia atrás y cogió el bote de pintura roja.

—Quiero aclarar ese asunto entre nosotros, eso de si nos importamos el uno al otro —dijo, sorprendiéndome, mientras volvía a acercarse a la lona—. Sé que te importo, Mallory.

Mi corazón comenzó a latir más deprisa mientras él agitaba el bote de pintura.

—Y tú me importas a mí. —Flexionó un poco las piernas, pasó un segundo, movió el brazo y comenzó a dibujar—. Y creo que aquí falta algo.

Sin tener ni idea de qué iba a hacer ni de adónde quería ir a parar, yo esperé hasta que se levantó y dio un paso atrás, apartándose. Entreabrí los labios y dejé escapar una exclamación en voz baja. Había pintado un corazón entre nuestros nombres. Lo vi con mis propios ojos:

Se volvió hacia mí con una sonrisa avergonzada. Infantil.

—Seguramente es una cursilada, ¿no?

A mí se me había desbocado el corazón. Me latía tan deprisa que pensé que iba a darme un infarto.

—¿O me he pasado? —Tiró el bote a una papelera que había allí cerca y se acercó a mí lentamente. Tenía las mejillas coloradas—. Sí, creo que me he pasado.

Yo no sabía qué hacer ni qué decir.

Rider no estaba haciendo ninguna de las cosas que Ainsley me había dicho que haría. No se estaba haciendo el guay, ni haciéndose de rogar. Estaba hablando claramente y yo… yo estaba…

—Me gustas, Mallory. Y Dios sabe que te mereces a alguien mucho mejor que yo. —Bajó la barbilla, riéndose mientras se pasaba las manos por el pelo—. Dios… Estas cosas se me dan fatal. ¿No podemos olvidarnos de…?

—¿Te gusto? —pregunté de repente.

Me miró bruscamente.

—Sí, me gustas. Y sé que he estado con Paige y no voy a fingir que no ha significado nada, pero no es lo mismo que siento por ti. Ni remotamente. Y no es por nuestro pasado, porque nos conozcamos desde hace tanto tiempo —añadió, y siguió hablando atropelladamente—. Al principio pensé que era por eso…, esta atracción que siento por ti. Pensaba que era por todo lo que hemos compartido. Pero luego, la noche que fui a tu casa y estuvimos hablando, pensé que era sólo algo físico. —Se puso colorado—. Y está claro que es algo físico, pero no se trata solamente de eso. Creo que en parte lo supe desde el principio, desde la primera vez que dijiste mi nombre.

Me latía el pulso a mil por hora. A Rider le gustaba. Le gustaba de verdad. Ay, Dios, aquello sí que era una sorpresa. No estaba previsto. Era terreno absolutamente desconocido: un infinito mar de incógnitas.

—Sé que te mereces algo mejor, pero yo quiero ser mejor. Quiero serlo por ti. —Bajó la voz al detenerse delante de mí—. Por eso quiero preguntarte una cosa.

Noté un aleteo en el pecho y en el estómago. Le miré a los ojos, casi sin respirar.

—¿Qué cosa?

Un músculo vibró en su mandíbula y su pecho se hinchó bruscamente.

—¿Puedo besarte?

23

Durante unos instantes, entrecortadamente, mi mente se aceleró, analizando cada detalle de lo que estaba sucediendo antes de tomar una decisión.

No pensé.

Actué.

—Sí —susurré.

Rider dejó escapar un sonido que procedía del fondo de su garganta. Un sonido grave y masculino, a medio camino entre un gruñido y un gemido, que me hizo estremecerme. Posó una mano en mi mejilla y bajó la cabeza, pero no me besó.

No.

Su aliento cálido rozó mi frente al tiempo que deslizaba la mano por mi mejilla y abría los dedos para agarrarme la nuca. La otra mano la posó en mi espalda, muy abajo, y al sentir su peso me derretí por dentro. La subió por mi espalda, dejando una estela de fuego a su paso. Cerré los ojos pestañeando cuando sus labios rozaron la curva de mi mejilla. Fue la más deliciosa de las locuras. Tensé todo el cuerpo, preparada para el instante en que nuestros labios se encontrarían.

Fue una presión dulcísima, el roce ligero como una pluma de sus labios sobre los míos. Una vez. Y luego otra. Sentí su caricia en todo el cuerpo, como una sacudida eléctrica que recorrió mis venas. Luego la presión aumentó.

Y entonces Rider me besó.

Un beso de verdad, tierno y maravilloso. Y, cuando se hizo más hondo, no actuó con timidez. Sabía lo que hacía y, aunque yo no, un conocimiento innato me dijo que no importaba. Sus labios mostraron el camino a los míos, y a mí se me encogieron las entrañas.

Fue un beso alucinante. Asombroso. Espectacular. Seguramente se me ocurrirían un par de adjetivos más para describirlo. Me dejó anonadada y, cuando apartó la boca, los dos respirábamos agitadamente. Apoyó la frente sobre la mía. Pasaron unos segundos sin que ninguno de los dos dijera nada.

Yo seguía sin poder pensar. No sabía cómo habían llegado mis manos al pecho de Rider, pero su corazón latía tan fuerte y rápido como el mío. Yo tenía la mente completamente en blanco mientras aspiraba su olor, una mezcla de perfume cítrico con un leve rastro de pintura.

—¿Te ha gustado? —preguntó apartando los dedos de mi pelo para deslizarlos por el borde de mi mandíbula.

Ponerme a gritar «¡Sí, Dios, sí!» seguramente habría sido un poco excesivo, así que procuré contenerme.

—Sí.

Sonrió, y sus labios rozaron los míos.

—Bien. Porque a mí me ha gustado muchísimo.

Volví la mejilla hacia su mano. Nada de aquello me parecía real, era como si estuviera soñando y fuera a despertarme en cualquier momento y a volver a la realidad, a un mundo en el que sólo existían el pasado y un presente del que apenas me sentía partícipe. Una realidad en la que yo no acababa de dar mi primer beso. En la que no vivía cada segundo al tiempo que sucedía, sino que huía siempre hacia delante para luego echar la vista atrás.

—Deberíamos hablar de lo que vamos a hacer, pero quiero... —Rider respiró hondo y bajó de nuevo la voz, que sonó más ronca y áspera—. Quiero hacerlo otra vez.

Sentí de nuevo aquella especie de hinchazón en el pecho y pensé que iba a salir volando hacia el techo. Lo más sensato sería hablar, pero estaba harta de ser sensata.

—Yo... yo también.

Rider no vaciló.

Ladeó ligeramente la cabeza y sus labios presionaron los míos con mucha suavidad. El segundo beso fue tan asombroso como el primero, pero cambió pasados unos segundos. Se demoró un poco más, como si siguiera el trazo de mis labios, como si quisiera recorrerlos y memorizar su forma. Yo deseaba hacer lo mismo.

Me incliné hacia él al tiempo que subía una mano hacia sus hombros. Él deslizó una mano por mi espalda y me rodeó la cintura con el brazo. Me atrajo hacia sí hasta que nuestros pechos se juntaron. Una oleada de placer se apoderó de mí y, aunque nuestros cuerpos ya se estaban tocando, deseé que se tocaran más aún. Necesitaba estar más cerca de él. Sentí la punta de su lengua. El instinto me guió. Abrí los labios y...

Nos separamos bruscamente al oír un fuerte golpe en la puerta del garaje. Rider levantó los ojos y frunció las cejas.

—¿Qué demonios...?

A mí me cosquilleaban aún los labios cuando me soltó.

—¿Vamos a... meternos en un lío?

—No. Pero no debería venir nadie a estas horas. —Me miró apretando los dientes—. Quiero que te quedes aquí, ¿de acuerdo?

—Pero…

—Estoy seguro de que no es nada, pero quiero comprobarlo. —Soltó mi mano—. Quédate aquí de momento, ¿de acuerdo?

Crucé los brazos sobre la cintura y asentí con la cabeza. Se quedó mirándome un instante como si no supiera si creerme y luego giró sobre sus talones. Se acercó a la mesa de trabajo y cogió una barra metálica larga y fina.

Que cogiera una llave para cambiar neumáticos no era *buena* señal.

Echó a andar por entre los coches tapados, y yo no pensaba quedarme allí. Ni hablar. Todo aquello me daba muy mala espina. Le seguí justo cuando sonó una voz desde la entrada el garaje.

—¡Eh! ¡Rider! ¿Estás ahí?

—Dios —masculló Rider, y luego añadió en voz más alta—: Jayden, ¿eres tú?

Se hizo un silencio.

—Sí. ¿Dónde estás?

Rider me miró y yo me acerqué rápidamente a él.

—Su… voz suena rara —dije, y era cierto. Como si se le amontonaran las letras al pronunciarlas.

Rider asintió con un gesto y me agarró de la mano. No dejó la barra de hierro mientras se dirigía a la entrada del garaje.

—¿Dónde diablos te has metido, Jayden? —gritó mientras rodeábamos un coche que parecía estar hecho pedazos—. Hector y tu abuela se están volviendo locos buscándote. ¿Por qué…?

Dejé escapar un gemido y me tapé rápidamente la boca.

Jayden estaba junto a la entrada, de pie, de espaldas a nosotros. No llevaba camiseta. Tenía un enorme hematoma en el costado, un horrible moratón rojo y azul. Se dio la vuelta.

Rider se puso alerta y soltó mi mano.

—Maldita sea.

Jayden levantó la barbilla, y aquello fue peor aún. Tenía un ojo de un feo color morado y tan hinchado que no podía abrirlo. Y un tajo rojo le cruzaba el labio inferior.

—Me he metido en un buen lío, colega —dijo mientras se acercaba.

24

Rider le acompañó a una sala de descanso que había al fondo del garaje. Era un cuartito pequeño y mal iluminado, con una mesa arañada y una nevera que zumbaba y emitía chasquidos, como si estuviera en las últimas. Sacó hielo del congelador y lo envolvió en el trapo más limpio que encontró.

—Lo siento mucho, tío —farfulló Jayden al acercarse el hielo al ojo—. No sabía que estabas con ella. Se me ha ocurrido que estarías aquí y que podría lavarme un poco.

Hizo una pausa y giró lentamente la cabeza hacia mí. Yo procuré que no se me notara en la cara que tenía muy mal aspecto. Eché mano de mis muchos años de experiencia con Rider, de las veces en que el señor Henry conseguía atraparle y le daba una paliza.

—En serio, *bebê**. No quería meterte en este mal rollo.

—Lo sé —susurré yo.

—Pero lo has hecho —replicó Rider ásperamente, sorprendiéndome—. Nos has metido en este mal rollo, a mí y a ella. Y eso no mola, colega.

Le miré con sorpresa.

El músculo de su mandíbula vibraba otra vez cuando bajó su teléfono.

—Hector viene para acá. Prepárate. Está muy cabreado.

Me senté al lado de Jayden, sin saber qué hacer aparte de quedarme allí sentada y procurar no ser un estorbo.

—No hacía falta que le llamaras. —Jayden bajó el hielo—. Esto no tiene nada que ver con él. *No te preocupes**.

—¿Que no me preocupe? Pero ¿es que te has vuelto loco o qué, joder? ¿Tú te has visto? Y vuelve a ponerte el dichoso hielo en el ojo. —Rider sacudió la cabeza—. Ha sido Braden, ¿verdad?

Reconocí aquel nombre: era el del tío al que había visto en el instituto.

Jayden no dijo nada.

—Te dije que no te acercaras a él. Y también te lo dijo Hector. Llevas dos días sin aparecer. A saber qué habrás estado haciendo para ese cabrón. Y fíjate en cómo estás ahora.

El chico bajó la barbilla y volvió a acercarse el paño con hielo al ojo.

—Pensé que podría recuperar lo que había perdido.

Miré a Rider y él advirtió mi expresión interrogativa. No esperaba que contestara, pero contestó.

—Jayden, que es increíblemente inteligente…

—Tío… —masculló él en voz baja.

—Pensó que podía pasar mierda para Braden. Moverla por ahí —prosiguió Rider, y no hacía falta mucha imaginación para saber qué quería decir con «mierda»—. Pero vendió el género y no devolvió la cantidad de dinero exacta que debía devolver.

—Pero eso lo hace todo el mundo —argumentó Jayden—. ¡Tú lo has hecho!

Tú lo has hecho.

Me quedé quieta, como si hubiera dejado de respirar. Miré a Rider. Sabía lo que querían decir con «pasar». Vender la mercancía que te daban con la promesa de devolver el dinero que sacaras a cambio de una retribución. También sabía que la mercancía a la que se referían no eran precisamente gafas de sol.

Estaban hablando de pasar drogas.

Sentí una náusea.

Él seguía con los ojos fijos en Rider.

—Lo hacía antes. *Antes*, Jayden. Luego junté dos neuronas y me di cuenta de que no quería acabar muerto en un callejón sólo por ganar un par de cientos de pavos.

Rider había vendido drogas. Antes. Seguí mirándoles fijamente, sin saber si se suponía que tenía que sentirme aliviada o no. Sentía un horror creciente.

—Yo no voy a acabar muerto.

Rider puso cara de querer hacerle algún moratón más.

—¿Ah, no? ¿Qué le pasó a tu primo? Si no recuerdo mal, la palmó.

—Tío —repitió Jayden bajando la cabeza.

Rider cruzó los brazos.

—¿Por qué haces esto? Hector te dijo que podía conseguirte un trabajo…

—¿En McDonald's? ¿Ganando el salario mínimo para acabar oliendo a grasa recalentada? —Meneó la cabeza e hizo una mueca de dolor—. Tú sabes que con ese dinero ayudo a la *abuelita** para que no tenga que trabajar tantas horas. —Levantó la bolsa de hielo—. No puede con todo. Tú lo sabes, y el Estado va a dejar de pagarle por ti.

—Lo sé, Jayden.

—No quiero que tenga que seguir acogiendo a chavales para pagar la puta factura de la luz. No todos son como tú —añadió Jayden.

Rider cerró los ojos.

—Eso también lo sé, pero, maldita sea, vas a... vas a conseguir que te maten.

Contuve la respiración, notando que se me revolvían las entrañas. Un escalofrío me corrió por la espalda mientras les escuchaba. Aquello... aquello iba en serio. Era mucho más grave que todo lo que me pasaba a mí.

—Qué va, tío. No exageres —contestó Jayden, haciendo amago de bajar otra vez el hielo, pero miró a Rider y se detuvo—. Lo tengo todo controlado.

Rider resopló.

—Ya se nota.

Jayden apartó la mirada y la fijó en la nevera.

Pasaron unos segundos. Luego Rider volvió a hablar bajando la voz.

—Eres como un hermano para mí, Jayden. Hector y tú me habéis ayudado siempre. Me abristeis vuestra casa. No quiero que te pasen estas cosas.

—No va a pasarme nada —masculló.

Rider siguió hablando:

—¿Crees que a tu abuela va a hacerle algún bien verte así? ¿Cómo crees que va a reaccionar? ¿Crees que quiere un dinero que te ha costado sangre?

Las cosas empezaron a encajar mientras les escuchaba, y no me gustaron las piezas que iba juntando mi cerebro. Pensé en el día en que Rider y Hector salieron del aparcamiento del instituto detrás de unos tíos mayores. En la noche en que se presentó con un corte en la frente. En las conversaciones en voz baja entre Hector y él. Rider estaba implicado en los problemas que tenía Jayden.

—Estoy bien —dijo Jayden con dureza—. No va a pasarme nada. Estoy perfectamente.

Cuando llegó Hector, pensé por un momento que quizá aquel tal Braden no fuera el problema más acuciante de Jayden. Parecía tener ganas de matar a su hermano pequeño. Le gritó, alternando como una metralleta el español y el inglés. A mí ni siquiera me miró, y yo me alegré de ello. Sacó a Jayden a empujones del garaje, dejándonos solos otra vez.

Rider cerró la puerta, pero tardó un segundo en girarse. Respiró hondo, levantando los hombros, y luego se volvió lentamente hacia mí.

—Lo siento.

—No… no es culpa tuya —le dije.

Con la mandíbula tensa, bajó la barbilla.

—Sí, pero este…

—Este ¿qué? —pregunté al ver que no decía nada más.

Levantó la mano para rascarse la mandíbula.

—Este tipo de malos rollos no tienen por qué salpicarte a ti. No deberías tener nada que ver con esto.

—Bueno, tú no sabías que… que esto iba a pasar —razoné yo. Una parte de mí quería acercarse a él, tocarle, pero me contuve—. Espero… espero que a Jayden no le pase nada.

No respondió enseguida.

—No le pasará nada si empieza a pensar con la cabeza.

—¿Es… es grave?

Hubo otro silencio.

—Sí, es grave. Siempre es grave, Ratón. Se ha mezclado con gente muy peligrosa, y cuando caes por ese agujero… no es fácil salir.

Crucé los brazos sobre el pecho.

—Y tú… ¿tú antes hacías lo que él?

Se puso tenso y levantó la cabeza.

—No quería que te enteraras.

Sentí una opresión en el pecho.

—Pues ya lo sé —contesté en voz baja.

—Fue una estupidez. Una estupidez. Parecía fácil, ¿sabes? Hacerlo un par de veces. Ganas unos dólares.

Se apoyó contra la puerta cerrada y cerró los ojos. De pronto una expresión de vulnerabilidad cubrió su cara, y pareció tener la edad que tenía, y no el triple.

—Yo no me metí mucho en ese asunto, no como Jayden. Logré salir.

De pronto sentí necesidad de sentarme.

—¿Cómo… cómo saliste?

—Su primo acabó muerto, le pegaron un tiro en la nuca —dijo inexpresivamente, y yo di un respingo—. Cuando pasó aquello, lo dejé. Y tuve suerte. Tengo suerte. A la gente con la que me mezclé, no le importó que lo dejara. Eso es todo.

—¿Y… y Hector?

—Hector es más listo. Nunca se ha metido en esos rollos. Por eso trabaja. Y además ahorra hasta el último penique. Quiere hacer una carrera técnica. Trabajar en algo que no sea freír hamburguesas. Jayden no es más que un crío —añadió como si él fuera un anciano comparado con su amigo.

—Parece que quiere ayudar a la señora Luna.

—Sí, y eso es aún peor. No me entiendas mal. Parte del dinero se lo gasta. Por eso esta vez se ha metido en líos. Compra comida y le mete algo de dinero a la señora Luna en el bolso sin que ella lo sepa. —Rider volvió a suspirar—. Es lo que hacemos todos.

En ese momento comprendí que no podía reprocharle lo que había hecho. Rider, Jayden… había tantas personas que eran víctimas de su entorno… Algunas conseguían salir. Otras no. Rider tenía razón. En gran medida era cuestión de suerte. A veces las cosas sólo podían suceder de una manera. Pero otras era pura cuestión de suerte, y yo era la más afortunada de todos.

Me obligué a acercarme a él y descrucé los brazos.

—Pero está… metido en esto. —Al ver que abría la boca añadí precipitadamente—: El día que Hector y tú os fuisteis del instituto después que Jayden… Apareciste con… con una brecha en la cabeza. ¿Por qué?

Rider se apartó de la puerta y levantó la mano. Me apartó el pelo de la cara y me puso unos mechones detrás de las orejas.

—Jayden tenía un problema.

Esperé.

Deslizó los dedos por un lado de mi cara y los pasó por mi mandíbula. Posó la mano sobre mi nuca.

—Iba a encontrarse con Braden. Y se lo impedimos.

Acarició con el pulgar la vena que palpitaba en mi cuello y sentí aquella caricia en todo el cuerpo. Pero no iba a permitir que me distrajera.

—¿Se lo impediste con la cara?

Esbozó una sonrisa.

—A los chicos de Braden no les hizo gracia que nos lleváramos a Jayden.

Me dio un vuelco el corazón.

—¿Quién es Braden?

—Nadie de quien tengas que preocuparte —respondió de inmediato, y le traspasé con la mirada—. En serio. No tienes por qué encontrarte con él en toda tu vida.

—¿Y tú sí?

Él levantó una ceja.

—No, si puedo evitarlo. Con un poco de suerte Jayden escarmentará después de lo que ha pasado hoy.

—¿Y si no escarmienta? —Me dio un vuelco el estómago—. Quiero saber quién es.

Pensé durante unos segundos que no iba a contestar, pero luego suspiró.

—Braden va a clase con nosotros. Pasa droga para Jerome, que es mucho mayor. Si Jayden no les da el dinero, Braden y su gente tienen que responder ante Jerome, porque es Braden quien metió a Jayden en el asunto. Por eso estaban cabreados con él, claro. Y cuando se cabrean, no se paran a hablar.

Recurrirían directamente a la violencia.

—¿Y Hector y tú ocupasteis el lugar de Jayden o qué? ¿Así te hiciste esa brecha?

—No. Les convencimos para que le dieran más tiempo —explicó—. Tardamos un rato en convencerlos, y en parte tuvimos que recurrir a otros métodos, además de parlamentar.

Ay, Dios. Ni siquiera podía imaginarme lo que debía ser estar en *esa* situación.

—¿Vas a volver a… intervenir? Porque esa gente parece peligrosa. Y no… —Respiré hondo y dije seguramente la cosa más egoísta del mundo—. No quiero que vuelvas a meterte en nada de ese tipo.

—¿Porque te importo?

—Claro que sí. —Entorné los ojos—. No quiero tener que preocuparme de que vayan a hacerte daño.

Se acercó y posó una mano justo por encima de mi cadera.

—¿Porque quieres estar conmigo?

—Sí —dije sin esfuerzo.

Sonrió y volvió a aparecer su hoyuelo.

—Quieres ser mi novia.

Abrí la boca y luego me eché a reír. Aquello sonaba muy raro, después de la seriedad de nuestra conversación, pero era un enunciado tierno y bobalicón.

Se puso colorado.

—No sé cómo tomarme esa risa —dijo en broma—. Pero amo su sonido.

Me quedé sin respiración. *Amo* su sonido. Ay, Dios, ¿qué estaba pasando aquí?

—Entonces, ¿quieres? Ser mi novia, digo —preguntó, y se echó a reír—. Seguramente debería habértelo preguntado antes de besarte, pero quiero... quiero ver adónde va esto, Mallory. Tengo la sensación de que tenemos una segunda oportunidad, ¿sabes? No he dejado de darle vueltas desde que llegué a clase y te vi allí sentada. Tenemos una segunda oportunidad. ¿Y cuánta gente tiene esa suerte?

Escudriñé su mirada, sintiendo en lo hondo del pecho que tenía razón. Yo había pensado lo mismo.

—No quiero dejarla pasar —añadió.

—Yo tampoco.

Lentamente, puso mi mano sobre su pecho. A Carl y Rosa no iba a hacerles ninguna gracia. Ni tampoco a Paige. Era un poco una locura pero... quería que sucediera. Quería estar con él.

—Sí —contesté.

Una sonrisa se extendió por su cara. Hizo amago de hablar pero pareció cambiar de idea. Sin decir palabra, bajó la cabeza y me besó. Mi *tercer* beso, y a mí me pareció tan perfecto y delicioso como el primero y el segundo.

Y cuando despegó su boca de la mía, me apretó contra su pecho y me rodeó con los brazos, y yo lo abracé con todas mis fuerzas. Pegué la mejilla a su corazón y me olvidé de

Jayden y de todo lo demás por el momento. Me concentré en nosotros dos, en Rider y en mí, en lo que estaba sucediendo y en lo que significaba.

Porque aquello... aquello era un comienzo.

25

Ainsley agarraba con fuerza contra su pecho el cuenco de palomitas mientras me miraba, sentada a los pies de la cama. Sólo quedaban los granos de maíz que no habían estallado, pero a ella le gustaba rebuscar entre ellos, por si había alguno a medio reventar. Yo no entendía cómo no se rompía los dientes masticándolos.

Era domingo por la tarde, habían pasado menos de veinticuatro horas desde que Rider me había besado, desde que había aparecido Jayden y Rider y yo habíamos pasado de simplemente amigos a algo más que amigos.

A novios.

A pesar de que había estado presente, yo no me explicaba aún cómo había pasado todo aquello. Noté en la garganta un grito parecido al de una hiena y resistí la tentación de taparme la cara con el cojín que tenía sobre las rodillas.

—Recapitulemos —dijo Ainsley con un brillo en los ojos azules—. Me has contado muchas cosas. Todo, en realidad. Pero necesito repasar unos cuantos detalles. ¿Dibujó un corazón entre vuestros nombres?

Asentí con la cabeza.

—¿En serio? Ah, Dios mío, Mal. Qué cursilada. Pero es tan mono que me da igual que sea cursi. ¡Hace que me derrita!

A mí me pasaba lo mismo.

—Ya te decía yo —agregó— que se notaba que le gustabas de verdad. Y ni siquiera hizo lo que hacen otros, fingir que no le interesabas. Habló claramente desde el principio —continuó mientras sacaba un grano de maíz un poco abierto y se lo metía en la boca para masticarlo—. Es como un cuento de hadas.

Levanté las cejas.

—¡Que sí! —insistió ella, haciendo una pausa para masticar el grano de maíz—. Crecisteis juntos y él era como tu paladín. Luego os separáis y volvéis a encontraros. No parece real.

—Ya lo sé. —Me acerqué el cojín al pecho—. Casi no sé… qué pensar.

—Pues piensa que es fantástico. Porque lo es. —Se metió un mechón de pelo detrás de la oreja—. Sólo tienes que pensar en eso.

La realidad asomó un poco la cara.

—Pero Paige…

—Han roto, rompieron hace una semana por lo visto, así que no ha sido por ti. —Hizo una pausa y arrugó la nariz—. Bueno, sí, pero no ha sido a propósito. Dudo que esa tal Paige lo vea así, pero eso da igual. No es problema tuyo.

Yo temía el momento en que Paige se enterara de que Rider y yo estábamos juntos.

—Esta mañana le he dicho a Rosa que Rider y yo estábamos… saliendo. —Me puse colorada—. No creo que se lo haya tomado muy a mal, aunque tampoco se ha alegrado. Carl no ha dicho nada pero…

—Pero seguramente lo dirá y será superviolento. Tienes que darles tiempo, nada más —contestó Ainsley juiciosamente—. Es tu primera relación con un chico.

—Es que… no sé. Tengo la sensación de que… no se trata sólo de eso —dije yo.

Se quedó mirándome un momento.

—No te estreses por Carl y Rosa.

—No voy a…

—Y no digas que no vas a estresarte. Tú te estresas por todo. —Sonrió mientras yo cerraba la boca—. A veces estás tan metida en tu cabeza que no… en fin, que no vives de verdad.

Levanté las cejas.

Miró el cuenco de palomitas.

—Por favor, no me malinterpretes. Es sólo que a veces creo que no te das cuenta de lo que pasa a tu alrededor porque te preocupas demasiado de lo que piensan los demás sobre ti y sobre las decisiones que tomas.

Quise decirle que no era cierto, pero no pude.

—Tienes razón.

Tenía mucha razón, en efecto, porque me preocupaba constantemente de lo que pensarían Carl y Rosa, de lo que pensaría ella, y también Rider, y Keira, y Jo, y el señor Santos… La lista era infinita.

—Lo sé —gorjeó, y luego se puso seria—. Lo de Jayden es muy triste.

Típico de Ainsley, pasar así de un tema a otro. Yo jugueteé con el dobladillo de mis pantalones.

—Estaba tan… hecho polvo.

—No parece que Rider esté muy metido en ese lío.

Ainsley dejó a un lado el cuenco de palomitas vacío, al lado de su mochila. Había venido a casa el domingo por la tarde con la excusa de que íbamos a estudiar juntas. Aún no habíamos abierto un libro.

—Pero aun así es triste. Y da miedo.

Yo no estaba segura de que Rider no estuviera muy metido en aquello. Sí, era algo que no tenía que ver conmigo, pero Jayden había intervenido ya una vez y yo dudaba de que fuera a quedarse de brazos cruzados si las cosas seguían yéndole mal a Jayden. No sería propio de él. Tenía un complejo de héroe casi suicida.

Se me encogió el estómago al pensarlo.

Además, Jayden me caía muy bien. Siempre había sido amable conmigo, hasta cuando no tenía ni idea de quién era. No estaba segura de cómo podía echarle una mano, ni de si estaba en mi poder hacerlo.

—Bueno, háblame de Hector. Quiero saberlo todo sobre él.

Ladeé la cabeza.

—Creía que no te gustaba.

—No tiene por qué gustarme para que pregunte por él —contestó Ainsley con una sonrisa.

Yo también sonreí.

—No sé mucho de él. Trabaja… en McDonald's a tiempo parcial, y es… simpático.

—¿Simpático? —Se rió echando la cabeza hacia atrás—. Deberías haber oído lo que dijo de mí, estando yo *delante*. Es un capullo. Un capullo, un cerdo y un pervertido, además.

Me quedé mirándola.

—Pero está muy bueno —añadió con una sonrisa pícara—. Y eso también cuenta.

Asentí con la cabeza.

—¿Y Todd?

Puso los ojos en blanco.

—Todd es aburrido. Y un pedante. No quiero hablar de Todd. Hay otras cosas de las que tenemos que hablar. —Lanzó una mirada a la puerta cerrada de mi habitación. Carl y Rosa estaban abajo, en alguna parte—. Ahora estás saliendo con Rider, ¿no? ¿Eres su novia o vas a serlo muy pronto? ¡Tu primer baile!

Di un respingo.

—No… no hemos hablado de eso.

—Pues ya podéis hablar.

—No sé —respondí.

Levantó una ceja.

—Por lo menos podrías preguntar si quiere ir. Es lo normal —dijo bajando la voz.

Asentí con la cabeza. Me había gustado cómo sonaba aquello.

—Yo quiero ser normal.

Abrió la boca y luego arrugó la nariz.

—Vale. Hagamos una pausa. Lo normal es subjetivo, y tú eres normal, Mal.

Arrugué la nariz.

—¿Qué pasa? —continuó—. No hablas mucho y de vez en cuando te da un ataque de pánico. ¿Y por eso eres anormal? Hay muchísima gente así. —Levantó las manos—. ¿Qué más da? Además, vienes de un hogar de acogida. De un hogar de acogida de mierda. Pero por desgracia tampoco eso es tan infrecuente. Eso no te convierte en un bicho raro.

Empecé a explicarle que sí que era un bicho raro pero me refrené. Ainsley tenía razón. Mi infancia no había sido muy normal, y no hablaba mucho, pero no por eso era un ser extraño y desconocido.

Ainsley sabía muchas cosas sobre mi infancia. Sabía lo mal que lo habíamos pasado Rider y yo, y que yo me había quemado, pero había cosas que no le había dicho. Cosas de las que sólo había hablado con el doctor Taft. Cosas que Carl y Rosa sabían porque habían visto los atestados policiales y el expediente de mi caso.

Paseé la mirada por la habitación, posándola un momento en el búho de jabón que había labrado, y luego por mi mesa bien ordenada y mi asiento de la ventana, lleno de cojines. Aquella habitación era tan distinta a las de aquella otra casa... Limpia, luminosa, bien ventilada. Acogedora.

Se me secó la garganta cuando miré a Ainsley. Antes no había querido contarle cosas de las que no hablaba nunca, pero de pronto sentí esa necesidad, como una quemazón en el estómago y el pecho.

Obligué a mi lengua a despegarse del paladar.

—Tengo... un problema con el ruido y el habla. —Noté que me ardían las mejillas y clavé la mirada en el cojín que sostenía. Me costaba explicar por qué quizá no pudiera ir al baile—. Tenía que estar siempre en silencio porque al señor Henry no le gustaba... el ruido. Había muchas cosas que no le gustaban, pero si me estaba callada no me... metía en líos casi nunca.

Ainsley me escuchaba en silencio, muy quieta.

Respiré hondo y continué.

—Rider siempre... me decía «No hagas ruido» para que... para que el señor Henry no me encontrara cuando estaba borracho o cuando... cuando yo hacía algo mal. A veces se ponía furioso si comía galletas o si... subía las escaleras haciendo ruido. No le gustaba que hablara. Y yo... Supongo que por eso no me gusta hablar, ni hacer ruido. El psicólogo al que iba solía decirme que era síndrome de estrés postraumático... y condicionamiento. —Sentí que mi sofoco remitía cuando añadí—: El caso es que la noche que... me quemé, sucedió otra cosa.

Ainsley no sabía cómo me había quemado, así que se lo conté. Fue difícil y doloroso hablar de ello. El cuarto estaba tan en silencio que, aunque se oía la tele de fondo, podría haber oído estornudar a un grillo. Le hablé de Terciopelo y de lo mucho que quería a aquella muñeca que Rider había robado para mí, a pesar de que ya era mayor. Le expliqué que un par de semanas antes, el señor Henry se había enfadado por una idiotez, me la había quitado y la había guardado a plena vista, para provocarme. Y le conté que esa noche el señor Henry echó a Rider a la calle después de que le preguntara si no íbamos a cenar.

—Arrojó… arrojó la muñeca al fuego —expliqué pasando las manos por el cojín—. Yo no pensé. Metí los brazos, intenté cogerla. Así fue como me quemé los brazos.

—Dios mío —susurró Ainsley.

—Sé que parece una tontería, pero Terciopelo era lo… era lo único que tenía. Nunca había pertenecido a otra persona, sólo a mí. Me entró el pánico. —Sacudí la cabeza—. Pero antes traté de… de despertar a la señorita Becky. A ella siempre… le había gustado Rider. Pensé que… que intervendría.

—¿Y no lo hizo? —preguntó Ainsley con voz queda.

Tragué saliva. De pronto me ardía la garganta.

—Entré… en su habitación aunque se suponía que no debía entrar. La señorita Becky bebía mucho. Cuando yo era pequeña, pensaba que era porque estaba enferma. Entré en… en esa habitación y estaba tendida en la cama…

Se me cortó la respiración al volver a ver la imagen de la habitación. *Botellas vacías. Cosas por el suelo. La señorita Becky en la cama, su delgado pecho inmóvil y su piel de un extraño color parecido al de la cera…*

—Pensé que… que estaba dormida. Dormía mucho. La llamé y, como no se despertaba, me acerqué a la cama. Intenté zarandearla. —Hice una mueca al acordarme y apenas oí que Ainsley contenía la respiración—. No estaba dormida. Se había... se había muerto, no sé cuándo, ese día. Luego me enteré de que había sido una sobredosis. Pastillas y alcohol. El señor Henry ni siquiera lo sabía. Supongo que era tan frecuente que... que perdiera el conocimiento que... que ni siquiera fue a ver qué le pasaba.

—Dios mío —repitió Ainsley.

—Siempre sueño con esa noche, con cómo la toqué. No sé por qué. Durante un tiempo no pensé en ella, pero aquello... me afectó mucho.

—Eso habría afectado a cualquiera, Mal. Dios mío, yo me quedaría traumatizada si viera a una persona muerta desde lejos, imagínate desde tan cerca... —Se puso el pelo largo y rubio detrás de las orejas—. ¿Qué pasó cuando te quemaste?

—Que... que me puse a gritar. Supongo. No me... acuerdo exactamente. Lo recompuse todo a partir de lo que me contaron después, pero Rider me oyó gritar y... fue a buscar a los vecinos. Tuvo que llamar a... a un par de puertas antes de que abriera alguien. Llamaron a la policía. —Me obligué a continuar—. Cuando llegó la policía, el señor Henry abrió la puerta como si... como si no pasara nada. Qué locura. Acabó en la cárcel por lo que nos había hecho a Rider y a mí. Dudo... dudo que siga allí. No pienso nunca en eso —añadí, y era cierto—. No sé por qué, pero es así.

Levanté la mirada a tiempo de ver que Ainsley se inclinaba hacia mí. Me rodeó con sus brazos, casi levantándome. Yo me quedé paralizada. No estaba acostumbrada a aquello. A los abrazos. En general no me gustaba que me tocaran, pero enseguida me sobrepuse, porque era un abrazo tierno y agradable. Distinto a los de Carl y Rosa. Distinto a los de Rider, pero igual de bueno.

La rodeé con mis brazos y yo también la estreché. Ni siquiera sabía por qué se lo había contado, pero me alegraba de haberlo hecho. Sentí un escozor en los ojos. Se me habían saltado las lágrimas. Pero no eran lágrimas tristes, sino más bien de alegría. Después de contárselo todo a Ainsley, me sentía como si me hubiera quitado de encima una prenda de ropa muy gruesa.

Ella se apartó. Le brillaban los ojos.

—Gracias por habérmelo contado.

No supe qué contestar, pero por una vez no me importó. En ese momento no había nada que decir, y por mí no había problema.

El lunes por la mañana me latía tan deprisa el corazón que pensé que iba a salírseme del pecho y a ponerse a dar carreras a mi alrededor. Parecía un lunes cualquiera, pero era muy distinto a todos los anteriores. Era el primer día de clase desde que Rider y yo estábamos juntos, y no sabía a qué atenerme. Dudaba de que las cosas fueran a cambiar en apariencia. A fin de cuentas, no llevaba una chapita diciendo «Soy la novia de Rider», pero cuando me acerqué a mi taquilla me sentía distinta, y no porque no estuviera Jayden por allí.

A la hora de la comida empecé a preocuparme por él. Tenía tantos hematomas y tantos cortes… Pero sabía por experiencia previa que a veces los huesos son tan difíciles de romper como si estuvieran hechos de titanio. Otras se quiebran como ramas secas, con una leve presión. ¿Tenía Jayden algún hueso roto? Su nariz no tenía buen aspecto.

Estuve picoteando desganadamente de mi ensalada hasta que acabó la hora de la comida. Ni siquiera me gustaban las ensaladas, pero no tenía ni idea de qué era lo otro que había en el menú.

Al acabar la comida, Keira se quedó a mi lado mientras Jo y Anna se adelantaban.

—Bueno… —dijo alargando la palabra—. Hay una fiesta en casa de Peter esta semana. Será muy divertido. Todos los años hace una fiesta el fin de semana anterior al baile de antiguos alumnos. Sólo quería asegurarme de que supieras que estás invitada, y espero que vengas.

Arrastré el pie derecho y me trastabillé un poco.

Anna miró hacia atrás.

—Claro que va a venir, ¿verdad que sí, Mallory?

Asentí, casi temiendo echar a perder aquel instante si hablaba, y era un momento superimportante porque era la primera vez que me invitaban a una fiesta. A una fiesta de verdad.

—Genial. —Keira me dio un empujoncito con la cadera—. Puedes llevar a quien quieras. Sin límite.

Noté que asentía con la cabeza. Normalmente me habría angustiado al pensarlo, pero mi estómago empezó a hacer saltos mortales por otros motivos, y al aturdimiento de la emoción siguió el cálculo. No me enteré de qué iba la clase siguiente y, cuando sonó el timbre, me mordí el labio para no ponerme a sonreír como una lela. Guardé el libro en la bolsa, salí de clase y entonces sí que sonreí.

Rider me estaba esperando.

Se apartó de las taquillas que había enfrente del aula, estirando su largo cuerpo. Abriéndose paso entre la marea de estudiantes que avanzaba por el pasillo, se puso el cuaderno debajo del brazo izquierdo y se acercó a mí. Me paré, levanté la barbilla con una enorme sonrisa y le miré. Tenía el pelo ondulado como si se hubiese pasado los dedos por él una docena de veces, y le caía desordenadamente sobre la frente.

—Hola —dije yo, hablando primero.

Apareció el hoyuelo de su mejilla derecha y me pasó el brazo por los hombros al tiempo que bajaba la cabeza. Estábamos rodeados de gente, pero en ese momento, cuando acercó la boca a mi mejilla y me besó, fue como si estuviéramos en una isla desierta, los dos solos. Había algo tierno y conocido en esa sensación.

Me apretó los hombros.

—Hola.

Yo sonreí aún más.

—¿Lista? —murmuró.

Sí, lista.

Apartó el brazo de mis hombros y me agarró de la mano. No era la primera vez que me cogía de la mano, pero de repente parecía un gesto más íntimo. Sentí un escalofrío por la espalda cuando deslizó el pulgar por mi palma y echamos a andar por el pasillo.

Eso sí que no lo había hecho nunca antes.

Me soltó la mano cuando llegamos a clase de expresión oral. Entré delante de él y me dirigí a mi asiento. Dejé mi bolsa en el suelo y fui a sentarme, pero Rider se agachó y me dio otro beso en la mejilla.

Me sonrojé al mirarle. Él sonrió al sentarse.

—No he podido remediarlo. Tu mejilla parecía echar de menos mis besos.

Una gran sonrisa se extendió por mi cara cuando me senté. Quise darle las gracias, pero me parecía un poco raro hacerlo. Quise decirle algo, pero no conseguía atrapar ninguna de las palabras que revoloteaban de un lado a otro por mi cabeza.

Su sonrisa fue agrandándose hasta que volvió a aparecer el hoyuelo.

Y entonces me di cuenta de que... de que daba igual que no dijera nada. En aquel momento, no importaba nada. Es más: era perfecto.

Sonó el timbre y miré hacia la puerta en el preciso instante en que entraba Paige. Se me borró poco a poco la sonrisa. Sus largas piernas la condujeron hasta el fondo de la clase.

—Hola —le dijo a Rider.

Él la saludó con una inclinación de cabeza.

—Hola —respondió.

A mí no me dijo nada, lo cual era normal, y mientras empezaba la clase me pregunté si ya sabía que Rider y yo estábamos juntos. Se me encogió el estómago. Aunque Paige no me caía muy bien, me sentía mal por... por ella, porque creía que de verdad le gustaba Rider, y eso tenía que doler. Que una pareja rompiera era totalmente normal, pasaba todo el tiempo, pero no por eso era más fácil. Y yo no sabía qué hacer con aquellos sentimientos.

El señor Santos anunció que nuestra siguiente exposición sería de carácter persuasivo. Esperé a que alguien hiciera notar que yo aún no había expuesto. Pero una de dos: o nadie se percató, o a nadie le importaba. Confiaba en que las cosas siguieran así.

Cuando acabó la clase, recogí rápidamente mis cosas, y Hector se levantó y se acercó a nosotros. Hizo intento de ponerse a hablar mientras Keira se acercaba también, pero Paige se le adelantó.

—¿Podemos hablar? —preguntó.

No tuve que mirar para saber que la pregunta iba dirigida a Rider. Apretando los labios, me concentré en cerrar la cremallera de mi bolsa aunque el corazón me latía a mil por hora. ¿Hablaría Rider con ella? ¿Importaba si así era? ¿Debía molestarme?

—¿Pasa algo? —preguntó él al cabo de un momento, y yo levanté la vista.

Estaba de pie junto a mi mesa.

Paige se acercó mientras Hector se alejaba, pero me di cuenta de que miraba a Keira con los ojos abiertos como platos. Ella se paró en seco, como si entendiera que no debía acercarse.

—He pensado que podíamos hablar en algún sitio más reservado. ¿Qué te parece esta noche? —preguntó Paige.

—Tengo que trabajar —contestó él, y yo me levanté y me eché la bolsa al hombro.

Paige se pasó la lengua por dentro de la boca.

—¿Y después?

Rider apartó la mirada y se frotó el pecho con la mano.

—Paige…

—¿Qué? ¿Es que ya no puedes ni hablar conmigo? Creía que seguíamos siendo amigos. —Cruzó los brazos—. Los amigos hablan.

Él abrió la boca y la cerró. Pasaron unos segundos.

—Somos amigos, Paige. Tú lo sabes.

—Oye —dijo Hector acercándose a ella—, ¿te vienes?

Ella resopló.

—Eh… no.

—Pues yo creo que deberías —insistió Hector—. Porque, en serio, no querrás hacer esto ahora.

—¿Hacer qué? —replicó Paige—. Solamente quiero hablar con Rider.

—No pasa nada. —Aquellas tres palabras salieron de mi boca y un instante después me estaban mirando los tres. —Tragué saliva—. Quiero decir que... no pasa nada si tenéis que hablar. Yo me voy... al coche.

—No. —Rider alargó el brazo, me cogió de la mano y entrelazó sus dedos con los míos.

Paige me clavó la mirada y luego miró nuestras manos unidas. Sus labios rosas y brillantes se entreabrieron, y fue evidente por la cara que puso que de pronto se daba cuenta de lo que pasaba. Levantó la barbilla y alzó las cejas.

—¿En serio? —preguntó dirigiéndose a Rider—. ¿Rompiste... conmigo para estar con ella?

Ay, Dios.

Keira frunció los labios y empezó a retroceder. Hector cerró los ojos.

—Nunca dije lo contrario —contestó Rider en voz tan baja que casi no le oí.

Me apretó la mano. Paige descruzó los brazos y yo me puse tensa porque pensé por un segundo que iba a abalanzarse sobre el escritorio y a estrangularnos. Pero luego esbozó una sonrisa de suficiencia y soltó una carcajada áspera.

—Sí, vale. Como si no lo hubiera visto venir desde el momento en que apareció.

Me dieron ganas de esconderme, pero eso me convertiría en una cobarde de la peor especie, así que me forcé a seguir allí.

—No sé qué decir —añadió Rider apretándome de nuevo la mano—. De verdad que no lo sé.

—No pasa nada, porque yo sí. —Paige levantó de nuevo la barbilla—. No vuelvas arrastrándote cuando ésta te deje tirado. Porque eso es lo que va a pasar.

Entorné los ojos y dije de pronto:

—No, eso no va a pasar.

Ella me miró y volvió a reírse.

—Lo que tú digas. Pero tú y yo sabemos cómo va a salir esto. —Movió los dedos despidiéndose mientras daba media vuelta—. Que os vaya bien.

Allí parada, la vi salir de clase mientras Hector se volvía hacia nosotros.

—Mierda —exclamó—. Menudo marrón.

—Y que lo digas —murmuró Keira.

—Pues ponte en mi lugar —dijo Rider con un suspiro, y me atrajo hacia sí—. ¿Estás bien?

—Sí. —Pestañeé—. ¿Por qué... por qué no iba a estarlo?

Se encogió de hombros. Yo fui a preguntarle si él estaba bien, pero la certeza con la que había hablado Paige me había dejado helada por dentro.

Había hablado como si estuviera segura de que lo mío con Rider no iba a durar.

De que no era para siempre.

26

—Hola, *bebê** —oí decir detrás de mí mientras hurgaba en mi taquilla el martes por la mañana.

Reconocí la voz y miré hacia atrás.

Jayden estaba allí parado, con un moratón debajo del ojo y el pómulo hinchado. Metí el libro de historia en la bolsa, al lado del cuaderno.

—¿Qué… qué tal estás?

—Fresco como una lechuga. —Se rió al ver mi cara de duda—. Vale. Estoy hecho unos zorros.

Esbocé una sonrisa mientras cerraba la taquilla.

—Quería decirte otra vez que siento lo que pasó el sábado. —Apartó de mí sus ojos enrojecidos y los fijó en el suelo arañado—. No sabía que estabas con Rider.

—No… no pasa nada. —Me aparté de la taquilla—. ¿Estás bien?

—Sí. Sí. —Se metió las manos en los bolsillos de los pantalones vaqueros anchos—. Entonces, Rider y tú estáis juntos, ¿no?

Me mordí el labio y asentí. Rider había trabajado en el garaje la noche anterior. Tenía que acabar de pintar el coche que me había enseñado.

—Vamos… a vernos hoy, después de clase.

—Qué guay. —Sonrió levantando el pómulo herido, y pensé que tenía que dolerle—. Rider es un buen tío.

Echamos a andar por el pasillo el uno al lado del otro.

—Está preocupado por ti.

—Como siempre. —Hizo una pausa—. Yo… eh, los admiraba mucho, ¿sabes? A Hector y a Rider. Ellos creen que no me importa, que ni siquiera les oigo, pero sí que les oigo. Y voy a hacerles caso. Ahora tengo nuevos planes. —Cuando llegamos a la puerta, levantó los ojos. Tenía una mirada distante. Desenfocada—. Tengo que irme. Sólo quería decirte hola. Luego nos vemos, *cariño**.

Se marchó por el pasillo, sorteando a chicos más altos que él, antes de que me diera tiempo a decir nada. Me quedé mirándole un momento y luego salí por la puerta abierta, confiando en que no sólo oyera a Hector y Rider sino que de verdad les *escuchase*.

—¿Las llaves? —dijo Rider cuando nos acercamos a mi coche después de clase.

Llena de curiosidad, las saqué de la bolsa y se las di.

Dejé la bolsa en el asiento de atrás y Rider puso su cuaderno al lado.

—¿Adónde vamos? —pregunté.

—Es una sorpresa. —Abrió la puerta del conductor.

Una sonrisa emocionada y seguramente bobalicona apareció en mi cara cuando me acerqué al otro lado. Todo aquello era nuevo para mí y no tenía ni idea de qué debía esperar, pero sabía, en todo caso, que las sorpresas solían ser buenas.

Una vez dentro del coche, Rider giró la llave en el contacto y me miró. El pelo le rozaba las cejas cuando sonrió.

—¿A qué hora tienes que estar en casa esta noche?

—A las ocho —contesté.

Carl y Rosa tenían guardia en el hospital esa tarde.

—Perfecto —respondió mientras daba marcha atrás. Acarició el volante con los dedos cuando salimos del aparcamiento—. Llevo un tiempo ahorrando para comprarme un coche. Éste me gusta. Aunque seguramente es demasiado caro para mí.

Estiré las piernas y le miré. Por un momento me quedé atónita pensando que aquello estaba pasando de verdad, que estábamos juntos, allí. Luego me rehíce. Más o menos.

—¿Qué… qué coche quieres comprarte?

Se encogió de hombros al salir a la calle.

—No estoy seguro. Una camioneta, quizá. No una grande, pero Drew está atento por si ve algo que pueda interesarme, y una vieja sí que podría comprarme.

Me quedé pensando un segundo.

—Me gusta la idea.

—¿Cuál? ¿La de la camioneta?

—Sí, pero lo que más me gusta es que hagas planes de futuro —expliqué mientras le observaba.

Levantó una ceja y se rió.

—No estoy seguro de cómo tomarme eso.

Sonreí un poco. Era difícil de explicar, pero Rider no se preocupaba mucho de sí mismo. Tenía muy pocas expectativas, o ninguna, y no obstante estaba haciendo planes de futuro. Comprar una camioneta quizá no fuera gran cosa, pero era algo.

Apenas aparté la mirada de él mientras conducía y hablábamos. Bueno, habló él sobre todo, y yo escuché. Era raro. No parecía haber cambiado nada desde la semana anterior, y sin embargo todo era distinto. Cada vez que me miraba, aunque fuera sólo un momento, su mirada era infinitamente más intensa. Densa y cálida.

—Keira me ha invitado… a una fiesta este sábado —le dije acordándome de la conversación del día anterior.

Con todo lo que había pasado con Paige después de clase de expresión oral, se me había olvidado.

—¿A la de Peter?

—Sí —asentí yo—. ¿Has ido alguna vez?

Negó con la cabeza.

—¿Piensas ir?

—No sé —contesté sinceramente.

Se lo había comentado a Ainsley la noche anterior, y a ella le parecía que era una idea estupenda y que debía ir. Y a continuación se había autoinvitado.

—¿Tú… irías?

—Si tú quieres que vaya. —Me lanzó una sonrisa rápida—. Hace unas fiestas enormes. Va un montón de gente.

Se me encogió un poco el estómago.

—Creo que… podría ser divertido.

—Seguramente lo será. —Hizo una pausa—. ¿Qué tal se lo van a tomar Carl y Rosa?

Casi me reí al pensarlo.

—Pues… no lo sé. No creo que se opongan del todo. Quieren que… que me relacione con más gente.

—Oh, oh —se limitó a decir él, y no supe a qué se refería. Pero enseguida añadió—: Hablando de relacionarse con gente, ¿has pensado en el baile de antiguos alumnos?

—Pues… —Se me hizo un nudo en la lengua. Pasaron varios segundos antes de que consiguiera ponerse al ritmo de mi cerebro—. No había pensado en eso hasta la semana pasada, cuando vi la pancarta. No… no sé. En parte quiero ir, pero…

Pero sería demasiado, y habían cambiado tantas cosas… Para muchos era sólo un baile, pero era un baile con un montón de gente y música a todo volumen. Arrugué el ceño. Seguramente una fiesta sería igual, aunque hubiera menos gente. De pronto empezaron a sudarme las manos y me las pasé por los muslos.

En parte me hacía ilusión buscar un vestido bonito y ver a Rider de punta en blanco, porque sería alucinante, pero el instituto era una novedad para mí, y mi relación con Rider también, e ir a una fiesta era una cosa, pero ¿a un baile?

—No sé. Nunca he ido a un baile. Algunos grupos de *homeschooling* también hacen bailes, pero yo nunca he ido a ninguno.

Rider me escuchó con paciencia mientras yo me obligaba a hablar.

—Entonces, ¿qué te parece si nos saltamos el de antiguos alumnos y hacemos planes para el de promoción?

¿El de promoción?

Santo cielo, para eso faltaba una eternidad, y eso significaba que Rider pensaba estar conmigo muchísimo tiempo, a pesar de las dudas que Paige hubiera sembrado en mi cabeza. No pude refrenar una sonrisa.

—Vale —dije.

Alargó el brazo y me apretó la mano.

—Estupendo.

Sonriendo como una idiota, miré por la ventanilla y parpadeé. Reconocí la calle del fin de semana anterior: era la callejuela del garaje, pero cuando la dejamos atrás empezó a latirme a toda prisa el corazón.

—¿Vas a… a llevarme a tu casa?

Me miró de reojo con aire travieso.

—Bueno, parece que ya no es una sorpresa.

El latido que notaba en el pecho se me pasó a la garganta.

—Aunque seguramente no era una gran sorpresa. Sólo es mi... Sólo es una casa. Nada emocionante —añadió mirando hacia delante al pararse delante de un semáforo. El motor del coche ronroneó—. No hay nadie. Hector está trabajando y la señora Luna no llega hasta las siete o así. No tengo ni idea de dónde está Jayden, pero seguramente habrá salido y estará haciendo algo que me dará ganas de pegarle un puñetazo.

Empecé a ponerme nerviosa por la emoción. Iba a ver su casa, tal vez incluso su habitación, lo que ya de por sí era emocionante. Pero además iba a ver por fin con mis propios ojos que vivía en una buena casa. Sabía instintivamente que con la abuela de Hector y Jayden se encontraba a gusto, pero intuirlo no era lo mismo que ver por mí misma que, cuando no estaba en el instituto ni delante mí, estaba en un lugar seguro y a salvo.

Había mucha gente que nunca se preocupaba por cosas así, pero yo sí, *nosotros* sí, porque los dos sabíamos que tener paredes y un techo no siempre equivalía a vivir seguro.

A veces era lo más peligroso del mundo.

En la calle donde vivía, el aparcamiento estaba reservado para los residentes, así que encontró sitio casi enseguida y ni siquiera tuvo que maniobrar. Cuando salimos hacía fresco y tuve que bajarme las mangas del jersey. Pronto tendría que ponerme una chaqueta.

Rider sacó mi bolsa del asiento de atrás y se la colgó del hombro.

—Es por aquí.

Me agarró de la mano y a mí me bailoteó el corazón dentro del pecho. Echamos a andar calle abajo mientras el viento fresco jugueteaba con mi pelo, arrojándome mechones a la cara. Era una calle agradable, flanqueada de árboles sin hojas. No olía mal, como fuera de la residencia de acogida y de la casa del señor Henry. Olía normal, no a una mezcla de pises, alcantarillas y tubos de escape.

Subimos los escalones de cemento agrietado de una casa adosada, vieja y estrecha. Los ladrillos rojos y las contraventanas verdes eran típicos de aquellas casas, igual que el ventanal de abajo. En la puerta había una guirnalda de estilo otoñal, de color naranja y rojo, con pequeñas calabazas de plástico.

Sentí que me llenaba de esperanza mientras él sacaba las llaves. Aquello era fantástico, fantástico de verdad. Que hubiera una guirnalda no significaba gran cosa, pero todas las ventanas estaban intactas y alguien —supuse que la señora Luna— se preocupaba de decorar la puerta según la estación del año.

Rider me soltó la mano, abrió la puerta y la sujetó para dejarme entrar. Respiré hondo y enseguida olí a canela y manzanas. Miré a todos lados mientras él cerraba la puerta.

La casa adosada de ladrillo se parecía mucho a la de Carl y Rosa, pero era más vieja y pequeña. Enfrente de la puerta de entrada había unas escaleras que llevaban a la primera planta. En los dos peldaños de abajo, pegados a la pared, había varios pares de zapatillas deportivas. Junto a la puerta había una mesa antigua, llena de cartas sin abrir.

Rider pasó a mi lado.

—¿Quieres beber algo?

Asentí y, siguiéndole, pasé por un arco y entré en el cuarto de estar. La mesa baja estaba cubierta de revistas. Sobre una repisa había una televisión de buen tamaño, y enfrente un cómodo sofá y una butaca. Detrás del sofá, la pared estaba completamente llena de fotos de Jayden y Hector. Había también varias fotografías de un hombre mayor que me recordó mucho a Hector. Supuse que era el señor Luna.

La habitación siguiente era un pequeño comedor. Después entramos en una cocina sorprendentemente grande, que parecía tener los mismos electrodomésticos que en el momento de su construcción. Los armarios eran oscuros y la encimera, marrón y lisa.

—Creo que hay Coca-Cola. ¿Quieres? —preguntó Rider mirando hacia atrás—. Me parece que la leche está caducada.

—Coca-Cola está bien.

Le vi abrir la nevera, y en ese preciso instante sentí ganas de llorar. Estaba llena: había recipientes con sobras, huevos, latas de refrescos, paquetes de embutido y hasta unas cuantas verduras.

Pero yo sabía que las apariencias pueden ser engañosas. A veces, un suelo limpio y una nevera bien surtida no son más que una fachada.

Mis esperanzas, sin embargo, no dejaban de crecer.

Rider sacó dos latas del frigorífico.

—¿Te parece que subamos a mi cuarto? —Se puso colorado—. Si no quieres podemos subir al desván. Allí se está bien.

Me enterneció que preguntara, y aún más que se pusiera colorado. Asentí con la cabeza, notando que yo también me sonrojaba.

—A… a tu cuarto está bien.

Tensó los labios al darme la Coca-Cola.

La planta de arriba era tan hogareña y cálida como la de abajo. Pasamos junto a dos puertas cerradas y un cuarto de baño. La habitación de Rider era la penúltima. Abrió la puerta y encendió la luz.

La habitación sólo tenía un ventanuco por el que entraba algo de luz, pero estaba asombrosamente limpia y ordenada. Se me agrandaron los ojos mientras miraba alrededor. Había una cama estrecha que estaba hecha, o en la que quizá no dormía nunca nadie. Y un escritorio pequeño y despejado pegado a una cómoda.

Rider pasó a mi lado y dejó su refresco sobre la mesilla de noche y mi bolsa a los pies de la cama mientras yo giraba sobre mí misma lentamente, mirándolo todo. En las paredes no había nada. Ni carteles ni dibujos. En un rincón había una estantería con libros. Me acerqué a ella, tocando la pestaña de mi lata de refresco. Me puse de rodillas y empecé mirar los lomos de los libros. Estaba la colección completa de Harry Potter en tapa dura, y había también unas cuantas novelas de suspense de autores cuyo nombre conocía.

—¿Son tuyos?

Rider se sentó en la cama.

—La mayoría sí. Los de Harry Potter estaban aquí cuando llegué. —Esbozó una media sonrisa—. Pero los he leído.

Sonriendo, me volví de nuevo hacia los libros. Había también unos cuantos de Stephen King que yo no había leído. La verdad es que no había leído ningún libro de Stephen King. No me gustaban mucho las novelas de terror. Uno de los títulos, un libro delgado, llamó mi atención. Era más pequeño y cuadrado. Di un respingo al reconocerlo.

Dios mío…

Lo saqué, me levanté y dejé la Coca-Cola sobre el escritorio al volverme hacia la cama.

Al ver lo que tenía en la mano Rider empezó a sonreír, pero la sonrisa pareció congelársele en la cara. Empecé a verle borroso y parpadeé rápidamente.

—Ay, mierda —exclamó bruscamente, y empezó a levantarse—. Todavía lloras cuando ves ese libro.

Me reí, una risa llorosa y ahogada.

—No, en serio. De verdad que no.

Miré la tapa del libro. Era un ejemplar antiguo. Dios mío, parecía exactamente el mismo. La portada amarilla estaba descolorida, y la ilustración del niño agarrando a su conejito de peluche también. Olía a libro viejo: ese olor mohoso que se pegaba a las páginas descoloridas.

—¿Es…?

Rider respiró hondo.

—Sí, es el mismo.

Levanté lentamente los ojos y le miré.

—Era tu libro favorito —dijo al cabo de un momento—. Aunque no tengo ni idea de por qué, porque siempre te hacía llorar.

Empezó a temblarme el labio.

—Era triste.

—Al final el conejito se vuelve real. —Se rió, pero su risa sonó ronca y pastosa—. No sé cuántas veces te lo expliqué.

—Pero era viejo y estaba estropeado y… —Tenía un nudo en la garganta. Tragué saliva y me acerqué a la cama para sentarme a su lado. Miré la vieja cubierta—. Lo único que quería el conejito era… ser real y que le quisieran —afirmé en un susurro, y levanté la mirada.

Me identificaba con aquel pobre conejito. En aquel entonces era demasiado pequeña para darme cuenta, pero yo también quería ser real y que me quisieran, porque durante mi infancia en aquella casa no sentía ninguna de esas dos cosas.

—Me lo llevé cuando me hicieron marcharme de aquella casa y lo he... Sí, lo he conservado desde entonces.

Contuve la respiración.

—Es... No sé qué decir.

—Nunca he dejado de pensar en ti —dijo en voz baja—. Ni un solo día, Mallory. Ese libro... No sé, era algo que me unía a ti.

Dios mío... Se me encogió el corazón y un temblor me recorrió el brazo. El libro resbaló entre mis dedos y cayó sobre la alfombra. Él estiró el brazo para cogerlo al mismo tiempo que yo y nos quedamos los dos paralizados, doblados por la cintura, con las caras separadas por apenas unos centímetros. Rider cogió el libro antes que yo. Nos incorporamos sin dejar de mirarnos.

Había guardado un libro que yo estaba segura de que odiaba leer sólo porque le recordaba a mí. El corazón casi me estalló en el pecho, hecho puré. Pintar un corazón entre nuestros nombres había sido una pasada, pero aquello... Aquello era un mundo para mí.

—Después de que te marcharas —prosiguió, tragando saliva con dificultad al dejar el libro a un lado—, era lo único que me quedó de ti.

Abrí los labios y ni siquiera me paré a pensar. Me abalancé hacia él. Fue una torpeza, y seguramente la cosa más antiestética del mundo, pero me dio igual. Me abrazó en cuanto le eché los brazos al cuello. No dije nada. No hacía falta. Escondí la cara entre su cuello y su hombro y me estrechó con fuerza.

Nos habían separado.

Pero en realidad nunca nos habíamos alejado el uno del otro.

No sé cuánto tiempo estuvimos así, pero pasado un rato el abrazo fue cambiando y acabamos tumbados en aquella cama tan bien hecha. Rider se tumbó boca arriba y yo de lado, con la cabeza apoyada en su hombro. Había un hueco entre nuestros cuerpos, pero estar así con él hizo que el pulso me fuera a mil por hora.

Rider estaba allí, a mi lado. Podía alargar la mano y tocarle. Donde quisiera. Y quería tocarle. Pero mantuve las manos cruzadas en el espacio que nos separaba y él posó una en mi cintura y la otra la apoyó sobre su tripa.

El viejo ejemplar de *El conejo de terciopelo* descansaba entre nosotros.

Estuvimos hablando y escuchándonos el uno al otro. Le conté que el domingo por la noche me había sincerado por fin con Ainsley.

—Tuvo que ser duro. —Su pulgar se deslizó por mi cintura—. Estoy orgulloso de ti.

Sonriendo, me acerqué un poco más a él mientras le hablaba de Jayden y le decía que en mi opinión por fin iba a hacerles caso a Hector y a él. Me fui arrimando a él centímetro a centímetro, y al final sólo quedó el ancho del libro entre nosotros. Sus manos permanecieron donde estaban a pesar de que yo deseaba que me tocara.

Y al mismo tiempo no quería que lo hiciera.

Era absurdo, pero no tenía ni idea de cómo afrontar... todo eso. Quería aprender, de verdad que sí, pero no tenía ni idea de cómo empezar. Levanté la barbilla y vi moverse sus labios mientras hablaba en voz baja sobre aquella vez que se metió en un lío por hacer una pintada en el instituto. Lo había hecho por una apuesta.

Yo le escuchaba, pero al mismo tiempo estaba fascinada por sus labios, por cómo articulaban cada palabra. Me acordé de la sensación que me producían cuando tocaban los míos. Por las noches, cuando estaba en la cama, no pensaba en otra cosa. Cuando me acordaba de aquello me invadía una oleada de calor.

Quería volver a sentirme así.

¿Era demasiado pronto para que volviéramos a besarnos? Rider no había vuelto a besarme así desde el sábado. Sólo nos habíamos visto en clase esos dos últimos días, claro, y me había besado en la mejilla unas cuantas veces, pero yo quería más.

Él había dejado de hablar y tenía los ojos cerrados.

Respiré hondo, me incorporé un poco y me apoyé en el codo. Abrió los ojos pestañeando cuando el pelo se me deslizó sobre el hombro y me cubrió la cara.

Observó mi cara atentamente al tiempo que apartaba la mano de su tripa. Sus dedos vacilaron un momento en mi mejilla. Luego, me puso el pelo detrás de la oreja.

—Ratón... —susurró.

Yo corría el peligro de empezar a hiperventilar, lo cual no sería muy atractivo.

—Quiero... —Me humedecí los labios y vi que bajaba la mirada—. Quiero...

Pasaron unos segundos.

—¿Quieres besarme? —preguntó con los párpados entornados—. ¿Eso es lo que quieres?

De pronto me dieron ganas de esconder la cabeza bajo tierra. Tenía ganas de *morirme*, pero conseguí sofocar aquella oleada de vergüenza. Rider sabía que yo no tenía ninguna experiencia, aunque estaba segura de que él tenía muchísima.

—Sí —dije en un susurro.

—¿Eso quieres? Pues puedes hacerlo. Cuando quieras. —Su voz sonó más ronca—. Ni siquiera tienes que preguntármelo. Nunca.

Era bueno saberlo.

—De acuerdo. —No me moví—. No sé… qué hacer.

Me miró a los ojos y luego deslizó la mano por mi nuca.

—Yo te enseño.

Me dio un vuelco el corazón y asentí con la cabeza.

Con una levísima presión, me hizo bajar la cabeza. Nuestros labios se tocaron y en mis venas saltaron chispas. Movió lentamente los labios contra los míos y yo le imité.

Pasados unos segundos me di cuenta de que, si ladeaba la cabeza, la presión aumentaba y eso me gustaba, me gustaba muchísimo. A él también parecía gustarle, porque me clavó un poco más los dedos en la piel. Acercándome un poco más a él, apoyé la mano sobre su pecho.

Abrió los labios y sentí la punta de su lengua. La sangre circulaba por mi cuerpo con un pálpito embriagador y, cuando nuestras lenguas se tocaron, me embargó una oleada de placer. El beso cambió de nuevo, y sentí su sabor a refresco y a otra cosa que no pude identificar pero que me encantaba.

No sé cuánto tiempo estuvimos besándonos así. ¿Segundos? ¿Minutos? Cuando por fin paramos, yo tenía la piel colorada y los músculos de la tripa en tensión.

Madre mía…

Abrí los ojos parpadeando. ¿Qué era aquello que sentía, aquel calor embriagador en los músculos, aquel dulce latido en ciertas zonas del cuerpo? Era maravilloso y al mismo tiempo aterrador. Era precioso y terrible.

Rider exhaló un suspiro suave. Yo volví a apoyar la mejilla en su hombro. Su pecho subía y bajaba lenta y pesadamente, como si estuviera muy cansado. Mi pecho se movía al mismo ritmo. Nos quedamos así tumbados, sin decir nada, con las manos unidas apoyadas sobre su tripa.

—Sí. —Se aclaró la garganta—. Siempre que quieras volver a hacerlo, no lo pienses dos veces.

Cerrando los ojos, me eché a reír. Eso haría, pensé.

Estuvimos así un buen rato y, cuando se acercaba la hora de que yo volviera a casa, Rider me dio unas palmaditas en la cadera. Recogí mi bolso y antes de salir de su cuarto eché un último vistazo a *El conejo de terciopelo*.

Se me derritió el corazón.

—Puedo ir contigo —dijo Rider cuando estuvimos abajo—. Y luego coger el…

—No hace falta. —Era un cielo por ofrecerse a acompañarme, pero mi casa quedaba muy lejos. Le tendí la mano para que me devolviera las llaves del coche—. Puedo volver a casa yo solita.

Esbozó una sonrisa.

—Lo sé.

Me quedé mirándolo cuando me puso las llaves en la palma. Luego bajó la cabeza y me besó muy suavemente y muy deprisa.

—¿Te acompaño hasta el coche? —preguntó.

Asentí y entramos los dos en el cuarto de estar en el momento en que se abría la puerta de la casa. Entró una mujer mayor, con una bolsa de la compra en un brazo y un bolso negro colgándole de la muñeca. Tenía el cabello oscuro y canoso, recogido en una coleta. Deduje que era la señora Luna, aunque no parecía ser tan mayor. Me quedé parada mientras la puerta se cerraba a su espalda y se volvía hacia nosotros.

Se paró de repente y abrió los ojos como platos. Noté un hormigueo en el cuerpo mientras nos miraba.

—Hola, señora Luna. —Rider se adelantó un poco—. Ésta es Mallory. Se ha pasado por aquí después de clase.

La señora Luna parpadeó una vez y luego otra.

—¿Mallory? —repitió, y fijó su mirada brillante en mí—. ¿Ésta es Mallory?

Ay, Dios.

—Sí, ésta es —contestó él.

—Ah. —La mujer sacudió la cabeza y entró en el cuarto de estar—. Es un placer conocerte. No sabía que ibas a venir. Si no, habría procurado llegar antes. —La piel de alrededor de sus ojos se arrugó cuando fijó la mirada en Rider—. Este jovencito debería habérmelo dicho. Podría haber hecho mi…

—No tiene por qué hacer nada —repuso Rider—. De todos modos, Mallory tiene que irse a casa.

La señora Luna fue a dejar su bolso sobre la butaca. Miró a Rider mientras yo la miraba a ella. Las palabras volaban velozmente dentro de mi cabeza y yo trataba de atraparlas, pero se me escurrían entre los dedos, y entre tanto el silencio se hacía cada vez más largo.

Ella se quitó la chaqueta y la colgó de una silla.

—Bueno, espero volver a verte alguna vez. La próxima vez, para cenar. Soy famosa por mi *arroz con gandules**. —Su sonrisa era cálida—. Te va a encantar.

—Es básicamente arroz con jamón y un tipo de frijoles —me explicó Rider con una sonrisa—. Está buenísimo.

Asentí con la cabeza.

—Y claro que va a volver a verla. —Rider me dio un empujoncito en el hombro—. ¿Verdad que sí?

Yo asentí otra vez.

Rider me puso la mano en los riñones.

—Bueno, Mallory tiene que irse…

Me puse colorada y de pronto me enfadé, noté que una especie de torbellino se agitaba dentro de mí. Pero tuvo un efecto curioso. Esta vez, hizo que me salieran las palabras.

—Me… me alegro de conocerla —declaré.

Me puse aún más colorada porque había tartamudeado, pero conseguí hablar.

La señora Luna inclinó la cabeza mientras se apartaba. Se abrió la puerta de la calle y un instante después apareció Jayden. Esbozó una sonrisa perezosa al vernos en el cuarto de estar. El moratón que tenía en el ojo se había aclarado ligeramente, y me pregunté qué habría pensado la señora Luna al ver así a su nieto.

—Vaya, ¿es que no te cansas de mí? ¿Ahora también me sigues hasta casa? —Jayden me sonrió, se quitó las deportivas y las dejó junto a la puerta—. ¿Te quedas a cenar?

—No, tiene que irse a casa —respondió Rider.

—Lástima. —Jayden se acercó a su abuela—. Deja que yo coja eso —se ofreció, quitándole la bolsa que aún llevaba en el brazo—. Esta noche cocino yo.

Rider levantó las cejas.

—¿No me digas? —La señora Luna sonrió a su nieto—. Qué bueno eres conmigo —dijo, y dejó que Jayden la llevara hacia la cocina—. ¿Qué haría yo sin ti, *mi nene hermoso**?

—Estarías perdida —contestó él en broma, pasándole un brazo por la cintura—. Igual que Mallory.

Sonreí mientras Rider me acompañaba fuera. Oscurecía rápidamente. Las farolas proyectaban una luz mortecina sobre la acera. Rider me agarró de la mano.

—¿Puedo preguntarte una cosa? —le planteé.

—Claro —convino.

—¿Qué les pasó… a los padres de Hector y Jayden?

—Su padre era el hijo de la señora Luna. Murió de cáncer cuando ellos eran pequeños. —Me apretó la mano mientras pasábamos junto a un árbol—. Y su madre perdió la cabeza. O puede que nunca haya estado muy cuerda, no sé. Está muy metida en las drogas. Se pasa por aquí una vez al año. La última vez que supe de ella, estaba viviendo en Washington.

—Qué... triste —dije yo, lamentando no poder decir nada más.

—Sí —murmuró él. Nos detuvimos junto a mi coche—. ¿Seguro que no quieres que te acompañe?

Asentí, mirándole a los ojos.

—¿Puedo... preguntarte otra cosa?

Sonrió.

—Puedes preguntarme lo que quieras.

—¿Eres feliz aquí?

—¿Aquí? ¿Te refieres a la casa de la señora Luna? —Cuando hice un gesto afirmativo, me puso las manos sobre los hombros y bajó la cabeza hasta que nuestros ojos quedaron al mismo nivel—. Soy todo lo feliz que puedo ser. Tengo un techo y comida en la mesa. Y me he propuesto seguir teniéndolos cuando acabe el instituto.

—Pero... pero un hogar debería ser algo más —repuse—. La vida... debería ser algo más.

Me besó suavemente en la mejilla.

—Sí, debería, pero no es así para todo el mundo. Ya lo sabes.

27

El miércoles por la noche, mientras estábamos sentados a la mesa a la hora de la cena, Carl y Rosa me miraban en silencio, asombrados. El brócoli que me había obligado a comer empezó a echar raíces y a perforarme el estómago.

Me puse tensa cuando Carl miró a Rosa. Se miraron, y de nuevo me maravilló hasta qué punto dominaban aquella comunicación no verbal.

Carl carraspeó y dejó su tenedor sobre la mesa.

—¿Te han invitado a una fiesta?

Dije que sí lentamente con la cabeza.

—Ya... ya os he hablado de Keira. Me ha invitado ella.

—¿Y esa fiesta es en casa de un chico? —preguntó él.

Tal vez eso debería habérmelo callado.

—Es... un amigo.

Aquello no era del todo cierto, pero tampoco era mentira. En realidad, éramos simples conocidos.

—¿Un *amigo*? —preguntó Rosa con voz extrañamente aguda—. ¿Un amigo que no es Rider?

—Tengo... otros amigos —contesté yo secamente, pensando en Hector y Jayden, y ella pestañeó—. Ainsley también vendrá.

Y era cierto. Ainsley iba a venir a la fiesta. Le había dicho a Keira ese mismo día a la hora de la comida que la había invitado, y se había puesto muy contenta porque iba a conocer a mi amiga.

—Me… me encantaría ir.

Silencio.

Volvieron a comunicarse telepáticamente.

Yo empecé a removerme en mi silla mientras miraba mi chuleta de cerdo a medio comer. Si Rosa y Carl me daban luz verde para la fiesta del sábado, primero iría a recoger a Ainsley y luego a Rider, e iríamos los tres juntos a la fiesta.

A una fiesta de verdad, de las auténticas.

Se me encogió más aún el estómago.

Carl bebió un sorbo de agua y luego dijo:

—¿Los padres de ese chico estarán en la casa?

Yo no tenía ni idea. Seguramente no, pero no iba a decírselo.

—Creo que sí.

Volvieron a mirarse. Tal vez debería haberlo dicho con más convicción.

—Nos gustaría hablar con sus padres —anunció Carl.

Abrí los ojos como platos.

—¿Qué? Eso sería… muy embarazoso.

—Mallory…

—Ningún padre lo hace —insistí yo, horrorizada ante la perspectiva de que se confabularan con los padres de Peter, como habían hecho con los profesores del instituto, a mis espaldas—. Si tenéis que hablar con ellos, entonces mejor no voy. Sólo quería…

—No pasa nada —terció Rosa, y Carl le lanzó una mirada sorprendida—. Sí, no pasa nada —repitió ella mirándole a los ojos—. Me parece maravilloso que te hayan invitado y que quieras ir. Además, no creo que tengamos que hablar con nadie.

Estuve a punto de caerme de la silla.

Carl levantó las cejas.

Ella me miró intensamente.

—Creo que estás preparada.

Me levanté de un salto y la abracé.

—Y además me parece bueno que vayas —añadió mirándome fijamente, pero sonrió, y yo supe que lo decía sinceramente—. Pero tienes que estar a las once en casa, Mallory. Te esperaremos a esa hora, ni un minuto más tarde.

Apreté los labios y asentí con un gesto.

—Seguramente habrá… cosas que quiero que afrontes con madurez —prosiguió, y Carl cerró los ojos con fuerza—. Que seas responsable con Rider.

Me puse colorada al pensar en todas las formas en las que podía ser irresponsable con Rider.

—Que no bebas. Y nada de drogas —agregó.

—Claro que sí —contesté enseguida, y eso también era cierto.

No tenía ninguna intención de consumir sustancias ilegales en mi primera fiesta. Dios mío, ya me comportaba como un bicho raro normalmente. No necesitaba, además, emborracharme o estar colocada.

Carl había abierto los ojos, pero seguía teniendo cara de estar al borde del infarto.

—Vamos a confiar en ti, Mallory. —Rosa sonrió, y a mí también me dieron ganas de sonreír—. Y la confianza es algo muy importante. No nos defraudes.

—No lo haré —prometí yo, y entonces sonreí por fin mirando a Carl.

Parecía haber envejecido veinte años de golpe.

—Gracias —dije.

—No me las des a mí —respondió él—. Esto es cosa de Rosa.

—Cállate —le dijo ella con una sonrisa, y luego me guiñó un ojo.

Sonreí más aún. Estaba deseando contárselo a Ainsley y a Rider, pero... pero notaba un pequeño nudo de preocupación en el estómago. En parte no esperaba que me dejasen ir y, ahora que me habían dado permiso, había un pedacito de mi ser que deseaba que cambiaran de idea.

El viernes estaba sonriendo cuando cerré la cremallera de mi bolsa antes de ir a comer. Rider se había pasado por mi taquilla entre clase y clase sólo para darme un beso.

Todavía me cosquilleaban los labios minutos después de que se fuera a clase. Puede que aquella demostración pública de afecto me hubiera dado un poquitín de vergüenza, pero mientras dejaba mis libros en la taquilla me di cuenta de que las cosas que me estresaban a principio de curso (como la posibilidad de llegar tarde a clase, o no tener dónde sentarme en el comedor, o a nadie con quien hablar) ya no me preocupaban.

Ahora me preocupaba el examen de matemáticas que tenía la semana siguiente, o lo que iba a ponerme el sábado por la noche. Me colgué la bolsa al hombro y me di la vuelta, pero me quedé un poco parada al ver que Paige venía por el pasillo con otra chica. Se le borró la sonrisa de la cara cuando me vio.

Mierda.

Eché a andar, fingiendo que no la había visto. Aflojó el paso al acercarse. Luego se detuvo justo delante de mí.

Noté que se me tensaban los hombros.

—Luego nos vemos —le dijo a su amiga sin dejar de mirarme fijamente—. Tú y yo tenemos que hablar.

Apreté los labios y respiré hondo por la nariz. Aquello tenía que pasar tarde o temprano, yo lo sabía. Pero, cuanto más tiempo pasaba sin que Paige me dijera nada, más había confiado yo en que no llegara aquel momento. Lo cual era una ilusión absurda.

Cruzó los brazos, mirándome fijamente. No llevaba mochila. Me pregunté si no tendría que estar en clase a esa hora.

—Apuesto a que ya estás contenta, ¿no? Reapareces de pronto en su vida y te vuelves el centro de su universo, igual que antes. El pobre ratoncito le necesita, y él me deja tirada sin pensarlo dos veces.

Yo no era el centro del universo de Rider.

Pero tampoco era ya el pobre ratoncito.

Y a Rider le había costado mucho cortar con ella. ¿Acaso no me había dicho lo mal que se sentía por haberle hecho daño?

Pero no dije nada de aquello porque tenía la garganta completamente cerrada y no me salían las palabras.

Paige se rió sacudiendo la cabeza.

—¿Sabes?, es increíble. Me ha dejado por *esto*. —Se rió otra vez—. En fin, qué más da. En parte me dan ganas de darte una paliza aquí mismo.

Se me encogió el estómago.

—Y podría hacerlo —prosiguió—. ¿Qué pasaría? Que me expulsarían unos días. Menuda cosa. No sería la primera vez. Pero no voy a hacerlo. ¿Y sabes por qué?

Yo no lo sabía, pero me alegré de oírlo.

—Porque Rider no volvería a dirigirme la palabra si hiciera algo así —añadió—. Jamás… —Se le quebró la voz y una fina película cubrió sus ojos—. Jamás me lo perdonaría. Puede que me haya dejado tirada, pero a mí sigue importándome. Y no voy a hacerle eso.

Estaba… estaba llorando.

Ay, Dios mío.

—Pero ¿sabes qué? —continuó—. Eres demasiado buena para él.

De pronto se me deshizo el nudo que tenía en la garganta y dejé de pensar que Paige tenía lágrimas en los ojos.

—Eso no es verdad —repliqué.

Ella puso cara de sorpresa.

—Yo no soy mejor que él —proseguí—. Rider no está… por debajo de mí ni de nadie.

—No. Me has entendido mal —contestó Paige bajando la voz—. Tú conocías a Rider. Le conocías, en *pasado*. Pero de eso hace siglos. Tarde o temprano te darás cuenta de que es así, seguramente cuando estés sentada en esa casa tan bonita en la que vives, en ese barrio tan ideal. O puede que cuando estés en la universidad y él esté buscando un sitio donde vivir. En algún momento serás consciente de que lo único que tenéis en común es el pasado y, cuando eso pase, le romperás el corazón.

Di un paso adelante. Eso había querido decir en clase de expresión oral, al decirme que algún día le dejaría «tirado».

—Te… te equivocas.

Pestañeó.

—Yo jamás le… le haría eso —dije con vehemencia—. Jamás haría daño a Rider.

—¿De veras? —Levantó las cejas—. Pues ya se lo has hecho muchas veces.

Yo no tenía ni idea de qué estaba hablando. Oí a lo lejos el timbre que señalaba el comienzo de la clase siguiente, pero ninguna de las dos se movió.

—Llevaba años sintiéndose culpable por tu culpa —me espetó con las mejillas coloradas por la ira—. No tenía ni idea de qué te había pasado y se culpaba a sí mismo.

—Pero...

—Y ahora vuelves y sigues comportándote como si necesitaras que te proteja de todo. ¿Crees que eres la única que ha tenido una vida dura?

Yo no pensaba eso en absoluto.

—Pues para que te enteres, *Ratón*, yo llevo toda la vida ocupándome de mi hermana pequeña porque mi padre es un borracho y un inútil y mi madre tiene que trabajar en dos sitios para llevar comida a la mesa. ¿Y qué crees que pasa cuando mi padre se cabrea? —prosiguió, sonrojada por el enfado—. Que yo me convierto en un saco de boxeo para que no la tome con Penny. Pero ¿me ves llorando por los rincones o esperando que alguien cuide de mí?

Dios mío...

—Claro que tú nunca has sabido valerte sola, y sigues igual —agregó—. ¡Dios mío, pero si ni siquiera puedes exponer en clase! —Su voz adquirió un tono peligrosamente tranquilo cuando lanzó aquel dardo certero—. ¿Y por qué crees que en clase nadie se ha quejado? Si fueras otra, te habrían comido viva, pero a ti no, claro, estando en medio Rider. Claro que no. Le ven contigo y todos se dan cuenta de que conviene que te dejen en paz. Pero Rider no puede estar siempre ahí. Llegará un momento en que tendrás que valerte sola, en que tendrás que dar la cara, y Rider no estará ahí para ayudarte. Te darás un batacazo y él tendrá que recoger los pedacitos, y se culpará por ello.

Así es como funciona. Así serán siempre las cosas entre vosotros.

Abrí la boca al dar un paso atrás.

—Incluso ahora —añadió bajando la voz—. Ni siquiera eres capaz de dar la cara. ¿Y sabes qué? Que tienes razón: no eres demasiado buena para él. Rider se merece algo mejor.

Se alejó, dejándome allí parada en medio del pasillo desierto, a solas con la verdad que contenían sus palabras.

El sábado por la mañana me levanté temprano y cogí mis utensilios de tallar. Tallé varias pastillas en un par de horas. Mi habitación olía a jabón. Después de comer, cuando iba por la tercera pastilla, tallé dos alas, una en el lado derecho y otra en el izquierdo, unidas en el centro por una franja de jabón no más ancha que mi pulgar.

Esa noche no había dormido bien.

Me había despertado cada dos o tres horas con pesadillas, y no por la fiesta. Estaba nerviosa, pero no se trataba sólo de eso.

Lo que me había dicho Paige me obsesionaba.

Sus palabras habían sido mezquinas e hirientes, pero también eran ciertas. Yo había avanzado mucho pero… seguía siendo *Ratón*. Ni siquiera podía exponer en clase. Me había quedado allí parada, como un pasmarote, mientras Paige me arrastraba por el lodo. No me había defendido.

Ni el día anterior, ni cuando Carl desdeñó mi idea de estudiar trabajo social. Ni cuando Rosa y él pactaron con el señor Santos.

Paige y yo teníamos más en común de lo que pensaba. Ella procedía de un hogar deshecho, vivía aún en él, pero no era como yo. Ella sí daba la cara. Yo corría a esconderme.

Había avanzado mucho, sí, pero todavía… me sentía débil. Como un cristal muy fino. Si me caía me haría pedazos, y Rider… Rider los recogería y se culparía de lo ocurrido. Yo lo sabía. Paige tenía razón. Así eran las cosas.

Pero yo no podía permitir que entre nosotros sólo hubiera eso.

Cuando llegó la hora de dejar de tallar y de prepararme para la fiesta de Peter, había hecho una mariposa. Era la primera vez que hacía una. Aún tenía que perfeccionarla, pensé mientras la colocaba con cuidado sobre mi mesa y me volvía hacia el armario.

Ir a aquella fiesta era un gran paso para mí, pero la emoción que sentía estaba un poco empañada cuando me puse el vestido que había elegido la noche que Carl y Rosa me dijeron que podía ir. Tenía media manga y era de color azul eléctrico. Me puse unas medias negras y zapatos bajos. No iba muy arreglada, pero me encontraba mona.

Estuve unos segundos mirándome al espejo, y las palabras de Paige volvieron a resonar en mis oídos. Pensé en la clase de expresión oral y en por qué nadie se había quejado de que no expusiera como todos los demás. En cuanto acabé de pensarlo, afloró un recuerdo.

—*Ya puedes salir* —*dijo Rider, agachado delante de la puerta del armario.*

Detrás de él, la habitación estaba tenuemente iluminada, pero Rider no era más que una sombra.

Agarrando a Terciopelo contra mi pecho, negué con la cabeza. Las lágrimas se me habían secado en las mejillas. No pensaba salir nunca.

—No pasa nada, Ratón. —Rider levantó los brazos—. Se ha ido. Sólo estamos nosotros y la señorita Becky. Puedes salir.

Bajé la muñeca. Si el señor Henry se había ido, entonces no pasaba nada. Me estiré, me puse de rodillas y salí a gatas. En cuanto llegué a la puerta, Rider me agarró de la mano. Tiró de mí para que me pusiera de pie. Levanté los ojos y vi su cara. Tenía el labio partido y amoratado. Un corte reciente. Los puños del señor Henry. Yo me había escondido mientras Rider le distraía.

—Ya estás a salvo —dijo—. Yo estoy aquí. Estás a salvo, Ratón. Y ya sé que quizá no lo creas, pero conmigo estarás a salvo para siempre. —Tragó saliva y se pasó la mano por el labio—. Te lo prometo.

Para siempre.

Había prometido estar siempre ahí para ayudarme.

Pero en mi opinión había dos tipos de «para siempres».

Uno bueno.

Y otro malo.

El bueno era una mentira, una ilusión; eso yo lo había aprendido siendo muy niña. Ese tipo de «para siempre» acababa en llamas, en sentido literal y en sentido figurado, porque, por más que intentaras aferrarte a él con todas tus fuerzas, se te escurría entre los dedos.

El malo acechaba siempre, como una sombra o un fantasma. Daba igual lo que pasase: siempre estaba ahí, de fondo.

Cerré los ojos y me concentré en respirar, en dejar de sentir aquella angustia. No podía pensar en eso ahora. Las lágrimas me taponaban la garganta, pero yo sabía que no iba a llorar. No había llorado desde que dejé aquella casa.

En serio, no había vuelto a llorar desde aquella noche. Al darme cuenta de ello, me sentí como si tuviera un nido de serpientes dentro del estómago. Y no porque no me funcionaran los lagrimales, sino porque tenía la mente bloqueada. Toda yo estaba bloqueada. Y tenía que... desbloquearme.

Empezando esa misma noche.

Mientras iba a buscar a Ainsley, procuré relajarme. Vivía en Otterbein, en una calle de casonas antiguas, muy cerca de Inner Harbor. Yo no tenía ni idea de cuánto costaba una casa en aquel barrio, pero estaba segura de que tenía que ser una fortuna.

—Puedes... sentarte delante —dije cuando se sentó en el asiento de atrás.

Estaba guapísima, como siempre, con sus vaqueros negros ajustados y una blusa suelta que le resbalaba por el hombro.

—Ese asiento está reservado para cierto tío bueno que yo me sé —contestó mientras se abrochaba el cinturón—. Además, me gusta ir detrás y que me lleven por ahí. Así eres como mi chófer.

—En un Civic que tiene diez años —resoplé yo.

—Eso da igual. —Dio una palmada al asiento—. Tengo que reconocer que todavía me sorprende que Carl y Rosa te hayan dado permiso para ir a la fiesta.

—A mí también —admití yo.

Antes de salir de casa, habían vuelto a repetirme las normas. Carl seguía sin parecer del todo convencido de que fuera buena idea.

Había mucho tráfico, así que tardamos un rato en llegar a casa de Rider, y cuando se sentó en el asiento del copiloto sonrió a Ainsley y se inclinó para besarme en la mejilla.

—Ratón. —Se echó hacia atrás, me miró de arriba abajo y, aunque yo estaba sentada, tuve la sensación de que se me veía todo—. Estás preciosa.

Me sonrojé.

—¿Conoces a algún chico que se te parezca y al que pueda agenciarme? —preguntó Ainsley, y yo refrené una sonrisa.

Tuve la sensación de que las cosas no pintaban bien para Todd.

Rider se giró en el asiento mientras yo arrancaba.

—Pues sí. Se llama Hector.

Esbocé una sonrisa.

—¿Qué? ¿Hector? Hector es un capullo —replicó ella echándose hacia atrás, y luego añadió—: ¿Va a ir a la fiesta?

Esta vez no intenté disimular mi sonrisa.

—No, esta noche trabaja. —Rider se giró y pasó los dedos por la curva de mi brazo—. En serio, estás preciosa.

Sonreí más aún.

—Tú también estás genial.

—Dicho de otra manera, que estás como un tren —añadió Ainsley desde el asiento de atrás.

Y era cierto. Siempre era cierto, pero esa noche Rider estaba especialmente impresionante, con sus vaqueros oscuros y su camisa blanca. No sé qué tenía aquella camisa que me gustaba tanto. Tal vez fuera por la tela, que era tan fina que, si me abrazaba, podría sentir el calor de su cuerpo. O quizá fuera que se la había arremangado hasta los codos y se le veían los antebrazos musculosos y morenos.

O quizá fuera simplemente que se trataba de él.

Seguramente era eso.

La fiesta era en casa de los abuelos de Peter, que se habían ido a Florida en septiembre. Estaba a las afueras de la ciudad, en dirección contraria a la mía, en una zona donde las casas eran más grandes y tenían jardín. Keira me había explicado que el hermano mayor de Peter estaría allí en calidad de supervisor oficial, pero que tenía veintiún años, así que no era adulto-adulto.

—Caray —murmuró Ainsley cuando la estrecha calle bordeada de frondosos árboles se abrió ante nosotros y apareció la casa.

Era en realidad una granja, una casona de labor grande y antigua, y había coches por todas partes, aparcados de cualquier manera. Se me encogió el estómago al ver tantos vehículos y a tanta gente pululando a un lado de la casa pintada de color blanco y rojo.

Había... había mucha gente.

—Deberías aparcar aquí mismo —comentó Rider—. Junto a la carretera, y no te acerques mucho al coche de delante. Ya sabes, por si da...

Dios mío, había *muchísima* gente.

Empecé a sudar. Sentía cómo la sangre me martilleaba en los oídos. Acalorada, golpeé a ciegas la puerta hasta que conseguí dar al botón del elevalunas. Bajó la ventanilla y entró aire fresco. Pero eso no era todo. Tenía la boca seca. Y me ardía el estómago. El olor a madera quemada me asfixiaba. Sonaba la música y el zumbido de las conversaciones y las risas retumbaba en mis oídos.

Di un brinco cuando una mano se posó sobre mi brazo. Volví la cabeza hacia Rider. Su boca se movió y por un segundo no entendí lo que decía. Sólo oía todo aquel ruido: los gritos, las risas y las voces. Luché por concentrarme en lo que estaba pasando en el coche.

—¿Mallory? —dijo él.

Tragué saliva.

—¿Qué?

Frunció las cejas mientras escudriñaba mi cara.

—No nos estás escuchando.

—¿Estás bien? —preguntó Ainsley agarrándose al respaldo de mi asiento—. Te has puesto superpálida.

—Sí. —Rider me tocó la mejilla—. Madre mía, estás ardiendo.

Nuestros ojos se encontraron.

—Esto es... demasiado para mí.

La preocupación tensó sus labios cuando se inclinó hacia mí.

—No tenemos por qué entrar.

—No —convino Ainsley desde el asiento de atrás. Me apretó el brazo—. En realidad, yo preferiría hacer otra cosa. No es más que una fiesta absurda en una granja, y seguro que ni siquiera tienen caballos, ni vacas. Eso sí que sería guay.

Rider me sostuvo la mirada mientras asentía con la cabeza.

—Ainsley tiene razón. No es más que una fiesta absurda.

Pero era... importante.

Significaba que lo estaba intentando, que me estaba esforzando.

Y marcharme sería una derrota.

—No quiero... ser así —susurré desviando la mirada, y no deseé retirarlo nada más haberlo dicho.

Una extraña sensación se apoderó de mí. Era casi... alivio. Pero eso no tenía sentido. ¿O sí?

—No me gusta cómo soy.

Volví a mirarle. Seguía habiendo preocupación en sus ojos castaños y en la expresión de su boca. Noté que las lágrimas se me acumulaban en la garganta. Era humillante admitir algo así, aunque fuera sólo ante una misma, y ya no era yo la única que lo sabía. Había dejado de ser mi secreto.

—No pasa nada. No vas a sentirte así eternamente.

Rider me pasó el pulgar por la mejilla. Cerré los ojos. Deseaba creerle. Necesitaba creerle.

—Nada dura para siempre, Ratón —añadió en voz baja.

No fuimos a la fiesta.

Acabamos yendo a ver una película.

Ni siquiera pude conducir hasta el cine. Tuvo que conducir Rider. Después llevamos a Ainsley a casa, y luego conseguí convencerle de que me dejara llevarle a casa de la señora Luna. Esa noche fue la primera vez que fui al cine con un chico, y ni siquiera me di cuenta. Estaba concentrada pensando que la noche había sido un completo fracaso.

Estaba segura de que Carl y Rosa me estarían esperando levantados, pero tuvieron la consideración de no abalanzarse sobre mí cuando llegué a casa y subí las escaleras sin hacer ruido. Mi teléfono móvil sonó unos cinco minutos después de que cerrara la puerta de mi dormitorio. Era la primera vez que Rider me llamaba por teléfono por un motivo evidente.

—¿Estás ahí, Ratón? —preguntó.

—Sí.

Me pegué el teléfono a la oreja. Hubo un silencio.

—Tengo que decirte una cosa y quiero que me escuches con atención, ¿de acuerdo?

Me dio un vuelco el estómago. Me senté al borde de la cama, con las piernas recogidas. Todavía no me había cambiado, sólo me había quitado la chaqueta, que olía suavemente a palomitas. Me preparé (o al menos intenté prepararme) para escucharle decir que lo nuestro era muy mala idea. Se me pasaron un millón de cosas por la cabeza antes de que volviera a hablar.

—Esta noche has dicho una cosa que me ha molestado mucho —continuó, y oí que se cerraba una puerta en su lado de la línea—. Has dicho que no te gusta cómo eres.

Me concentré en la mariposa incompleta que había sobre mi mesa y abrí la boca. Pero no me salieron las palabras.

—No me ha gustado nada oírlo, Ratón. No me gusta saber que piensas eso —prosiguió, y yo cerré los ojos. Volvía a sentir aquella especie de quemazón acumulándose en mi garganta—. Tienes muchísimas cosas que deberían gustarte. Eres muy inteligente. Siempre lo has sido. Piensas ir a la universidad y tal vez incluso estudiar algo relacionado con la medicina.

Apreté los párpados porque... porque no creía que de verdad fuera eso lo que quería hacer, y pensarlo me hacía sentir que flotaba a la deriva.

—Eres buena —añadió mientras yo me tapaba la cara con la mano—. Eres una persona encantadora que tiene toda la vida por delante. Eso por no hablar de lo bien que besas. Lo de pintar con aerosol, en cambio, se te da peor. Eso es verdad.

Se me escapó una risa ahogada.

—Pero podemos seguir intentándolo —continuó Rider—. Y esas tallas en jabón que me enseñaste... Son alucinantes, Mallory. Tienes mucho talento. Sólo que no hablas mucho, Ratón. Eso es todo. Eres tímida. Pero no por eso tienes que despreciarte a ti misma, porque eres maravillosa tal y como eres. Eres perfecta a tu manera.

—Eso no es verdad —balbucí.

—¿Qué?

Respiré hondo y... de pronto me salió todo de un tirón.

—No se trata sólo de que no hable —dije—. Es que estoy bloqueada.

—No estás bloqueada, Mallory.

—Claro que sí. —Me levanté de la cama y empecé a pasearme por la habitación—. Estoy bloqueada y no puedo evitarlo. —Se me quebró la voz y me puse a caminar más deprisa, soltando en un minuto más palabras que en cinco horas—. Lo de esta noche ha sido una novedad para mí. Debería haber sido divertido, maravilloso, y ni siquiera me ha gustado. Ni siquiera lo he vivido. No lo he intentado. De verdad, no. Así de inútil soy.

—Mallory…

—Y contigo siempre ha sido igual. Yo necesito ayuda. Y tú… tú estás ahí para ayudarme. Yo me hago pedazos. Y tú me recompones. Ni siquiera intento cambiarlo.

—¿Qué? ¿De dónde demonios te has sacado eso? —preguntó él—. Es una gilipollez.

Negué con la cabeza.

—Además, sí que lo estás intentando —continuó—. Estás yendo al instituto. Estás haciendo amigos. Hablas con la gente —insistió—. Lo de hoy ha sido sólo un bache, nada más.

Era mucho más que un bache.

—Todo me da miedo —reconocí en voz baja—. Todo. Y mi mayor miedo es el «para siempre». Que sea así para siempre.

Rider soltó una maldición.

—Eso es lo que te hizo ese cabrón. El trato que te dio…

—A ti te trató igual y eres distinto.

—Yo no soy perfecto, Ratón. Nadie es perfecto, pero, maldita sea, odio oírte decir esas cosas porque yo… —Le oí suspirar cansinamente por el teléfono—. Porque no sé cómo arreglarlo.

Yo tampoco lo sabía.

Y quizá… quizá no pudiera arreglarse. Rider había dicho que nada duraba para siempre, pero algunas cosas, algunas cicatrices, eran demasiado profundas para borrarse del todo.

28

El miércoles por la noche, Ainsley me mandó un mensaje al ordenador.

¿Estás ahí, forastera?

Le mandé un rápido sí. Casi no habíamos hablado desde el día de la fiesta. Yo estaba demasiado metida en mí misma para darme cuenta de que durante los días anteriores me había mandado un montón de mensajes cada vez más rocambolescos. Desde esa noche me sentía nerviosa, incómoda conmigo misma. Quería desprenderme de todas esas capas que me asfixiaban, pero no sabía por dónde empezar.

Esa sensación se había prolongado durante los primeros días de la semana. No recordaba qué habíamos dado en clase. Keira me había preguntado por la fiesta el lunes, y yo le había mentido y le había dicho que me había puesto mala. Sabía que Rider estaba preocupado. El miércoles habíamos pasado un par de horas juntos después de clase, y yo tenía la sensación de haber dado varios pasos atrás. Era hiperconsciente de todo lo que hacía y decía, de ahí que apenas hiciera o dijera nada mientras paseábamos por el puerto. Rider me observaba como si temiera que fuera a derrumbarme en cualquier momento, y posiblemente era lo que esperaba. Cuando se fue al garaje a trabajar, sólo me cogió de la mano y me besó en la mejilla.

Yo no había salido de mi cuarto después de llegar a casa. Estaba tallando otra pieza de jabón. La mariposa no podía tocarla. Seguía sobre la mesa, a medio transformar. Nada de lo que tallaba me salía bien. No conseguía que los pétalos de una rosa me quedaran como debían. Le había roto sin querer una oreja al conejo que estaba haciendo, y el gato parecía salido de una película de Tim Burton aunque fuera mucho más soso.

No me concentraba. No podía concentrarme. Quizás Ainsley pudiera distraerme. Apareció otro mensaje suyo.

¿Puedo llamarte? Sé que odias hablar por teléfono, pero quiero llamarte.

Me incorporé, extrañada. Si Ainsley quería llamarme, era porque pasaba algo. Algo aparte de que yo llevara toda la semana sin ganas de mensajearme con ella. Claro, escribí, y mi móvil sonó unos segundos después.

—Ya sé que no te gusta nada hablar por teléfono, pero es que… necesito hablar con alguien —dijo casi en un susurro—. Y tú eres mi mejor amiga y… —Se le quebró la voz, y yo sentí una opresión en el pecho—. Estoy muy asustada.

—¿Es… es por Todd? —pregunté, quitándome el portátil de encima de las rodillas para ponerlo sobre la almohada.

Soltó una risa cortante.

—No. Ojalá fuera sólo eso.

Crucé los brazos sobre la tripa.

—¿Qué… qué pasa?

La oí respirar hondo a través del teléfono.

—¿Te acuerdas de que tenía que ir al médico, a un especialista en retina, por lo que vio el oculista cuando me hizo la revisión para ponerme gafas nuevas?

—Sí, me acuerdo.

—Pues he ido esta tarde y... ni siquiera lo entiendo. Pensaba que iba a decirme que tengo una vista de mierda o una verruga en el ojo, algo así. ¿Sabías que se pueden tener verrugas en los ojos? Pues sí.

—No lo sabía. —Me mordí el labio—. ¿Y qué... qué te ha dicho el especialista?

—Me han dilatado la pupila y me han medido la presión intraocular. La tenía un poco más alta de lo normal, pero eso no tiene mucha importancia. Luego me han visto el ojo por dentro, ya sabes, cuando tienes que mirar la equis de la pantalla. Y me han hecho otras pruebas que eran radiografías, creo. Me han puesto yodo y me han deslumbrado un montón de veces, haciéndome fotos. Ha sido muy desagradable, y durante unos segundos lo he visto primero todo rojo y luego todo azul. —Respiró hondo otra vez—. Y después por fin ha entrado el especialista y me ha examinado los ojos.

Se aclaró la garganta antes de continuar.

—Se ha sentado en su taburetito, se ha quitado ese chisme que se ponen en la cabeza, que a mí me recuerda a lo que se ponen los mineros, y... y me ha dicho que estaba casi seguro al cien por cien de que tengo una cosa que se llama retinitis pigme no sé qué, pero que tenía que hacerme unas pruebas más para confirmarlo. También ha dicho que tengo los ojos inflamados. Y yo le he dicho «Vale ¿y ahora qué hacemos?»

—Ya —dije yo, agarrando con fuerza el teléfono.

—Y me ha dicho que iba a recetarme unas gotas para la inflamación. Un esteroide o algo así. Hablaba como si la inflamación fuera bastante grave. Un edema macular o algo parecido. Y me ha dicho que si se rompían las venas o algo, que la cosa iba a ponerse muy fea.

Ay, Dios mío…

—Pero… pero con las gotas se te pasará, ¿no?

—Sí —contestó Ainsley con voz tensa—. Le he preguntado cuál era el tratamiento para la retinitis o como se llame y me ha dicho que respecto a eso no podía hacer nada. Que no tiene cura. Y yo he pensado: «Vale, no pasa nada, porque nunca he tenido muy buena vista». Pero él me miraba como si le diera lástima, y yo no lo entendía.

De pronto tuve un mal presentimiento.

—Y entonces me ha dicho que es… que es muy probable que vaya a quedarme ciega o casi completamente ciega.

—Ainsley… —exclamé con voz estrangulada.

—Y ni siquiera saben cuándo será, pero no hay duda de que va a pasar. Tienen que hacerme unas pruebas, pero el médico ha empezado diciéndome que una de dos: o pierdo la visión de los lados o tengo una cosa que se llama visión en rejilla o algo así y que… —Se interrumpió y respiró hondo—. Vale —dijo—. No voy a dejarme llevar por el pánico.

—Es… es normal asustarse cuando te pasa algo así —le aseguré, tratando de tranquilizarla; no había duda de que aquello sí era una situación de emergencia—. ¿Están seguro de que es eso?

—Creo que sí, Mal, creo que sí. Hasta la enfermera me miraba como si tuviera ganas de abrazarme, y yo allí sentada, sin poder reaccionar. Luego he venido a casa y todavía… todavía no lo he asimilado. Porque… ¿Voy a levantarme mañana y voy a estar ciega? ¿Faltan semanas o años? Ni siquiera sé qué pensar. Hace un par de horas todo era normal.

Me llevé la mano al pecho.

—Ainsley, yo… lo siento muchísimo. No sé qué decir.

Y por una vez no era porque estuviera metida dentro de mí misma, sino porque de verdad no sabía qué decirle. Aquello era tremendo. Toda su vida iba a cambiar.

—Espero… espero que se equivoquen.

—Yo también —murmuró—. Hay una posibilidad, ¿sabes? Tienen que hacerme una prueba de campo de visión y han hablado de no sé qué prueba genética para confirmarlo, pero en mi familia no hay nadie ciego. No sé.

—¿Puedo… puedo hacer algo?

—¿Buscarme unas retinas nuevas? —Se rió, y por un momento pareció la de siempre.

Cuando nos despedimos media hora después, yo seguía aturdida por la noticia. Dejé el teléfono sobre la cama y me quedé mirando el ordenador. Lo cerré y lo empujé sobre la almohada, apartándolo de mí. Resbaló hacia el centro de la cama y se detuvo al chocar contra mi mochila.

—Ay, Dios mío —susurré, cerrando los ojos con fuerza unos segundos.

Me levanté y me dirigí a la puerta, pero me detuve. Ni siquiera sabía adónde iba..

¿Ainsley iba a quedarse ciega?

¿Cómo era posible? ¿Cómo te despiertas una mañana pensando que todo va bien, que ese día será como cualquier otro, y luego te dicen algo así?

No sabía qué pensar.

Volví a sentarme al borde de la cama y sacudí lentamente la cabeza. No tenía ni idea de lo que debía de estar sintiendo Ainsley, de lo que debía de pensar. La vista, aunque sea mala, es algo que se da por sentado. Nadie piensa nunca que pueda perderla. Que vaya a dejar de ver el color rojo, o cómo cambia el cielo al anochecer. En su lugar, yo estaría aterrorizada. Me encogería como un feto, me pondría a mecerme y...

Y seguramente me quedaría así para siempre y no sabría cómo reaccionar.

Pero yo no iba a quedarme ciega. Por lo menos que yo supiera.

Me quedé quieta, con las manos sobre las rodillas.

Seguramente nunca iban a pegarme un tiro en la espalda ni iba a quedarme paralítica. Y con un poco de suerte tampoco volvería a acostarme por la noche con hambre, con el estómago tan vacío que me dolía. Ya no tenía que preocuparme de que los demás no esperaran nada de mí. Tenía a Carl y Rosa, que se preocupaban muchísimo por mí. Tenía unos amigos estupendos, y una de ellas estaba pasando por algo muy grave, por una situación que cambiaría su vida para siempre. Tenía a Rider. Y tenía todas esas cosas porque se me había concedido una segunda oportunidad.

Pensé en toda la gente que nunca tendría ese privilegio.

Era muy afortunada.

Mi vida había sido dura, pero el pasado... El pasado formaba parte de mí, pero no me constituía. Tenía un futuro, posiblemente un futuro fantástico en el que no sería... una víctima, y sin embargo, cuando me ensimismaba o dejaba que el señor Henry diera forma a mis decisiones, estaba dando la espalda a ese futuro.

No estaba reconociendo la suerte que tenía.

Eso... eso tenía que cambiar.

Y al darme cuenta de ello, al cobrar conciencia de que así era, pensé que ya estaba cambiando.

29

Rider sonrió al mirar la puerta abierta de la habitación desde donde estaba sentado, en el poyete de la ventana. Yo estaba sentada en medio de la cama, con el libro de expresión oral abierto delante de mí. Se suponía que estábamos trabajando en la siguiente exposición, acerca de una persona que fuera especialmente importante para nosotros. Yo había expuesto mi trabajo de carácter persuasivo la semana anterior a la hora de la comida, y no me había costado redactarlo, aunque exponerlo hubiera sido un poco duro. Éste, en cambio, me estaba dando muchos quebraderos de cabeza.

Había tantas personas sobre las que podía escribir... ¿Cómo iba a elegir una sola? Respiré hondo y empecé a escribir otra vez.

Hay varias personas importantes en mi vida, gente que me ha influido hasta el punto de cambiar mi manera de ser.

Me detuve, suspirando. Me parecía evidente que tenía que escribir sobre Carl o Rosa, pero expresar por escrito por qué eran importantes para mí me estaba costando mucho más de lo que creía. No quería profundizar demasiado en por qué habían influido tanto en mi vida, aunque posiblemente el señor Santos ya lo sabía.

Rider arrancó una hoja de su cuaderno, hizo una pelota con ella y me la tiró. Yo no tenía ni idea sobre quién estaba haciendo su redacción. Al preguntárselo, me había dicho que iba a escribir sobre Peter Griffin, el personaje de *Padre de familia*, y yo confié en que no hablara en serio, porque dudaba de que al señor Santos fuera a parecerle bien.

Sonreí cuando la pelota de papel cayó entre mis hojas, que yo había colocado perfectamente. Sabía sin necesidad de abrirlo que seguramente era un dibujo. Aquello se había convertido en costumbre en el último mes, cada vez que estudiábamos juntos.

Yo estudiaba.

Él dibujaba.

Yo le decía que hiciera los deberes.

Y él intentaba distraerme de todas las maneras posibles.

Durante las semanas posteriores a la noche de la fiesta de Peter, las cosas habían cambiado entre nosotros, y sin embargo todo seguía igual. Las pruebas que le hicieron a Ainsley confirmaron el diagnóstico del doctor. Iba a perder la visión periférica. Sin darse cuenta, ya había perdido un treinta por ciento. El médico le había dicho que todavía faltaban unos años para que perdiera la vista y que, con todos los adelantos que había en su campo de estudio, era probable que acabaran encontrando una cura.

Probable.

Ainsley no hablaba de ello, en realidad. Yo deseaba que lo hiciera, porque sabía mejor que nadie que callarse no era siempre la solución. Había cosas de las que una tenía que hablar, y aquélla era una de ellas.

La actitud de Carl hacia Rider no había mejorado mucho, a pesar de que cenaba en casa una vez por semana como mínimo. Pero por lo menos ya no le interrogaba.

Ahora se quedaba callado y dejaba que Rosa se encargara de conversar. Así que algo habíamos salido ganando.

Y con Rider todo iba de maravilla.

Era... nuevo y emocionante. Fresco y divertido. Y un par de semanas antes, cuando yo había hecho una locura, él no se había enfadado ni había parecido incómodo.

Como estábamos en último curso, teníamos que reunirnos con el orientador escolar para hablar de las distintas universidades y de nuestros planes de futuro, y mientras estaba en su despacho yo había cogido una solicitud para los exámenes de acceso a la universidad. No para mí. Yo ya tenía la mía. Era para Rider. Ese mismo día, después de clase, me pasé por una tienda de material de bellas artes y le compré una carpeta de dibujo barata y genérica. Le di las dos cosas esa noche, después de cenar, y se quedó mirándolas fijamente tanto rato que al principio temí haber metido la pata. Pero luego sonrió y me dio las gracias.

Sólo quería que viera que tenía alternativas y que debía estar orgulloso de su trabajo. No debía descartar la universidad si quería ir.

Al día siguiente me llevó a la galería de arte de la ciudad donde todavía estaba expuesto su cuadro. Y, al igual que el día que me llevó a la fábrica abandonada, me sentí fascinada. El lienzo medía un metro cincuenta de alto y casi otro tanto de ancho, y me recordó a la primera pintada suya que me había enseñado. Representaba a un niño, pero no mirando al cielo. Miraba fijamente hacia el espectador como si le retara no a lanzarle una ojeada, sino a mirarlo *de verdad*. Me maravilló de nuevo que hubiera hecho aquello con pintura en aerosol.

Lo mismo que la vez anterior, me costó trabajo desviar la atención del cuadro, y ni siquiera cuando salimos de la galería pude dejar de pensar en la expresión de... de desesperanza *resignada* de aquel niño. Su mirada parecía decir claramente que nadie esperaba que las cosas cambiaran.

Seguía pensando en aquel cuadro cuando recogí la pelota de papel que me había lanzado Rider.

El primer dibujo que había hecho mientras estudiábamos representaba el horizonte de Baltimore, con el perfil de los edificios recortado contra el cielo. Le hice guardarlo en la carpeta y se puso colorado como un pimiento. Fue superbonito. Había al menos otros dos dibujos encima de mi cama perfectos para guardarlos en la carpeta: un boceto de un golden retriever dormido y otro de un caballo mustang.

Abrí cuidadosamente la bola de papel. Me quedé boquiabierta de asombro y le miré.

—¿Has dibujado esto en dos minutos?

Se encogió de hombros mientras daba vueltas a su bolígrafo.

—En diez, más bien.

—¿En diez minutos? Aun así es alucinante.

Atónita, levanté la hoja de papel. En el tiempo que yo había tardado en escribir una sola frase, él me había dibujado tal y como estaba en ese instante.

Había plasmado en el dibujo el moño suelto que me había hecho en la coronilla y reproducido perfectamente mi perfil mientras miraba la redacción en la que estaba trabajando. Debía de estar mordiéndome el labio. Hasta me había puesto la peca de debajo del ojo derecho. Estaba todo dibujado con detalle en tinta azul. Era yo, pero no lo parecía. Aquella chica parecía mayor y más madura. La curvatura de su espalda tenía un aire mucho más sofisticado. Y, aunque suene raro, mientras miraba el dibujo fue como si estuviera viendo una versión distinta de mí misma. Una versión mejorada.

¿De verdad él me veía así?

Posada en mi hombro había una mariposa. Me pareció un detalle extraño, hasta que levanté la vista del dibujo y la dirigí hacia la mesa. La talla de la mariposa que había empezado hacía más de un mes seguía allí, sin terminar.

En su dibujo estaba completa.

Dejé la hoja de papel sobre mi libro de texto y la alisé cuidadosamente. Aquel dibujo no iría a parar a la carpeta. Iba a guardarlo para siempre.

—¿Te gusta? —preguntó.

—Me encanta.

Se rió y, cuando le miré, el bolígrafo estaba otra vez en movimiento sobre su cuaderno.

—¿Has escrito algo para tu exposición?

—Claro que sí.

—Mientes.

—Puede ser.

—Rider… —suspiré yo.

Me miró por entre las pestañas.

—No tardaré tanto en escribir algo. Además, prefiero invertir el tiempo así.

—¿Cómo?

—Los dibujos te hacen sonreír —contestó con una sonrisa—. Trabajar en la redacción, no.

Aquello era tan… tan tierno que me dieron ganas de abrazarle con todas mis fuerzas, y de besarle también.

—Que trabajes en tu exposición también me hará sonreír.

Levantó las cejas y cerró el cuaderno.

—Sé qué otra cosa puede hacerte sonreír.

—¿Qué? ¿Que hagas los deberes?

—No. —Miró de nuevo hacia la puerta y se levantó—. Creo que, si me siento más cerca de ti, sonreirás.

Qué bien me conocía.

Dio un paso hacia mí.

—Creo que, si te cojo de la mano, sonreirás.

Me erguí un poco mientras le miraba.

—Y creo... —Se sentó al borde de la cama y se giró hacia mí—. Creo que si te beso también sonreirás.

Ay, Dios. La conversación se me había ido por completo de las manos, pero aun así me gustaba. Esbocé una sonrisa.

—Me parece que tienes razón.

—Lo sé, pero... —Puso su mano sobre la mía y bajó la voz—. Si viene Rosa y me pilla haciéndote sonreír así, la cosa acabará mal.

—¿No te preocupa que suba Carl?

Meneó la cabeza, enseñando su hoyuelo.

—Rosa me da más miedo.

Riendo, le di un empujón en el brazo.

—¿Qué pasa? —dijo—. Rosa sí que da miedo. Impone mucho —añadió—. Como si supiera pelear al estilo ninja.

—¿Al estilo ninja? —Me reí otra vez—. Pues te aseguro que... no sabe kárate.

—Me alegra saberlo. —Se inclinó y me besó en la mejilla—. De todos modos, ya es casi la hora de irnos.

Noté un hormigueo de nerviosismo en el estómago. Fiesta, episodio dos. Iba a ser una fiesta muy distinta, no tan grande como la de Peter. Sólo íbamos a ir a casa de un amigo, de un chico del instituto con el que Rider y Hector jugaban al baloncesto. Ainsley no iba a venir, pero aun así yo estaba muy nerviosa. ¿Y si volvía a entrarme el pánico? ¿Y si era incapaz de ir? ¿Y si no hablaba con nadie? ¿Y si me daba tanto miedo meter la pata que ni siquiera intentaba relacionarme con los demás?

Rider ladeó la cabeza y escudriñó mi mirada.

—No tenemos que ir. Podemos quedarnos aquí. O ir al cine.

Quedarse en casa sería agradable, e ir al cine también, pero ¿qué adelantaría con eso? Negué con la cabeza.

—No. Quiero ir.

—Ratón...

—Lo digo en serio.

Bajé la barbilla, cogí el retrato que me había hecho y cerré el cuaderno. Me acerqué al borde de la cama, me levanté y fui a mi escritorio.

—Quiero ir a la fiesta —insistí.

—En realidad no es una fiesta —dijo Rider—. Vamos a ser muy pocos. Si nos lo perdemos no pasa nada. Ya habrá más.

Abrí el cajón del escritorio y revolví dentro hasta que encontré el rollo de celo.

—Vamos a ir.

Se hizo un silencio.

—Sí, señora.

Sonreí mientras pegaba el dibujo a la pared, encima de mi mesa.

—¿Esperas aquí?

Él tenía los ojos fijos en el dibujo.

—No voy a ir a ninguna parte.

Al salir cogí mi bolsa de maquillaje y me la llevé al cuarto de baño del pasillo antes de que me entrara el pánico y cambiara de idea. Me deshice el moño y me cepillé el pelo. Me retoqué rápidamente el maquillaje: carmín, colorete y rímel. Me pareció que el vestido de punto y las mallas que llevaba estaban bien para ir a la fiesta.

Rider me estaba esperando como había dicho, y cuando entré me lanzó una mirada que me hizo estremecerme.

—Me encanta que lleves el pelo suelto.

Mi corazón dio un brinquito, y yo le dije a mi corazón que dejara de hacer el tonto.

—Gracias.

Rider se levantó y en tres pasos se colocó delante de mí y cogió un grueso mechón de mi pelo.

—Ahora tiene un color tan bonito... No te lo tomes a mal, el naranja también era bonito pero...

Puse los ojos en blanco.

—El naranja no era bonito.

No me hizo caso.

—No se me ocurre qué colores tendría que mezclar para conseguir este tono, pero voy a averiguarlo.

Bajó la cabeza y besó la peca de debajo de mi ojo.

Empecé a inclinarme hacia él, pero en ese momento se oyó retumbar la voz de Carl y pensé que no sería buena idea.

—Vámonos —dije.

Al salir cogí mi teléfono y un bolsito. Bajamos a la cocina, donde recogí mis llaves de la encimera.

—¿Vais a salir, chicos?

Nos volvimos al oír la voz de Carl.

—Sí.

Cruzó los brazos, con la mirada fija en Rider.

—¿Y adónde vais?

Respondí antes de que pudiera hacerlo Rider.

—A casa de un amigo.

—Creía que estabais estudiando —repuso Carl en tono de sospecha.

—Sí, pero ya hemos acabado. —Lo cual no era mentira.

No pareció creernos, pero antes de que pudiera decir algo más entró Rosa.

—¿No lleváis abrigo?

—No vamos a estar fuera mucho rato.

Miré a Rider. Sólo llevaba una camiseta térmica debajo de la camisa. Por lo menos mi vestido de punto era bastante grueso.

Se metió las manos en los bolsillos de los vaqueros.

—Gracias otra vez por el sándwich, señora Rivas.

Le había dado tantas veces las gracias por el sándwich de jamón y queso que nos había preparado al llegar que empecé a creer que de verdad le tenía miedo.

Carl le miró gélidamente.

—Mallory tiene que estar en casa a las ocho.

—¿Qué? —Agrandé los ojos mientras apretaba con fuerza las llaves—. Mi hora de llegar siempre han sido las once.

Rosa se adelantó y puso una mano sobre el hombro de Carl.

—Asegúrate de que esté en casa antes de las once.

—A las ocho estará aquí —contestó Rider, y yo me quedé boquiabierta, pero antes de que pudiera decir nada añadió—: Se lo prometo.

Carl tenía los labios apretados, formando una línea muy fina, y yo esperé a que le diera las gracias o algo así, pero se limitó a asentir escuetamente con la cabeza. Sentí un hormigueo de ira en la piel. Rosa al menos lo estaba intentando, pero Carl no. En absoluto.

Bajé el brazo y agarré a Rider de la mano. Un músculo vibró en la sien de Carl, y yo apreté la mano de Rider. No dije nada hasta que estuvimos fuera, a la luz del sol.

—Siento lo de Carl —dije—. Es que es… muy protector.

—No pasa nada. —Rider me soltó la mano cuando nos acercamos a mi coche, y yo comprendí que en realidad estaba molesto—. Lo entiendo.

Fruncí el entrecejo.

—¿Qué es lo que entiendes?

Se encogió de hombros al coger las llaves.

—Todo.

La destartalada nave industrial que había enfrente de la hilera de casas antiguas me recordó un poco a la fábrica abandonada de Rider. Las ventanas estaban tapadas con tablones y los ladrillos descoloridos cubiertos de pintadas desde el suelo hasta el techo. Yo sabía que no eran obra de Rider porque no eran ni mucho menos tan bonitas como las suyas, pero formaban una curiosa combinación de tonos apagados y chillones.

Rider detuvo el coche en un aparcamiento cerrado parcialmente por una alta valla de alambre. La mitad de la valla estaba caída, y alguien había amontonado los tramos rotos en un rincón del solar. El pavimento blanquecino amenazaba con desmoronarse bajo nuestros pies cuando echamos a andar.

—¿Seguro que no pasa nada por que dejemos el coche aquí? —pregunté.

Era la primera vez que iba a aquel barrio, pero sabía que no estaba muy lejos de donde vivía Rider.

Él asintió con un gesto mientras yo me guardaba las llaves en el bolso.

—Nadie va a hacerle nada.

A mí no me preocupaba especialmente que le hicieran algo. Me preocupaba más bien que se lo llevara la grúa. Había señales de «Prohibido aparcar» por todas partes.

Rider me cogió de la mano cuando cruzamos la estrecha calle.

—Rico vive aquí. No es el sitio más bonito del mundo, pero así no molestaremos a la señora Luna cuando vuelva del trabajo.

Yo tenía la garganta seca cuando subimos los anchos peldaños de entrada. Rider ni siquiera llamó a la puerta. Se limitó a abrirla y a entrar. Las risas resonaban en la entrada en penumbra, y sentí otra vez aquel olor intenso y terroso.

—Hola, tío —saludó un chico mayor que nosotros. Estaba sentado en una butaca, con una botella alta en la mano—. ¿Qué te cuentas?

—Poca cosa —contestó Rider.

Me apretó la mano. El cuarto de estar estaba lleno de gente. Miré nerviosamente a todos lados mientras Rider empezaba a presentarme a la gente. Reconocí a Rico, pero a los demás no los había visto nunca.

—Ésta es...

—Mallory —le interrumpió una voz conocida detrás de nosotros.

Paige.

Me puse tensa mientras Rider se giraba un poco hacia ella.

—Hola —dijo.

Paige le dio una taza. A mí no. Sólo a él.

—Gracias.

—De nada. —Me lanzó una mirada—. Bonito vestido.

Tuve la sensación de que no era un cumplido. Ella estaba guapísima, como siempre, con unos vaqueros negros muy ajustados y una camiseta de tirantes en un tono plateado. ¿Cómo es que nunca tenía frío? Quizá porque era el diablo.

El diablo que decía la verdad.

—Gracias —murmuré de todos modos.

Paige no había vuelto a hablarme desde aquel día en el pasillo, cuando me dijo que iba a romperle el corazón a Rider. Yo sabía que todavía hablaban a veces, y no me parecía mal, siempre y cuando yo no tuviera que hablar con ella.

Paige arqueó una ceja. No se limitó a pasar a nuestro lado para entrar en el cuarto de estar. Se *contoneó*, meneando las caderas, y fue a sentarse en el sofá, entre dos chicos mayores que saludaron a Rider con un gesto. Estaban todos mirando la tele, con los dedos volando sobre los mandos de la videoconsola.

—Hay bebida en la cocina —dijo Rico, señalando con la mano—. Si Mallory quiere algo.

—Genial —contestó Rider, y me llevó por el pasillo, hasta la destartalada cocina.

Junto a un cubo de basura rebosante de desperdicios había un montón de cajas de cerveza vacías. Rider dejó la taza que le había dado Paige sobre la encimera y se acercó al frigorífico. Cuando abrió la puerta, salió un olor penetrante.

—Aquí hay unas latas de Mountain Dew. ¿Te apetece una?

Asentí.

—Entonces, ¿Paige viene mucho por aquí?

Se encogió de hombros al pasarme la lata y cogió otra para él.

—A veces. Rico es amigo de su familia.

—¿No te vas a beber… lo que te ha dado?

—No.

Por alguna razón absurda y probablemente infantil, me alegré de oírlo. Rider me agarró de la nuca y bajó la cabeza. Cuando habló, su aliento cálido me rozó los labios.

—¿Qué tal estás?

—Bien —murmuré—. Acabamos de llegar.

—Pero quiero asegurarme de todos modos. —Ladeó ligeramente la cabeza y yo me estremecí—. Voy a preguntártelo muchas veces y, cuando quieras que nos marchemos, dímelo, ¿de acuerdo?

—De acuerdo.

Me besó suavemente y luego se apartó. Sentí que me ardían las mejillas cuando volvimos al cuarto de estar. Rider se detuvo en la puerta.

—¿Dónde está Hector?

—Arriba —contestó Rico antes de beber de la botella.

Rider me miró.

—¿Quieres ver qué anda haciendo?

—Claro —dije intentando hablar más alto, pero me salió un susurro.

Él sonrió de todos modos y me condujo arriba. Allí hacía mucho más frío que abajo, y Rider parecía saber adónde nos dirigíamos porque se fue derecho a la segunda puerta y llamó con los nudillos.

—¿Qué pasa? —respondió alguien.

—Soy yo. ¿Estás ocupado? Estoy con Mallory.

—Sí, esperad un segundo.

Se oyeron unos chirridos y luego la risa de una chica. Levanté las cejas y Rider hizo una mueca.

—Oye, que podemos volver luego —gritó, sonriéndome—. No queremos…

Se abrió la puerta de golpe. Hector se estaba enderezando la camisa con una mano. Efectivamente, habíamos interrumpido algo.

—No, no pasa nada. Pasad.

—¿Seguro?

Hector asintió mientras abría del todo la puerta. Una chica de piel oscura estaba sentada al borde del futón. Sonrió cuando entramos y nos saludó con la mano.

Encima de una cómoda había una vela encendida, y no sé por qué pensé de pronto en galletitas de azúcar. No sabía de quién era aquel dormitorio. Claro que no parecía un dormitorio.

—¿Conoces a Rider? —le dijo Hector a la chica, y ella dijo que sí con la cabeza—. Genial. Eh, ésta es Sheila, y ésta es Mallory.

Sheila sonrió.

—Hola.

—Hola —murmuré yo.

Hector se acercó a un puf de color rojo oscuro y se dejó caer en él.

—Bueno, ¿cuándo habéis llegado? —inquirió cuando nos sentamos en el futón, al lado de Sheila.

—Hace un ratito —contestó Rider.

Hector me miró antes de añadir:

—¿Siguen todos abajo?

Rider asintió.

—Rico y los chicos están jugando a *Assassin's Creed*. Por lo visto la partida va muy en serio.

Hector se rió, estiró el brazo y cogió un vaso de una mesita.

—Como siempre. ¿Pensáis quedaros un rato, chicos?

—Puede ser. —Rider hizo chocar su rodilla con la mía—. A lo mejor vamos al cine o algo así. No estoy seguro.

—Qué bien. ¿Has visto el partido de hoy? —preguntó Hector y, mientras empezaban a hablar de un partido de baloncesto, yo miré a Sheila.

Tenía la mirada fija en su teléfono. Parecía estar mirando Facebook.

Había muchísimas cosas que yo podía decir en ese momento, un sinfín de preguntas que podía hacer. Las posibilidades eran ilimitadas, pero notaba la lengua pastosa. Hice amago de apartar la mirada pero me detuvo. No era eso lo que tenía que hacer. Tenía que *hablar*, y no hacer lo que hacía normalmente. O sea, quedarme callada.

Obligué a mis labios y a mi lengua a moverse.

—Entonces... ¿vas al Lands?

Ya estaba. Ya lo había dicho. Y hasta conseguí no sonreír como una boba.

Sheila levantó la mirada.

—No —contestó con una sonrisa—. La verdad es que voy a la Universidad Howard. He venido a pasar el fin de semana en casa.

—Ah. —Miré sorprendida a Hector, pero los chicos no nos estaban prestando atención—. Eh... ¿Qué... qué estudias?

Cruzó sus largas piernas.

—Pedagogía. Estoy en primero.

—Eso es... es genial. ¿Siempre has... has querido estudiar pedagogía?

—Pues sí, siempre —respondió, y me dio envidia, porque yo no estaba segura de lo que quería hacer.

O quizá sí lo estaba, pero a Carl y Rosa no les entusiasmaba la idea.

—¿Y tú? ¿Piensas ir a la universidad?

Asentí mientras dejaba mi lata de refresco en el suelo.

—A la Universidad de Maryland. Pero... aún no estoy segura de qué voy a estudiar.

—Ya lo descubrirás. En mi facultad hay alumnos de primero que todavía no saben lo que quieren hacer. —Su teléfono tintineó—. Entonces, ¿vais todos al mismo instituto?

Dije que sí con la cabeza. La conversación se estancó y yo me concentré en lo que estaban comentando los chicos. Pasaron del baloncesto al fútbol, y perdí la noción del tiempo. Puede que hubiera pasado una hora cuando Hector y Sheila se levantaron.

—Nos vamos abajo —anunció Hector al acercarse a la puerta.

—Nosotros bajamos enseguida.

Hector sonrió con aire travieso mientras cerraba la puerta.

—Claro, claro. Tomaos vuestro tiempo.

Me giré hacia Rider.

—¿Por qué…?

No me dio tiempo a acabar la pregunta. Su boca se posó sobre la mía en un beso dulce y rápido.

—Estoy orgulloso de ti —murmuró con la boca pegada a mis labios, y yo sonreí porque sabía a qué se refería.

La breve conversación que había mantenido con Sheila no era gran cosa, pero para mí era un gran paso. Estaba fuera de mi elemento, pero no me había quedado paralizada por completo. Poniendo las manos sobre su pecho, sonreí.

—Parece muy simpática.

—Sí. —Me besó en la comisura de la boca—. Estoy seguro de que les hemos interrumpido.

Me reí por lo bajo.

—Sí, yo también lo creo.

—Somos unos amigos terribles. —Acarició mi mejilla—. Pero ¿sabes qué?

—¿Qué?

—Que voy a aprovecharme de que estamos solos. —Hizo una pausa y a mí me dio un vuelco el estómago como si estuviera en una montaña rusa—. ¿Qué te parece?

Posé la mano sobre su rodilla.

—Creo... creo que me gustaría.

—Genial. —Ladeó la cabeza—. Porque creo que me va a gustar muchísimo.

Entonces me besó, un beso lento y dulce que me esponjó por dentro. No sé cuánto tiempo duró aquel beso sutil y aterciopelado, pero pasado un rato cambió y se hizo más hondo. Nuestras lenguas se entrelazaron y yo... Nunca me habían besado así. Nunca había sentido nada parecido.

Dejé escapar un sonido gutural y el corazón empezó a martillearme en el pecho cuando Rider se inclinó hacia mí. No sé cómo pero acabé tumbada de espaldas con Rider a mi lado, en el futón. Deslizó la mano por mi brazo. Estábamos solos, él y yo, y yo no pensaba en aquella habitación extraña y desconocida, ni en la gente que había abajo. No pensaba en nada, excepto en lo que me hacía sentir Rider, en cómo me besaba y me tocaba, como si fuera un tesoro valiosísimo para él.

Mis manos parecieron cobrar vida propia y empecé a tocarle como no le había tocado nunca antes. Tiré de su camiseta térmica y él respondió de inmediato. Se incorporó y se echó mano del cuello de la camiseta, por la parte de atrás. Agarró la tela, tiró de la camiseta y se la quitó rápidamente.

Contuve la respiración al verle con el pecho desnudo. Era... Guau. Excepto en el cine y en la tele, era la primera vez que yo veía a un tío sin camiseta. Carl no contaba, claro.

—Puedes tocarme si quieres —dijo.

Yo quería.

Mordiéndome la mejilla por dentro, puse la mano en el centro de su pecho. Su vello me hizo cosquillas en la palma. Sentí latir su corazón. Muy despacio, bajé la mano y la pasé por los tensos músculos de su abdomen. Se estremeció cuando toqué la cinturilla de sus vaqueros. Aparté la mano y le miré a la cara.

—No pasa nada —me tranquilizó con voz ronca—. Me gusta mucho.

Volví a tocarle. Pasé la mano por su tripa, evitando esta vez sus pantalones. Me encantaba sentirle. Había tanta fuerza bajo aquella piel suave...

Se tumbó de lado junto a mí y me puso la mano en la cintura. Volvió a besarme, y yo me distraje y dejé de pensar en mis exploraciones. Me enfrasqué en sus besos y en cómo respondía mi cuerpo a ellos. Los músculos de mi vientre se tensaron. La cabeza me daba vueltas cuando deslizó la mano sin prisas por mi cuello y mi torso de un modo que hizo que arqueara la espalda y que se me acelerase la respiración. Luego siguió bajando hasta el bajo del vestido y por encima de mis mallas.

Acarició mi muslo y deslizó la mano entre mis piernas. Me sentía como si me ardiera todo el cuerpo. Estaba tensa por dentro. Tenía calor, estaba acelerada y no entendía qué me pasaba. Tenía el estómago encogido cuando le agarré del brazo. Parte del calor que sentía se disipó cuando abrí los ojos.

—Rider —dije, y me besó otra vez.

Por un momento volví a extraviarme en sus besos, a enfrascarme en lo que hacían sus manos. Era tan delicioso, pero...

Ay, Dios, yo no estaba preparada para aquello.

—¿Podemos... parar un poco? —susurré agarrándole de la muñeca.

Su mano se detuvo al instante. Levantó la cabeza.

—Sí. Sí.

Carraspeó al apartarse de mí, y yo cerré los ojos, notando que de pronto se me saltaban las lágrimas. Dios. Ni siquiera sabía por qué no estaba preparada, o si debía estarlo. No tenía ni idea, y ahora temía…

—¿Te he hecho daño?

Abrí los ojos de golpe.

—¿Qué?

Me miraba intensamente.

—¿He hecho algo mal?

No pude responder. No había hecho nada mal. Al contrario.

—Si algo te ha molestado, quiero saberlo. Te prometo que…

—No me has hecho daño —dije—. Es sólo que… ¿Por qué piensas eso?

Bajó la mirada.

—Yo… no tengo mucha experiencia en estas cosas. —Se puso colorado y yo abrí exageradamente los ojos—. Bueno, he hecho algunas cosas, pero no mucho. Nunca he… hecho el amor.

Me quedé sin habla unos segundos. No pude más que mirarlo.

—¿Eres virgen?

Esbozó una sonrisa torcida.

—Sí. Parece que te sorprende.

—Pues sí. Pensaba que… No sé. Estabas con… Paige. Suponía que tenías experiencia.

—Pues no —contestó, cogiéndome de la mano—. Me miras como si te pareciera increíble.

Realmente, tenía el don de leerme el pensamiento.

—He estado a punto pero nunca he… nunca he querido llegar tan lejos —añadió encogiendo sus hombros desnudos.

—Yo tampoco lo he hecho nunca —balbucí—. Bueno, eso es evidente teniendo en cuenta que… que tú eres el primer chico al que he besado, pero sí, ni siquiera sé… lo que estoy diciendo, así que mejor me callo.

Rider se rió.

—No. Me encanta cuando hablas sin pensar.

—Sólo te gusta a ti. —Entrelacé mis dedos con los suyos—. ¿Quieres… quieres llegar tan lejos conmigo?

Levantó las pestañas y sus ojos, con sus pintitas verdes, se encontraron con los míos.

—Sí. Sí, quiero. Algún día.

Me puse colorada al musitar:

—Yo… yo también. Algún día.

Apareció el hoyuelo de su mejilla derecha.

—Entonces estamos de acuerdo.

—Sí. —Levanté la cabeza y le besé—. Siento haberte parado. Me estaba gustando pero…

—Mallory, por favor, no te disculpes. —Se sentó, tirando de mí—. Podemos hacer lo que quieras, llegar hasta donde quieras, y siempre pararemos cuando tú quieras, da igual lo que pase. ¿Me entiendes? No tienes por qué disculparte y así debe ser siempre.

Ay, Dios mío.

Rider no era del todo perfecto, pero casi casi. En realidad, era imperfectamente perfecto. Sentí una oleada de felicidad, y le sonreí.

—Deberíamos bajar, ¿no? —preguntó, y yo dije que sí con la cabeza.

Cogió su camiseta y se la puso, deteniéndose un momento para sonreírme.

—Perdona, pero voy a tener que vestirme. Aunque ya sé que no es justo.

Me reí mientras se ponía la camisa.

—No, no lo es.

Sacó su teléfono mientras me sonreía.

—Mierda. Estoy a punto de quedarme sin batería.

—Yo tengo todavía.

—Genial. Luego podemos mirar en tu teléfono si hay alguna peli buena que podamos ver.

Me tendió la mano y la acepté. Seguía sintiéndome aturdida de felicidad cuando bajamos.

De vuelta en el cuarto de estar, Rider ocupó una de las sillas de plástico que había junto al sofá y me hizo sentarme sobre sus rodillas, enlazándome por la cintura. No vi a Sheila ni a Rico. Entonces me di cuenta de que nos habíamos dejado nuestras bebidas arriba.

—Qué amables sois al uniros a nosotros —comentó Paige mirándonos por encima del hombro.

Rider me apretó con más fuerza mientras Hector se reía.

—*Métete en tus asuntos**.

Ella le lanzó una mirada furiosa y yo oí que se abría la puerta de la calle. Unos segundos después entró Jayden. Al vernos sonrió de oreja a oreja.

—¡Hola! No sabía que estabais aquí. —Se acercó—. Qué guay.

—Hola —dije yo con una sonrisa.

Sus moratones habían desaparecido hacía tiempo, y estaba igual que la primera vez que le vi.

—Seguramente nos iremos dentro de un rato —anunció Rider—. A lo mejor vamos al cine.

Jayden se apoyó contra la pared y recorrió la habitación con la mirada.

—Ya entiendo. Piensas que no tienes nada que hacer con Mallory ahora que estoy yo aquí para enseñarle lo que es un hombre de verdad. —Me guiñó un ojo mientras Rider meneaba la cabeza—. Muy bien, marchaos. Pero ninguna película es tan divertida como *El show de Jayden*. Y yo no cobro entrada.

Rider se rió.

—Vale, tío.

—¿Está Rico por aquí? —preguntó Jayden.

—Estaba. No sé dónde se ha metido.

Asintió lentamente, metiéndose las manos en los bolsillos.

—¿Qué peli vais a ver?

—No… sé —contesté al ver que Rider no decía nada. De pronto se me ocurrió una idea—. ¿Quieres venir?

Jayden parpadeó como si estuviera sorprendido.

—Bueno, muchas gracias, pero no soy muy buena compañía para ir al cine.

Fruncí las cejas.

—¿Por qué?

—Porque no para de hablar —respondió Paige desde el sofá—. Se pasa literalmente toda la película hablando.

—Es verdad —añadió uno de los chicos.

Sonreí.

—Tienen razón. Ya sabes, me gusta hacer un comentario aquí y allá —explicó Jayden—. Pero no sé por qué a la gente le molesta.

—Ya me lo imagino —repuso Rider con sorna.

—En mi opinión, mis comentarios enriquecen el visionado de la película —agregó Jayden.

Paige soltó un bufido.

—No creo que «enriquecer» sea la palabra más adecuada.

—Mi sola presencia es enriquecedora —replicó él.

Hector miró hacia atrás con las cejas levantadas.

—Se me ocurren un par de adjetivos para describir tu presencia. Y «enriquecedora» no es uno de ellos.

Jayden sonrió a su hermano.

—Ya sabes lo que dicen.

—No, ¿qué? —preguntó Hector.

Jayden guiñó un ojo.

—Que de donde no hay no se puede sacar.

Hector sacudió la cabeza, entornando los ojos.

—Eso ni siquiera viene a cuento en esta conversación.

—Eso es porque es demasiado intelectual para ti —replicó Jayden.

Su hermano puso los ojos en blanco.

—Vale, lo que tú digas. ¿Has rellenado la solicitud?

Jayden asintió.

—Sí, padre. Está en casa, encima de la mesa del cuarto de estar, para que te la lleves mañana.

—¿Qué solicitud? —pregunté yo esperanzada.

—Hector no soporta estar ni un minuto sin mí, así que voy a trabajar con él en McDonald's —respondió Jayden—. Bueno, primero tienen que darme autorización y esas cosas.

—Sí. —Hector se rió—. Por eso precisamente quiero que trabajes conmigo.

Contenta por que fuera a hacer lo que le había pedido su hermano, sonreí a Jayden.

—Eso es fantástico. —Me miró a los ojos—. En serio —insistí.

—Sí. —Bajó la cabeza y se puso colorado—. Por algún sitio hay que empezar, ¿no?

—A mí me... parece un buen principio —le dije sinceramente.

Acabamos quedándonos una hora más, y mis nervios se desvanecieron estando allí Jayden, que se reía de sí mismo y hacía bromas mientras manejaba su teléfono. Mandaba mensajes como un loco, y cuando nos despedimos y salimos calculé que había mandado unos veinte. Jayden salió con nosotros. Sus dedos volaban todavía sobre el teclado.

Rider me pasó el brazo por los hombros cuando echamos a andar por la calle.

—¿Tienes idea de qué peli...? ¡Ostras!

Tiró de mí hacia una camioneta aparcada cuando un coche apareció en la calle de repente, a toda velocidad. Se oyó un chirrido y vi que bajaban la ventanilla del copiloto.

Entonces oí petardos, de esos que estallan cuando los tiras al suelo. Sólo que no eran petardos. Aquel ruido... No eran...

Me quedé sin respiración al caer al suelo y noté que un gran peso caía sobre mí. Me invadió el pánico al darme cuenta de lo que era aquel estruendo.

Eran *disparos*.

30

Las ruedas derraparon levantando la gravilla suelta. Las piedrecitas que saltaron al aire me acribillaron las mejillas. Sentí que me escocían las manos arañadas por el asfalto, pero apenas me percaté del dolor. Empecé a levantar la cabeza.

—¿Rider? —susurré.

—Estoy aquí.

Sentí levantarse el peso que me oprimía y Rider dijo algo más, pero la sangre que me palpitaba en los oídos no me permitió oírle con claridad.

—¿Estás bien?

—Sí.

La adrenalina circulaba por mis venas a toda velocidad, haciendo a un lado el asombro. Miré hacia el otro lado del aparcamiento y vi a una persona tendida de lado.

—Dios mío…

Rider se levantó bruscamente.

—¡No! ¡No!

Echó a correr por el aparcamiento. Yo me quedé paralizada. Apenas podía creer lo que estaba viendo. No podía creerlo. El corazón se me paró un momento. Mi estómago se retorció dolorosamente. Dios mío, aquello no podía estar pasando. No *estaba* pasando. Esas cosas no pasaban a plena luz del día. No pasaban delante de mí. No le pasaban a nadie que yo conociera. No…

Pero pensar eso era una estupidez, porque esas cosas sí pasaban.

Aquél era Jayden.

El que estaba tumbado de lado.

El que estaba tumbado de lado, con un charco de líquido oscuro bajo su cuerpo.

—Mierda, mierda, mierda. —Rider se puso de rodillas a su lado—. ¡Joder! ¿Jayden? No, maldita sea. ¡No! —Se le quebró la voz; volvió a gritar y aquella negación salió de sus labios desgarradoramente, perforando todo aquel ruido—. ¡No!

Con los brazos temblorosos, me puse de rodillas y me levanté. Avancé tambaleándome. Movía la boca pero de ella no salía ningún sonido.

Rider me miró con los ojos despavoridos. Levantó las manos. Las tenía cubiertas de aquella sustancia oscura. Me aparté bruscamente, tapándome la boca con la mano. El horror me golpeó con la fuerza de un tren de mercancías. Se me pasaron mil cosas por la cabeza mientras miraba a mi alrededor. Empezaba a congregarse gente, los vecinos salían de sus casas. Alguien lloraba. Se oían gritos rasgando el aire frío. Todo daba vueltas a nuestro alrededor vertiginosamente y, sin embargo, permanecía inmóvil.

Tenía que pedir socorro. Necesitábamos ayuda. Yo sabía qué hacer. Cogí mi teléfono mientras oía el chillido de unas sirenas. Ya llegaban. Me giré bruscamente y vi que Jayden estaba tendido boca arriba. Sabía que no se había movido él porque veía sus ojos. Y había visto unos ojos como aquellos en otra ocasión.

Miraban fijamente hacia la nada, ciegos y sin brillo.

Dios mío. Dios mío.

Rider tocaba el cuello de Jayden y sacudía la cabeza. Empecé a verlos borrosos a los dos. Rodeé las piernas inmóviles de Jayden con paso entrecortado. Me puse de rodillas, caí de rodillas junto a Rider. Puse una mano temblorosa sobre su brazo. Se sobresaltó y clavó sus ojos en los míos.

Alguien gritó y el pequeño semicírculo de gente que se había reunido a nuestro alrededor se apartó para dejar paso a una figura alta. Rider se levantó de un salto al ver pararse a Hector delante de él.

Hector dio un paso atrás y luego se inclinó y apoyó las manos en las rodillas.

—No. No. No. Ése no es mi… No.

Entonces dio un salto hacia delante. Rider le agarró por la cintura.

—Mejor no mires, tío. No…

—¿Es mi hermano? —Forcejeó con Rider intentando pasar y su voz restalló como un látigo—. Dios mío, ¿es mi hermano?

Rider aguantó y tiró de él mientras Hector seguía gritando «¡¿Es mi hermano?!». Lo preguntó una y otra vez, y cada vez fue como oír un disparo.

—¡Ay, no! ¡No! ¡No! No es Jayden. No es él. ¡El que está en el suelo no es él!

Se me heló el corazón. El aullido de las sirenas fue acercándose y ahogó todos los demás sonidos, excepto la voz rota y entrecortada de Hector, el sonido de la desolación más absoluta.

Rojo. Azul. Rojo. Azul.

Horas después, aún veía el destello giratorio de las luces de las sirenas. Daba igual que tuviera los ojos abiertos o cerrados. Las veía todavía, igual que veía la marea de uniformes azules que había invadido la calle y el aparcamiento.

Era todo un borroso torbellino de preguntas y caras, y no sabía cuánto tiempo había pasado. La policía me hizo preguntas a las que yo no podía responder. Luego aparecieron dos hombres trajeados que volvieron a preguntarme las mismas cosas. Me separé de Rider, empujada primero por el personal médico y luego por la policía. El gentío se había engrosado y tardé una eternidad en volver a mi coche y encontrar mi bolso. Traté de llamar a Rider, pero me temblaban mucho las manos.

Al final fue él quien salió de entre la gente y me encontró a mí. Grité al verle y se acercó, sus manos se detuvieron a ambos lados de mi cara pero no llegó a tocarme.

—Tengo que quedarme con Hector —dijo—. Vete a casa y quédate allí.

—Pero…

—Por favor, sal de aquí. Por favor —repitió, muy pálido—. Vete. Vete a casa y quédate allí, ¿de acuerdo? Te llamaré cuando pueda.

El corazón me latía desbocado en el pecho.

—No quiero dejarte. Ahora no… —Miré hacia mi izquierda, donde habían extendido una lona amarilla—. Yo…

—No mires. Dios mío, ya es demasiado tarde, pero no mires. —Se movió para taparme la vista—. Por favor, Mallory. Por favor, vete de aquí.

Yo no quería marcharme pero Rider me lo estaba suplicando y nunca le había oído suplicar, ni siquiera cuando caía bajo los puños del señor Henry. Así que dije que sí con la cabeza y Rider me besó, un beso brusco, casi brutal, que me supo a ira y a miedo. Cuando se marchó, quise seguirle.

Pero subí al coche y me fui a casa como me había pedido. Aturdida, aparqué y cogí mi bolso. Sintiéndome como si caminara entre arena, entré en casa y me sobresalté al oír los ruidos de la vida corriente.

Carl estaba en el despacho, a mi izquierda, hablando por teléfono. Se reía. Estaba vivo. Oí un grifo abierto en la cocina.

—¿Mallory? —me llamó Rosa—. No has contestado a mi mensaje. ¿Va a venir Rider a cenar?

Una risa seca, casi inaudible, escapó de mi garganta. Rosa lo estaba intentando, se estaba esforzando de verdad. Pero Rider no vendría a cenar. No respondí. Subí los escalones arrastrando los pies. Oí que Rosa volvía a llamar, pero seguí adelante.

Una vez arriba, me detuve en medio de la habitación y giré lentamente sobre mí misma. Lo veía todo, pero no veía nada. Me senté al borde de la cama, obligándome a respirar hondo, acompasadamente, mientras me frotaba los muslos con las manos.

Me tapé los ojos con las manos y abrí la boca. Grité pero no salió ningún sonido. Aun así, el grito me dolió. Desgarró mi garganta.

Intenté asimilar lo que acababa de suceder, pero sólo podía pensar en Jayden acercándose a mi taquilla el segundo día de clase. Le había tirado de la trenza a Paige, la había llamado Katniss de barrio y luego había hablado conmigo como si me conociera de toda la vida. Le veía en el coche el primer día de instituto. Oía su risa y, si respiraba bien hondo, me parecía notar aún ese olor terroso que emanaba siempre.

No volvería a verle, ni a escuchar su voz, ni a sentir aquel olor.

Había desaparecido. Para siempre.

No lo entendía.

Jayden había dicho que ahora tenía otras metas, que por fin iba a hacer caso a su hermano y a Rider.

—Dios mío —murmuré.

—¿Mallory? —La voz de Rosa sonó más cerca, en lo alto de la escalera—. No has contestado… —Apareció en la puerta y me miró con espanto—. ¡Mallory! —Entró corriendo en la habitación—. Santo cielo, ¿qué ha pasado?

La miré un momento, perpleja, y luego bajé los ojos. Aparté las manos de mis piernas. Tenía las mallas manchadas, empapadas de un líquido rojo oscuro.

—Dios mío…

Debía de haberme arrodillado sobre… Me dio un vuelco el estómago.

—Mallory. —Rosa me agarró la barbilla con sus dedos fríos y me echó la cabeza hacia atrás—. ¿Qué te ha pasado? ¿Qué tienes en la cara? ¿Estás bien?

Me di cuenta vagamente de que era la primera vez que la veía tan asustada. Siempre era tan serena, tan tranquila… Siempre se hacía cargo de todo. Pero me estaba tocando, me apartaba el pelo de la cara y parecía como me sentía yo: histérica.

—Háblame, cariño. —Se arrodilló, me cogió de las manos y les dio la vuelta. La piel estaba enrojecida y arañada—. Dime qué te ha pasado.

Negué con la cabeza. El dolor físico que sentía no era nada.

—Yo… Jayden ha muerto.

—¿Qué? —Pestañeó, y sólo entonces me percaté de que ni siquiera sabía quién era Jayden. Ni siquiera conocía su nombre—. ¿Qué dices?

Miré sus ojos oscuros y las palabras me salieron a borbotones.

—Le han disparado. Estaba cruzando el aparcamiento y un coche paró y... Le dispararon... Le dispararon. Estaba allí y un segundo después estaba muerto. —Sacudí la cabeza—. No lo entiendo. Llegaron y empezaron a disparar. Está... Sólo tenía quince años, Rosa. Era...

—Santo cielo. —Me pasó las manos por los brazos y pasaron unos segundos antes de que volviera a hablar—. ¿Cómo te has hecho esto? —preguntó levantándome las manos.

—Rider... Rider me tiró al suelo. —Miré mis palmas arañadas—. Me raspé las manos con el asfalto. —Tragué saliva con la vista fija en los arañazos de un rojo brillante—. Saltaba gravilla por todas partes.

—¿Estabas con Rider? ¿Dónde está él?

Sacudí la cabeza.

—Está con Hector. Es... es el hermano de Jayden.

Rosa tiró de mí suavemente para que me levantase.

—Empieza por el principio y cuéntamelo todo.

Mientras yo hablaba, la línea de su mandíbula fue endureciéndose. Me llevó al cuarto de baño y abrió el grifo. Hizo que me sentara y guardó silencio mientras me lavaba las manos y las mejillas, como había hecho yo con Rider el primer día que vino a casa. Las personas que le habían golpeado eran posiblemente las mismas que habían... que habían matado a Jayden.

El peróxido me escoció, pero me quedé quieta. En algún momento Carl asomó la cabeza por la puerta y Rosa le hizo señas de que se marchase. Cuando acabó de curarme, recogió los trozos de algodón y los tiró a la basura.

Luego volvió a arrodillarse delante de mí.

—¿Qué te parece si te cambias de ropa? Deja las mallas en el pasillo. Yo las tiraré.

Asentí sin decir nada.

Escudriñó mis ojos y a continuación me abrazó con fuerza.

—Siento muchísimo lo de tu amigo y siento que hayas tenido que pasar por eso. —Se retiró y posó las manos sobre mis hombros—. Lo siento de todo corazón. Pero estoy muy contenta de que estés a salvo.

Me tembló el labio.

Rosa me sostuvo la mirada mientras se levantaba y por primera vez oí que se le quebraba la voz.

—Por... por esto era por lo que no quería Carl que salieras con Rider. Por esto era.

31

Las palabras de Rosa resonaban aún en mis oídos cuando me duché y me cambié rápidamente de ropa. El pantalón de chándal me arañaba la rodilla izquierda, que tenía herida, pero no hice caso. Entré en mi cuarto, cogí mi bolso, abrí la cremallera del compartimento lateral y probé a llamar a Rider.

No contestó.

Abrí los mensajes y escribí ¿Estás bien? Envié el mensaje y un momento después vi que lo había recibido. Esperé. No hubo respuesta. Me giré y me aparté el pelo mojado de la cara arañada. No debería haberme separado de Rider. Debería haberme quedado con él, y con Hector. No podía ayudarles pero al menos podía haber estado allí, a su lado.

Pero me había marchado.

Había hecho lo que me habían dicho, como siempre, y me había ido. No estaba segura de haber hecho bien o mal. Miré mi teléfono y empecé a llamar a Ainsley, pero me detuve. No sabía cómo contarle lo ocurrido, sobre todo teniendo en cuenta por lo que estaba pasando.

Me senté en la cama y no me moví. Los minutos se convirtieron en horas. El cielo se oscureció más allá de la ventana. Me tumbé en la cama con el teléfono al lado. Notaba la cabeza extrañamente vacía. Oía solamente un zumbido suave, como cuando tenía catarro y estaba muy congestionada. Debí de quedarme dormida porque cuando volví a pestañear entraba sol por las persianas. Diminutas partículas de polvo flotaban en sus haces de luz. Con la boca seca, me incorporé y desvié la mirada. Vi la puerta cerrada y me acordé de que la noche anterior la había dejado abierta. Durante unos minutos no pude recordar exactamente por qué tenía aquella horrible sensación de angustia en la boca del estómago.

Jayden…

Di un respingo, me giré y miré la cama buscando mi teléfono. ¡Allí estaba, entre los cojines! Lo saqué y toqué la pantalla. No tenía mensajes ni llamadas perdidas.

Mientras miraba fijamente la pantalla, me dije que si Rider no había llamado ni me había mandado un mensaje era porque estaba con Hector. Tranquilizarme a mí no era su prioridad en esos momentos. Lo entendí, pero al mismo tiempo noté un nudo de miedo en el estómago y me dieron ganas de vomitar. Rider estaba bien. No tenía por qué haberle ocurrido nada. Pero el miedo dio paso a una angustia que me caló hasta la médula de los huesos.

Me levanté y fui corriendo al cuarto de baño del pasillo. Cerré la puerta, me puse de rodillas e intenté vomitar. Pero no me salió nada. Tuve náuseas hasta que empezaron a dolerme las costillas y me quedé allí sentada, respirando agitadamente.

Me levanté muy despacio, dolorida, y cogí mi cepillo de dientes. Abrí el grifo y me lavé los dientes y luego la cara, haciendo una mueca de dolor cuando el agua caliente y el jabón tocaron mi piel. Al levantar la vista me vi reflejada en el espejo. Tenía las mejillas llenas de heriditas y unas sombras profundas debajo de los ojos. Todavía tenía el pelo un poco húmedo por haberme acostado con él mojado, y en aquel momento era del color del vino y estaba todo alborotado. Me aparté del lavabo y volví a mi cuarto. Caminaba con inmensa lentitud, paso a paso.

Nada me parecía… real cuando volví a coger el teléfono.

—¿Mallory? —me llamó Carl desde abajo—. ¿Puedes bajar?

Agarré el teléfono y bajé a toda prisa. Estaban los dos sentados a la mesa de la cocina. Aflojé el paso al acercarme a la isla. No parecían haber dormido mucho esa noche. Carl tenía la camisa gris arrugada, y a Rosa se le habían escapado algunos mechones de la coleta corta y le caían sobre la cara como deditos.

—¿Por qué no vienes a sentarte? —me dijo Carl suavemente.

Tenían sendas tazas delante y la cocina olía intensamente a café. Intuyendo que aquella conversación no iba a gustarme, decidí quedarme donde estaba.

Carl miró a Rosa y luego me preguntó:

—¿Qué tal te encuentras?

Me pareció… una pregunta increíblemente idiota.

—Sé que lo que viste ayer es muy duro de asimilar. Mucho. Rosa y yo querríamos que no hubieras tenido que volver a vivir nada parecido otra vez.

¿Otra vez?

Entonces lo entendí. ¿Cómo podía haberlo olvidado? Se estaba refiriendo a la señorita Becky. Pero, aparte de aquella mirada apagada y sin brillo, aquello no se parecía en nada a encontrar a la señorita Becky en su cama, muerta desde hacía horas y fría al tacto. Yo no conocía los detalles, pero comparada con la de Jayden su muerte había sido apacible. No se parecía en nada a la de Jayden.

—Y sabemos que lo estás pasando muy mal —continuó Carl, y yo parpadeé, preguntándome si me había perdido la mitad de lo que había dicho—. Pero esta conversación no puede esperar.

—¿Qué...? —Los miré a los dos mientras dejaba mi teléfono sobre la isla de la cocina—. ¿Qué conversación?

—Rider. —Rosa cogió su taza de café—. Tenemos que hablar de Rider.

Levanté las cejas.

—¿Por qué?

—Creo que es bastante obvio —afirmó Carl en tono suave pero firme—. Lo que pasó ayer...

—No tuvo nada que ver con Rider —le interrumpí yo.

Pareció sorprendido, pero el destello de sorpresa que cruzó su cara desapareció tan rápidamente que pensé que tal vez fueran imaginaciones mías.

—En eso tengo que disentir.

—Disentimos los dos —añadió Rosa—. No te habrías acercado a ese barrio de no ser por Rider.

—¿Qué tiene de malo ese barrio? —pregunté, y Carl frunció la frente—. Sí, no es un barrio estupendo. No es Pointe, ni la zona donde vive Ainsley, pero tampoco es el peor barrio de la ciudad.

—No es un sitio recomendable, Mallory. —Carl rodeó su taza con las manos—. Sé que no conoces mucho la ciudad, pero nosotros sí. Y...

—Conozco de primera mano la mayor mierda que puede haber en esta ciudad y no tiene nada que ver con ese barrio —contesté.

La ira me atravesó radiante como el sol, y me di cuenta vagamente de que no me había parado ni una sola vez mientras hablaba. Pero estaba tan... tan *cabreada* que no me importó.

—Mallory —me advirtió Rosa—, esa lengua.

—¿Esa lengua? Ayer vi cómo le pegaban un tiro a... —Se me quebró la voz—. Ayer vi morir a un amigo ¿y vosotros vais a echarle la culpa a Rider?

—No le estamos echando la culpa a Rider —replicó Carl—. Pero creemos que en estos momentos no es lo más conveniente para ti que seáis amigos.

—No somos *amigos.* —Cerré los puños—. Es mi novio.

Carl masculló algo en voz baja y se pellizcó el puente de la nariz.

—Mallory...

—¿Qué? Ya sabes que es mi novio.

—Sí, pero... —Miró a Rosa como pidiéndole ayuda.

—Mira, cariño, nosotros no somos de los que juzgan a los demás, pero Rider no es el tipo de persona con el que te conviene relacionarte. —Rosa dejó su taza a un lado—. Es lo que intentamos decirte.

Me quedé mirándola, atónita.

—¿De qué tipo de personas estás hablando?

—De las que no tienen ningún porvenir. De personas a las que ni siquiera les importa no tener planes de futuro —contestó Carl en tono más duro, y yo di un respingo.

¿Eso pensaban de Rider?

—De personas que te llevan a un barrio en el que matan a tiros a un chaval de quince años en plena calle.

Me quedé boquiabierta.

—Carl... —Rosa le puso una mano sobre el brazo.

—No. Confiamos en que tú tomes decisiones sensatas, pero no nos fiamos de él. Hemos sido muy tolerantes con todo este asunto de Rider porque sabíamos lo que significaba para ti, pero a partir de ahora se acabó. —Sus mejillas se enrojecieron—. Ayer podrías haber resultado herida o algo peor. Eso es inaceptable y no pienso pasar por esto otra vez.

—¡Lo que ha pasado no es culpa suya! —grité.

Rosa pestañeó, sorprendida. En los cuatro años que llevaba con ellos, nunca había levantado la voz ni les había contestado mal.

—Sabemos que no es culpa suya, Mallory, pero eso no cambia lo que ha pasado.

—Muy bien, hablemos del señor Stark. —A Carl le centellearon los ojos—. ¿Qué planea hacer cuando acabe el instituto, si es que consigue graduarse? ¿O es que piensa pasarse la vida pintando coches?

Sentí que me ardía la piel.

—¿Y qué si fuera así? Lo hace muy bien. Y es muy inteligente.

Tenía ganas de coger algo y estrellarlo contra el suelo, y no sólo por lo que estaba oyendo, sino porque Rider diera esa impresión a la gente. A todo el mundo. La impresión de que nada le importaba. Pero eso no era cierto. De pronto me enfadé también con él.

—Rider tiene futuro.

—Se relaciona con gente que…

Rosa le apretó el brazo para que no acabara la frase. Carl pareció a punto de levantar las manos.

—No quiero que te lleves un disgusto, Mallory, pero no es un buen…

—No lo digas. —Levanté la mano y me tembló el dedo al apuntarles—. Ayer se aseguró de ponerme a salvo, y me protegió siempre cuando vosotros ni siquiera sabíais que existía. Era la única persona con la que podía contar ¿y sólo porque crea que no está hecho para ir a la universidad pensáis que no vale nada?

—*Mallory.* —Carl abrió los ojos como platos—. Sé que Rider te ha ayudado mucho. Sé lo que hizo por ti y lo tengo muy en cuenta, pero eso no cambia lo que pasó ayer. No se trata de vuestro pasado, ni de la universidad. Sé con qué tipo de gente se relaciona. Y sé cómo terminan esas historias.

Yo ya no podía contenerme. Era como si un tapón hubiera saltado de repente por los aires y mis emociones contenidas se liberaran de golpe. Todo lo que había pasado el día anterior. Todo lo que había ocurrido durante los meses anteriores, durante los últimos cuatro años. Toda mi vida. Se me saltaron las lágrimas.

—Rider es buena gente. Y también Hector. Y también lo era… Jayden. Que no tengan dinero o que no vivan en una casa como ésta no les convierte en malas personas.

—Lo sabemos. —Rosa se levantó sacudiendo la cabeza—. Ni Carl ni yo procedemos de una familia con dinero. Ya lo sabes. Esto no tiene nada que ver con la posición económica.

—¿Con qué tiene que ver, entonces?

—Rider no te conviene —repitió Carl.

—¿Por qué? —Hasta a mí me sonó chillona mi voz—. ¿Porque no estoy de acuerdo con todo lo que decís? ¿También de eso tiene la culpa?

—¡Ayer viste morir a un chico porque estabas con él! —La voz de Carl sonó afilada como una espada.

—¡No fue culpa suya!

—Tú puedes elegir mejor, Mallory. Puedes tomar decisiones más sensatas —contestó—. Tienes toda la vida por delante. No la eches a perder. No lo tires todo por la borda porque sería un error.

Me puse tensa. No consideraba lo de Rider un error ni mucho menos, pero era inevitable que cometiera errores. Que me equivocara. No era perfecta.

No era perfecta.

Algo muy dentro de mí pareció encajar de repente. Rosa y Carl sabían que distaba mucho de ser perfecta. Tenían que saber que iba a cometer errores. Que tenía que cometerlos. Desear ser perfecta por ellos carecía de repente de sentido, porque no podía serlo. Cuadré los hombros.

—Si resulta ser un error, entonces… lo asumiré.

Carl desvió la mirada y se pasó la mano por la cara.

—Con Marquette no nos habríamos visto obligados a tener esta conversación.

Di un paso atrás bruscamente, boquiabierta de asombro. Una ráfaga de dolor me atravesó, avivando mi ira como el viento avivaba el fuego. En los cuatro años que llevaba viviendo con ellos, nunca les había oído decir nada parecido, al menos a la cara.

—¡Carl! —gimió Rosa.

—Yo no pedí… —Respiré hondo entrecortadamente—. Yo no soy ella. Nunca lo seré.

Carl bajó la mano y volvió la cara hacia mí. Se había puesto pálido. Tenía una expresión acongojada.

—Mallory…

—No voy a tomar las decisiones que habría tomado ella —dije con las manos temblorosas, y de pronto salió todo a borbotones—: No quiero pasarme el resto de mi vida en un laboratorio. No quiero estudiar medicina. No soy perfecta como ella. Ni quiero serlo.

Rosa se llevó la mano al pecho.

—Cariño, nosotros...

Estaba harta. Estaba tan harta de aquella conversación que ni siquiera necesitaba palabras para decírselo. No me hacía falta que me sermonearan en un momento así. No necesitaba oír lo que estaban diciendo. Necesitaba estar con Rider. Ayudarle como él me había ayudado a mí tantas veces en el pasado. Lo comprendí de golpe.

Ahora era *yo* quien tenía que cuidar de él, quien tenía que ser fuerte. Quien tenía que mantenerse firme para que él pudiera desmoronarse un poquito. No iba a hacerme pedazos y a confiar en que alguien volviera a recomponerme.

También de eso estaba harta.

Dándome la vuelta, salí de la cocina y subí al piso de arriba. Cerré de golpe la puerta de mi cuarto y me quité la camisa. Abrí un cajón y busqué hasta encontrar un sujetador y una camiseta de tirantes. Cogí una sudadera y me la puse. Me recogí el pelo en un nudo flojo mientras me acercaba a la cama. Guardé el teléfono en el bolso, me lo colgué del hombro y giré sobre mis talones. Salí de la habitación mientras sacaba las llaves del coche.

Bajé los escalones de dos en dos y cuando llegué a la entrada apareció Rosa.

—Carl no hablaba en serio.

—Da igual. —Me fui derecha a la puerta. Ella me siguió.

—¿Adónde vas?

—Por ahí —contesté con el corazón acelerado.

—Mallory...

Abrí la puerta, me detuve y la miré.

—Tengo que apoyar a Rider. Hector y Jayden son como hermanos para él. —El aire frío me envolvió y entró en la casa—. Tengo que irme.

—No puedes…

—Tengo que irme. —Agarré con fuerza el pomo cuando apareció Carl al fondo del recibidor—. Me voy.

Y me fui.

Salí de casa sabiendo que Carl y Rosa no lo aprobaban, sabiendo que iba a meterme en un lío.

Sabiendo que les estaba decepcionando.

Que ya les había decepcionado.

Había probado a llamar de nuevo a Rider, pero saltó directamente su buzón de voz y el mensaje que le mandé no me aparecía como leído. Sabía que seguramente se debía a que tenía el teléfono apagado. Traté de no dejarme llevar por el pánico, porque ya estaba bastante angustiada por lo de Carl y Rosa.

Con Marquette no nos habríamos visto obligados a tener esta conversación.

Dios.

Dios, cómo escocía aquello. Pero también dolía saber lo que pensaban de Rider, y de Hector y Jayden. No pensaba que fueran así. Estaba tan enfadada, tan desilusionada, que me dolían los nudillos de apretar el volante.

Pero en ese momento no podía pensar en Carl y Rosa. Ya me enfrentaría a eso cuando volviera a casa. No me cabía duda de que íbamos a tener una bronca tremenda, pero sabía que lo que estaba haciendo era lo correcto.

Y también que era un error.

Fui primero a casa de los Luna. Encontré sitio para aparcar dos manzanas más abajo y subí corriendo por la calle, en contra del viento áspero que azotaba las aceras. Vi el Escort de Hector. Había personas sentadas en los escalones de las casas, abrigadas con gruesas chaquetas y gorros. Pasé a toda prisa delante de ellas y me acerqué a la puerta. La guirnalda otoñal había sido reemplazada por otra de muérdago y hojas de abeto.

Sentí otra oleada de cólera al acordarme de lo que había dicho Rider sobre los profesores del instituto: que al ver ciertas direcciones, ni siquiera lo intentaban. No creía que Carl y Rosa fueran así.

Sonaban sirenas a lo lejos cuando llamé a la puerta. Al oírlas me acordé del día anterior y un escalofrío recorrió mi espalda.

Oí pasos dentro y me puse alerta. Se abrió la puerta y apareció un señor mayor, bastante alto. Al verme arrugó el ceño.

—¿Tú quién eres?

—Estoy buscando a...

Detrás de él apareció un chico. Le reconocí del día anterior. Estaba en la casa, pero no sabía su nombre.

—Tú eres la novia de Rider. —Apartó al hombre—. ¿Le estás buscando?

Asentí.

—¿Está... está aquí?

—Sí. Arriba. En el desván, la última vez que le he visto.

Se apartó para dejarme pasar. Tragué saliva al mirar a mi alrededor. El cuarto de estar estaba lleno de gente. Miré al chico.

—Siento muchísimo lo de Jayden. Yo...

Le brillaron los ojos mientras cerraba la puerta.

—No van a salirse con la suya. Ah, no. No van a atacar así a mi familia y a irse de rositas —prometió, y yo volví a estremecerme.

El otro hombre sacudió la cabeza. El chico, que supuse que era familia de los Luna, me indicó la escalera.

—Arriba está un poco abarrotado.

Me pareció un poco raro, porque aunque no había estado en el desván tenía la impresión de que era bastante grande. Di media vuelta y subí las escaleras, cruzándome con una mujer muy alta y morena que se estaba secando las lágrimas de las mejillas. No vi a la señora Luna, pero no dejaba de pensar en lo que le había dicho a Jayden el día que estuve allí. Que no sabría qué hacer sin él. Se me encogió el corazón.

Al llegar arriba, avancé por el pasillo pasando junto a varias puertas abiertas. No abrí ninguna porque no quería ver el cuarto de Jayden. No podía ver sus cosas. Pasé por delante de la habitación de Rider.

Abrí la puerta del final del pasillo. La estrecha escalera estaba mal iluminada, y había un olor rancio y terroso que me recordó a Jayden. Subí agarrándome a la barandilla y llegué a lo alto de la escalera.

El sol que entraba por las ventanas cubiertas de polvo del desván daba luz suficiente para que viera sin necesidad de encender la luz.

Y entonces lo vi.

Vi los colchones y los cojines amontonados.

Vi la mesa cubierta de botellas y latas de refresco. Y allí, sobre la mesa, estaba el teléfono de Rider.

Vi la tele apagada.

Vi el sofá.

Y entonces mi corazón se paró y cayó como caen las estrellas fugaces del cielo. Abrí los labios y tomé aire bruscamente. Había encontrado a Rider. Estaba dormido, con la cabeza apoyada en el respaldo del sofá. Pero no estaba solo.

El bolso me resbaló por el hombro y cayó al suelo con un ruido sordo.

Paige también estaba allí, acurrucada en el sofá, a su lado.

32

El ruido que hizo mi bolso al caer al suelo no les despertó, pero Paige se removió. Se acurrucó un poco más, apretándose contra Rider. Verlo fue como recibir un puñetazo en el estómago.

. No podía creer lo que estaba viendo.

Por enésima vez esas últimas veinticuatro horas, me quedé completamente anonadada y a mi cerebro le costó procesar lo que estaba pasando.

Abrí la boca pero una sensación de vacío me impidió hablar mientras los miraba. Entonces miré la mesa, donde estaba el teléfono de Rider. No había contestado a mis mensajes ni a mis llamadas y yo había creído que era porque estaba con Hector. Y estaba allí, en casa, pero no con Hector. Aquella sensación de haber recibido un puñetazo en el estómago se hizo más fuerte.

Me acordé de lo que había dicho el chico de la puerta. *Arriba está un poco abarrotado.* Ahora sabía lo que había querido decir. Dios mío. El dolor se encendió en mi pecho, un dolor concreto, real. Como si se me hubiera desgarrado el pecho.

Por horrible que parezca, en ese momento no pensé en Jayden. Pensé en el rato que había pasado con Rider antes de marcharnos de la casa. En cómo me había abrazado. En cómo me había besado y tocado. En lo que me había confesado.

Y ahora allí estaba, con ella, durmiendo los dos juntos.

Tenía que salir de allí.

Recogí mi bolso y di media vuelta. Bajé las escaleras sobresaltándome cada vez que crujía la madera del suelo. Tenía que salir de allí antes de que se despertara Rider porque… porque no podía enfrentarme a aquello en ese momento.

Cerré la puerta de abajo sin hacer ruido, concentrada en marcharme cuanto antes. Pero ¿y luego qué? No lo sabía. No podía irme a casa. Todavía no. No sabía qué iba a hacer. Estaba a mitad del pasillo cuando se abrió una puerta.

Salió Hector pasándose una mano por el pelo. Se sobresaltó al verme.

—Hola —dijo con voz ronca, y bajó la mano—. No sabía que estabas aquí.

Miré hacia atrás y luego fijé la mirada en él, intentando dominar el torbellino de emociones que se agitaba dentro de mí.

—Yo… eh… me he pasado a ver a Rider y… y a ti. Siento muchísimo lo de… Jayden.

—Yo también. —Cerró un instante los ojos enrojecidos—. ¿Sabes qué es lo peor de todo? Que no… que no me sorprende, ¿sabes? Incluso después de lo que le pasó a nuestro primo, no me sorprende. Él quería cambiar, iba a trabajar conmigo, pero… pero era demasiado tarde. Se mezcló con gente a la que no se le puede tocar las narices. Yo pensaba que… Ni siquiera sé qué pensaba.

No supe qué decir, ni creía que pudiera decir nada.

—Jayden… —Hector dejó caer los hombros—. No se merecía esto. Me da igual cuánto dinero les debiera.

—No —susurré, y pensé en aquel día en el garaje y en lo que le había dicho Rider a Jayden.

Vas a conseguir que te maten. Dios mío, qué razón tenía.

Hector levantó una mano y se pasó los dedos por el pelo alborotado.

—Ni siquiera… ni siquiera creo que la policía vaya a cogerlos. A los que mataron a Jayden.

—Tienen que hacerlo. —Sentí una opresión en el pecho. Me negaba a creer lo contrario—. Los cogerán.

Asintió con la cabeza como si le costara un gran esfuerzo.

—Mi *abuelita** está dormida. Está… La han sedado.

Yo seguía sin encontrar palabras, pero intuía que aquél era uno de esos momentos en los que no había nada que decir. En situaciones como aquélla sólo importaban los actos. Por eso había ido a reconfortar a Rider. Para estar con él.

Pero evidentemente ya tenía quien le reconfortara.

Me acerqué e hice lo único que podía hacer: abrazar a Hector con todas mis fuerzas. Al principio se puso tenso, pero luego dejó escapar un suspiro y me rodeó con los brazos.

—Gracias —susurró con voz ronca.

Asentí al apartarme. Él parpadeó rápidamente varias veces.

—Entonces, eh… —Se aclaró la garganta—. ¿Has visto a Rider?

Sentí en el pecho una punzada de dolor que casi me dejó sin respiración.

—Está dormido. No… no he querido despertarle.

—¿Qué? Podemos despertarle. Has venido desde…

—No, no pasa nada. —Empecé a alejarme—. Ya le llamaré luego.

—Pero…

—No pasa nada. —Compuse una sonrisa, me detuve y le miré—. Pienso… pienso mucho en vosotros —dije.

La sombra de una sonrisa apareció en sus labios. Asintió de nuevo antes de volverse hacia la puerta del desván. Yo me marché, salí de la casa todo lo rápido que pude sin echar a correr.

Una vez en mi coche, arranqué y… y me puse a conducir. Cuando había recorrido tres manzanas empezó a sonar mi móvil, pero no lo miré. Apreté con fuerza el volante.

Volvió a sonar el teléfono.

Luego paró, y unos segundos después emitió un tintineo que indicaba la llegada de un mensaje, pero tampoco lo miré.

Seguí conduciendo.

Al final, no conduje sin rumbo. Media hora después, me hallé delante de la casa de Ainsley. Por suerte fue ella quien salió a abrir la puerta, vestida con pantalones cortos de algodón, calcetines hasta la rodilla y una sudadera enorme.

De algún modo se las arreglaba para seguir estando guapísima.

—Hola, ¿qué…? —Se interrumpió al mirarme.

Dio un paso adelante, me agarró de la mano y tiró de mí para que entrara. El calor de la casa apenas consiguió calentar mi piel helada. Tirando de mí hacia las escaleras, gritó:

—¡Mamá, ha venido Mallory! Estamos arriba.

—De acuerdo. —Pasaron unos segundos. Luego dejó de oírse la tele en el cuarto de estar—. ¿Queréis un chocolate caliente?

Chocolate caliente, dijo Ainsley moviendo la boca sin emitir sonido y poniendo los ojos en blanco.

—No, mamá. ¡No tenemos diez años!

A mí en ese momento me apetecía muchísimo un chocolate calentito.

—¿Estáis seguras? —La voz de su madre sonó más fuerte cuando ya estábamos en medio de la escalera—. Tengo esas nubes pequeñitas que os gustan tanto.

—Ay, Dios —exclamó Ainsley, y añadió en voz más alta—. Sí, mamá, estamos seguras.

—Sólo quería asegurarme —contestó su madre.

—Tráenos mejor un tequila —masculló Ainsley al llegar arriba.

Su madre apareció al pie de la escalera.

—¿Qué has dicho?

—¡Nada! —Le lanzó una rápida sonrisa, tiró de mí hacia su cuarto y cerró la puerta—. Santo cielo, mi madre tiene oído de murciélago. No sé si los murciélagos tienen muy buen oído pero sospecho que sí. —Se apartó de la puerta—. ¿Qué pasa? Tienes cara de tener la gripe o algo así.

—No tengo la gripe. —Deposité mi bolso en el suelo, me acerqué a la cama y me dejé caer en ella boca abajo.

Ainsley se acercó.

—¿Estás segura? Espero que sí, porque no me apetece tener que desinfectar el edredón.

Sonreí y me tumbé de lado.

—Sí, estoy segura.

Saltó sobre la cama, haciéndome rebotar.

—¿Qué pasa? Y sé que pasa algo porque desde que te conozco no has venido ni una sola vez sin avisar. —Abrió los ojos como platos—. ¡Ay, espera! ¿Te has peleado con Rider? ¿Voy a tener que darle una paliza?

Se me encogió el corazón.

—No, qué va.

—¿No? —Me clavó un dedo en la pierna cuando no respondí—. Cuéntamelo.

Me incorporé, cogí una almohada y la abracé contra mi pecho.

—Iba… iba a llamarte ayer pero con lo mal que lo estás pasando…

Ainsley arqueó una ceja.

—Puede que me quede ciega o no, Mallory. Eso no significa que lo esté pasando tan mal.

La miré poco convencida. Podía aparentar que no le estresaba su enfermedad, pero la tensión de su boca y su forma de desviar la mirada decían lo contrario.

—Cuéntame —insistió.

Respiré hondo y se lo conté todo: lo que le había pasado a Jayden el día anterior, mi discusión con Carl y Rosa esa mañana y mi encuentro con Paige y Rider, dormidos juntos en el sofá.

Se mostró tan afectada como yo. No conocía a Jayden, pero aun así se le saltaron las lágrimas.

—Dios mío, es… Ni siquiera sé qué decir. —Se llevó la mano al pecho—. ¿Cómo está Hector? Vale, qué pregunta más tonta. ¿Cómo estás tú? Viste… Vale, ésa también es una pregunta tonta. —De pronto se echó hacia delante y me dio una palmada en el brazo.

Me aparté, sobresaltada.

—¿A qué ha venido eso?

—¡Debiste llamarme ayer! —exclamó en voz baja—. Has vivido una situación increíblemente traumática. Viste cómo… Dios, ni siquiera puedo decirlo. Después de todo lo que te ha pasado en tu vida, ¿también tenías que ver eso?

—Nada… nada de lo que me pasó hace años puede compararse con lo que le ha pasado a Jayden. —Sentí que me ardía la garganta—. Es tan… es tan absurdo, ¿verdad? Me da igual lo que hiciera. No tenían por qué matarle.

—No —convino ella secándose los ojos con las manos—. ¿Sabes si la policía ha detenido a quien lo hizo?

Negué con la cabeza.

—No lo sé. Hector… cree que no, pero tienen que detener a quien haya sido. Todo el mundo sabía que… que esos dos, Braden y Jerome, iban a por… a por él.

Ainsley se estremeció.

—Es horrible.

La quemazón que notaba en la garganta no remitió, pero las lágrimas que tenía en los ojos tampoco se desbordaron. Nunca se desbordaban. Pasara lo que pasase. Mis lagrimales parecían no funcionar del todo bien.

Yo no funcionaba del todo bien.

—Pobre Jayden. —Ainsley cruzó los brazos—. Y pobre Hector. Dios mío, ni siquiera me imagino lo que debe de ser algo así. No quiero ni imaginármelo. ¿Sabes cuándo es el entierro? ¿O todavía es demasiado pronto?

—Supongo que sí —contesté apartándome un mechón de pelo de la cara—. No se lo he preguntado a Hector. Te avisaré cuando lo sepa.

Estuvimos unos segundos sin hablar. Luego Ainsley suspiró.

—Bueno, ahora todo ese rollo de Rider.

La opresión que notaba en el pecho aumentó como si un tornillo me estrujara el corazón.

—Ni siquiera sé qué decir sobre ese tema. —Ainsley sacudió la cabeza—. Quiero decir que puede que no haya pasado nada.

Fruncí la frente. Ainsley dio un respingo.

—Espera, piénsalo lógicamente unos segundos. Tenían la ropa puesta, ¿verdad?

Ay, Dios. De repente me los imaginé desnudos y me dieron ganas de vomitar.

—Sí, tenían la ropa puesta.

—Bueno, eso no significa nada, en realidad. Cuando Todd y yo hicimos el amor, no nos desnudamos del todo. Además, podrían haber vuelto a vestirse después.

Pensé en lo que habíamos hecho Rider y yo el día anterior con la ropa puesta. O con casi toda la ropa puesta. Un momento. Volví a centrarme en lo que había dicho Ainsley.

—¿Crees que se acostaron?

—¿Qué? No. Bueno, ése sería el peor de los escenarios posibles. Que, como estaba tan hecho polvo, se enrollara con ella. —Me miró fijamente—. ¿No es eso lo que te preocupa?

—Bueno…

La verdad era que no sabía qué me preocupaba exactamente pero, después de lo que me había contado Rider el día anterior, no creía que se hubieran acostado. Bajé los hombros.

—Les vi allí y, no sé, me puse muy nerviosa. —Apreté la almohada—. Es que… le defendí delante de Rosa y Carl, me fui de casa para estar con él… para echarle una mano, y ni siquiera me necesitaba. Tenía… —Me quedé un momento sin respiración—. Tenía a Paige, y no contestó al teléfono cuando le llamé, ni contestó a mis mensajes. Estaba con Paige, Ainsley, y ayer… ayer llegamos bastante lejos y… —Apreté los labios y me callé.

—¿Y qué? —insistió ella suavemente.

No quería decirlo en voz alta porque me dolía mucho y me asustaba. Me aterrorizaba, porque sabía que lo que sentía era algo muy gordo y reconocerlo lo hacía más real.

—Estás enamorada de él, ¿verdad? —preguntó.

Cerré los ojos con fuerza y me obligué a respirar. El día anterior, la sola idea de enamorarme, de estar enamorada, me resultaba tan aterradora como emocionante. Ahora sólo lo primero.

—Sí, creo que sí. —Abrí los ojos y la miré—. No, no lo creo: lo sé. Estoy enamorada de él. Creo que lo he estado toda la vida. Y al Rider de ahora le quiero aún más que al niño de antes. —Se me aceleró el corazón—. Y eso me asusta.

—Pues claro que te asusta —convino Ainsley esbozando una sonrisa—. Por eso a mí me da igual lo que pase con Todd. Porque no estoy enamorada de él. Ni siquiera sé cómo es ese sentimiento, pero estoy segura de que debe dar miedo.

Me quedé mirándola un momento y noté otra vez aquel nudo en el estómago.

—Pensaba que Rider sentía lo mismo —dije.

—Bueno, no nos precipitemos, ¿vale? No sabemos qué está pasando. Estaban dormidos en el sofá, no acurrucaditos…

—Paige estaba apoyada contra él. —Al decirlo me sentí enferma, pero tenía que sacarlo fuera—. No la estaba abrazando ni nada, pero estaban muy juntos. Pegados.

—De todos modos, eso no significa nada.

Levanté las cejas.

—Vale, Rider va a necesitar una excusa estupenda para justificarse, pero la verdad es que no sabemos qué ha pasado. Paige es amiga suya y de Hector, ¿no? ¿Conocía al hermano de Hector?

Asentí.

—Pues entonces puede que no haya pasado nada.

Eso deseaba yo. Y en parte deseaba lo contrario. Qué locura, ¿no? Claro que si había pasado algo entre ellos, me dolería muchísimo y sería un asco, pero mi vida volvería a la normalidad. No tendría que preocuparme por cosas así. Ni por lo que pensaran Carl y Rosa de Rider. Ni tendría que luchar por él.

Ni que luchar en general.

Me removí, incómoda con el curso que llevaban mis pensamientos.

Ainsley me puso la mano en el brazo.

—¿Ha intentado llamarte desde entonces?

Miré mi bolso.

—Mi móvil ha sonado un par de veces pero… no he mirado.

Me miró como si sólo me funcionara la mitad del cerebro.

—Deberías mirar. En serio.

—Seguramente habrán sido Carl o Rosa.

Pero de todos modos me levanté y cogí mi bolso. Me senté y abrí el bolsillito. Toqué la pantalla y la desilusión me golpeó como un mazazo.

—No era Rider. Era un número desconocido.

—Ah. —Ainsley dejó escapar un profundo suspiro.

—Quien sea ha dejado un mensaje. Vamos a ver quién es.

—Puede que Carl y Rosa hayan contratado a un detective privado para encontrarte.

A pesar de todo, me reí y pulsé la tecla del mensaje.

—Eso sería una… ¡Uf! —Dejé de hablar al reconocer la voz.

—¿Qué? —Sus ojos se abrieron como platos cuando se lanzó hacia delante—. ¿Qué pasa?

Sacudí la cabeza y levanté la mano mientras pulsaba el botón de manoslibres de mi teléfono. Miramos las dos el móvil mientras la voz profunda de Rider resonaba en la habitación.

—Mallory, soy Rider. Te estoy llamando con el teléfono de Hector. Me olvidé de que tenía poca batería y el mío se ha apagado. Ni siquiera me di cuenta. Ahora se está cargando. Mierda… Qué más da eso. Hector me ha dicho que has venido. Que has subido al desván. ¿Por qué no me has despertado?

Se hizo un silencio y Ainsley murmuró:

—Buena pregunta.

Le lancé una mirada mientras Rider proseguía:

—Joder… Ya sé por qué. Mallory, llámame. Prueba en este número o en el mío. Llámame. —Se oyó un portazo y luego añadió—: Por favor, Mallory, llámame.

Se cortó el mensaje y las dos nos quedamos allí sentadas, mirando fijamente el teléfono. Ainsley fue la primera en hablar.

—¿Vas a llamarle?

—Yo…

La esperanza empezaba a agitarse dentro de mí, dulce y azucarada comparada con la amargura de la decepción y la frustración.

—Ha dicho que se había quedado sin batería. Eso explica por qué no contestó cuando le llamaste —razonó Ainsley—. Y nunca te ha mentido, ¿no?

Negué con la cabeza. Era cierto que tenía la batería baja. Ahora me acordaba.

—Y ha llamado justo después de que te fueras de casa de Hector —continuó Ainsley—. Eso tiene que significar algo.

Yo pensaba lo mismo, pero la verdad era que ya no sabía a qué atenerme.

—Llámale —me animó Ainsley—. Dale la oportunidad de explicarse. —La miré y sonrió débilmente—. No es que sea una experta en temas amorosos, pero si estás enamorada de él tienes que darle la oportunidad de explicarse. Y estás enamorada de él, ¿verdad?

Mi corazón gritó «¡Sí!»

—Llámale.

33

No sabía qué hacer.

Bueno, sabía que tenía que volver a casa y afrontar la situación, pero respecto a Rider no tenía ni idea de qué iba a pasar. Quería hablar con él y al mismo tiempo no quería.

No quería que en un momento así tuviera que preocuparse de... de nuestra relación. Acababan de matar a un chico que era como un hermano para él. No le hacía fatal tener que preocuparse de mí y de lo que pasaba entre nosotros.

Pero también me daba miedo lo que pudiera decirme.

Me asustaba lo que me haría sentir.

Al parecer, Rider no me había necesitado.

Di un respingo. Odiaba pensarlo, porque era horroroso y me dolía. Se me agarraba al pecho y me estrujaba el corazón, porque cuando había llegado la hora de cambiarnos los papeles, de que yo estuviera allí para ayudarle, otra persona se me había adelantado. Aunque sonara ridículo, era eso lo que sentía. Era un sentimiento real.

Y tenía la sensación de haberle fallado.

Cuando llegué a casa justo antes de la hora de cenar, pensaba que Carl y Rosa estarían esperando en la cocina, listos para abalanzarse sobre mí en cuanto entrara por la puerta.

Pero no fue así.

La puerta de la biblioteca estaba cerrada y oí a alguien trasteando en la cocina. Seguramente era Rosa. Me paré en la escalera, consciente de que debía afrontar aquello de una vez, entrar en la cocina y dar la cara.

Pero subí corriendo y cerré la puerta de mi cuarto. Saqué el teléfono y dejé el bolso en el asiento de la ventana. Mi móvil había sonado mientras iba en el coche. Era Rider. Esta vez me había llamado desde su teléfono. Había dejado otro mensaje.

Sentí un nudo en el estómago al acercarme el teléfono a la oreja para escucharlo. Oí un silencio y luego:

—Maldita sea.

No dijo nada más. Colgó.

Me senté en el asiento de la ventana y miré fijamente mi móvil. Con el estómago revuelto, me mordí el labio.

Quería a Rider.

Ay, Dios.

Estaba *enamorada* de él.

De eso estaba segura. El amor era aquel sentimiento de esperanza que se hinchaba dentro de mi pecho cada vez que le veía. Era esa sensación de que todo se me olvidaba cuando estaba con él. Era esa forma de quedarme sin respiración cuando me miraba intensamente. Era ese gemido que se me escapaba cuando me tocaba. Era… era ese sentimiento de poder ser yo misma cuando estaba con él, de saber que no necesitaba ser perfecta ni preocuparme por lo que estaría pensando, porque me aceptaba tal y como era. Y a pesar de todo…

A pesar de todo estaba aterrorizada.

No quería sufrir. Sabía que a Rider le importaba, que incluso me quería como se quería a una amiga de la infancia, pero no sabía si era la misma emoción que sentía yo por él. Porque era distinto querer a alguien y estar enamorado. Y él no había dicho que estuviera enamorado de mí. Había dicho y hecho muchas cosas, pero esas palabras nunca habían salido de su boca. Verle con Paige me había dolido de un modo que casi era incapaz de expresar. Era una sensación a la que no estaba acostumbrada. Me sentía nerviosa y angustiada, como si me estuviera olvidando de hacer algo y no tuviera forma de remediarlo.

Sin duda el desamor sería aún peor.

No quería perder a Rider algún día, y había tantas formas de perder a los demás... No quería decepcionarle. Y no quería que él me decepcionara *a mí*.

Inquieta, me levanté del asiento de la ventana y me acerqué a la puerta. Me detuve antes de abrirla. ¿Adónde iba? Si bajaba, tendría que enfrentarme a Carl y Rosa, así que regresé a la cama y...

No lo afronté.

No llamé a Rider.

Como cuando tenía doce años, hice lo que se me daba mejor.

Me escondí.

El día iba a ser un asco.

Era lo que me decía una y otra vez cuando entré por la puerta de atrás del instituto. Jayden no me daría una sorpresa pasándose por mi taquilla. No aparecería de pronto a la hora de la comida para tontear con las chicas y robarnos las patatas fritas, y supuse que la gente no pararía de hablar de lo que había pasado el sábado.

Me dolía todo el cuerpo cuando subí la escalera para ir a mi taquilla. El grueso jersey que llevaba no conseguía protegerme del frío que me calaba hasta los huesos. Esa noche casi no había pegado ojo, y Rosa debía de haberlo notado porque durante el desayuno se había limitado a decirme que me abrigara bien porque al parecer iba a nevar. No sé por qué, pero el hecho de que pasara de puntillas por lo sucedido el día anterior me había dado aún más miedo que si se hubiera encarado conmigo. Con la sensación de que necesitaba echarme una siesta, fui a abrir mi taquilla.

—Ratón.

Di un respingo y me giré. Mis pensamientos se dispersaron en cuanto vi a Rider.

Parecía… agotado. Tenía ojeras y el pelo revuelto como si se hubiera pasado las manos por él varias veces. No se había afeitado y me dieron ganas de lanzarme hacia él y rodearle con los brazos. Quería abrazarle porque, cuando sus ojos castaños se encontraron con los míos, vi en su fondo un océano de tristeza.

Me quedé quieta. Se acercó, sin preocuparse en absoluto por su aspecto.

—¿Podemos hablar?

El corazón se me desbocó.

—Tengo…

—Tienes que ir a clase, lo sé. —Se acercó un poco más. Tanto que nuestros zapatos se tocaron—. No podía esperar hasta la hora de comer. Bueno, sí, esperaré, pero por favor dame la oportunidad de hablar contigo.

Abrí la boca sin saber qué iba a decir, pero lo que salió de ella me sorprendió.

—Podemos hablar ahora —dije.

—¿Ahora? —El alivio se reflejó en su cara—. ¿Vas a saltarte las clases?

Asentí, cerré la taquilla y le miré. No tenía ni idea de lo que hacía. La noche anterior no estaba preparada para hablar con él. No estaba segura de que ahora lo estuviera, y saltarme las clases era una pésima idea. Pero lo hice.

Me observó un momento como si no pudiera creer lo que veía. Yo tampoco podía creerlo, pero aun así echamos a andar. Y seguimos andando, salimos al frío y nos dirigimos a mi coche, a contracorriente de la marea de estudiantes. Nadie nos detuvo. Nadie se fijó en nosotros. Subimos al coche y yo encendí el motor y puse la calefacción a tope. No me permití pensar en lo que estaba haciendo, ni en el lío en el que me iba a meter si alguien avisaba a Carl y Rosa.

Miré a Rider y me di cuenta de que sólo llevaba una camiseta térmica negra y unos vaqueros. No llevaba abrigo.

—¿No te estás congelando?

Estudió mi cara.

—Ahora mismo ni siquiera noto frío.

Aparté la mirada, metí marcha atrás y salí de la plaza de aparcamiento.

—¿Adónde vamos?

—Podemos ir a casa de Hector —dijo—. Ahora mismo no hay nadie. Están todos en casa de su tía.

Pensé en cómo lo había expresado.

—¿Por qué nunca la llamas… «mi casa»?

No respondió y, cuando dirigí la vista hacia él, estaba mirando por la ventanilla con la mandíbula apretada.

—Rider —insistí—, quieres… quieres hablar. Pues hablemos.

—Quería hablar de lo que viste ayer —contestó.

Se me hizo un nudo más en el estómago.

—Prefiero que primero contestes a mi pregunta.

Echó la cabeza hacia atrás, la apoyó en el respaldo del asiento y pasaron unos segundos antes de que contestara:

—No... no la siento como mi casa, Mallory. No es mi hogar.

Me concentré en la carretera.

—¿Qué quieres decir? Parece una casa muy acogedora.

—La tuya *sí* parece un hogar. Tú estás allí. En el cuarto de estar y en la cocina. En tu habitación —explicó—. Yo sólo duermo en la mía.

Se me encogieron las entrañas.

—¿Es... es por la señora Luna?

—No —suspiró—. Claro que no, pero no soy... Soy un chico de acogida, uno de los muchos que ha tenido la señora Luna. No soy su nieto. Desde luego, no puedo sustituir a Jayden. Y aunque ellos se esfuercen por que me sienta a gusto, en cuanto acabe el instituto tendré que marcharme. No soy de la familia. Sólo soy una boca más que alimentar. Tengo que recordarlo. No se me puede olvidar.

Pensé en lo que había dicho Carl el día anterior y comprendí aquella sensación, aunque no estaba segura de que Rider estuviera siendo justo con la señora Luna. Ni consigo mismo.

—No es para tanto —añadió.

—Yo creo que sí.

Reduje la velocidad siguiendo el tráfico y clavé en él mis ojos. Seguía mirando por la ventana, pasando los dedos por el cristal. Respiré hondo y di voz a los pensamientos que me estaba callando.

—No creo... que te des cuenta de cuánto te aprecian Hector y la señora Luna, ni de cuánto te apreciaba Jayden. Creo que estás convencido de que no te mereces ese afecto.

Pasa lo mismo con tus pinturas y con la facultad de bellas artes, con la universidad. —Apreté con fuerza el volante y de pronto me sentí muy segura de lo que iba a decir—. Te has dado por perdido antes de que los demás tuvieran oportunidad de hacerlo.

Se hizo el silencio. Sentía la mirada de Rider fija en mí. Pasaron unos instantes.

—Eso es una gilipollez, y más viniendo de ti. Ayer mismo pensaste lo peor de mí.

Fui a defenderme, pero no pude. Tragué saliva con esfuerzo.

—Lo sé. Tienes razón respecto a eso, pero yo también la tengo.

—¿Y eso por qué? —preguntó en tono desafiante.

—Porque yo también pienso todos los días que lo mío no tiene remedio, que conmigo no hay nada que hacer —reconocí y, aunque me puse colorada, añadí—: Sé lo que es eso.

Le oí respirar hondo.

—Mallory…

Negué con la cabeza, pensando en mis emociones en conflicto, en mis necesidades y mis anhelos.

—Es la verdad. Es lo que hago. No es intencionado. O puede que sí. Es… es más fácil asustarse por todo.

—¿Cómo… cómo puede ser? —Su voz se suavizó—. ¿Cómo va a ser más fácil?

Esbocé una sonrisa tenue. De pronto deseé estar en casa, con la cabeza metida debajo de las mantas.

—No puedes fracasar cuando ni siquiera lo intentas, ¿no crees? Tú lo sabes.

Rider maldijo en voz baja y no contestó. Mientras aparcaba, unas casas más allá de la de Hector, me di cuenta de que era un error haber ido allí a hablar, así que no apagué el motor.

Rider se desabrochó el cinturón de seguridad y el chasquido que produjo resonó en el coche. Le miré.

—Quizá deberíamos... hablar más tarde.

—¿Qué? —Se detuvo con la mano en la puerta—. No. Y menos después de lo que acabas de decir. No te vas a dar por vencida sin que hayamos hablado primero. Sobre todo, después de acusarme a mí de hacer lo mismo.

Bueno, en eso tenía razón, pero aun así vacilé.

—Ya estamos aquí, ¿vale? Así que vamos a hablar.

El impulso de volver al instituto o a casa se apoderó de mí. No podía creer que me hubiera saltado las clases y estuviera sentada en el coche delante de la casa de Rider, de aquella casa que no consideraba su hogar.

—De acuerdo —musité.

Esperó a que cogiera mi bolso y saliera, casi como si temiera que fuera a marcharme si salía antes que yo del coche. Le seguí por la calle, tiritando cuando el viento agitó mi pelo.

La casa estaba en silencio cuando entramos y esta vez olía más a calabaza y a manzanas. Sin poder evitarlo, miré la pared de detrás del sofá. Vi a Jayden enseguida entre las fotografías enmarcadas. Era una foto de Navidad, posiblemente del invierno anterior. Estaba delante de un árbol iluminado. Sonreía a la cámara mientras sostenía una bandera de Puerto Rico delante del pecho.

Se me encogió el corazón y pensé que se me iba a parar. No podía creer que hubiera muerto. Recorrí con la mirada la pared y vi fotos de Rider mezcladas con las de Hector y Jayden, como si fuera de la familia.

Porque *era* de la familia.

No me había fijado en ellas hasta ese momento, pero Rider vivía allí. ¿Cómo no se daba cuenta?

No se dirigió a la cocina. Subió las escaleras y yo le seguí hasta aquel cuarto en el que apenas pasaba tiempo. Encendió la luz. Lo primero que vi fue el ejemplar de *El conejo de terciopelo*. Estaba sobre su mesilla de noche. Dejé el bolso en el suelo.

Rider se sentó en la silla, delante de un escritorio que seguramente no usaba casi nunca.

—Me quedé sin batería el sábado por la noche —comenzó a decir, y yo me volví lentamente hacia él—. ¿Te acuerdas de que te dije que mi móvil casi no tenía batería? Tenía menos del diez por ciento antes... antes de que pasara lo que pasó.

Me senté al borde de la cama.

—No es que ignorara tus llamadas. Pensaba pedirle a alguien el teléfono para llamarte, pero había muchísimo jaleo. Algunos chicos intentaban reunir a la gente para salir en busca de Braden y Jerome, y yo trataba... trataba de que Hector se quedara en casa porque no podía... —Se aclaró la garganta—. No puedo perderle también a él.

—Sabía que estabas ocupado. No me preocupé al ver que no me llamabas. Vine... vine porque quería estar contigo. Necesitaba... ayudarte. Por eso vine.

—Yo no sabía que Paige iba a estar aquí. —Me miró a los ojos y no los desvió—. No tenía ni idea. Te lo juro. No tenía ni idea de que iba a venir. —Hizo una pausa y se encogió de hombros—. Estaba muy afectada. Conoce a Hector y a Jayden desde hace años. Jayden y ella siempre se estaban metiendo el uno con el otro, pero en realidad se querían mucho.

Cerré los ojos. Eso lo entendía. De veras que sí. Suponía que los hermanos también discutían. Paige estaba mucho más unida a Jayden que yo, y a pesar de todo sentí lástima por ella. Pero nada de eso cambiaba lo que había sentido al verla con Rider.

—Debió de quedarse dormida después que yo —explicó él—. No estábamos así al principio.

—Yo… Estaba acurrucada a tu lado, pegada a ti. Como si fuera algo normal —expuse en voz baja—. Me puse muy nerviosa y me marché. No podía estar aquí.

—Te dolió —afirmó él.

Bajé la mirada y asentí.

—No me lo esperaba. Yo sólo quería estar ahí para ayudarte.

—Y yo quería que estuvieras. De verdad —dijo, y se levantó.

Le seguí con la mirada. Se pasó la mano por el pelo.

—Quería que estuvieras aquí, pero al mismo tiempo no quería que… que vieras lo que estaba pasando. Ya habías visto morir a Jayden.

—Tú también.

—Sí, pero yo…

—Nada de peros. No fue… no fue fácil para ninguno de los dos. Y menos para ti. Jayden y tú erais prácticamente como hermanos.

Me retiré el pelo de la cara cuando se detuvo a unos pasos de mí. Tener aquella conversación en ese momento me parecía un error.

—No quiero que ahora mismo te centres en nosotros. Jayden…

—Entendería que tenemos que aclarar esto —me interrumpió Rider—. Tú lo eres todo para mí y, cuando Hector me despertó y me dijo que habías venido… Joder, se me paró el corazón. Lo siento. Maldita sea, Mallory, lo siento muchísimo. Estábamos hablando de Jayden cuando me quedé dormido. No había pegado ojo en todo el día, y tú debiste llegar poco después de que me adormilara. No fue nada planeado. Y te juro que no pasó nada entre nosotros. Yo no te haría eso, y Paige lo sabe. —Se acercó y se sentó en la cama, con el cuerpo girado hacia mí—. Ella sabe lo que siento por ti. Puede que no vaya a mandarnos una tarjeta de felicitación, pero lo sabe —dijo con una media sonrisa que desapareció enseguida.

A mí se me aceleró el corazón.

—¿Qué… qué es lo que sientes por mí?

—Creo que es bastante evidente.

—Digamos que necesito un informe detallado.

Levantó las pestañas y me miró a los ojos.

—Eso está hecho.

—Vale. —Me incliné hacia él.

—Después de que se te llevaran de la casa, no dejé de pensar en ti, nunca. En cuatro años. Confiaba en que estuvieras en un buen sitio. No esperaba que aparecieras en el instituto. Ni siquiera me atrevía a soñar con algo así. Y entonces apareciste, y al verte me quedé flipado. Estabas tal y como recordaba, pero distinta. Las cosas que se adivinaban en la niña que conocí de pronto las tenía ante mí, a plena vista. En cuanto dijiste mi nombre… en cuanto me abrazaste, lo supe. —Me agarró de la mano—. Supe que iba a enamorarme de ti, y así fue. Te quiero, Mallory.

Abrí los labios para tomar aire.

—¿Qué?

—Te quiero, y no como cuando éramos pequeños, ¿entiendes? Paige lo sabe. Y también Hector. Y Jayden. Te quiero.

Ay, Dios mío.

Me quedé inmóvil, tratando de asimilar sus palabras, de absorberlas mientras atravesaban mis pensamientos enmarañados y recorrían mi piel y mis músculos, hasta llegar a mis huesos.

Rider Stark *me quería.*

Reaccioné sin pensar.

Lanzándome hacia él, le rodeé con los brazos. Ni siquiera sé cómo acabé sentada a horcajadas sobre su regazo. Al principio no hicimos más que abrazarnos. Yo tenía ganas de llorar. Y de reír. Quería hacer un millón de cosas distintas.

Quería besarle.

Y eso fue lo que hice.

Cuando levanté la cabeza y me incliné hacia él, comprendió lo que quería y me lo dio. Sus labios tocaron los míos y de nuevo me extravié en él, en nuestro beso. Nuestros alientos se mezclaron. Nuestras manos se pusieron en movimiento.

Yo quería que aquello sucediera. Quería *más.*

Sentí que era lo correcto. El sábado no había estado preparada, pero ahora sí lo estaba. No sabía por qué estaba tan segura, por qué había perdido el miedo cuando apenas dos días antes había dudado, pero de pronto me parecía que de eso hacía una eternidad. Tal vez fuera por los acontecimientos de ese fin de semana, por lo que le había sucedido a Jayden. Por ver cómo se había apagado una vida. Quizá por eso de pronto tenía tantas ganas de vivir, de experimentarlo todo. O quizá fuera por lo que había sucedido después, por haber discutido con Carl y Rosa, y haberme dado cuenta de que tenía que cometer errores y de que no era perfecta, de que no podía serlo. Había algo de liberador en ello. Ver a Rider con Paige me había obligado a reconocer lo profundos que eran mis sentimientos hacia él, en lugar de esquivarlos. Había hablado con él, había sido sincera. Le había oído decir que me quería.

Fuera por la razón que fuese, sabía con todo mi ser que aquello era lo que quería.

Le besé, y no pensé en si lo hacía bien o mal. Saboreé sus labios, acaricié su lengua con la mía mientras deslizaba las manos por su pecho. Sentí latir su corazón. Mi cuerpo se deslizó sobre el suyo, y un placer embriagador se extendió por mi piel. Metí la mano bajo su camiseta y me sorprendió notar que todo su cuerpo se tensaba cuando deslicé la mano por su tripa desnuda. Quería sentirle, sentir más y más.

Echándome hacia atrás, agarré el bajo de mi jersey. Sus ojos entrecerrados siguieron el movimiento de mis manos, y abrió los labios cuando me quité el jersey y lo tiré al suelo.

—Dios… —dijo con voz pastosa y ronca—. Mallory, eres…

—¿Qué? —susurré, sintiendo que mi cuerpo ardía por dos motivos muy distintos.

—Eres preciosa. —Bajó la mirada, siguiendo los bordes de encaje de mi sujetador—. Nunca pensé que fuera a verte así. Y me alegro muchísimo de que esté pasando. Eres preciosa, Mallory.

Se me hinchó el corazón tan deprisa que pensé que iba a salir volando hacia el techo.

—Pero creo que… —Me agarró con fuerza de las caderas—. Que… tendríamos que parar.

Parar era lo último que yo quería. La audacia me corría por las venas. Apreté con las caderas hacia abajo y al oírle gemir sentí un estremecimiento de placer.

—Yo no quiero parar.

—Mallory... —Mi nombre sonó como una plegaria y como una maldición mientras deslizaba las manos por mis costados—. Los dos lo hemos pasado muy mal estos últimos días. No quiero que te arrepientas de eso.

—No me arrepentiré. —Apoyé la frente contra la suya—. Estoy lista... *Contigo*, lo estoy. —Clavé los dedos en su camiseta—. Quiero hacerlo. Te quiero. Estoy *enamorada* de ti.

No sé qué dije exactamente para convencerle, pero me apretó con fuerza la cintura y un momento después estaba tumbada de espaldas, bajo él, y volvió a besarme. Sus besos fueron besos ansiosos y embriagadores, y yo comprendí lo que querían decir.

Que él también estaba preparado.

34

Todo se aceleró y luego se detuvo.

Se quitó la camiseta y, aunque ya le había visto antes sin ella, no estaba preparada para verle de nuevo así. Su piel era suave y dura. Su cuerpo era tan distinto al mío… Mi carne era blanda bajo sus manos, pero Rider parecía tan fascinado como yo. Exploró mi cuerpo. Y yo el suyo. Apenas hablamos cuando nos quitamos los vaqueros, primero él y luego yo. Los tirantes del sujetador resbalaron por mis brazos.

Estaba nerviosa. Me temblaban las manos. Nadie me había visto nunca así, casi desnuda. Me costó refrenar el impulso de taparme pero, cuando su pecho tocó el mío y sentí que nada nos separaba, dejé de pensar.

Se trataba de sentir, eso era lo único que importaba, y a diferencia de lo que había sucedido la vez anterior, no había ni asomo de angustia que tiñera aquella extraña tensión, aquel ardor maravilloso. Estaba nerviosa, sí. No sabía qué podía esperar, pero ello no ahogó mi pasión, ni me dio ganas de escapar. Me dejé llevar, bajé las manos y las suyas siguieron a las mías. Nuestros cuerpos se frotaban, ansiosos. Deslizó la mano por mi cadera siguiendo con los dedos el elástico de mis bragas. Me estremecí, arqueé la espalda. El sonido que dejó escapar Rider me hizo estremecer.

Apoyándose en los codos, se inclinó sobre mí. Me besó profundamente, con calma, apretándose contra mí. Pasé una pierna sobre las suyas. Mis dedos se enredaron entre su pelo. Su boca abandonó la mía y se deslizó por mi barbilla y mi garganta. Mis sentidos giraron en un torbellino cuando siguió bajando, dibujando un ardiente sendero sobre mi piel.

—Mierda —gruñó de pronto levantando la cabeza.

Abrí los ojos parpadeando. Notaba los labios maravillosamente hinchados.

—¿Qué pasa?

—Tenemos… tenemos que parar. —Se enderezó, tomando mi cara entre las manos.

¿Parar? Yo no quería parar. Rider volvió a gruñir. Obviamente, él tampoco quería.

—No tengo condones.

—¿No? —pregunté sorprendida.

Apoyó su frente contra la mía.

—Imagino que tú tampoco.

Casi me eché a reír.

—Los chicos… ¿no lleváis siempre condones en la cartera? —Me puse colorada al preguntarlo.

Se echó a reír.

—Dios… Ojalá. Es que no he… Bueno, ya sabes. Nunca había llegado tan lejos.

—Sí, lo sé. —Pasé la mano por su pecho mientras trataba de controlar mi respiración—. ¿No compraste cuando… cuando estabas con Paige?

Me miró a los ojos.

—Sí. Una vez. Pero no los usé. —Giró la cabeza y besó el centro de la palma de mi mano—. Y hoy no tenía previsto que pasara esto.

—Yo tampoco.

Me mordí el labio. En parte quería olvidarme de que no teníamos preservativos, pero eso habría sido una absoluta insensatez. Y una tontería, además. Ser responsables era un rollo, pero si no podíamos hacerlo…

—Hay… hay otras cosas que podemos hacer.

Esbozó una sonrisa.

—Sí, desde luego, hay otras cosas que podemos hacer.

Y así fue: hicimos algunas de esas cosas. Cosas que habíamos empezado a hacer el sábado. Y esta vez, cuando su mano se deslizó entre mis muslos, no me entró el pánico. Cuando aquellas sensaciones desconocidas y casi avasalladoras se apoderaron de mí, les di la bienvenida. Le toqué sin miedo a no saber qué hacer, y enseguida descubrí que con él no debía tener miedo a equivocarme. Lo único que se oía en la habitación, por encima del latido desbocado de mi corazón, eran nuestros jadeos y gemidos.

Cuando todo acabó, me sentí hecha añicos pero de una manera asombrosa y llena de felicidad. Apenas podía describir lo que había sentido. Era como si tiraran de tu cuerpo en todas direcciones pero en el buen sentido, y como si una ola te engullera cuando esa extraña y embriagadora tensión se rompía. Rider pareció sentir lo mismo, porque cuando se desplomó a mi lado jadeaba con fuerza, rápidamente. Pasó un buen rato antes de que pudiéramos hablar.

—Ha sido… —Me tumbé de lado, de cara a él, y crucé los brazos sobre el pecho.

—¿Perfecto? —murmuró agarrándome de la nuca—. Ha sido perfecto.

—Sí.

Me acerqué más a él y encajé la cabeza bajo su barbilla. Rider apartó la mano de mi cuello y me rodeó con el brazo.

Yo ni siquiera alcanzaba a imaginar cómo sería hacer el amor de verdad si lo que acabábamos de hacer causaba tanto placer. Claro que imaginaba que, al menos la primera vez, dolería un poquito. De pronto me alegré de que la primera vez que sentía algo así no estuviera enturbiada por esa pizca de dolor.

—Gracias —dijo Rider pasado un momento.

Levanté la cabeza.

—¿Por qué?

Sonrió un poco.

—Por confiar en mí. Por todo.

Yo sonreí. Me acurruqué a su lado y cerré los ojos. Estaba completamente relajada y comprendí que podía quedarme dormida en ese instante, pero Rider se echó a reír. Levanté la cabeza para mirarle.

—¿Qué pasa?

—Estaba pensando... —Se puso colorado—. Dios, sé que esto va a parecerte una cursilada, pero estaba pensando que ésta es la primera vez que siento... *mía* esta habitación.

—No —repiqué yo—, no es una cursilada, en absoluto.

Rider me besó en la mejilla y se apoyó en el codo.

—¿Qué vamos a hacer?

—¿Ahora?

—Sí. Deberías volver al instituto. Yo iré a la hora de comer.

—¿Qué vas a hacer?

—Creo que voy a pasarme por casa de la tía de Jayden y Hector. Quiero estar allí. Sé que van a empezar con todo el trámite del entierro.

Volví a sentir el peso de la pena. No es que nos hubiéramos olvidado de Jayden, pero el dolor había remitido durante aquellos breves instantes. Sintiéndome como si acabara de despertarme de un sueño, asentí:

—Si tengo suerte, el instituto no habrá llamado aún a casa. Carl y Rosa ya estaban bastante enfadados conmigo.

Bajó las cejas.

—¿Por qué?

Me costaba mantener la vista fija en su cara estando... en fin, desnudo. Le había mirado sin parar, pero quería mirarle aún más. Él se echó a reír.

—¿Mallory?

Estaba mirándole y tenía que concentrarme. Me puse colorada.

—Se enfadaron mucho cuando les conté lo que pasó el sábado.

Su sonrisa se borró lentamente.

—Es comprensible.

—No, qué va. Quieren... quieren que deje de verte.

Levantó las cejas, se incorporó y apoyó los pies en el suelo. Miró hacia la puerta apretando los dientes.

—¿De veras?

—Sí. Discutí con ellos —le expliqué cuando se levantó y empezó a ponerse los calzoncillos. Por un momento me distraje mirando los músculos de su espalda—. Lo que le pasó a Jayden no es culpa tuya.

—Pero tú lo viste porque yo te llevé a aquella casa. —Recogió sus vaqueros del suelo y se los puso—. Eso es verdad.

Yo no estaba de acuerdo.

—Tú no sabías lo que iba a pasar.

Se volvió hacia mí y vi que tenía en la mano mi sujetador. Me sonrojé cuando me lo dio.

—Eso no cambia las cosas. —Desvió la mirada mientras yo me ponía el sujetador—. ¿Discutisteis mucho?

—Me fui de casa. Fue cuando fui a buscarte. —Me acerqué al borde de la cama, encontré mi jersey y me lo puse. Cuando me levanté, se estiró y me llegó hasta los muslos—. Se... se pasaron de la raya.

Rider se volvió de nuevo hacia mí y me miró lentamente de arriba abajo. Sentí que se me encogían los dedos de los pies sobre la alfombra. No dijo nada mientras yo buscaba mis vaqueros y me los ponía. Me senté en la cama y empecé a mordisquearme el labio mientras él acababa de vestirse.

—Es que no lo entienden —dije—. Esperan que tome un montón de decisiones, que decida como decidirían ellos, que elija las mismas cosas que habría elegido Marquette, pero yo no soy ellos. Y tampoco soy Marquette.

—Ellos saben que no eres Marquette.

Rider se acercó a la cama y se detuvo. Yo sonreí al ver sus dedos desnudos asomando bajo el dobladillo de los vaqueros.

—Sólo quieren lo mejor para ti —añadió.

—Sí, lo sé. —Le miré—. Carl... dijo una cosa que nunca pensé que fuera a decir. Le dijo a Rosa que con Marquette nunca habría tenido que preocuparse de que pasaran cosas así.

—Mierda —masculló Rider pasándose las manos por el pelo—. Pero no lo decía en serio, Ratón.

Me encogí de hombros. Puede que sí lo dijera en serio. Yo había sido muy maleable esos últimos cuatro años.

—Nunca... nunca les he llevado la contraria en nada, ¿sabes? Les debo mucho, así que siempre he estado de acuerdo con todo lo que querían. Con lo que pensaban que era lo más conveniente. Como eso de estudiar medicina. Yo no quiero estudiar medicina, pero aun así acepté mirar todos esos folletos. Ni siquiera sé por qué. Creo que quiero…

—¿Qué quieres?

—Creo que quiero estudiar trabajo social. —Esperé a que se riera. Pero no se rió. Me senté un poco más derecha—. Para mí es lo que tiene más sentido. Así podría ayudar a gente como tú y como yo. Pero Carl se rió y me preguntó si lo decía en serio. Dijo que así no ganaría ningún dinero.

—No todo es cuestión de dinero.

—Exacto.

—Pero el dinero ayuda. —Hizo una pausa—. Carl parece un buen hombre. Estaba enfadado. La gente dice tonterías cuando está enfadada. —Un músculo vibró en su mandíbula—. Pero yo…

—¿Qué? —pregunté al ver que se detenía.

Abrió la boca y sacudió la cabeza.

—Deberíamos volver a clase. No quiero que te metas en más líos.

Me levanté y busqué mis calcetines. Cuando acabé de vestirme, Rider se estaba poniendo un gorro de punto. Varios mechones se le salían por los bordes. Bajamos en silencio y montamos en mi coche.

Yo tenía otra vez un nudo de preocupación en el estómago. Giré la llave de contacto y miré a Rider.

—¿Va todo bien?

—Sí. Va todo bien. —Me miró—. ¿Puedes dejarme en casa de la tía de Hector? Nos pilla de paso.

Me quedé mirándole un momento y asentí. Tenía que dejar de ponerme paranoica, me dije mientras seguía sus indicaciones. Cuando llegamos a la casa, salí del coche y

Rider se acercó a mí. Me puso las manos en las mejillas y deslizó los pulgares por mi mandíbula. Bajando la cabeza, me besó con ternura, suavemente. Un beso largo que me dejó sin respiración.

No sé por qué, pero aquel beso me supo distinto a los anteriores. Había en él una pizca de tristeza.

35

En cuanto entré por la puerta, apareció Rosa.

—Siéntate.

Casi tirando de mí, me llevó a la cocina y me indicó una silla. Dos tazas esperaban sobre la mesa, y sentí el aroma de la ramita de canela que le gustaba añadir a su té.

Respiré hondo y obedecí. No creía que la hubieran llamado del instituto porque había ido a casi todas las clases, pero no iba a preguntárselo. Mientras esperaba a que hablase, pensé que el rato que había pasado con Rider esa misma mañana parecía de pronto muy remoto, como si hubiera sucedido hacía siglos. Estaba deseando revivir cada detalle cuando hablara con Ainsley. Le había mandado un mensaje un rato antes, y había sido un milagro que el torrente de emoticones que había mandado no hubiera dejado inutilizado mi teléfono.

—Lo primero que quiero decirte es que Carl y yo te queremos —dijo Rosa—. Te queremos tanto como queríamos a Marquette, y espero que te des cuenta de ello. Lo que Carl dijo ayer estuvo mal. Estaba enfadado y preocupado por ti. Pero eso no justifica sus palabras. Te debe una enorme disculpa.

Apoyé el pie en el asiento de la silla y me abracé la rodilla, acercándola al pecho. Por lo menos parecía que no habían llamado del instituto.

—No quiero… que se disculpe.

—Tiene que hacerlo.

Negué con la cabeza.

—Sólo quiero… quiero que las cosas vuelvan…

Me interrumpí al darme cuenta de lo que había estado a punto de decir. *Quiero que las cosas vuelvan a ser como antes.* Pero eso no era cierto.

No quería que nada volviera a ser como antes.

—Tienes razón —dije levantando la barbilla—. Tiene que disculparse.

—Y lo hará. —Rosa me observó atentamente—. Hay una cosa que debes saber respecto a Carl, pero no soy yo quien debe contártela. Sólo confío en que le des una oportunidad.

Pensé en algunas de las cosas que me había dicho el día anterior, cosas que daban la impresión de que había vivido algo parecido a lo ocurrido el sábado. Me abracé con más fuerza la rodilla.

—Y voy a dársela.

—Bien. —Rosa bebió un sorbo de té—. Carl y yo hablamos mucho ayer mientras estabas fuera. De ti y de Rider.

No me gustó el rumbo que estaba tomando la conversación. Estiré el brazo, cogí mi taza y bebí un trago. El líquido caliente se deslizó por mi garganta, pero no consiguió deshacer el nudo que tenía en el estómago.

—En los cuatro años que llevas con nosotros, nunca nos has levantado la voz. Siempre has estado de acuerdo con todo lo que queríamos, fuera lo que fuese. —Hizo una pausa y la miré. Se le transparentaban los nudillos de las manos cuando dejó la taza sobre la mesa—. No quieres ir a la facultad de medicina, ¿verdad?

Aquello me pilló desprevenida.

Mi primer impulso fue tranquilizarla, decirle que sí, porque sabía que eso era lo que quería oír. Pero... no podía seguir haciéndolo.

—No —reconocí en voz baja—. No quiero.

Cerró los ojos un momento y luego asintió con la cabeza.

—De acuerdo.

—¿En... en serio? —pregunté subiendo la otra rodilla y abrazándome las dos—. Sé que no es eso lo que quieres oír.

—Siempre he sido sincera contigo, Mallory, y voy a serlo ahora también. No es lo que quiero oír. Si te dedicaras a la investigación médica tendrías el futuro resuelto, pero es tu futuro. —Exhaló un profundo suspiro—. Y lo más importante de todo es que seas feliz. Carl opina lo mismo.

Yo eso lo dudaba.

Ella cogió su taza.

—¿De verdad estás pensando en estudiar trabajo social?

Sentí un hormigueo de emoción.

—Sí.

—¿Es importante para ti?

Dije que sí con la cabeza.

—Es lógico. —Se llevó la taza a los labios—. Teniendo en cuenta lo que has vivido, es comprensible que te apasione intentar cambiar las cosas, y estoy orgullosa de que quieras hacerlo. Pero sé que no va a ser fácil para ti.

La alegría se apoderó de mí rápidamente aunque sabía que Rosa tenía razón. Dedicarme al trabajo social no me resultaría fácil. Sabía que tendría que ocuparme de casos dolorosamente parecidos al mío y que me llevaría el trabajo a casa al final de la jornada, pero sería una labor que me importaría de verdad.

—Vamos a apoyarte, Mallory. Sólo quiero que lo sepas. Da igual que estudies medicina, o trabajo social, o que vayas volando a la luna. Siempre te apoyaremos.

Noté que me quitaba un peso de encima.

—Gracias.

Rosa guardó silencio un momento.

—Esta situación con Rider…

—Le quiero —balbucí.

Me miró bruscamente, pero en cuanto lo dije en voz alta me di cuenta de que no me arrepentía de haberlo dicho.

—Le quiero —repetí—. No voy a dejar de verle.

—Cariño, yo… —Se inclinó hacia mí y me puso una mano sobre la rodilla doblada—. Sé que crees que estás enamorada, pero tenéis ese pasado… Estabais solos los dos contra el mundo. Entiendo que creas que sientes eso por él, después de todo lo que compartisteis.

Lo que decía no era ninguna locura. Hasta yo podía entenderlo en parte.

—¿Cómo sabes que de verdad estás enamorada de alguien?

Abrió la boca, pero apartó la mano y no dijo nada.

—¿Cómo supiste tú que estabas enamorada de Carl? ¿Cómo se sabe algo así? —Sacudí la cabeza—. No creo que se pueda saber. Pero sé lo que siento ahora mismo. Puede que cambie en el futuro. No sé, pero no… —Enderecé los hombros—. No me digas que no sé lo que estoy sintiendo, ni lo que debo sentir.

Se sentó más erguida.

—Porque sé que siento algo muy fuerte por él —proseguí yo—. Sé que *es* amor. Rider… me acepta, siempre me ha aceptado, pero no espera que siga siempre igual, y cuando comento algún fallo o algún error delante de él no me hace sentir mal —dije, tratando de explicar lo que sentía—. Hace que me sienta a gusto conmigo misma, y con *él*.

Los ojos de Rosa habían ido agrandándose mientras hablaba.

—Muy bien —convino pasado un momento—. No voy a decirte lo que debes sentir.

Yo estaba lanzada. No había forma de pararme.

—Sé que Rider haría cualquier cosa por hacerme feliz, por que esté a salvo, y te aseguro que se siente muy mal por lo que vi el sábado. Carl no tiene que culparle por eso. Bastante mal se siente ya, aunque no fue culpa suya, y yo odio... odio que lo que le pasó a Jayden se haya interpuesto entre nosotros. No es justo. Está dejando en segundo plano lo que le ha sucedido a Jayden, y eso está mal.

Rosa levantó las cejas. Pero yo no había terminado.

—Sé que no os fiais de él y que creéis que no tiene ningún futuro, pero vosotros no sabéis lo mucho que se esfuerza. De verdad. Y aunque decida que no quiere ir a la universidad, eso no le convierte en una mala persona. No significa que no merezca vuestro respeto. Es muy inteligente y tiene muchísimo talento. Lo último que necesita es que alguien más crea que no merece la pena esforzarse por él.

Desvió la mirada y apretó los labios.

—Yo no creo que no merezca la pena esforzarse por él, Mallory. Es sólo que... No sé qué pensar.

El corazón me latía a mil por hora en el pecho, latiendo en *stacatto*.

—Sólo quiero que intentéis... que intentéis de verdad ver lo que yo veo en él.

Rosa sonrió vagamente.

—Sólo queremos lo mejor para ti, y a veces, de tanto desearlo, complicamos las cosas. —Alargó el brazo de nuevo, puso la mano sobre la mía y me la apretó—. Podemos intentarlo, cariño. Claro que sí.

Cerré los ojos.

—Gracias.

Había una sonrisa en su voz cuando volvió a hablar.

—No sé si te das cuenta o no, Mallory, pero has cambiado mucho desde que te trajimos a casa. Y eso es bueno. —Apretó de nuevo mi mano—. Es muy bueno.

Tenía razón.

No sabía decir exactamente cuándo me había convertido en una Mallory distinta, tal vez porque no había sido en un momento concreto, sino gracias a una mezcla de centenares o miles de momentos. No se trataba únicamente de que estuviera yendo al instituto o de que pudiera sentarme a comer con Keira, ni de que hubiera decidido conscientemente matricularme en expresión oral a pesar de saber lo incómoda que iba a sentirme. No se trataba de que por fin le hubiera hablado de mi pasado a Ainsley, ni de que aquel día en el pasillo del instituto hubiera sido capaz de pasar por alto la mezquindad de las palabras de Paige para darme cuenta de la verdad que contenían. Y tampoco tenía que ver con lo que acababa de pasarle a Jayden, ni con el hecho de haber estado allí y haber visto cómo le arrebataban la vida.

Ni con haber vuelto a ver a Rider o haberme enamorado de él.

Era la suma de *todo*.

Era la decisión de hacer cosas que me asustaban. Era encontrar el valor para acercarme a la mesa de Keira el tercer día de clase. Era haber expuesto a la hora de la comida una vez, y luego otra, aunque sólo lo hubiera hecho ante una persona. Era haberme dejado llevar por el pánico en la fiesta de Peter y darme cuenta de que no pasaba nada. Era aceptar que mi pasado siempre estaría ahí, formando parte de mí y de mis seres más queridos. Era encontrar algo que me apasionaba, algo que podía hacerme *feliz*. Era darme cuenta de que no les debía la vida a Carl y Rosa. De que les bastaba con que les quisiera. De que no tenía por qué convertirme en un calco de su hija. Y conocer a Jayden me había hecho cambiar de un modo que aún me costaría mucho tiempo llegar a comprender. Era haberme reencontrado con Rider, y haberme dado permiso a mí misma para enamorarme de él.

Y era saber que todavía podía... tener miedo sin que ese miedo me impidiera vivir.

Aquella certeza no se debía a una especie de revelación que hubiera hecho detenerse el mundo de repente. Había sido un proceso lento y sutil, una sucesión de momentos encadenados. Pero mientras estaba sentada a la mesa de la cocina, con Rosa, comprendí que era verdad.

Había cambiado.

Keira se quedó mirando su plato, todavía intacto.

—Todavía me cuesta creerlo —dijo. La mesa estaba en silencio—. Estaba *ahí*, ¿sabéis? La semana pasada entró en la cafetería y me pidió salir.

—Mientras me robaba las patatas fritas —añadió Jo—. Y luego también me pidió salir a mí.

—Siempre estaba haciendo cosas así. —Keira soltó una risa ahogada—. Es un asco. No se puede decir otra cosa.

Era cierto.

—He oído que la policía detuvo a Braden ayer por la tarde —comentó Anna en voz baja—. Yo no le conozco mucho pero tendrá, no sé, ¿dieciocho años? ¿Cómo puedes matar a alguien teniendo dieciocho años? Es una locura.

—¿Y cómo puedes matar a alguien de quince años? —murmuró Jo.

Keira y las chicas no sabían que Rider y yo estábamos presentes cuando mataron a Jayden. Curiosamente no se había hablado de ello, y a mí no me apetecía contárselo a nadie, aparte de Ainsley.

Resultaba extraño ver en cuánta gente había influido Jayden, sospechar que seguramente ni siquiera era consciente de cuánto les importaba a los demás. Y luego estaba la otra cara de la moneda: la gente que sólo sabía que había muerto un chico pero que no conseguía ponerle cara. No es que no lamentaran su muerte. Era simplemente que no les afectaba. Para ellos, aquél era un martes como cualquier otro, al que seguiría un miércoles cualquiera. El sábado no irían al funeral de un chico de quince años. Creían tener toda la vida por delante.

Pero nosotros sabíamos que eso podía cambiar en cualquier momento.

Todos dábamos por sentado que el futuro se extendía ante nosotros, pero el problema era que ese futuro no existía en realidad.

Jayden no pensaba que sus días estuvieran contados. Había hecho planes, tenía otras metas, y seguramente creía que tenía toda la vida por delante. Ainsley había dado por descontado, lógicamente, que siempre vería. Pero no era así: ya no podía contar con eso que todos dábamos por sentado. Y luego estaba yo. Yo había creído que seguiría siendo la misma eternamente, siempre asustada, siempre necesitada de que otros dieran la cara por mí. Pero había aprendido a afrontar mis miedos, había hallado mi propia voz y me había dado cuenta de que Carl y Rosa me querrían aunque no fuera perfecta.

Ese futuro, ese «para siempre», no era real.

Y supuse que para mí, al menos, era una suerte que no lo fuera. En cambio para otros... Ojalá para ellos sí lo fuera, ojalá pudieran contar con ese «para siempre».

Esa tarde, al sentarme al fondo de la clase de expresión oral, me descubrí mirando fijamente la silla vacía de Hector. ¿Cuándo volvería? Ni siquiera podía imaginar lo que estaría sintiendo.

Cuando Rider y yo nos habíamos separado, había sido como si él hubiera muerto. Esos primeros meses después de nuestra separación, se me habían hecho interminables. Me sentía muy sola, pero yo sabía que Rider seguía estando vivo. Mi dolor y mi sentimiento de pérdida no eran nada comparados con aquello.

Me llevé una sorpresa al ver entrar a Rider en clase. Nos habíamos mensajeado la noche anterior y me había dicho que iría a clase, pero yo no creía que fuera a presentarse sabiendo que quería acompañar a Hector.

Aún no se había afeitado y llevaba la misma ropa que el día anterior. La angustia que se había apoderado de mí el día anterior al dejarle frente a la casa de la tía de Hector volvió a aflorar. Parecía *destrozado*.

—Hola —dije cuando se sentó a mi lado y dejó su viejo cuaderno sobre la mesa—. ¿Estás...? Dios, es una pregunta absurda, pero ¿estás bien?

Asintió lentamente, mirándome.

—Sí, sólo cansado.

Pero no se trataba sólo de eso.

—¿Podemos vernos después de clase? —preguntó cuando sonó la campana—. ¿Un rato?

—Sí, claro —contesté con una sonrisa que en realidad no sentía.

Seguí angustiada el resto de la clase, mientras escuchaba distraídamente las explicaciones del señor Santos sobre las fechas de las próximas exposiciones. A mí me tocaba exponer el martes siguiente, a la hora de la comida. Rider expondría el miércoles.

Yo aún no había acabado de redactar mi trabajo, pero no pude concentrarme en los ejemplos que nos puso el señor Santos. Estaba demasiado preocupada pensando que Rider no me había mirado a los ojos. Ni cuando se sentó, ni cuando se giró hacia mí, ni una sola vez durante la clase.

Cuando por fin sonó el timbre, di un brinco, sobresaltada. Mientras recogía mis cosas, me dije que debía calmarme. Rider esperó junto a mi mesa, con la vista fija en la parte delantera de la clase.

—¿Lista? —preguntó con voz extrañamente inexpresiva.

Se me encogió el estómago al asentir, y sólo conseguí saludar desganadamente a Keira con la mano al salir. No hablamos hasta que estuvimos fuera, caminando el uno junto al otro bajo el cielo nublado.

—Rosa y Carl tardarán un buen rato en llegar a casa —dije mientras jugueteaba con las llaves—. ¿Quieres que vayamos allí?

Frunció las cejas y pensé por un momento que iba a decir que no.

—Sí, vale.

No hablamos por el camino y cuando entramos en casa yo tenía los nervios de punta. Dejé mi bolso junto a la escalera.

—Eh, ¿quieres beber algo? —pregunté mientras me dirigía al cuarto de estar.

—No. —Me siguió lentamente, y se detuvo junto a la vitrina para ver mis tallas en jabón—. Estoy bien así.

Dejé mis llaves en la isla de la cocina, me acerqué a la nevera y saqué una Coca-Cola. Me temblaron los brazos cuando volví al cuarto de estar. Me senté en el sofá y fui a coger el mando a distancia.

—Podríamos ver una película o…

—La verdad es que quiero hablar contigo.

—Ah. —Me puse a jugar con la pestaña de mi lata—. Vale.

Rodeó la mesa baja y se sentó en el sofá, en el tercer módulo, dejando un cojín entero entre nosotros. Mis dedos se detuvieron sobre la pestaña de la lata.

—No sé cómo decir esto. —Apoyó los codos sobre las rodillas y sacudió lentamente la cabeza—. Me importas muchísimo, Mallory, de verdad que sí.

Ay, Dios.

Dejé la lata en la mesita que tenía al lado.

—Tú también me importas muchísimo. Te… te quiero, Rider.

Vi que rechinaba los dientes.

—Lo de ayer fue un error.

Abrí la boca y tomé aire bruscamente. No le había oído bien. Era imposible que le hubiera oído bien.

—No es que no me gustara lo que… lo que hicimos. Me gustó. Pero esto no puede continuar. No podemos estar juntos. Así no —dijo en aquel mismo tono inexpresivo—. Lo siento.

Durante unos segundos sólo pude mirarle. Traté de asimilar lo que estaba diciendo, pero la sangre que me atronaba los oídos me lo impedía.

—No… no te entiendo.

—No podemos estar juntos —repitió sin mirarme.

Una grieta se abrió en mi pecho. Traté de respirar, pero aquella grieta me producía un dolor tan real como una herida abierta.

—Podemos ser amigos, pero… nada más.

—No quiero que seamos sólo amigos —balbucí echándome hacia delante—. Dijiste que me querías. Ayer mismo. —Se me quebró la voz al tiempo y sentí un gran nudo en la garganta—. Hace poco más de veinticuatro horas. No lo entiendo.

Se llevó la mano a la frente.

—Te quiero de verdad —dijo.

—Entonces, ¿por qué dices que no quieres estar conmigo? —Apoyé la mano en el sofá para sostenerme porque de pronto me parecía que todo se movía, como si el mundo entero temblara—. No… no tiene sentido.

—No puedo estar contigo. Se acabó.

Entonces sucedió algo muy raro. Me invadió una extraña sensación de alivio, casi asfixiante. Se había acabado. Podía volver a…

Me detuve.

Todo se detuvo.

Yo ya no era así. No me rendía y tiraba la toalla sólo porque fuera lo más fácil. Ya no era *así*.

—Es lo mejor, Ratón.

—No me llames Ratón —le espeté al tiempo que me embargaba la furia, llevándose por delante el dolor que sentía—. No soy Ratón. Esa chica ya no existe.

Rider se echó hacia atrás como si le hubiera golpeado.

—Mallory…

—No, no me mires como si te hubiera hecho daño. —Me levanté del sofá cerrando los puños—. Tienes que darme una explicación mejor, no puedes decirme simplemente que es porque sí. Me lo debes.

Levantó la barbilla y me miró con ojos brillantes. Sus ojeras parecían aún más oscuras y profundas.

—¿Es que no lo entiendes?

—No. Evidentemente, no.

Me miró fijamente un momento.

—Te mereces alguien mejor que yo.

Me quedé boquiabierta.

—Y no deberías pelearte con Carl y Rosa por mí. Ellos te acogieron, te dieron una nueva vida y yo no quiero interponerme entre vosotros —añadió, y creo que siguió hablando, pero yo ya no le escuchaba.

¿Te mereces alguien mejor que yo?

¿No era lo mismo que había dicho Paige para luego decir justo lo contrario? *Sí.*

—¿Hablas en serio? —le interrumpí—. ¿De verdad lo estás diciendo en serio?

Tragó saliva.

—Sí, Ra… Mallory. Lo digo en serio.

Me reí, pero no había ni pizca de humor en mi risa.

—A ver si me aclaro. ¿Vas a romper conmigo porque es lo mejor para mí? ¿Porque no quieres interponerte entre Rosa, Carl y yo? —pregunté sin hacer ninguna pausa—. Es por lo que ha pasado este fin de semana.

Se irguió y levantó las manos.

—No es sólo por eso, Mallory. Tú y yo… no somos iguales. Antes sí lo éramos, pero ya no. Tú vas en una dirección y yo sigo igual. Y así va a ser siempre.

Abrí las manos. Tenía gracia. Durante mucho tiempo había sentido que a mi alrededor todo el mundo evolucionaba mientras que yo permanecía estática, inmóvil, paralizada. Y sin embargo durante todo ese tiempo no había dejado de avanzar. Rider, en cambio, no.

—Estás muy equivocado —dije en voz baja.

Levantó las cejas.

—¿En serio?

—Sí, en serio.

Se puso colorado.

—¿Sabes lo que éramos antes? Éramos desechos. Así nos trataban. No hay por qué maquillar la verdad aunque sea una mierda. Nuestros putos padres no nos querían. O puede que murieran en un trágico accidente y no pudieran estar con nosotros. ¿Quién sabe? Yo lo pregunté. ¿Y sabes qué pasó? Que no obtuve respuesta. Nadie se molestó en averiguarlo. Y la señorita Becky y el señor Henry... De eso ni siquiera hay por qué hablar —añadió con una mirada centelleante—. ¿Y la residencia de acogida que vino después? Ellos, el personal de la residencia, lo intentaron. De verdad que lo intentaron, pero no podían estar al tanto de todo. Y cuando apareció la señora Luna, ¿qué sentido tenía seguir esforzándose?

Me puse pálida. Madre mía. No me esperaba todo aquello. Pero Rider no había acabado.

—Tú escapaste de todo esto. Yo no. Lo que tienes es real. Yo no. Yo sólo estoy fingiendo.

Di un respingo.

—No lo entiendo. Hector y su familia son buena gente. ¿Cómo puedes decir que yo escapé y tú no?

—No es lo mismo. Lo mío es sólo temporal. No se parece a lo que tú tienes con Carl y Rosa.

Negué con la cabeza, mirándolo.

—Eso es una... una gilipollez total.

Parpadeó.

—¿Acabas de decir un taco?

—Sí, he dicho un taco, porque lo es: es una gilipollez —repetí—. La familia de Hector se preocupa por ti. No conozco bien a la señora Luna pero sólo tuve que estar con ella dos minutos para darme cuenta de que te considera un nieto más. Todos te quieren. No te tratan de manera distinta, ni como si fueras una carga para ellos.

Rider no dijo nada.

—¿O sí? —pregunté—. ¿Te tratan como si fueras una carga?

El músculo de su mandíbula vibró otra vez.

—No, pero…

—Pero ¡nada! —grité.

Rider se sobresaltó de nuevo. Seguramente no había hablado tan alto en toda mi vida, pero la incredulidad y la frustración se habían apoderado de mí.

—Te quieren, Rider. Y ahora te necesitan más que nunca. Hector acaba de perder a su hermano. La señora Luna va a enterrar a su nieto pequeño, un chico que una vez me dijo que eras como un hermano para él. Ayer me dijiste que querías estar a su lado, acompañarles, ¿y ahora te niegas a reconocer que ellos son tu familia y tú la suya? —Respiré hondo—. ¿Te acuerdas de lo que te dije ayer? Pues es cierto. Es absolutamente cierto. Te has rendido antes de darles siquiera una oportunidad.

—Mallory…

—Y lo mismo nos estás haciendo a nosotros. Estás renunciando a nuestra relación antes de que empiece. Y lo que es peor aún, me estás poniendo como excusa. Vas a hacer lo que hacías siempre: protegerme cuando no deberías.

—Esto no tiene nada que ver con aquello —replicó en voz baja.

—Claro que sí. No te proteges a ti mismo, no tienes instinto de supervivencia. —Di un paso hacia él pero me detuve. Si me acercaba más, tal vez le golpeara con un cojín—. Siempre he creído que adoptabas el papel de caballero andante, pero me equivocaba. No eres más que un mártir.

Me miró como si hubiera cogido un cojín y le hubiera golpeado con él.

—¿Qué es lo que te pasa, Rider? Eres increíblemente inteligente y tienes un montón de talento, pero... —Levanté la mano y le señalé—. No lo intentas y, en cuanto las cosas se complican, huyes. Te rindes. Ése no es el Rider con el que yo crecí. En aquel entonces eras un luchador. Ahora, en cambio, con las cosas que más importan, como qué va a ser de tu vida, te das por vencido.

—Yo no...

—Sí. —Sentí que me subían las lágrimas por la garganta cuando me miró. Dios, aquello no era justo. Era muy, muy injusto—. Ayer, sentada en esta cocina, le dije a Rosa que te quería. Le dije que no me dijera lo que tenía que sentir y le supliqué que te diera una oportunidad. Prometió que lo haría. Y ahora me dices que lo que tienes no es real. No puedes decir eso solamente de tu hogar de acogida. También se trata de mí, de nosotros. Estás diciendo que lo que hay entre nosotros no es real.

Cerró los ojos haciendo una mueca. Yo respiré hondo, temblorosa.

—¿Rellenaste esa solicitud que cogí para ti?

No respondió.

—¿La rellenaste?

—No —susurró.

A mí se me partió el corazón.

—Ese niño al que pintas tanto, el de la fábrica y la galería de arte… Ese niño eres tú, ¿verdad?

Rider no dijo nada.

—No procede de tu pasado —musité, y empecé a ver borrosa su bella cara—. Sigues siendo así.

Cerró los ojos.

—¿Y sabes qué? —proseguí yo—. Todo este tiempo he pensado que la que era un desastre era yo. Que era yo la que salió destrozada y hecha polvo de aquella casa. Creía que era *yo*. —Se me quebró la voz mientras retrocedía—. Pero no es verdad. Eras tú. Siempre has sido *tú*.

Me miró a los ojos y el dolor que vi en su mirada fue como un puñetazo en el estómago, porque Rider se estaba haciendo aquello a sí mismo. Y eso me dolía más que cualquier otra cosa. Se lo estaba haciendo a sí mismo, no a mí.

Como había hecho siempre.

Se cargaba con ese peso, buscaba la culpa y la responsabilidad allí donde podía encontrarla y las hacía suyas. No es que yo estuviera renunciando a él. Era él quien renunciaba a sí mismo. Lo comprendí entonces, de pronto, y tuve que hacer un enorme esfuerzo para contener un sollozo.

—Estás estancado —susurré.

Rider se puso tenso.

—Es la verdad. —Me pasé las manos por las caderas—. Llevas años… dieciocho años sintiéndote así. Y ninguna conversación va a deshacer todos esos años durante los que te has sentido como si no valieras nada, durante los que has ignorado a todos los que te decían que sí que importas. Los Luna no podían arreglar eso. Ni yo tampoco, Dios mío. No puedo arreglarlo. Lo habría intentado… —Me quedé un momento sin respiración—. Lo habría intentado porque te quiero, te quiero muchísimo, pero eres tú quien tiene que cambiarlo. No yo.

—Mallory...

Se puso en pie y dio un paso hacia mí.

—No. —Levanté la mano y procuré no ver cómo me temblaba—. Tienes... tienes que irte.

Se puso pálido.

—Yo...

—Por favor, vete. Vete. —Noté que mi cara empezaba a contraerse—. No puedo decir nada más. Márchate.

Rider vaciló y, durante un segundo delicioso y esperanzador, pensé que no iba a hacerme caso. Que tal vez había conseguido convencerle, hacerle reaccionar y que iba a luchar por nuestra relación y por sí mismo.

Pero no.

Dio media vuelta, se dirigió a la puerta y yo le seguí, aturdida. Quería continuar caminando tras él. Quería gritarle. Quería que se viera a sí mismo como le veía yo, como sabía que le verían Rosa y Carl si le daban una oportunidad. Pero no lo hice, porque ¿cómo demonios iba a luchar por él cuando él no luchaba por sí mismo?

De modo que hice lo que nunca pensé que haría.

Le cerré la puerta.

36

Notaba el pecho como un cascarón hueco y vacío.

«Vale, quizás esté exagerando un poco», pensé mientras miraba el techo de mi habitación. Pero así era como me sentía desde que le había cerrado la puerta a Rider el día anterior. Me encerré en mi cuarto y el miércoles no fui al instituto. No podía.

Los últimos días habían sido demasiado para mí. Había experimentado toda clase de altibajos. El amor. La pérdida. El amor. Y otra vez la pérdida.

Necesitaba un respiro. Un rato de tranquilidad. Así que me lo tomé.

Eso era algo que había aprendido durante mis sesiones con el doctor Taft. Que cuando las cosas nos abruman, cuando estás estresada y a punto de desquiciarte, es hora de hacer un paréntesis. El doctor Taft hablaba siempre de los días dedicados a la salud mental. Me acuerdo que una vez se puso a despotricar diciendo que si alguien tosía le daban la baja, pero que si alguien estaba mentalmente agotado sólo se esperaba de esa persona que se aguantara y siquiera adelante.

Le dije a Rosa que no me encontraba bien y, teniendo en cuenta que no me tomó la temperatura ni me obligó a tomar jarabe, deduje que sabía que lo que me tenía postrada en la cama no era algo que ella pudiera tratar.

Me dolía el pecho. Lo notaba vacío, pero era un vacío que dolía. No podía soportar que Rider hubiera hecho aquello en ese momento: él estaba sufriendo por la muerte de Jayden y yo no podía estar a su lado.

Abrazándome a la almohada, me tumbé de lado y cerré los ojos. Por fin era consciente de que yo había cambiado y al mismo tiempo había descubierto que Rider no.

Flexioné las rodillas y las apoyé en la almohada mientras pensaba en aquel primer día de clase, en la primera vez que vi a Rider. Rememoré todas las veces que habíamos salido por ahí y las cosas que nos habíamos dicho. Las señales estaban ahí. Yo las había notado, pero no sabía lo profundas que eran las cicatrices de Rider. Estaba tan absorta en todo lo que estaba viviendo y en cómo me hacía sentir Rider... ¿Había algo que pudiera haber hecho semanas o meses antes?

No estaba segura.

Había tardado cuatro años en empezar a asimilar el cambio y, aunque ya no era la misma que antes, seguía siendo... una obra inacabada. Rider ni siquiera había dado el primer paso.

Por la tarde Keira me mandó un mensaje preguntándome si estaba bien. Le dije que estaba un poco pachucha y luego dejé mi teléfono en la cama, a mi lado.

Al día siguiente.

Al día siguiente me levantaría e iría a clase. No podía quedarme en la cama para siempre. El sábado iría al funeral de Jayden, y estaría allí por si Rider necesitaba alguien con quien hablar. Eso no podía dejar de hacerlo, pero sólo estaba dispuesta a llegar hasta ahí. Tenía la voluntad de luchar por nuestra relación, pero no podía ser algo unilateral. Rider también tendría que luchar.

Y había decidido no hacerlo.

Tenía los ojos húmedos, pero no me salieron las lágrimas en ningún momento durante el día, mientras estaba en la cama. El sol ya había empezado a ponerse cuando oí que llamaban suavemente a mi puerta antes de que se abriera. Me incorporé un poco cuando entró Carl, vestido con un uniforme médico azul claro.

—¿Qué tal estás? —preguntó parándose a unos pasos de la cama.

En parte quería mentirle, pero no estaba segura de querer hablar con él, si era eso lo que se proponía. No me apetecía mucho.

—Estoy mejor.

—¿Te apetece un poco de compañía?

Asentí con la cabeza y me senté apoyándome en el cabecero de la cama. Volví a abrazarme a la almohada, apretándola contra mi pecho. Carl se sentó al borde de la cama y se volvió hacia mí.

—Ha sido una semana muy larga, ¿eh?

Asentí otra vez.

—Y sólo estamos a miércoles —añadió esbozando una sonrisa. Volvió la cabeza y noté que las canas de su sien habían empezado a extenderse—. ¿Vas a ir a clase mañana?

—Sí. —Carraspeé—. Ése es el plan.

—Muy bien. Ya falta poco para las vacaciones, y no querrás quedarte rezagada con el temario —dijo cruzando las piernas—. Sé que el lunes hablaste con Rosa, y habría venido a hablar contigo antes, pero he tenido mucho lío en el hospital. Con el frío y las estufas de queroseno que la gente usa tan mal, he ido de operación en operación. —Me miró y pasaron unos segundos—. Pero tenía pendiente hablar contigo. Tengo que disculparme por lo que dije.

Me costó ignorar el impulso automático de decirle que no pasaba nada, pero lo conseguí. Esperé en silencio.

—Rosa y yo sabemos que no eres Marquette. No te adoptamos para sustituirla —comenzó a decir—. En cuanto decidimos adoptarte, te convertiste en nuestra hija. Eres igual de importante para nosotros que Marquette, e igual de maravillosa.

Se me encogió el corazón y abracé con más fuerza la almohada.

—Somos tus padres y los padres… a veces se equivocan. Los míos se equivocaban. Es inevitable, y el sábado yo metí la pata. Estaba enfadado y rabioso, y dije algo que no debí decir. Y lo siento. Sé que herí tus sentimientos y que te di un disgusto, y lo siento muchísimo, de verdad.

Asentí apretando los labios y deseé que aquella presión que notaba en el pecho desapareciese. Pero por el contrario parecía expandirse.

—Te perdono —dije, y era cierto.

—Me alegro. —Sonrió otra vez al mirarme a los ojos—. Rosa me ha contado lo que le dijiste sobre Rider, y quiero que sepas que tienes razón. La verdad es que no le he dado ninguna oportunidad.

En ese momento lo último que me hacía falta era hablar de Rider.

—No…

—No, por favor, escúchame, ¿quieres? —Su tono de súplica parecía sincero, así que cerré la boca—. He juzgado a Rider con demasiada dureza. He dejado que mis prejuicios y mis propias experiencias se pusieran en medio, y eso no está bien.

Pensé en lo que me había dicho Rosa el día anterior sobre que Carl tenía una historia que contarme.

—Yo tenía un hermano —dijo, y me llevé una sorpresa—. Se llamaba Adrian. Sólo era dos años mayor que yo. En aquel entonces la ciudad no era como es ahora, pero también había problemas. En estas calles la violencia no es nada nuevo y, al igual que ahora, afectaba a demasiada gente. A unos más que a otros. —Se pasó los dedos por el pelo—. No siempre se trataba de pistolas. A veces llevaban navajas o bates de béisbol, cualquier cosa de la que pudieran echar mano, y a veces recurrían a los puños. Porque hasta los puños pueden ser armas mortíferas.

Ay, Dios, tuve la sensación de que aquella historia no acababa bien y empecé a sentirme enferma.

—Adrian siempre andaba metido en líos. Dejó de estudiar cuando yo estaba en el primer año de instituto. Si te soy sincero, ni siquiera sé en qué andaba metido. Éramos polos opuestos en muchos sentidos, pero siempre parecía tener dinero y yo sabía que la procedencia de ese dinero era ilícita. En los años setenta, empezaba a escasear el trabajo y había pocas oportunidades de salir adelante —explicó—. El caso es que recuerdo que un miércoles Adrian estaba en casa y que mi madre estaba llorando, muy disgustada. Y recuerdo que nuestro padre le dijo que se marchase. No sé qué pasó exactamente. Mis padres nunca hablaban de ello. Creo que se sentían culpables. Ya sabes: si no le hubieran dicho que se marchara, él todavía estaría vivo y esas cosas.

Carl ladeó la cabeza y suspiró.

—Le mataron más o menos una semana después —continuó—. Con un bate de béisbol, en la cabeza. No se trató de que estuviera en el lugar equivocado, en el peor momento, pero no sabemos por qué le mataron. La policía sospechaba que se trataba de un asunto de drogas, pero no investigaron en profundidad. Adrian no era más que otro chaval muerto al que tuvieron que recoger de la calle.

—Eso es… es horrible.

¿Pensaron lo mismo cuando les avisaron de lo de Jayden? Ya sabía la respuesta a esa pregunta, pero no quería pensarlo, y eso no decía mucho de mí.

Sus ojos oscuros brillaron.

—Adrian tomó algunas decisiones equivocadas, imagino que igual que tu amigo. Eso no hace más fácil asimilar su muerte. Ni impide que la gente se pregunte cómo podrían haber sido las cosas si no se hubiera segado una vida.

—Dios mío —musité, mirándole—. No tenía ni idea.

—Es lógico. No tenía muchos motivos para hablar de ello. —Se quedó callado un momento con expresión pensativa—. O tal vez debería haberlos buscado.

Sin embargo, había habido indicios a lo largo de los años, cosas que decía y que de pronto habían cobrado sentido.

—Lo siento.

—Fue hace mucho tiempo, pero gracias. —Alargó el brazo y me dio unas palmaditas en la pierna tapada con el cobertor—. Cuando apareció Rider, no pude evitar pensar en Adrian. Me recordaba a él. Esa despreocupación con la que afronta la vida, como si todo le diera igual.

Bajé la mirada. Odiaba que aquellas palabras fueran ciertas. Ya no sabía si a Rider todo le daba igual o no. Antes creía que no era así.

—Y con lo que le pasó a ese chico, de pronto todo se me vino encima. Me dejé cegar por mis propias experiencias. No conozco a Rider. Puede que me equivoque respecto a él. Confío en equivocarme, y por lo que me ha contado Rosa posiblemente así es.

Le miré a los ojos. Sabía lo que trataba de decirme, pero no tuve valor para decirle que ya no importaba.

Me sostuvo la mirada.

—Voy a intentarlo. Habrá veces en que parezca que no lo hago, pero voy a intentarlo. Quiero que estés a salvo y quiero que seas feliz. Olvidé que eres muy inteligente y que tienes suficiente criterio para decidir.

Ay, Dios. Madre mía. Se me saltaron las lágrimas.

—Además, quería decirte otra cosa. Sé que me he puesto muy insistente con eso de que vayas a la facultad de medicina. También en eso me he equivocado. Rosa me ha dicho que tienes muchas ganas de estudiar trabajo social, y yo debería haberte hecho caso la primera vez que lo dijiste —añadió, y yo solté la almohada que estaba abrazando con todas mis fuerzas—. Creo que es una carrera admirable y que eso demuestra que tienes un criterio muy válido. Ahora me doy cuenta.

Me quedé paralizada unos segundos. Sólo oía sus palabras repetirse una y otra vez dentro de mí. Entonces algo se quebró en mi interior, pero para bien. Me lancé hacia delante y le rodeé los hombros con los brazos, casi tirándole de la cama.

Consiguió mantener el equilibrio y me abrazó. Por primera desde hacía años, el nudo que tenía en la garganta se disolvió. La emoción no se sofocó. Las lágrimas no se disiparon. Al contrario, corrieron libremente.

37

La mariposa parecía llamarme, tentadora.

Miré el retrato que me había hecho Rider el día que murió Jayden... No, el día que murió no. El día que le *asesinaron*. Me costaba pensar y decir aquella palabra, pero me obligué a hacerlo, a llamar a las cosas por su nombre. Jayden no había muerto como Marquette, por causas naturales. No había muerto en un accidente de tráfico repentino. Le habían asesinado en un acto de violencia sin sentido, como al hermano de Carl.

Volví a mirar la mariposa tallada en jabón y luego miré la del dibujo. Una estaba completa. La otra no. Cerrando los ojos, me di la vuelta y pensé de nuevo en el largo día que había pasado en el instituto.

Rider parecía hecho polvo en clase y apenas me había dicho hola en voz baja. Entre nosotros parecía haber mil kilómetros de distancia. Al final de clase, me había dado la sensación de que iba a decirme algo, pero luego había cambiado de idea. Sólo había dicho adiós y se había marchado.

Keira se había dado cuenta enseguida de que nos pasaba algo y había llegado a la conclusión que habíamos... cortado.

—Puede que sea por lo que ha pasado con Jayden y todo eso. Obviamente no me has pedido consejo, pero… no te des por vencida, Mallory. Cualquiera se da cuenta de que sois perfectos el uno para el otro.

Yo sabía que el asesinato de Jayden había sido un golpe durísimo para Rider, pero eso no era lo único que le pasaba.

Sus problemas eran tan profundos que los llevaba inscritos en los huesos y en cada fibra de su musculatura.

Yo no sabía qué podía hacer cambiar el modo en que se veía a sí mismo, si es que algo podía hacerlo cambiar. Sólo sabía que a mí me había costado años llegar donde estaba y aún me quedaba mucho trabajo por hacer.

Por más que yo deseara que ese cambio se produjera, sabía que no sucedería hasta que él estuviera preparado.

Y no lo estaba.

—Tenemos que hablar.

Estiré la espalda, de pie delante de mi taquilla el viernes antes de la comida. Cuando Paige decía eso, nunca pasaba nada bueno. Yo no tenía ni idea de qué quería hablar, pero cerré la puerta de la taquilla y la miré mientras guardaba el libro de expresión oral en la bolsa. Me detuve al verla.

Tenía los ojos rojos e hinchados, el pelo recogido en una coleta baja y los pantalones de chándal que llevaba eran una o dos tallas más grandes que la suya. Respiró hondo y cuadró los hombros al mirarme.

—Tú y yo no congeniamos y sólo tenemos una cosa en común —dijo como afirmando lo obvio, aunque en realidad teníamos en común mucho más de lo que ella creía. Tal vez por eso no había ni pizca de hostilidad en su tono—. Y es Rider —concluyó.

Me puse tensa.

—No sé qué coño os pasa, pero me parece una putada que le vengas con estos rollos después de lo que ha pasado con Jayden.

Abrí la boca.

—¿Yo, venirle con estos rollos?

Me miró con asombro, seguramente porque yo había dicho aquellas cinco palabras sin titubear. Pero se apresuró a disimular su sorpresa.

—No te hagas la tonta. Rompiste con Rider justo después de que viera morir a su amigo... a un amigo al que consideraba un hermano.

¿Estaba viviendo yo en un universo paralelo o algo así?

—Yo no rompí con Rider.

—Venga ya. —Bajó la barbilla y entornó los ojos—. Ya estaba hecho polvo por lo que le pasó a Jayden y ahora está deprimido a tope.

Yo estaba tan confusa que no podía creer lo que estaba oyendo. Negué con la cabeza.

—No sé qué te habrá contado Rider, pero yo... yo no rompí con él.

Soltó una risa desdeñosa.

—Sé que estás mintiendo porque lo último que haría él sería cortar con su *precioso* Ratón.

Levanté las cejas.

—Dios, ¿sabes cuánto hablaba de ti todos estos años? ¿De lo perfecta, amable, inteligente y dulce que eras? Y me lo contaba a mí, ya sabes, a la chica con la que estaba antes de que aparecieras en escena.

Me pregunté si sería muy de mala educación darle un golpe en la cabeza con el libro que tenía en la mano.

—Así que sé que es una trola. Rider jamás haría eso. Cortaste con él después de ir a casa el domingo y vernos dormidos en el sofá —añadió en tono de reproche—. Pero no pasó nada. Aunque a mí me habría encantado que pasara algo.

Entorné los ojos y apreté con fuerza el libro. Era un libro muy gordo.

—Sabía que ibas a romperle el corazón. Te quiere y…

—Si te ha dicho que fui yo quien cortó, es él quien está mintiendo. —Enfadada, metí el libro en la bolsa y subí la cremallera—. No rompí con él por lo del domingo ni por ninguna otra razón, porque no fui yo quien cortó. Mira, siento que creas eso. Lo último… lo último que querría es hacerle daño a Rider. No fui yo. Fue él quien cortó conmigo.

Me miró con perplejidad.

—Él no me ha dicho que hubieras cortado. Pensaba que habías sido tú porque sabía, o creía, que él no lo haría nunca.

—Pues estabas equivocada.

Comencé a alejarme, porque reconocer delante de su ex que Rider me había plantado no me estaba alegrando la vida precisamente.

Pero, naturalmente, Paige se me puso delante.

—¿Por qué cortó?

Apretando los dientes, miré hacia el fondo del pasillo. No era asunto suyo, pero por pura exasperación le dije la verdad.

—Porque cree que es mejor así… para mí. Que merezco algo mejor.

—Eso… eso es una idiotez.

—Tienes mucha razón —masculé.

—Pero es que es superestúpido. —Paige hizo una pausa—. ¿Y tú vas a permitir que lo crea?

—¿Permitírselo? Lo he intentado, pero no puedo cambiar la opinión que tiene de sí mismo.

—Pues deberías ponerle más empeño —replicó.

—No es tan sencillo —le dije—. Tú... tú sabes por lo que ha pasado, ¿verdad? Te ha contado... algunas cosas. Toda esa mierda que tiene metida en la cabeza ha calado muy hondo. Yo puedo decirle un millón de veces que es el tío más valioso del mundo, pero quien tiene que creerlo es él. No yo.

Paige pestañeó.

Una profesora salió de un aula y frunció el ceño al vernos junto a la taquilla.

—Vosotras dos, id a donde tengáis que ir. En el pasillo no hacéis nada.

Paige puso cara de fastidio al darle la espalda a la profesora.

—Tienes que ponerle más empeño —repitió mientras retrocedía—. Si de verdad te importara, lo harías.

No dije nada mientras ella daba media vuelta y se alejaba. ¿Ponerle más empeño? Como si fuera tan sencillo.

Hacía un día absolutamente precioso, aunque yo no sabía si eso era bueno o no tratándose de un funeral.

Pensaba en parte que no tendría que hacer una mañana tan bonita. No estaba segura de que Hector y la señora Luna quisieran ver brillar así el sol. O tal vez aquel día tan hermoso les ayudara a recordar la belleza del mundo. Tal vez pudiera extraerse alguna moraleja de aquel cielo tan despejado. Yo no lo sabía.

Era el primer funeral al que iba.

Ainsley se había reunido conmigo en la parroquia de los Luna y nos habíamos quedado un rato en el vestíbulo antes de que empezara el oficio religioso. Yo llevaba los pies (o, mejor dicho, los dedos) comprimidos en los zapatos de vestir negros. Unos zapatos que no me había puesto nunca. Se los había pedido prestados a Ainsley porque en el último momento me había dado cuenta de que no tenía un calzado adecuado que ponerme con los pantalones de lana y la blusa negra.

No vi a Hector ni a Rider hasta que se abrieron las puertas. Lo primero en lo que me fijé fueron las sillas y, aunque no quería mirar, mis ojos siguieron el ancho pasillo y la alfombra burdeos, hasta los jarrones y las coronas de flores, y de allí al ataúd.

Estaba abierto.

Sólo alcancé a ver la punta de la nariz de Jayden y la suave curvatura de su frente. Ainsley y yo nos situamos al fondo de la sala. Yo no podía acercarme más. No quería ver a Jayden así, porque sabía que lo recordaría para siempre de esa manera.

Cuando la gente comenzó a ocupar los bancos, vi a Hector y a Rider. Estaban en la primera fila. Los dos muy pálidos. La abuela de Hector ya estaba sentada, de espaldas a nosotras, con los hombros caídos.

Rider iba vestido casi igual que Hector. Camisa blanca de vestir remetida en los pantalones. No sé cuánto tiempo estuve mirándoles, pero Rider se volvió de repente y, con extraña puntería, clavó los ojos en mí.

Contuve la respiración mientras nos mirábamos desde extremos opuestos de la iglesia. Ninguno de los dos apartó la mirada durante unos segundos. Luego, Hector le dijo algo. Rider se volvió y yo cerré los ojos y dejé escapar un suspiro.

—¿Vas a hablar con él? —preguntó Ainsley en voz baja.

—No. —Agarré la tira de mi bolso—. Bueno, si quiere hablar conmigo, claro que hablaré con él, pero... no quiero montar una escena. No sería bueno para nadie ahora mismo.

Ainsley se inclinó hacia mí.

—¿Tan dramática crees que se pondría la cosa?

Negué con la cabeza.

—No lo sé, pero... no quiero arriesgarme.

La sala se llenó rápidamente, y vi a Keira y a Jo sentarse en unos bancos, frente a nosotras. No podían vernos, y no iba a ponerme a llamar a Keira a gritos.

El pastor dio comienzo al oficio recitando unos versículos de la Biblia y, cuando empezó a hablar de la muerte, yo posé la mirada en el ataúd. Levanté la mano y me sequé los ojos con la palma.

No entendía cómo podía pasar aquello. ¿Cómo podía alguien matar a otra persona a sangre fría? ¿Y por qué, además? ¿Por unos cientos de dólares? El hecho de que no pudiera entender semejante acto demostraba que, pese a cómo había crecido, era inmensamente afortunada. Había cosas de las que no tenía que preocuparme, como se preocupaban otros.

Miré a la familia, sentada en los tres primeros bancos. Rider estaba junto a Hector, y yo no era la única que miraba al hermano de Jayden. También le miraba Ainsley. En cuanto vi contraerse la cara de Hector, me dieron ganas de levantarme para ir a abrazarle. No se me daba muy bien dar abrazos, pero en ese momento deseé poder hacerlo, porque empezaron a temblarle los hombros y se echó a llorar.

Cuando terminó el oficio, esperé a que la mayoría de la gente diera el pésame a la familia para acercarme a Hector.

No pareció verme cuando se inclinó para darme un torpe abrazo. Era como si estuviera allí y no estuviera, y cuando le hablé murmuró algo que no pude entender.

Entristecida, di media vuelta y me encontré cara a cara con Rider. Di un paso atrás, sobresaltada, y estaba a punto de esquivarle cuando me detuve.

No sería lo correcto, ni estaría bien hacerlo.

Rider no dijo nada cuando me volví hacia él. Me puse de puntillas y le abracé. Le estreché con todas mis fuerzas. Él no me devolvió el abrazo. Puede que yo me apartara demasiado deprisa. Puede que le sorprendiera mi reacción. O quizá, sencillamente, no quería abrazarme.

Volví a plantar los pies en el suelo y le miré. Había mil cosas que podría haberle dicho en ese momento. No sé por qué le dije precisamente lo que le dije:

—Jayden me dijo una vez, después de aquel día en el garaje, que os admiraba mucho a Hector y a ti. He… he pensado que debías saber que eso *sí* era real.

La piel de alrededor de sus ojos y su boca se tensó. Hice entonces otra cosa que tampoco pensé: me puse otra vez de puntillas y le besé en la mejilla. Sentí que contenía la respiración y, mirándole una última vez, me di la vuelta.

Ainsley me estaba esperando en medio del pasillo. No se había acercado conmigo, pero tenía la mirada fija en Hector y en su abuela.

—Quiero hablar con Hector un momentito. —Me abrazó rápidamente—. ¿Te llamo luego?

Yo también la abracé.

—De acuerdo.

No vi a Keira ni a Jo entre la gente al salir de la iglesia, y no sabía si lo que le había dicho a Rider le había ayudado o, al contrario, le había dolido. Mientras caminaba hacia mi coche, lo único que sabía era que el resplandor del sol seguía allí y que el cielo, de un azul profundo, seguía siendo diáfano e infinito.

Al entrar en mi cuarto, cuando llegué a casa, posé la mirada en la mariposa sin terminar que seguía encima de mi escritorio. Mientras contemplaba la talla a medio transformar, pensé en todo lo que le había dicho a Rider, en lo que me había dicho Paige, y supe que había una cosa más que tenía que hacer, algo que tenía que demostrarme a mí misma.

Cogí mi cuaderno y un bolígrafo y me acerqué a la cama. Era hora de escribir mi redacción, y esta vez sabía lo que quería decir.

38

No iba a vomitar.

Si me repetía suficientes veces aquel mantra, tal vez se hiciera realidad. El miércoles, me pasé toda la mañana con ganas vomitar, pero al menos no era la única. El almuerzo de Keira permanecía intacto junto al mío. Estaba muy pálida mientras repasaba una y otra vez su exposición en voz baja. El papel crujía en sus manos temblorosas.

Ocupé mi sitio en la clase de expresión oral sin guardar recuerdo de cómo había llegado hasta allí. Como a través de un túnel, vi llegar a Paige. El día anterior no había venido a clase, igual que Rider y que Hector, obviamente.

Saqué mi redacción y alisé la hoja mientras me concentraba en respirar hondo para no desmayarme.

Porque corría peligro de hacerlo.

Justo cuando sonaba el último aviso para entrar en clase, apareció Rider y a mí me dio un vuelco el corazón. No esperaba que viniera.

Dios mío, no tenía ni idea de que iba a estar presente.

Me temblaban las manos cuando las apoyé sobre el regazo. Paige siguió a Rider con la mirada cuando se dirigió al asiento que solía ocupar, entre nosotras dos. Le sonrió con tristeza y no sé si él también sonrió, pero me miró al sentarse. Se había afeitado y ya no llevaba la ropa arrugada, pero tenía el pelo alborotado, como siempre.

No nos veíamos desde el sábado, en el funeral.

No había sabido nada de él.

Pero no podía pensar en eso en ese momento.

Rider observó mi cara.

—Hola.

—Hola —susurré.

Bajó las pestañas y cuadró los hombros.

—¿Crees que...?

—Muy bien, chicos. —El señor Santos dio unas palmadas, interrumpiéndonos—. Hoy tenemos muchas exposiciones que escuchar, así que hay que empezar ya. Así que bienvenidos a la tercera exposición, titulada «La persona más importante para mí», una de mis preferidas del curso. Espero que, al escribir sobre alguien que os haya influido, hayáis aprendido algo sobre vosotros mismos. Y espero que, al hacer vuestra exposición, os acordéis de que debéis cuidar a la persona de la que estáis hablándonos. Porque como se nos ha recordado recientemente... —miró un segundo el asiento vacío de Hector—, la vida puede ser muy breve.

Lo que iba a decirme Rider quedó en segundo plano cuando el señor Santos pidió al primer alumno que se situara ante la clase. Luego llegó la segunda exposición. Después le tocó a Keira, que hizo la suya aferrada al atril. Para entonces yo me había corrido hasta el borde de mi silla y estaba preparada para salir corriendo hacia la puerta o desmayarme.

Cuando volvió a su mesa, Keira me hizo un gesto triunfal levantando el pulgar. Traté de sonreír, contenta de que lo hubiera conseguido, pero me estaba costando un esfuerzo enorme no salir corriendo de la clase. A mi lado, Rider estaba sentado al borde de su silla, en una postura extrañamente parecida a la mía.

—Leon Washington, tienes todo el estrado para ti —anunció el señor Santos—. No me cabe duda de que todos nos morimos de ganas de saber cuáles son las influencias que han moldeado tu carácter.

No oí ni una sola palabra de lo que dijo Leon, pero los demás se reían y el señor Santos tenía cara de estar pensando en pedir la jubilación anticipada, así que lamenté no poder prestar atención.

—¿Mallory Dodge? —dijo el señor Santos, sentado al borde de su mesa.

Sus ojos tenían una expresión amable cuando me miró, tan amable como cuando el día anterior había ido a verle a la hora de la comida para formularle mi extraña petición.

—Te toca.

Oí que Paige se reía, sorprendida.

No recuerdo haberme levantado, pero vi la expresión de asombro de Rider cuando rodeé mi mesa. A medio camino de la pizarra me di cuenta de que no había cogido mi hoja y tuve que volver a por ella. Me ardía la cara. Alguien, un chico, se rió. Estaba sentado delante de Paige. Ella dio una patada al respaldo de su silla.

Tal vez me había desmayado y me había dado un golpe en la cabeza, porque no podía creer que Paige hubiera hecho algo así. Pero nadie más se rió o, si se rieron, no lo oí. El ruido de mi propia sangre me atronaba los oídos. Llegué a la parte delantera de la clase y me volví, situándome delante de la pizarra y detrás del atril.

Recorrí el aula con la mirada. La mitad de los alumnos ni siquiera me miraban. Tenían la vista fija en sus regazos o en sus mesas. O los ojos cerrados. Así que sólo quedaba la otra mitad. Que me miraba fijamente.

Miré a Keira y me sonrió, volviendo a hacerme aquel gesto con el pulgar.

—Puedes empezar cuando quieras —dijo el señor Santos.

Asentí con la cabeza y traté de tragar saliva. Vi un montón de caras observándome. Empezó a cerrárseme la garganta.

Alguien tosió.

Aquello era... aterrador. Las lágrimas comenzaron a formar un tapón en mi laringe. Miré al señor Santos buscando... No sé qué buscaba. Luego volví a mirar a la clase.

Entre todas aquellas caras, fijé la mirada en Rider, y él... hizo un gesto afirmativo con la cabeza. Casi pude oír su voz dentro de mi cabeza. *Puedes hacerlo.* Y entonces aquella voz se convirtió en la mía. Rider tenía razón. Y yo también. Podía hacerlo. Sería duro y seguramente vergonzoso... No, vergonzoso no, porque sólo yo controlaba lo que me daba vergüenza. Y era capaz de hacer aquello. No sería humillante, ni vergonzoso. Y aunque sintiera un poquitín de vergüenza, daba igual: no tenía importancia. La exposición no duraría para siempre. La vergüenza no duraría para siempre. Nada de aquello era para siempre.

Pero el intentarlo, sí.

Igual que vivir.

Fijé la mirada en mi hoja y el nudo de mi garganta se deshizo.

Hay quien sólo tiene una persona que ha sido decisiva en su vida, que le ha influido más que cualquier otra. Este trabajo consistía en escribir acerca de una persona, pero mientras estaba redactándolo me di cuenta de que no podía elegir a una sola. Y cuando concluya mi historia confío en que entenderéis por qué. Pero para que mi relato tenga sentido debo empezar por el principio.

Tenía la boca seca, y no levanté la vista al volver a tomar la palabra para leer las tres frases que más me había costado escribir o pronunciar en voz alta en toda mi vida.

Cuando era pequeña, solía esconderme en mi armario. Por dentro estaba lleno de polvo y muy oscuro, y olía a naftalina. Pero era mi refugio, allí me sentía a salvo de los monstruos de fuera. Cuando era algo más mayor y tenía que esconderme, solía fantasear con que vivía en una casa en la que los monstruos estaban atrapados en los armarios y yo podía tumbarme tranquilamente en mi cama. Soñaba que vivía en una casa con unos padres a los que podía admirar y querer y que algún día se convertirían en el tema de una redacción que tendría que escribir acerca de cómo habían cambiado mi vida para bien. No vivía en una casa así. Pero los monstruos de los que me escondía dieron forma a mi carácter al enseñarme que la bondad y el amor son cosas que deben darse libremente. Me enseñaron lo que no quería ser. Por eso hoy en día son importantes para mí.

Dos personas me adoptaron cuando tenía casi trece años. No vieron a una niña asustada que no hablaba. Vieron a una hija, a su hija. Y dedicaron todo su tiempo libre a borrar los malos recuerdos y a combatir las pesadillas. Me abrieron puertas que siempre había tenido vedadas y creyeron en mí. Me demostraron que el amor y la bondad pueden darse libremente y sin expectativas. Me enseñaron a confiar en los demás y me hicieron comprender que no tenía por qué estar asustada.

Cuando estudiaba en casa conocí a una chica que nunca había tenido problemas para hablar ni para conocer gente nueva. Al principio me dio envidia que fuera tan extrovertida y simpática. No se me daba bien conocer gente y hacer amigos. Éramos polos opuestos, y no esperaba que algún día se convirtiera en mi mejor amiga. Ella me demostró que puedes encontrar a tu mejor amigo donde menos te lo esperas. Y últimamente me ha influido porque gracias a ella he aprendido que no debo dar nada por sentado.

Estaba a punto de llegar a las partes más duras de mi relato, así que hice una breve pausa y respiré lentamente antes de continuar.

Hace sólo unos meses, conocí a un chico que fue muy amable conmigo a pesar de que no me conocía. Derrochaba encanto y siempre tenía una sonrisa que ofrecer. No le conocía muy bien, pero seguramente es una de las personas que más me han influido, porque él también me ha enseñado que no debo dar nada por sentado pero, sobre todo, que se puede dedicar una sonrisa a un desconocido. Me brindó su bondad cuando más le necesitaba, y confío en poder hacer lo mismo por otras personas.

La última persona de la que quiero hablar ha estado a mi lado desde siempre. Vivía en aquella casa en las que los monstruos deambulaban por los pasillos. Me protegía cuando se acercaban. Me leía cuando tenía tanto miedo que no podía dormir. Gracias a él y a todo lo que sacrificó para que yo me sintiera a salvo, hoy puedo levantarme cada mañana de la cama. Gracias a él, tengo una segunda oportunidad en la vida.

Me detuve, respiré hondo y levanté la vista, esperando a medias que la mitad de la clase estuviera dormida. Algunos lo estaban. Sólo un par. El resto me miraba fijamente, con la cara borrosa. Vi a Paige. Su cara, siempre tan bonita, tenía una expresión de perplejidad. Vi a Rider y él... Tenía los labios entreabiertos y estaba sentado muy rígido en su silla, con los brazos relajados junto a los costados.

Me obligué a continuar.

Pero si es importante para mí es sobre todo porque me demostró que ayudar a quienes lo necesitan, aunque rechacen esa ayuda, es un riesgo que merece la pena correr. Él ha dado forma a quien soy hoy en día porque fue la primera persona que se dio cuenta de que yo tenía una voz que valía la pena escuchar.

Hay gente a la que ha influido una sola persona más que cualquier otra. Yo descubrí mientras escribía esta redacción que me alegro mucho de que en mi caso sean tantas. Me percaté de que lo que moldea tu personalidad es una serie de personas y hechos. He descubierto que hasta los monstruos pueden influirte positivamente. Que hay personas que están dispuestas a abrirte su casa y su corazón sin esperar nada a cambio. Que hay desconocidos que pueden ser amables y comprensivos. Que quienes siempre están dispuestos a ayudar a los demás se colocan a sí mismos en último lugar. Y lo que es más importante, gracias a todas esas personas he aprendido que podía hacer lo que antes me parecía imposible: hablar hoy aquí en público.

El aula quedó en silencio, y no supe si eso era buena o mala señal. El señor Santos se aclaró la garganta.

—Gracias, Mallory.

Las miradas de los demás me siguieron hasta mi asiento. Keira parecía a punto de echarse a llorar cuando me lanzó una gran sonrisa. Hasta Paige me miró fijamente cuando me senté.

Miré a Rider.

Tenía la misma expresión que antes, mientras yo hablaba, sabiendo que nadie, excepto Paige, sabía que me estaba refiriendo a él. Parecía anonadado.

Y yo… tenía la sensación de que podía ascender flotando hasta el techo.

Lo había conseguido.

Apretando los labios para disimular una sonrisa bobalicona, miré hacia la pizarra. Lo había hecho. Dios mío, de verdad me había puesto delante de la clase y había leído mi redacción. Había tartamudeado un par de veces y había hecho muchas pausas, pero lo había conseguido. Las lágrimas (esta vez de las buenas) volvieron a acumulárseme en la garganta. Tenía ganas de bailar y gritar. Me costó un enorme esfuerzo quedarme allí sentada mientras exponía Laura Kaye y no levantarme de un salto de mi asiento y ponerme a gritar de alegría.

El señor Santos me llamó cuando sonó el timbre. Miré un momento a Rider mientras recogía mis cosas y me acerqué a la mesa del profesor. Me sonrió al ponerme la mano sobre el hombro.

—Lo has hecho muy bien, Mallory.

El corazón me latía a mil por hora.

—Sí… sí.

Asintió.

—Sólo quiero que sepas que soy consciente de lo duro que ha sido para ti, sobre todo tratándose de un tema tan personal. Estoy orgulloso de ti.

Tragué saliva con dificultad.

—Gracias.

—Ahora espero que expongas en clase cada vez —dijo—. ¿Crees que podrás hacerlo?

¿Podría? No lo sabía, pero sabía que iba a intentarlo. Dije que sí con la cabeza.

—Bien. —Me dio unas palmadas en el hombro—. Que tengas buena tarde.

Murmuré algo así como «igualmente» al darme la vuelta. Rider ya se había ido y, a pesar de todo lo que había pasado entre nosotros, me sorprendió que se hubiera marchado. Me sorprendió mucho. Pensaba que se quedaría para felicitarme, porque sabía mejor que nadie que aquél era un paso enorme para mí. Pero no estaba por ninguna parte.

Al salir de la clase me dije que no iba a permitir que su desaparición estallara la burbuja de felicidad que me envolvía. Era un rollo que no estuviera allí, pero... pero lo que había logrado era más importante, y sabía cómo quería celebrarlo.

Ese día, en cuanto llegué a casa, me fui derecha a mi cuarto y dejé la bolsa de los libros en el suelo, junto a mi cama. Abrí el cajón de mi escritorio y saqué mis útiles de tallar. Cogí la mariposa a medio acabar y me la llevé al asiento de la ventana. Me senté y por fin terminé de tallarla.

Se completó su metamorfosis, con las delicadas alas extendidas a ambos lados de su cuerpecillo. Incluso le añadí una leve sonrisa debajo de las marcas de los ojos.

Volví a ponerla sobre mi mesa, justo debajo del último dibujo que me había hecho Rider, y luego cogí mi libro de historia. Tenía que estudiar para un examen.

—¿Mallory? —me llamó Carl—. ¿Puedes bajar?

Metí una tarjeta de cartulina en el libro de historia para marcar la página por la que iba, cerré el libro y me levanté de la cama. Mis pies cubiertos con calcetines tocaron el suelo. Era muy pronto para cenar, así que no sabía por qué se requería mi presencia.

Me puse un mechón de pelo detrás de la oreja mientras bajaba por la escalera. Carl estaba de pie junto a la puerta del cuarto de estar. Rosa esperaba a su lado, pero yo clavé la mirada en lo que sostenía Carl entre las manos. Era un paquete pequeño y rectangular, envuelto en papel marrón.

Aflojé el paso.

—¿Qué es eso?

—Es para ti. —Me tendió el paquete.

Me quedé mirándolo un momento antes de cogerlo.

—Eh, ¿por qué?

Rosa se apoyó en Carl.

—No es nuestro, cariño.

—Ah. —Di la vuelta al paquete. No llevaba nada escrito, y el papel marrón me recordó a los de las bolsas de la compra—. ¿De quién es?

—¿Por qué no lo abres? —me aconsejó Carl.

Eh. Buena idea. Metí un dedo por debajo del borde y despegué el celofán. El papel se desprendió y en cuanto vi lo que había debajo el corazón me dio un brinco y se me subió a la garganta.

Era un ejemplar de *El conejo de terciopelo*.

No el ejemplar viejo que solía leerme Rider, sino uno nuevecito. Una edición en tapa dura, con la pasta en azul y un conejito dibujado sobre un montículo de hierba.

El envoltorio marrón resbaló de mis dedos y cayó al suelo sin hacer ruido. Un trozo de papel sobresalía entre las páginas. Con manos temblorosas, abrí el libro con cuidado. La fina hoja de papel no era más que la página arrancada de un cuaderno, pero varios párrafos del libro estaban subrayados en azul.

–¿Qué es ser REAL? –le preguntó un día el Conejo de Terciopelo al Caballo de Piel–. ¿Significa que tienes cosas que zumban por dentro y un mango que sobresale?

–Ser real no depende de cómo estés hecho –contestó el Caballo de Piel–. Es una cosa que te ocurre. Cuando un niño te quiere mucho, mucho tiempo, no sólo para jugar, sino porque DE VERDAD te quiere, entonces te vuelves REAL.

–¿Duele? –preguntó el Conejo de Terciopelo.

–A veces –dijo el Caballo de Piel, porque siempre decía la verdad–. Pero cuando eres REAL, no te importa que te duela.

No ocurre de repente –añadió–. Te transformas. Se tarda mucho tiempo. Por eso no suele pasarle a la gente que se rompe fácilmente, o que tiene los bordes cortantes, o que tiene que guardarse con mucho cuidado. Por lo general, cuando te vuelves real, has perdido casi todo el pelo a fuerza de cariño, y se te han caído los ojos y tienes las articulaciones flojas y estás todo raído. Pero esas cosas no importan nada, porque cuando eres real no puedes ser feo, excepto para la gente que no entiende de esas cosas. Cuando eres real, no puedes hacerte irreal otra vez. Es para siempre.

Rider había trazado una raya desde la última frase hasta el margen, donde había escrito: Es para siempre.

—Dios mío —musité con voz ronca.

Cerré los ojos con fuerza y me acerqué el libro al pecho. Aquellas líneas subrayadas lo eran *todo* para mí. Resumían cómo me sentía, cómo había cambiado. No había sucedido de repente, pero, una vez que había sucedido, ya no podía deshacerse. Y había sucedido porque era amada. Porque Carl y Rosa me querían, porque Ainsley y hasta Rider me querían. Pero, sobre todo, porque me quería a mí misma.

Carl se aclaró la garganta.

—Creo que deberías abrir la puerta.

Abrí los ojos de golpe y los miré.

—¿Qué?

Rosa señaló la puerta con la cabeza y esbozó una sonrisa.

—Anda, ve, cielo.

Me quedé allí parada un momento. Luego di media vuelta. Corrí a la puerta, giré el pomo y la abrí de golpe. Me quedé sin respiración.

Rider estaba en el umbral. Se giró lentamente. Llevaba la misma ropa que esa mañana en clase. Tenía las manos metidas en los bolsillos de los vaqueros, y por una vez llevaba un jersey, un grueso jersey de lana azul oscuro.

Recorrió mi cara con la mirada y luego la fijó en el libro que yo sostenía aún contra mi pecho.

—Soy real.

Esas dos palabras. *Soy real.* Nadie más podía haberlas entendido, pero yo sabía que significaban todo un mundo. Las lágrimas empañaron mis ojos cuando me aparté y le abrí la puerta.

Su cara reflejó alivio. Entró y yo cerré la puerta, incapaz de hablar, aunque no por las razones habituales.

—No cerréis la puerta de la habitación —nos advirtió Carl y, girando sobre sus talones, entró en la cocina.

Rosa nos sonrió.

Rider esperó, mirándome, y yo asentí. Me siguió por la escalera, hasta mi cuarto. Dejé la puerta abierta. Más o menos. Había por lo menos una rendija de dos centímetros y medio entre la puerta y el marco.

Rider se acercó al asiento de la ventana y se sentó. Me siguió con una mirada cansina. Me acerqué a un lado de la cama y me senté en la esquina, frente a él. Una sonrisa fatigada tensó sus labios.

—No sé por dónde empezar —dijo.

—Por cualquier parte —susurré, aferrándome al libro mientras la esperanza y el temor batallaban dentro de mí.

Bajó la barbilla.

—Creo que empezaré por tu exposición. Fue… fue preciosa. Tus palabras, lo que dijiste, lo que querías decir… Pero lo más bonito de todo fue que te pusieras allí, delante de todos, y la leyeras en voz alta. Lo digo en serio, Mallory.

—Gracias —musité.

—Quería… quería hablar contigo antes de clase, pero me alegro de haberte oído exponer primero. Porque ya antes sabía que tenías razón, pero ahora estoy aún más seguro.

Respiré hondo dos veces.

—Tenías razón en lo que dijiste sobre mí —continuó—. Sobre cómo me veo a mí mismo y veo a los demás. Tenías razón. Ni siquiera les doy a los demás la oportunidad de darme por perdido, de rendirse después de haberlo intentado. Nunca lo había pensado, pero así es. —Apoyó los brazos en las rodillas—. Es extraño. ¿Te acuerdas de lo que me dijiste en el funeral, sobre Jayden y eso de ser real? Yo... Dios mío, esto sólo puedo decírtelo a ti, porque tú lo entiendes, pero no me sentía real. En ciertos aspectos, sigo sin sentirme real.

—Lo entiendo. —Apreté el libro con más fuerza—. Lo entiendo totalmente.

Levantó las pestañas y sus ojos se clavaron en los míos.

—Lo sé. Los dos éramos ese dichoso conejo. —Se rió roncamente—. El sábado estaba sentado allí, en el funeral y... y pensé en todo. Pensé en lo jodidamente injusto que era que Jayden estuviera en aquel ataúd, y entonces me di cuenta de una cosa. De que había estado viviendo como si no tuviera nada. Ni familia, ni oportunidades, ni nadie a quien le importara que estuviera vivo o no. Y miraba a Jayden, sentado junto a su hermano y su abuela y... —Se interrumpió y a mí se me encogió el corazón—. Jayden tenía una familia. Tenía oportunidades. ¿Sabes? Tenía un montón de gente a la que le importaba que estuviera vivo, y aun así había acabado muerto en la puta calle.

Se pasó las manos por el pelo.

—Y yo estoy aquí —añadió—. He tenido muchísima suerte, porque nunca tuve cuidado. Henry podría haberme matado.

Contuve la respiración. Tenía razón. Muchas veces pensé que Henry iba a matarle de una paliza.

—Cuando sus amigos venían… a por mí, solía pensar que había hecho algo, ¿sabes? Que era culpa mía…

—¿Qué? Eso no era culpa tuya, Rider. Nada de eso era culpa tuya.

—Lo sé, pero a veces mi cabeza… A veces me hago un lío. —Hizo una pausa—. Y cuando estaba en la residencia de acogida, me daba igual. Me metía con chavales mucho mayores que yo y más fuertes. Me pegaron muchas veces, y no me importaba. Cuando apareció la señora Luna, tenía la sensación de que ya era demasiado tarde para mí. Ella lo intentó. Lo intentó de verdad. Lo sigue intentando, y yo he hecho muchas estupideces que podrían haberme costado la vida.

Yo no podía soportar oírle hablar así. Me daba muchísimo miedo.

—Jayden cometió uno o dos errores, y está muerto. Yo sigo aquí. —Echó la cabeza hacia atrás y suspiró—. Me han dado oportunidades que otros no han tenido y las he desperdiciado, y ahora me pregunto si no será de verdad demasiado tarde.

—No lo es —susurré de todo corazón.

Tragó saliva y vi moverse su garganta.

—Después del entierro, muy fui a casa y cogí ese libro. Empecé… empecé a leerlo. Ni siquiera sé por qué, pero llegué a esa parte y… Dios, lo entendí de repente, ¿entiendes? La verdad de esas palabras que dice el Caballo de Piel. Ser real puede doler. Que te quieran puede doler. En eso… en eso consiste estar vivo, y lo contrario es inimaginable.

Apoyé el libro sobre mis rodillas y pasé la mano por su tapa dura y brillante mientras pensaba en las palabras del Caballo de Piel. Podían interpretarse de muchas maneras. Para mí, significaban que había que desprenderse del miedo a ser imperfecto. Que había que aceptar que era bueno que te quisieran, que te necesitaran y te cuidaran, que te vieran y te escucharan.

Rider y yo nos parecíamos mucho al niño pequeño y al conejo que quiere ser real. Los dos habíamos pasado mucho tiempo teniéndonos sólo el uno al otro. Nos habían arrumbado en un rincón, desechados. Y lo único que queríamos era que nos quisieran, que nos cuidaran y nos amaran. Queríamos sentirnos reales. Los dos teníamos miedo de lo contrario. Para algunas personas lo contrario era la muerte pero para mí, para nosotros, era quedarnos estancados para siempre. No cambiar. No vernos a nosotros mismos ni a quienes nos rodeaban de manera distinta.

—A mí me importa —prosiguió Rider con voz ronca—. Me importa. No quiero ser así para siempre.

Le miré a los ojos.

—Rompí contigo porque pensaba que sería lo mejor —añadió—. Que con el tiempo encontrarías a alguien que tuviera las cosas claras, que tuviera un futuro, que no estuviera estancado. Estaba… estoy confuso. Estoy intentando cambiar eso, lo estoy intentando de verdad.

Me quedé callada.

—Sé que quizá nunca me perdones por haberte hecho daño. Y lo entiendo. Y también lo entenderé si no quieres estar conmigo mientras trato de ser mejor, de hacer mejor las cosas, pero… quiero ser la persona que creo que mereces.

Ay, Dios…

—Quiero ser ese chico con futuro, con ilusiones y las cosas claras —reconoció mientras se deslizaba hacia el borde del asiento de la ventana.

Cuando acabó de hablar, nos miramos a los ojos; sus preciosos ojos tenían una pátina brillante que me rompió el corazón.

—Quiero ser ese chico digno de tu amor, y te juro que, si me aceptas, haré todo lo que esté en mi mano para llegar a serlo. Nunca dejaré de intentarlo. Nunca.

Ay, madre mía…

—Y quiero que sepas —continuó con voz rasposa— que entendí lo que querías decir con tu exposición. Puede que yo te salvara hace años, pero tú me has salvado a mí ahora.

Mi corazón se detuvo un momento y luego se aceleró. Reaccioné sin pensar. Dejé el libro sobre la cama y me lancé hacia él justo cuando se levantaba. Chocamos. Le rodeé con los brazos y nos sentamos en el suelo, yo medio sentada sobre su regazo y él abrazándome por la cintura, con la cara contra mi cuello. Sentí que se estremecía y que temblaba entre mis brazos. Le abracé con todas mis fuerzas mientras se derrumbaba, dando rienda suelta a las emociones que había sofocado durante años. No dejé de abrazarle mientras lloraba.

Ahora me tocaba *a mí* recomponer a Rider.

Epílogo

El mando a distancia estaba justo allí y parecía tentarme, apoyado sobre el grueso cojín del diván, junto a la bandeja que contenía dos vasos y un cuenco de galletitas saladas casi intactas. Lo único que tenía que hacer era incorporarme un poco y estirar el brazo. Podía cogerlo y no tendría que seguir viendo aquel partido de baloncesto.

Pero incorporarme y estirar el brazo no era viable en aquel momento.

Un brazo muy pesado me rodeaba la cintura y, si me movía demasiado, despertaría a Rider, y no quería despertarle porque los últimos días habían sido agotadores para él. Las ojeras que tenía desde hacía dos semanas me preocupaban.

Había pasado muchas horas en el garaje, acabando un trabajo de pintura que tenía que estar listo para el jueves. El día anterior, después de clase, yo había ido a verlo y me había parecido maravilloso, como todo lo que pintaba Rider. Era alucinante. Seguía sin saber cómo podía pintar con aerosol sobre *cualquier* superficie y hacer unos dibujos tan complicados y perfectos.

El dueño del coche solía correr en el circuito de carreras que había cerca de Frederick. Rider había pintado en el capó un dragón de escamas moradas y verdes. Unas llamaradas naranjas y rojas le salían de las fauces abiertas, extendiéndose por los laterales del coche.

Yo había hecho una foto del coche con una cámara de verdad, y la había añadido al porfolio de trabajo de Rider, que cada vez era más grueso. Él, como siempre, se había avergonzado un poco, como si no supiera cómo asimilar su propio talento.

Yo todavía no me explicaba por qué le costaba tanto ver que tenía talento, pero lo cierto era que estaba mejorando. Como muchas otras cosas (como yo misma), era una obra todavía inacabada.

Rider me había dicho unas semanas antes que a veces abría el álbum de fotos que habíamos elegido juntos en una tienda de material de bellas artes y que se ponía a hojear las fotografías de sus obras. Se había puesto colorado al reconocerlo. A mí me había parecido adorable. A veces nos sentábamos a mirarlo juntos, y entonces también se sonrojaba.

Pero no había sido el trabajo en el garaje lo que le había dejado agotado hasta el punto de quedarse dormido en cuanto había apoyado la cabeza en el cojín del sofá.

Esa mañana había sido muy dura para él.

Había pasado las últimas semanas aprovechando cada minuto libre para preparar el examen de ingreso en la universidad, que había hecho esa misma mañana. Una sonrisa se extendió lentamente por mi cara. Antes, ni siquiera se le habría ocurrido estudiar para el examen. Seguramente el personal del instituto se había quedado patidifuso al enterarse de que lo había hecho. Bueno, excepto el señor Santos.

Alguien anotó un tanto y el gentío comenzó a vitorear en la tele. ¿O era un punto? ¿Cómo se decía en baloncesto?

No tenía ni idea. ¿Por qué no podía tener poderes telequinésicos? Sería *flipante* poder mover las cosas con la mente.

Miré la mano de Rider, que descansaba sobre mi tripa, y me gustó la sensación que me producía. Aquel hormigueo que se apoderaba de mí cada vez que estaba cerca de él no se disipaba con el tiempo. Estaba segura de que no se disiparía nunca.

Tenía el dedo corazón manchado de pintura azul. Nunca parecía poder quitarse toda la pintura de los dedos.

Eché la cabeza hacia atrás y miré a mi derecha. Aquel hormigueo se convirtió en el aleteo de un millar de mariposas dentro de mis costillas cuando posé la mirada en la hermosa cara de Rider. Sintiéndome un poco como una obsesa, seguí mirándole. Un mechón de pelo castaño oscuro, del color del café, le caía sobre la frente. Sus pestañas espesas, mucho más oscuras que su cabello, se abrían sobre sus mejillas. Tenía los labios carnosos ligeramente entreabiertos.

De pronto me parecía extraño que en algún momento de mi vida, durante varios años, hubiera creído sinceramente que jamás volvería a ver a Rider. Una época en la que estar así, en sus brazos, era una fantasía con la que ni siquiera me atrevía a soñar. Ahora era una realidad.

La vida era muy extraña.

—Si me haces una foto, durará más —murmuró.

Abrí los ojos como platos, poniéndome colorada.

—¿Qué?

Abrió los párpados lentamente, dejando ver unos ojos que no eran del todo verdes, ni del todo marrones.

—Una foto durará más que si me miras. Y además podrías abrazarla por las noches, cuando no esté contigo. Apretarla contra tu pecho. Con todas tus fuerzas.

Puse cara de fastidio y traté de disimular una sonrisa.

—Lo que tú digas.

—Hummm. —Levantó el brazo y lo estiró por encima de la cabeza mientras bostezaba—. ¿Cuánto falta para que lleguen Carl y Rosa?

Miré el reloj gris claro de la pared.

—Una hora, seguramente.

—Menos mal que me he despertado. Si no, seguiría babeando encima de ti cuando entraran por la puerta.

—Sí —dije, muy seria—, menos mal.

Rider sonrió pero, bromas aparte, ni a Rosa ni a Carl les haría gracia llegar a casa y encontrarnos abrazados en el sofá. No es que esperaran que Rider y yo no... En fin, que no nos rozáramos. Pero seguían... intentando acostumbrarse a mi relación con él. Aquello era otra obra en marcha, y lo estaban llevando bastante bien. Se estaban esforzando, y eso era mucho mejor que verlos asustados por lo que en un principio habían pensado que representaba Rider.

Además había ayudado a Rider a tomarse más en serio su futuro, y el hecho de que hubiera estudiado para el examen de ingreso en la universidad le había hecho ganar puntos a ojos de Carl. Ganárselo por completo era más difícil, pero yo notaba que empezaba a respetarle. Empezaba a verle como algo más que un chico sin futuro que me iba a llevar por el mal camino, como un flautista de Hamelín supermacizo. Pero seguramente sorprendernos abrazados en el sofá no iba a contribuir a su buena relación. Comencé a incorporarme.

Rider me apretó más fuerte por la cintura y se giró ligeramente, aprisionándome bajo su cuerpo. Apoyé las manos en sus hombros y, cuando levanté la mirada y vi su media sonrisa, me dio un vuelco el corazón.

—¿Adónde vas? —preguntó.

—A levantarme. —Cerré los dedos, agarrando la tela de su camisa—. Carl… te echará a patadas… si nos encuentra así, y no creo que quieras saber lo que hará Rosa.

—Tienes razón. —Bajó la cabeza y frotó su nariz contra la mía—. Rosa todavía me da miedo.

Me reí suavemente.

—A ti te hace gracia —dijo—, pero me da miedo. —Ladeando la cabeza, me besó en la mejilla—. Estoy convencido de que sabe cómo hacer mucho daño con un solo puñetazo. Es médico. Sabe de esas cosas.

Volví a reírme. Traté de imaginarme a Rosa dando puñetazos, pero no pude. Le di unas palmadas en el hombro.

—No te pasará nada.

—Quizá necesite que me defiendas. —Me besó en la otra mejilla.

Esbocé una sonrisa.

—Bueno, puedo hacerlo.

Esta vez me besó en la sien.

—Siento haberme quedado dormido nada más llegar. Últimamente no hemos podido pasar mucho tiempo juntos, y hoy que por fin podemos, que no tengo que estudiar ni que trabajar en el coche, me quedo dormido encima de ti.

A mí me gustaba que se durmiera encima de mí.

—No pasa nada. Has… trabajado mucho. ¿Qué tal crees que te ha salido el examen?

Levantó la cabeza.

—Bastante bien, creo. Sólo ha habido un par de preguntas en las que he dudado.

Sonreí entusiasmada.

—¿No estás ilusionado?

—Supongo que sí. Quiero decir que... —Se interrumpió y frunció el ceño—. Todavía hay muchas cosas pendientes. Tengo hasta junio para presentar la solicitud de beca, pero va a ser difícil que me la den con mis notas, a estas alturas. Tendría que sacar una notaza en el examen.

—Pero puedes esperar hasta primavera. Si no entras en la universidad en el semestre de otoño, no pasa pada —razoné yo—. Antes de que te des cuenta, estarás conmigo en College Park, estudiando bellas artes.

—Tienes razón. —Una sonrisa traviesa tiró de sus labios—. Creo que deberíamos celebrarlo. —Hizo una pausa y me miró moviendo las cejas—. Todavía tenemos cincuenta minutos. Y sólo necesito unos... cinco.

—Dios mío. —Me reí, empujándole por los hombros—. Eres terrible.

—No lo soy. —Me miró a los ojos y volvía a sentir aquel cosquilleo, más intenso esta vez y más embriagador—. Estoy enamorado.

Ay, Dios. Se me hinchó el corazón como un globo, y sólo pude mirarle unos segundos antes de susurrar:

—Yo también te quiero.

—Lo sé.

Acercó su boca a la mía, y su beso dispersó por completo mis pensamientos. Todavía me asombraba que un beso tuviera ese poder. Que, cuando su lengua tocaba la mía, se me olvidara todo.

Pero el beso acabó muy pronto. Rider se apartó de mí y se sentó, levantándome las piernas para apoyarlas sobre su regazo. Yo me quedé allí tumbada, con los brazos relajados a los lados, mirándole. Tenía una sonrisa bobalicona en los labios, pero no me importó. Estaba pensando en cómo podíamos invertir esos cincuenta minutos.

—¿Qué tal te va con el doctor Taft? —preguntó, separando un poco las piernas—. Ayer no tuve ocasión de preguntártelo.

¿Qué? Fruncí el ceño. Yo estaba pensando en volver a besarle y en cosas así (cosas realmente agradables) ¿y él me hablaba de mi psicólogo?

Me dio una palmada en la pierna y se rió.

—Concéntrate.

Le miré entornando los ojos, pero me costaba concentrarme teniendo la sensación de que estaba tumbada al sol.

—Me va… bien —contesté—. Hablamos de cómo me sentía y de cómo estoy… manejando el estrés.

Había vuelto a ver al doctor Taft una vez cada dos semanas, sobre todo porque sentía que necesitaba hablar con alguien que… no formara parte de mi vida cotidiana. Aún me quedaba mucho trabajo por hacer. Al principio había sido bastante deprimente, porque hacía dos años que no iba a su consulta. Fue un poco como volver al pasado en vez de seguir avanzando, pero el doctor Taft me había hecho comprender algo importante. Algo que yo ya sabía, pero que tenía que asumir de verdad.

Que el pasado nunca desaparecía del todo, ni debía hacerlo.

Siempre estaba ahí, y había que reconocerlo. El doctor Taft insistía en que intentar borrar el pasado sólo conducía a una crisis futura, y tenía razón. No podían extirparme quirúrgicamente mi pasado. Ni a Rider tampoco. Y lo que le había sucedido a Jayden no podía caer en el olvido.

Mi pasado formaba parte de mí y me había moldeado, pero no era la suma de mi personalidad. No me dominaba.

Rider se inclinó y me agarró de la mano. Entrelazó sus dedos con los míos y me los apretó.

—No quiero perderte.

Sentí una opresión en el pecho y le apreté la mano. Lo de Jayden seguía angustiándole. Era lo que pasaba cuando te topabas así con la muerte.

—No vas a perderme.

—Me alegro.

Sonrió mientras tiraba de mí para que me incorporara. Me tocó la mejilla con la otra mano y me besó otra vez, dulce y suavemente. Se retiró lo justo para que su aliento cálido rozara mis labios.

—Creo que quiero besarte otra vez.

—Me parece estupendo —contesté con una sonrisa.

A decir verdad, me sentía estupendamente. No estaba bien al cien por cien, pero eso era bueno, porque era una obra en marcha, una obra todavía inacabada. Había momentos en que me agobiaba, como unos días antes, cuando había tenido que hacer otra exposición en clase. O como cuando pensaba que me faltaban pocos meses para ir a la universidad. O como cuando pensaba en Jayden. La muerte era terrible y abrumadora. A veces, cuando pensaba en lo que le esperaba a Ainsley, me angustiaba por ella.

Aún tenía mucho trabajo por delante, pero era *yo* quien tenía que hacerlo, y era mi voz la que tenía que oírse cuando necesitara hablar. La mía, no la de otra persona. Era yo quien tenía que llegar a la línea de meta y, cuando me fallaran las fuerzas, lo único que tenía que hacer era recordar que esa sensación no duraría para siempre.

Para siempre…

Antes creía que eso no existía. Aquellas dos palabras me aterrorizaban de niña, me obsesionaban. Ahora sabía, en cambio, que en muchos sentidos, por pequeños que fuesen, ese «para siempre» era real, y ya no me daba tanto miedo. No sería para siempre la niña que se escondía en el armario. No sería para siempre la sombra que se sentaba al fondo de la clase. No tendría que hacer para siempre lo que querían Carl y Rosa en vez de lo que yo deseaba. No creería para siempre que era una especie de hija sustituta y que les estaba decepcionando. No sería para siempre la que necesitaba que la protegieran.

La pena y el dolor no eran para siempre.

Ese «para siempre» ya no era un problema.

Para siempre eran el latido de mi corazón y la esperanza que entrañaba el mañana. Para siempre era el rayo de luz que asomaba detrás de cada nubarrón, por negro que fuese. Para siempre era saber que los momentos de debilidad eran pasajeros. Era saber que yo era fuerte. Para siempre eran Carl y Rosa, Ainsley y Keira, Hector y Rider. Jayden formaría parte de mi vida para siempre. Para siempre era el dragón que habitaba dentro de mí, ese dragón que se había desprendido del miedo como una serpiente se desprendía de su piel. Para siempre era sencillamente una promesa de cosas nuevas.

Ese «para siempre» era una obra en marcha.

Y yo no podía esperar para siempre.

Agradecimientos

Escribir una novela que trata sobre el abandono y el maltrato infantil y sus efectos a largo plazo supuso para mí zambullirme en una realidad que a muchas personas les da miedo mirar de frente. Una realidad que muchos querrían creer fruto de la ficción, como las cosas que les pasan a Rider y Mallory. No fue fácil reflejar todo el bien que hacen los servicios sociales encargados de proteger a nuestros niños y reconocer al mismo tiempo que algunos de esos niños siguen escapando a los beneficios de un sistema perpetuamente escaso de fondos y personal, y saturado de trabajo.

Hay quien me ha preguntado por qué decidí ambientar el libro en Baltimore. Me crié no muy lejos de la ciudad, y casi siempre intento que mis libros transcurran en escenarios que conozco muy bien. En Baltimore he estado tantas veces que ya he perdido la cuenta, pero creo que la ciudad no actúa sólo como telón de fondo del relato. En cierto modo también es un personaje que, como Rider, Mallory, Jayden, Ainsley, Hector, Keira y otros personajes de la novela, está lleno de belleza y de esperanza, y sin embargo se ha escurrido entre los dedos de mi país.

Nunca digas siempre no fue un libro fácil de escribir. Mallory no se parecía a ningún personaje de mis libros anteriores, pero al acabar la novela me di cuenta de que todos tenemos algo de «Ratón». Así que hay varias personas a las que tengo que agradecerles que creyeran en esta historia y que me ayudaran a hacer realidad el libro.

Gracias a mi agente, Kevan Lyon, por apoyar la novela y por ser tan estupendísima como siempre. Este libro nunca habría visto la luz si no fuera por Margo Lipschultz y todo el equipo de Harlequin TEEN. Gracias a Mallory Dodge y Rosa, que me permitieron utilizar sus nombres.

Hay varias personas que me ayudaron especialmente. Un gracias muy especial a Ashlynn King, que leyó un extracto muy, muy inicial y no sintió el impulso de sacarse los ojos con un tenedor oxidado. Supongo que también debería dar las gracias a su madre, Tiffany King, que calificó esta novela como «uno de mis horrocruxes» aunque, que yo sepa, no he cometido ninguna maldad espantosa. Por lo menos eso creo. Mil gracias también a Vilma Gonzalez por leer un borrador preliminar y no reírse en mi cara, y darme tantas ideas sobre cómo podía mejorar el libro. No puedo olvidarme de Damaris Cardinali, que me ayudó con las palabras y expresiones en español que aparecen en el libro y no perdió la paciencia cuando yo me desesperaba por que la misma cosa pudiera decirse de tres maneras distintas en español. Gracias a Jen Fisher, que me ayudó mucho proporcionándome información sobre la educación en casa y que siempre lee mis borradores y me dice sinceramente lo que siente… o lo que no siente. Muchísimas gracias también a Danielle Ellison, que, mensajeando en privado por Twitter, me ayudó a dar con el título perfecto.

Gracias de todo corazón a ti, lector. Nada de lo que hago sería posible sin ti y tu apoyo.

Y gracias a Margery Williams por escribir *El Conejo de Terciopelo*, un libro que de niña odiaba y me encantaba al mismo tiempo. Creo que, a fin de cuentas, lo único que queremos todos es ser reales y que nos quieran.

PUCK

AVALON

Libros de *fantasy* y *paranormal* para jóvenes con los que descubrir nuevos mundos y universos.

LATIDOS

Los libros de esta colección desprenden amor y romance. Ideales para los lectores más románticos.

LILIPUT

La colección para niños y niñas de 9 a 14 años, con historias llenas de aventuras para disfrutar de verdad de la lectura.

SERENDIPIA

Una serendipia es un hallazgo inesperado y esto es lo que son los libros de esta colección: pequeños tesoros en forma de historias contemporáneas para jóvenes.

SINGULAR

Libros *crossover* que cuentan historias que no entienden de edades y que puede disfrutar tanto un niño como un adulto.

¿Cuál es tu colección?

Encuentra tu libro Puck en:
www.mundopuck.com
🐦 puck_ed
ⓕ mundopuck

ECOSISTEMA DIGITAL

NUESTRO PUNTO DE ENCUENTRO

www.edicionesurano.com

2 AMABOOK
Disfruta de tu rincón de lectura
y accede a todas nuestras **novedades**
en modo compra.
www.amabook.com

3 SUSCRIBOOKS
El límite lo pones tú,
lectura sin freno,
en modo suscripción.
www.suscribooks.com

DISFRUTA DE 1 MES
DE LECTURA GRATIS

1 REDES SOCIALES:
Amplio abanico
de redes para que
participes activamente.

4 APPS Y DESCARGAS
Apps que te
permitirán leer e
interactuar con
otros lectores.